CARLENE THOMPSON

DEPUIS QUE TU ES PARTIE

Roman

Traduit de l'américain pa
Frédérique Corn

LA TABLE RONDE
7, rue Corneille, Paris 6e

Titre original :
Since You've Been Gone.
St. Martin's Press, New York, 2001.

ISBN 2-7103-2579-9

PROLOGUE

VENDREDI, 21 h 20

Sa cape tournoyait théâtralement. Ses yeux perçants regardaient a travers sa capuche sombre. « Tu as rejoint le côté obscur », articula-t-il. Il sortit rapidement son sabre laser et battit l'air devenu électrique par le terrible et puissant vrombissement. « Je suis Obi-Wan Kenobi, je suis ici pour t'aider à retrouver le chemin de la lumière. Bats-toi. »

Son envie de vengeance se radoucit devant le terrifiant pouvoir du Chevalier Jedi...

Tout à coup, il ne put plus respirer. Il lâcha le sabre laser et le visage impressionnant de son adversaire se désintégra alors qu'il sortait péniblement de ce rêve surnaturel de *La Guerre des Étoiles.* Il tenta d'ouvrir les yeux, mais ils étaient bandés. Il ouvrit la bouche pour crier mais un vêtement à l'odeur écœurante le bâillonnait. Son souffle raclait le fond de sa gorge. Ses jambes se débattaient. Ses bras s'agitaient, les mains liées contre quelque chose de rigide. Il s'agrippa, se demandant si tout cela faisait partie de son rêve qui tournait au cauchemar. Maman lui avait dit qu'il existait une comptine secrète pour éloigner les mauvais rêves. Il n'en avait pas fait depuis longtemps et il tenta de se la rappeler : *Un, deux, trois, quatre ; Cauchemar au placard !*

Étourdi par la peur et le dégoût, il ne se réveillait pas. Il ne reconnaissait pas le confort familier de sa chambre avec ses posters de *La Guerre des Étoiles*, le bocal avec les deux poissons rouges frétillants et la lampe Lava bleue que Maman laisse toujours allumée quand il va se coucher. Il devait toujours dormir ! Il fallait qu'il essaie à nouveau. *Un, deux, trois, quatre ; Cauchemar au placard !*

Rien. L'horreur jaillit de son maigre corps de petit garçon de sept ans alors qu'il réalisait que quelque chose de terrible, quelque chose de réel, se déroulait en dehors de son monde de rêve. Il se tortillait sauvagement, même si son énergie disparaissait. Le tissu qui lui comprimait le visage lui brûlait les yeux et lui blessait le nez. Sa langue lui semblait gigantesque. Où est Maman ? Maman, s'il te plaît, aide-moi ! Il donna un coup de la main et percuta un nez, il entendit alors quelqu'un marmonner : « Va au diable ! » De quelle sorte de nez s'agissait-il ? Gros ? Petit ? Un nez d'homme ? Ou de femme ?

Une panique folle s'empara de lui. Il savait qu'il allait vomir. Il avait peur, comme un nouveau-né, parce qu'à présent ses jambes ne pouvaient plus bouger. Il se mit à trembler en pensant qu'il allait faire dans sa culotte. On lui mettait quelque chose sur la tête, quelque chose qui ressemblait à une capuche, mais pas le même genre de capuche que celle de la cape d'Obi-Wan Kenobi. Un truc rugueux et irritant, étouffant et moisi qu'il manquait d'avaler chaque fois qu'il tentait de respirer. Il n'arrivait plus à réfléchir. Des points lumineux aveuglants lui passaient devant les yeux.

Avec le peu de vigueur qui lui restait, il referma les doigts sur les pattes du chien en peluche tout râpé qu'il adorait. Clochard bon, fort et loyal – son éternel protecteur. Brave Clochard qui avait sauvé le bébé du rat dans le film *La Belle et le Clochard*. Clochard pouvait l'aider.

Et Clochard essaya. Quelqu'un tenta de lui desserrer les doigts mais le chien était accroché à son pyjama par le crochet de son collier. Ne me laisse pas partir, pria-t-il Clochard en pensée. Ne me laisse pas partir !

« C'est l'heure de partir, murmura sèchement quelqu'un à son oreille, à l'attention de son esprit embrumé. Dis au revoir à tout ce que tu connais. C'est le commencement de la fin, mon p'tit gars. »

Pris d'une terreur qu'il n'avait encore jamais connue, il sentit son corps brutalement soulevé, la peluche se balança mollement. En une minute l'air de la nuit le recouvrit, traversant son pyjama trempé de sueur, glaçant ses pieds moites, frôlant ses doigts affaiblis.

Au loin, il entendit l'aboiement d'un chien et près de son oreille, la plainte d'un moustique. Puis il se calma, plongeant dans un sommeil artificiel, sans rêve.

1

VENDREDI 21 h 25

« Vous écoutez WCWT à Sinclair, Virginie-Occidentale, qui vous offre l'un de vos vieux tubes préférés : *Bitter Sweet Symphonie* des Verve. »

Le son des guitares s'élevait à l'intérieur de la voiture et Rebecca Ryan leva les yeux au ciel. « Depuis quand un titre de 1997 compte-t-il pour un vieux tube ? » Son berger australien, Sean, assis sur le siège à ses côtés, se retourna brusquement. « Je me demande comment ils appellent les chansons des années cinquante ? Préhistoriques ? »

Rebecca vida la dernière goutte du café fort et tiède de sa tasse et la jeta dans le sac en plastique auprès des deux autres tasses. Son estomac gargouillait, ses yeux la piquaient et ses mains tremblaient. Trop de caféine et trop peu de sommeil. Et la peur. Elle l'avait poursuivie depuis hier soir quand sa cousine Molly l'avait appelée à La Nouvelle-Orléans pour lui dire : « Tante Esther a un cancer. »

« Mais, c'est impossible », avait dit Rebecca vainement, en pensant à cette femme rayonnante de santé et d'énergie depuis sa plus tendre enfance. Selon Molly, Esther, âgée de soixante-quinze ans, venait juste d'annoncer à la famille qu'elle subirait une intervention chirurgicale et commencerait la radiothérapie dans moins de deux semaines. Esther ne voulait ni pitié, ni que quiconque à part la famille proche soit au courant de son état. « Elle m'a d'ailleurs recommandé de ne rien te raconter », avait dit Molly au téléphone tard dans la soirée d'hier après qu'elle eut attendu que son fils de sept ans, Todd, soit allé se coucher parce qu'elle ne voulait pas le bouleverser. « Esther ne veut pas que tu te déplaces de La Nouvelle-Orléans, surtout à cause des mauvais souvenirs que te rappelle Sinclair. Alors il faut que tu trouves une excuse à ton voyage. »

Une excuse ? Rebecca n'en avait toujours pas trouvé, trop occupée par l'agitation de ce voyage précipité. Elle n'avait pas pu prendre le premier vol pour Charleston, et avait dû attendre le milieu d'après-midi pour un vol avec escale à Pittsburgh. Elle n'avait pas eu le temps d'orchestrer le voyage de son chien, Sean, et le faire débarquer et louer une voiture l'avaient encore retardée avant de parcourir les quatre-vingt-quinze kilomètres la séparant de Sinclair. En plus de tout cela, Rebecca n'avait pas pu rattraper le sommeil perdu la veille, et se sentait à présent fatiguée et vaseuse.

Rebecca coupa la radio. La musique qui l'avait aidée à rester éveillée jusque-là n'était plus qu'un bruit agaçant. Elle jeta un œil vers Sean. « Tu as l'air aussi frais qu'une marguerite. Pas étonnant. Grâce à ce tranquillisant, tu as dormi tout le long des deux vols. » Le chien la fixait en haletant. « Je sais que tu n'es généralement pas dingue des enfants, mais j'espère que tu vas aimer mon neveu Todd. Il sera fou de toi. » Une goutte de bave coula de la langue de Sean sur le siège. « Ma mère t'aimera aussi, tant que tu ne baves pas sur ses magnifiques vêtements. »

Rebecca, enfant, adorait la chevelure blonde colorée et épaisse, les yeux clairs et le corps svelte de sa mère Suzanne. Son rire résonnait et sa personnalité oscillait entre enfance et maturité. Elle pouvait, un soir, être la parfaite maîtresse de maison recevant pour dîner avec grâce et courtoisie, puis le lendemain matin, s'investir tout aussi sincèrement dans un des goûters de Rebecca ou dans une partie de cache-cache avec elle et son frère Jonnie.

À la pensée de Jonnie, une peine immense poignarda l'estomac de Rebecca. De trois ans son cadet, Jonathan Patrick Ryan était un magnifique et heureux bébé qui s'était transformé en un garçon très éveillé et plein d'ardeur, coiffé de boucles blondes et d'un regard bleu remarquablement étincelant. Quand il était tout petit, il avait laissé Rebecca l'habiller et s'occuper de lui comme s'il avait été son propre bébé. Un peu plus grand, il avait dédaigné ses attentions et insisté pour être traité comme son égal. Les dernières années, ils jouaient ensemble, partageaient leurs secrets, se querellaient, comméraient l'un sur l'autre, et parvenaient toujours à rester les meilleurs amis du monde. Elle était incapable d'imaginer la vie sans lui. Elle n'avait même jamais pensé qu'il pût y avoir une vie sans lui.

Elle se trompait.

Sentant son émotion, Sean lui donna un coup de patte sur le bras. « On est presque arrivé... » Elle allait dire *à la maison*, mais Sinclair n'était plus chez elle et ne l'avait plus été ces huit dernières années, depuis que Jonnie avait été assassiné. Elle n'était pas revenue depuis son départ pour l'Université Tulane à La Nouvelle-Orléans quand elle avait dix-huit ans. Et elle n'avait pas eu l'intention d'y revenir.

Son estomac se serra alors qu'elle franchissait les limites de la ville de Sinclair. À sa droite, se trouvait l'imposante église baptiste datant de 1870. Molly lui avait parlé d'un groupe de paroissiens ambitieux qui sollicitaient son agrandissement mais les conservateurs avaient rejeté la motion. Devant, le parc Leland surplombait l'Ohio. Rebecca avait toujours adoré le parc avec ses courts de tennis, ses roseraies aux chemins de brique, et les deux étages du Musée River. Elle remarqua que les trois hectares de terrain étaient toujours aussi bien entretenus. Les bancs, les mangeoires à oiseaux et les fontaines démodées étaient fraîchement peints en blanc. Même le kiosque, construit au début du XXe siècle et où avaient lieu les concerts nocturnes l'été, semblait flambant neuf. Il y a bien longtemps, Suzanne les emmenait aux concerts, Jonnie et elle. Une fois, Jonnie s'était caché. Certaine qu'il était tombé dans le fleuve et qu'il s'y était noyé, Suzanne était devenue hystérique. Rebecca l'avait retrouvé, dissimulé sous le kiosque, et avait été très déçue qu'il ne reçoive pas la fessée à laquelle elle aurait eu droit si elle s'était amusée à jouer ce genre de tour.

En traversant la ville, Rebecca vit que la rue principale n'avait pas changé depuis son départ. Il y a une dizaine d'années, plusieurs commerçants s'étaient violemment ligués contre l'activité du nouveau centre commercial gigantesque qui semblait avoir poussé en une nuit à la périphérie de la ville. Pour leur défense, ils avaient fait de leurs boutiques des endroits exceptionnels qui éloignaient par leur charme les clients du centre commercial moderne et de son insipide musique. Résultat : trois pâtés de maisons semblant tout droit sortis d'un roman de Dickens. Rebecca trouvait cela précieux au possible. Et pour autant qu'elle le sache, les affaires n'avaient repris que pendant quelques années, le temps que la curiosité s'estompe. L'enthousiasme affaibli des commerçants pour leur brillant projet n'était plus représenté aujourd'hui que par les stores décolorés et les structures de fer rouillées.

Rebecca ralentit à l'approche de l'ancien drugstore Vinson, qui s'appelait maintenant la pharmacie Vinson. Elle était partie à la hâte et avait passé toute la durée du vol à faire la liste des affaires de toilette qu'elle avait oubliées. La pharmacie était encore ouverte et il était plus facile de s'arrêter ici que d'aller jusqu'au centre commercial. Elle se gara et baissa un peu sa vitre pour que Sean ait de l'air.

En sortant de la voiture, elle vit les nuages d'orage bourgeonnant dans le ciel gris ardoise qui s'assombrissait. Sur les murs, à l'intérieur de la boutique, des lithographies de Currier & Ives prolongeaient les motifs victoriens. Quelques tables et chaises en fer forgé étaient posées devant une minuscule fontaine à soda, derrière laquelle se trouvait une adolescente mâchonnant du chewing-gum en feuilletant un magazine. Près du comptoir, un important rayon de bouteilles décorées pleines de potions qui n'étaient en fait que de l'eau colorée. Elle savait que cette idée venait de Matilda Vinson, la propriétaire de la pharmacie.

Rebecca pesta car les produits n'étaient pas signalés dans les allées et elle dut les parcourir toutes avant de trouver une lotion pour le corps, des rasoirs jetables, du dentifrice et le produit nettoyant pour ses verres de contact. Elle choisit un sac de nourriture pour chiens hors de prix, se promettant de trouver mieux le lendemain et se dirigea vers la caisse.

Elle ne prêta aucune attention à la personne qui se trouvait derrière la caisse jusqu'à ce qu'elle remarque que l'employée n'enregistrait pas ses achats. Rebecca leva la tête et vit les yeux gris argent qui la regardaient froidement. La femme était jeune, ses cheveux platine coupés courts. Rebecca se sentit rougir en réalisant qu'elle était en face d'une de ses anciennes amies.

« Bonjour, Lynn, dit-elle avec sympathie.

— Rebecca. » Les yeux clairs de Lynn Cochran Hardison parcouraient la fine silhouette de Rebecca de haut en bas. « Tu as l'air en forme. La vie loin de Sinclair semble te réussir.

— J'adore La Nouvelle-Orléans. » Rebecca rapprocha ses articles de la caisse et dit : « Comment vas-tu ?

— Bien. Je suis *très* heureuse en mariage.

— Je suis contente que les choses se passent bien entre Doug et toi.

— Bien sûr qu'elles se passent bien. On s'est toujours aimés. » Lynn disait cela comme si elle s'attendait à être contredite. « Je pensais que tu viendrais à notre mariage. Après tout, Doug est ton demi-frère.

— Je savais que tu ne voulais pas que j'y sois, Lynn.

— Pourquoi l'aurais-je voulu ? Tu m'as fait beaucoup de peine, Rebecca.

— Lynn... soupira Rebecca.

— C'est tout ce qu'il te faut ? » Lynn paraissait soudain contrariée. « On a de l'aspirine en promotion. Avec toutes ces perceptions extra-sensorielles qui s'entrechoquent dans ta tête, tu dois avoir pas mal de migraines. »

C'est parti, pensa Rebecca cyniquement. Le spectre des perceptions extra-sensorielles qui avaient commencé à se manifester alors qu'elle avait neuf ans la poursuivait encore, plus une malédiction qu'un don du ciel.

« Lynn, on ne peut pas revenir sur le passé, dit Rebecca calmement. Je suis désolée de t'avoir blessée, mais on fait partie de la même famille maintenant. Ne peut-on pas refermer les vieilles blessures ? »

Son discours lui parut très solennel et Rebecca ne s'étonna pas de l'agressivité de Lynn. « Oublier ce qui s'est passé ? Cela t'arrangerait, n'est-ce pas ? » Lynn attrapa le dentifrice et pianota sur les touches de sa caisse. « Allez, va faire tes ravages, puis tu poursuivras gaiement ton chemin et ta vie à La Nouvelle-Orléans en oubliant les dégâts que tu auras causés ici. » Elle empoigna les rasoirs et le sac de croquettes. « J'ai entendu dire que tu as écrit un livre. Tu veux faire du fric avec le meurtre de ton frère ? Je suis sûre que tu as oublié d'y mentionner comment tes perceptions extra-sensorielles t'ont lâchée et que tu ne l'as pas sauvé. »

Rebecca encaissa calmement le rappel de son échec avec Jonnie. Son regard était baissé afin que Lynn n'aperçoive pas la douleur dans ses yeux. Il lui était difficile de croire que cette femme cinglante avait un jour été son amie.

« Mon livre ne parle pas de Jonnie, parvint à dire Rebecca. Il s'agit d'une histoire de meurtre, mais c'est une fiction.

— Je ne savais pas. Je ne le lirai sans doute pas non plus. Et tu me dois 22,73 $. »

Rebecca tendit trente dollars, prit sa monnaie et saisit le sac dans lequel Lynn avait mis ses achats. « Au revoir, Lynn.

— Je dirai bonjour à Doug de ta part, même si tu ne t'es même pas donné la peine de demander de ses nouvelles », dit Lynn sarcastiquement alors que Rebecca se dirigeait vers la porte.

Rebecca ferma les yeux en entendant Matilda Vinson crier « Lynn ! » tout en s'approchant de son employée pour lui passer un savon. C'était mérité, pensait Rebecca, mais cela ne ferait que renforcer le ressentiment de Lynn.

« Rebecca ! appela Mlle Vinson. Rebecca chérie, s'il te plaît, pardonne-lui. Lynn a passé une rude journée. »

Rebecca sourit à la petite dame de soixante ans qui avait travaillé près de quarante ans dans ce drugstore : « Tout va bien. Lynn et moi, nous nous comprenons.

— Bien. » Matilda semblait toujours désemparée. « Tu es là en visite ou tu reviens pour de bon ?

— Juste de passage. » Le regard argent de Lynn semblait la transpercer et elle voulait désespérément quitter le magasin. « Je serai de retour à La Nouvelle-Orléans dans environ une semaine.

— Quel dommage ! Tu nous manques ici. Je me souviens quand tu étais toute petite et que tu venais avec ton père. Je te donnais toujours un bonbon au caramel et c'était comme si je te tendais une pièce d'or. » Matilda regarda à travers la vitrine. « Mon Dieu, c'est un sacré orage qui se prépare. Tu ne peux pas y aller maintenant. Reviens et prends un soda en attendant qu'il passe.

— C'est l'heure de fermer, déclara Lynn.

— Je déciderai quand nous fermerons ! » Les joues de Matilda prirent des couleurs et Rebecca pensa que Lynn ne devait pas tellement tenir à son travail pour être aussi insolente. « S'il te plaît, reste quelques minutes, Rebecca.

— Je ne peux pas, répondit rapidement Rebecca en se dirigeant vers la porte. J'ai laissé mon chien dans la voiture. Il a horreur des orages. Et puis, si je me dépêche, je pourrai être à la maison avant qu'il éclate.

— Eh bien, sois prudente, ma chérie », lui cria Matilda.

Dehors, le vent avait forci. Les branches des arbres pliaient et une poubelle métallique roula à travers Main Street. Quelques gouttes de pluie la fouettèrent violemment. Au loin, Rebecca aperçut un éclair projeter une lueur bleutée dans le ciel sombre. Elle oublia de compter les secondes jusqu'à ce que le tonnerre gronde, menaçant. Si elle avait cru aux signes, elle aurait pu voir cet orage le jour de son retour à Sinclair comme un mauvais présage.

Le vent ébouriffait ses longs cheveux auburn sur son visage et plaquait son pantalon contre ses jambes. Elle ouvrit la portière de sa voiture et se précipita à l'intérieur. Sean lui sauta presque sur les genoux. Elle attrapa son collier et le repoussa sur son siège, lui parlant de manière apaisante alors qu'il haletait, agité. Elle lui tendit un morceau de viande séchée qu'il garda dans sa gueule comme un cigare, trop nerveux pour pouvoir le manger.

Lentement, elle démarra et descendit la rue. Elle augmenta la vitesse des essuie-glaces. Un éclair traversa à nouveau brusquement le ciel et une vague de pluie frappa la voiture assez violemment pour la faire dévier de sa route. Main Street était bizarrement vide à 21 h 40. Les marquises des deux cinémas tentaient vaillamment de rester éclairées sous les torrents d'eau. Rebecca doutait que beaucoup de personnes se soient déplacées pour la deuxième séance.

Moins de cinq cents mètres plus loin, Rebecca s'arrêta à un feu rouge qui semblait interminable. De l'autre côté du carrefour, elle remarqua une grande bâtisse blanche en stuc aux lignes épurées. Une enseigne sur le devant arborait le nom Restaurant Dormaine en lettres noires, suffisamment épaisses pour qu'elle puisse les voir à travers la pluie.

Elle tourna à gauche au feu. Un grondement de tonnerre succéda à un éclair transperçant qui fit aboyer Sean et tressaillir Rebecca. L'éclair était passé trop près pour qu'elle se sente en sécurité, même si elle savait que le caoutchouc des pneus les protégeait des décharges électriques. Sa tempe droite commença à palpiter de façon lancinante. C'était une douleur familière, quoiqu'elle ne l'ait pas ressentie depuis quelque temps. Elle devait penser à autre chose, l'oublier, elle prendrait une aspirine en arrivant à la maison. Dieu merci, il ne reste plus beaucoup de route à faire jusqu'à la maison des Ryan, pensa-t-elle, en regardant les essuie-glaces balayer le pare-brise en vain.

Aller, retour. Aller, retour...

Le pare-brise plein de pluie se brouillait lentement, disparaissait. Rebecca tenta de se concentrer, de ne pas laisser place à tout ce qui n'était pas tangible, mais inéluctablement elle sentit sa propre conscience lui échapper et celle de quelqu'un d'autre l'envahir...

Un linge rugueux était noué autour de son visage et de sa bouche. Ses yeux étaient bandés et il était bâillonné. Il reposait sur quelque chose de dur – du bois, sans doute –, sa hanche et son bras droit étaient tout engourdis. Ses chevilles étaient liées et ses mains étaient attachées avec une corde derrière son dos, sa peau meurtrie par le frottement. Il sentait qu'il allait pleurer mais ce serait horrible, car aucun de ses héros de film ne pleurait et il aurait le sentiment de n'être qu'un bébé.

Il essaya de respirer profondément pour arrêter de pleurer mais l'air était chaud et sentait horriblement mauvais. La pourriture. Il pouvait entendre le tonnerre au-dehors et la pluie qui frappait contre les fenêtres. Des points de lumière éblouissante étincelaient devant ses yeux irrités. Il avait peur. Peur à en mourir. Le tonnerre gronda, il frissonna et se mit en boule. Il rampa sur le sol en sanglotant jusqu'à ce que son visage touche quelque chose de doux. Clochard, son chien en peluche. Clochard qui avait sauvé le bébé du rat dans *La Belle et le Clochard*. Peut-être que Clochard pouvait le sauver lui aussi...

Doucement, la vision de Rebecca s'estompait. Les pensées du petit garçon se noyaient dans le bruit de la pluie battant le pare-brise. Le capot de la voiture se dirigeait vers quelque chose de vaguement imposant. Rebecca cligna des yeux, consciente d'être revenue à sa propre réalité, mais malheureusement trop tard. Elle donna un coup de volant à droite, mais la voiture se jeta contre un énorme tronc d'arbre. Le bruit du métal froissé paraissait étrangement distant alors que le capot de sa voiture s'enfonçait. Rebecca avait attaché sa ceinture de sécurité, ce qui avait maintenu son corps en place, mais sa tête était violemment partie en avant. Ses dernières sensations furent celles du sang coulant sur son visage et sa vision sombrant dans l'obscurité.

2

VENDREDI 21 h 45

« Elle se réveille. »

Rebecca sentait ses paupières trembler. Elle les ouvrit. Elle était certaine qu'elles étaient ouvertes. Mais elle ne voyait rien. Elle mit ses mains sur ses yeux, touchant délicatement ses paupières alors que la panique la submergeait.

« Je suis aveugle », murmura-t-elle. Elle se mit à crier : « Je suis aveugle !

— Calmez-vous, dit une voix de femme sans expression.

— Mais je suis *aveugle*.

— M'dame, calmez-vous. »

Quelqu'un retira ses mains de devant ses yeux et Rebecca sentit qu'on la soulevait puis qu'on la plaçait sur la surface légèrement rembourrée d'un brancard. « C'est grave ? » demanda Rebecca dans la direction de l'une des voix désincarnées au-dessus d'elle.

« Nous allons prendre soin de vous.

— J'ai d'autres blessures ?

— Calmez-vous et profitez du voyage. Nous serons à l'hôpital dans quelques minutes.

— Je veux savoir si c'est grave ! Où est mon chien ? Est-il mort ? »

Personne ne répondit et sa peur pour elle et pour Sean provoqua son mutisme. Elle avait déjà eu un accident de voiture, pensa-t-elle. Celui-là avait tué son père et elle avait neuf ans.

Rebecca perdit connaissance.

« Ouvrez les yeux. »

Les ouvrir pour voir quoi ? se demandait Rebecca. Les ouvrir à l'obscurité éternelle ?

« Ouvrez les yeux. »

Elle répondit automatiquement à l'autorité de la voix. Ses paupières s'ouvrirent. Elle clignait des yeux à cause de la lumière, puis concentra son regard sur les yeux bleu-gris d'un homme. Il souriait : « Ça va mieux ?

— Je peux voir, souffla Rebecca. Je pensais être aveugle.

— Vous vous êtes écrasée contre un arbre tout à fait innocent, avez fracassé votre pare-brise contre une branche, vous vous êtes cognée à en perdre connaissance et vous avez deux belles entailles sur le front. Du sang a coulé derrière vos verres de contact. On les a retirés, nettoyés à la solution saline et maintenant ces superbes yeux verts semblent fonctionner parfaitement. »

Rebecca prit le temps de digérer ces nouvelles, puis elle soupira : « Dieu merci.

— Vous avez eu peur, n'est-ce pas ?

— C'est le moins qu'on puisse dire. Quels autres dégâts y a-t-il ?

— Jusque-là, nous n'avons trouvé que des contusions et des coupures. Il faut recoudre votre front. Les entailles sont proches de la racine des cheveux et quatre ou cinq points pour chacune devraient faire l'affaire.

— Mon chien. Où est mon chien ? »

Le médecin fronça les sourcils. « Je n'ai pas entendu parler d'un chien. Si l'équipe de secours qui vous a amenée ici est encore dans le coin, je peux leur demander s'ils ont vu un chien sur les lieux de l'accident.

— Oui, s'il vous plaît, dit Rebecca, impatiente. Il était assis sur le siège avant. Il est assez sauvage – il a été maltraité quand il était jeune et abandonné. Il représente tellement pour moi. »

Le docteur plaça une main sur son épaule et elle réalisa qu'elle voulait se lever. «Restez couchée.» Il se retourna vers un jeune homme mince aux épaules voûtées qui portait un uniforme de l'hôpital et avait d'énormes yeux marron derrière des verres épais. «Alvin, tu pourrais aller voir si l'équipe de secours sait quelque chose à propos du chien?»

Le jeune homme fixa Rebecca un moment, elle réalisa qu'elle avait dû paraître hystérique, à déblatérer sur son chien abandonné. «Alvin? répéta le docteur.

— Bien sûr, doc'», dit le jeune homme en se dépêchant de sortir de la pièce.

Le docteur se retourna vers Rebecca. «Alvin est l'un de nos meilleurs brancardiers, mais il a la tête ailleurs ce soir. Alors, comment cet accident est-il arrivé?»

Rebecca se voyait mal annoncer: «J'ai eu une vision et je ne pouvais voir et entendre qu'à travers la conscience d'un petit garçon qui a sans doute été kidnappé.» Alors elle improvisa: «Il y a eu un terrible éclair juste devant moi. J'ai été effrayée, j'ai freiné brusquement et...

— Aquaplanning jusqu'au chêne centenaire de Peter Dormaine.

— Peter Dormaine?

— Oui. La collision a eu lieu au Restaurant Dormaine.» Il fronça les sourcils. «Vous ne saviez même pas où vous étiez?

— Oh si bien sûr, dit-elle rapidement. J'avais oublié. J'ai été plutôt secouée.

— Pas étonnant. Si vous n'aviez pas eu votre ceinture, vous auriez été en compote, jeune femme.» Il s'interrompit. «Vous ne me reconnaissez pas, n'est-ce pas? Je suis Clayton Bellamy.»

Clay Bellamy? Le copain de son demi-frère Doug qui avait fait courir son cœur d'adolescente et lui avait inspiré des centaines de délires ridiculement romantiques?

Rebecca ferma les yeux face à la lumière éblouissante qui l'éclairait. Elle avait mal à la tête et tout semblait trembler en elle. Le reste de son corps ne ressentait aucune douleur, mais elle savait que, d'ici peu, la douleur allait l'envahir. « Salut, Clay », parvint-elle à dire faiblement.

Elle le regarda à nouveau. Les paupières de ses yeux gris-bleu étaient toujours légèrement tombantes, et il portait toujours ses épais cheveux blonds un peu plus longs que la plupart des hommes. Sa dentition parfaitement blanche était encadrée de profondes fossettes. Ç'aurait pu être un visage de beau garçon avec ces traits presque parfaits, mais ses yeux gardaient une empreinte de tristesse et son visage était plus ridé que celui d'un homme qui venait tout juste de dépasser la trentaine. Le whisky ajoutait aussi quelques années. Clay avait bien vieilli, et il était un homme maintenant, et non plus le garçon impressionnant qu'il était toujours lors de leur dernière rencontre alors qu'il avait vingt-deux ans et elle dix-sept.

« Comment es-tu devenu mon médecin ? demanda Rebecca.

— Je choisis mes patients. » Clay sourit : « Cela fait du bien de te revoir, l'Astronome, même si c'est dans ces circonstances. »

Rebecca avait oublié ce surnom que Clay lui avait donné quand elle avait onze ans et qu'elle était fascinée par l'astronomie.

« C'est bon de te revoir, dit-elle faiblement.

— Tu es en très bonne condition physique étant donné la gravité de ton accident. On a essayé d'appeler ta famille, mais c'était occupé.

— Tu sais bien que mon beau-père est un forçat de travail. Je suis sûre qu'il téléphone jusqu'à minuit. En plus, ils ne savaient même pas que je venais. Molly le savait. Tu te souviens de ma cousine Molly ?

— Bien sûr. Cousines et meilleures amies. Elle était toujours chez toi quand je passais avec Doug. On l'appellera dans une minute. J'ai d'abord quelques questions à te poser. Qui a écrit *Moby Dick* ?

— Tu plaisantes ? » Clay secoua la tête. « Herman Melville.

— Bien. Quand William Faulkner a-t-il eu le prix Pulitzer en littérature ?

— Tu deviens très étrange. » Rebecca se gratta le front en réfléchissant puis déclara : « C'était le prix Nobel en 1949.

— Rien d'anormal avec cette caboche, s'exclama Clay.

— C'était un test ?

— Je dois m'assurer qu'il n'y a pas d'amnésie.

— Comme s'il savait quand Faulkner a reçu son prix ! plaisanta l'infirmière.

— Elle avait l'air sûre d'elle et je sais qui a écrit *Moby Dick.* » Clay se leva et prit la main de Rebecca comme s'ils s'étaient vus hier. « Tu es toujours aussi jolie malgré les deux entailles sur ton visage. »

Il avait toujours le sens facile du charme, cette tendance à la flatterie même si elle était sûre qu'il ne pensait pas un mot de ce qu'il disait. En l'espace d'une journée, il avait sans doute dit à plusieurs femmes qu'elles étaient jolies. « Merci, Clay. J'aurai des cicatrices ?

— Non. Les coupures sont petites et je suis le maître de la suture.

— Et modeste en plus », rit l'infirmière.

Clay regarda Rebecca d'un air grave : « Tu vois, l'Astronome, on me manque singulièrement de respect ici. Parfois, je suis si blessé que je vais pleurer dans les toilettes.

— Pauvre petit ! gloussa Rebecca. Ton sens de l'humour n'a pas changé.

— Certainement pas. » Clay reprit son sérieux : « Maintenant, il nous faut un scanner et puis il faut appeler Molly. »

Rebecca bafouilla le numéro de Molly et l'infirmière le nota. « Et, s'il vous plaît, essayez de savoir quelque chose à propos de mon chien. Je sais que ça peut vous sembler stupide, mais...

— Ce n'est pas stupide du tout, dit Clay rapidement. J'en ai un aussi qui s'appelle Gypsy et je l'adore. Essaie de te détendre. »

Rebecca pensait qu'elle allait se mettre à crier si elle ne quittait pas cet endroit. Elle était secouée par l'accident, inquiète à cause de Sean, et plus que tout, ébranlée par sa vision du petit garçon, arraché à son lit, puis retenu prisonnier dans un endroit horrible. Depuis plus de huit ans elle avait travaillé pour éloigner ses visions, leur fermant son esprit. Mais celle-ci avait été si puissante, si vigoureuse. Elle n'avait que rarement eu d'expérience d'une telle clarté dans sa vie.

Pourtant, elle n'osait toujours pas en parler au personnel médical. Elle venait d'être accidentée ; son récit aurait l'air de divagations. Ils pourraient prétendre qu'elle avait subi des dommages cérébraux n'apparaissant pas sur le scanner et décider de la garder cette nuit alors qu'elle voulait désespérément partir pour démêler le mystère de ce qu'elle avait vu. Un petit garçon avait-il disparu en ville ? Pouvait-elle faire quelque chose ? Si elle était seule, est-ce qu'une autre vision lui en apprendrait plus ?

Après ce qui parut un temps interminable, l'infirmière réapparut en disant : « Docteur Bellamy, je peux vous parler une minute ? »

Clay, qui était concentré sur ses points, leva les yeux et sourit. « C'est le ton le plus agréable avec lequel vous m'avez jamais parlé. Qu'est-ce que j'ai gagné ?

— Rien. » Clay releva les sourcils. « Eh bien, je suis sûre que vous avez dû faire des choses bien aujourd'hui mais j'ai juste besoin de vous parler, maintenant. »

Le sourire de Clay s'estompa un instant puis réapparut alors qu'il regardait Rebecca. « Ne sois pas si inquiète. Il s'agit sûrement d'un autre patient. Tu vas bien, je te le promets. »

Un flot de pensées traversa l'esprit de Rebecca pendant l'absence de Clay. Quelque chose ne tournait pas rond et cela avait à voir avec elle. Dès que Clay fut de retour, elle demanda : « Qu'est-ce qu'il y a ? Ils ont trouvé mon chien ? Il est mort ?

— Ton chien ? » Clay battait des paupières. « Non, les secours disent qu'ils n'ont pas vu de chien. Je t'ai dit qu'il s'agissait de quelqu'un d'autre. »

Mais son visage était tendu et pâle alors qu'il finissait la suture sans rien dire. Le cœur de Rebecca cognait. Où étaient ses perceptions extra-sensorielles quand elle en avait besoin ? Pourquoi ne pouvait-elle pas lire dans ses pensées ? Il semblait que ces phénomènes aient leur propre volonté et qu'elle ne pouvait pas les commander. Ils venaient et repartaient à leur guise.

De plus en plus nerveuse à mesure que les minutes passaient, Rebecca s'efforçait de rester assise calmement pendant qu'on pansait ses coupures et qu'on lui injectait une dose d'antibiotique et d'antitétanique. Puis elle donna un compte rendu de l'accident à un policier, en omettant avec prudence toute référence aux visions. Il était plus de 23 h 30, quand, habillée de ses vêtements humides et éclaboussés de sang, elle quitta l'hôpital, au bras de Clay.

« Tu n'as pas à me conduire, protesta-t-elle.

— L'infirmière m'a dit que Molly n'était pas disponible, alors on a essayé chez toi. Ton beau-père n'est pas à la maison et ta mère n'a pas l'air d'être dans son assiette. »

Pas dans son assiette, pensa Rebecca. Une façon polie de dire que sa mère avait bu. Rebecca se demandait combien de personnes savaient que Suzanne était devenue alcoolique depuis ces cinq dernières années. Presque toute la ville ? Les bavardages vont vite dans les petites communautés.

« Bien sûr, si les compagnies d'assurances n'imposaient pas leur politique, tu serais restée à l'hôpital cette nuit, dit Clay.

— Heureusement que non. Je ne comprends pas pourquoi Molly n'est pas là. Elle savait que je venais. Bien sûr je suis en retard, mais je lui avais promis d'arriver aujourd'hui.

— Eh bien, tu as de la chance, j'ai fini mon service, et j'ai une voiture.

— Clay, c'est gentil de ta part, mais ce n'est pas la peine. Il y a des taxis à Sinclair.

— Pas de taxi qui accepterait de faire le tour de la ville pour t'aider à retrouver ton chien. Comment l'as-tu appelé ?

— Sean ! Oh Clay, tu vas vraiment m'aider à le retrouver ? »

Clay s'arrêta derrière une petite voiture noire. « Je sauve des vies et j'aide à retrouver les chiens. Je suis un médecin complet.

— Et comment ! Tu ne vas pas me dire que tu rends autant de services à tous tes patients ? »

La remarque était insidieuse et Rebecca le regretta, puis elle se dit qu'elle était trop sérieuse parce que – à sa grande surprise – son attirance pour Clayton était restée intacte.

« Je te connais depuis des années, Rebecca. Si je ne pouvais pas aider une vieille amie à retrouver son chien et la reconduire chez elle alors qu'elle est blessée et sans moyen de transport, ce serait regrettable. »

Eh bien, moi qui croyais représenter quelque chose de spécial à ses yeux, pensa Rebecca, un peu déçue.

« Maintenant, grimpe et ne glisse pas sur les gobelets qui traînent par terre. Je suis un peu souillon quand il s'agit de ma voiture. »

Rebecca monta et attacha aussitôt sa ceinture. La ceinture lui avait sauvé la vie dans deux accidents de voiture. Elle remarqua que le véhicule était impeccable à part les trois tasses et l'emballage d'une sucrerie qui étaient sur le plancher.

« Clay, je ne sais pas comment te remercier pour ce que tu fais, dit-elle alors qu'il démarrait. Sean est un berger australien. Ils sont habituellement gentils, bons avec les enfants, mais lui a été maltraité, alors il ne réagit pas toujours très bien face à la plupart des gens. Je crois qu'il a été abandonné près de chez moi et, pour je ne sais quelle raison, il a choisi ma maison comme refuge. »

Clay la regarda en souriant. « La première fois que je t'ai rencontrée, tu prenais soin d'un petit lapin dans une cage à hamster. Tu disais que le vétérinaire t'avait dit qu'il ne vivrait pas mais tu refusais de le croire. Et il a survécu. Après cela, tu ramassais tous les lapins et les rouges-gorges que tu trouvais et tu n'en as jamais perdu aucun.

— Je ne peux pas croire que tu te souviennes de cela.

— Je voulais être médecin, alors ton talent de guérisseuse m'impressionnait beaucoup. En plus, je me souviens de beaucoup de choses te concernant, l'Astronome, en particulier ta sensibilité. » Rebecca se sentit rougir puis, se trouvant stupide de rougir ainsi, se mit à rougir deux fois plus. « Tu avais aussi beaucoup d'imagination. Bien sûr tu as fini par écrire un livre. Une histoire de meurtre, n'est-ce pas ?

— C'est comme cela que je l'appelle mais mon éditeur dit *suspense psychologique*. J'ai eu de la chance d'être publiée. Il est sorti le mois dernier, alors je ne sais encore pas grand-chose des ventes. C'est pour ça que je n'ai pas abandonné mon poste d'enseignante dans le privé.

— C'est super. Je n'ai pas encore lu le livre, mais je vais le faire. »

Rebecca se mit à rire. « Ce n'est pas une obligation.

— Mais j'en ai envie. Et je veux aussi une dédicace. D'accord ?

— D'accord. »

L'orage était passé, ne laissant qu'une lente pluie monotone dans son sillage. Les rues, rendues luisantes par l'humidité, étaient presque désertes, contrairement à l'activité incessante de celles de La Nouvelle-Orléans. La plupart des maisons devant lesquelles ils passaient étaient éteintes et aucune d'elles n'était équipée d'alarme, si courantes dans le quartier où elle habitait. Sinclair n'avait rien d'une capitale du crime.

« Tu te sens mal ? demanda Clay.

— Non. Pourquoi ?

— Tu fronces les sourcils et tu te mords les lèvres.

— Ma tête s'est déjà sentie mieux et la ceinture m'a un peu écrasée, mais je suis bien. Je m'inquiète pour Sean.

— Nous voici chez Dormaine. Voilà ta voiture. Bien amochée, regarde le capot !

— Le faut-il ?

— Pas si cela doit te faire sentir mal.

— C'est une voiture de location. Je n'y suis pas attachée, dit Rebecca comme pour se soulager. Je ne peux pas croire que j'ai causé tous ces dégâts.

— Seulement à la voiture. Quand je pense à ce qui aurait pu t'arriver, vu ton état quand ils t'ont amenée dans la salle des urgences, dit qui tu étais et qu'il se pouvait que tu sois aveugle... » Clay respira profondément : « J'étais paniqué. »

Rebecca était gênée par l'émotion dans sa voix. Elle ne l'avait pas vu depuis huit ans, et lors de leur dernière rencontre, elle était cadavérique, les yeux cernés, encore sous le choc du meurtre de son frère Jonnie. Et avant cela, elle n'était qu'une adolescente gauche ricanant et rougissant dès qu'elle le regardait, les yeux étincelant de cet amour de jeunesse. Il se souvenait certainement d'elle – et à juste titre – comme d'un être étrange qui prétendait avoir des perceptions extra-sensorielles.

« L'orage a dû retarder le service de dépannage, sinon ta voiture ne serait plus là, dit Clay. Où sont tes bagages ? Dans le coffre ?

— Oui, mais tu n'es pas obligé...

— Pourquoi ? On est sur place. Je suis sûr que les clés sont encore sur le contact. »

Apparemment c'était le cas car, en l'espace de deux minutes, Clay avait ouvert le coffre et il portait les bagages de Rebecca jusqu'à sa voiture. « Intacts et tu auras tes affaires avec toi ce soir, dit-il. Maintenant il faut retrouver Sean. »

La rue était à eux et Clay tourna la voiture pour faire face au restaurant afin que ses phares éclairent la façade latérale de Dormaine. « Aucune trace de chien. Mais s'il avait été ici les secours l'auraient trouvé. Et Alvin a dit qu'ils avaient affirmé ne pas avoir vu de chien. »

Un flash traversa l'esprit de Rebecca. « Le brancardier. Alvin. Il n'a pas un prénom courant. Et j'ai l'impression de le connaître.

— Alvin Tanner. C'est le fils de Earl.

— Oh mon Dieu », murmura Rebecca en se souvenant. Earl Tanner avait été mortellement poignardé à la sortie de la Clé en Or, le bar de la ville. La police avait immédiatement arrêté un suspect. Les preuves indirectes s'accumulaient contre lui jusqu'à ce que Rebecca, douze ans, dise à son oncle Bill Garrett, qui était alors agent de police, que Earl avait été poignardé à mort par une femme nommée Slim qui l'avait attendu dans une allée près du bar. Slim Tanner était la femme de Earl. Et, exactement comme Rebecca l'avait annoncé, la police avait retrouvé un couteau taché du sang de Earl, enterré sous un massif de rhododendrons dans le jardin des Tanner. Slim avait prétendu avoir tué Earl parce qu'il les battait, elle et son fils. Quoi qu'il en soit, elle avait été condamnée à la prison à vie à cause de Rebecca.

« Qu'est-ce qui ne va pas ? demanda Clay.

— Tu sais ce que j'ai fait à la mère d'Alvin.

— Je sais ce que la mère d'Alvin a fait à son père. Elle n'était pas en train de repousser son attaque – elle l'attendait. C'était un crime prémédité, exécuté de sang-froid. Tu as sauvé un homme innocent de la prison. » Rebecca restait silencieuse, perdue dans ses pensées. « Il y a un terrain abandonné à côté de Dormaine, dit Clay. Peut-être que Sean est allé là-bas, s'il n'aime pas les gens. »

Clay arrêta la voiture, ordonna à Rebecca de rester à l'intérieur et se dirigea vers le terrain détrempé muni d'une lampe-torche. Après quelques minutes il était de retour, ses cheveux blonds dégoulinant sur son front. « Il y a un chien derrière une pile de cartons mouillés. Je ne vais pas plus loin parce qu'il ne me connaît pas et que je ne veux pas l'effrayer. Il y a la laisse de Gypsy à l'arrière. Prends-la et va voir. Mais sois prudente. Ce n'est peut-être pas Sean. »

Mais c'était lui. Dès qu'il l'aperçut, Sean bondit de derrière la pile de cartons détrempés et entoura sa taille de ses pattes avant comme il l'avait toujours fait depuis le lendemain du jour où elle l'avait officiellement adopté. « Je me suis tellement fait de soucis pour toi. » Rebecca pleurait. « Mais tu as l'air d'aller bien. Mouillé mais bien. »

Elle lui mit la laisse et le conduisit à la voiture, puis elle hésita : « Ses longs poils sont trempés. Je ne peux pas le laisser monter dans ta voiture.

— Les sièges sont en vinyle, dit Clay. Ça se nettoie facilement. Il y a une vieille couverture à l'arrière. Mets-la autour de lui. Il tremble. »

En quelques minutes, Sean était emmitouflé et au chaud sur la banquette arrière. Rebecca était contente que Clay n'ait pas poursuivi Sean dans le terrain vague car il réagissait habituellement en montrant les crocs et en grognant dès qu'il se sentait agressé, surtout par un homme.

« Je ne pense pas qu'il soit blessé, dit Rebecca alors qu'ils redémarraient. Je pourrais l'emmener chez le vétérinaire demain, mais généralement ça ne se passe pas très bien. Je l'examinerai quand je serai à la maison. »

Clay acquiesça de la tête, avec un air absent, et Rebecca se sentit soudain comme un fardeau. D'abord de n'avoir pas pu joindre sa famille pour qu'on vienne la chercher à l'hôpital puis d'avoir traîné Clay à la recherche de son chien trempé, maintenant en train de dégouliner sur la banquette arrière. « J'apprécie tellement tout ce que tu as fait pour moi ce soir, dit-elle vivement. Tu as largement dépassé les limites du devoir. Je suis désolée d'avoir été si pénible.

— Tu n'as pas été pénible.

— Je paierai pour le nettoyage de ta voiture. Parce que, malgré la couverture, je crois que les longs poils de Sean ont fait beaucoup de dégâts...

— Rebecca, il y a quelque chose que j'ai omis de te dire », dit Clay soudainement. Elle regarda son visage. Il était tendu, la mâchoire presque rigide. « Tu étais si choquée par l'accident, puis si inquiète au sujet du chien... Je voulais faire tout ce que je pouvais pour que tu retrouves ton calme avant de t'annoncer la mauvaise nouvelle.

— Mauvaise nouvelle ? » Rebecca répéta ces mots tout doucement, l'estomac noué. « J'ai bien senti à l'hôpital que quelque chose n'allait pas. Pas avec moi. C'est ma famille ? C'est ça ? C'est pour ça que personne n'est venu à l'hôpital.

— J'ai bien peur que oui. » Il respira profondément. « C'est ta cousine Molly. Ou plutôt, le fils de Molly.

— Todd ? Qu'est-ce qui ne va pas avec Todd ? Il est malade ?

— Non, Rebecca. » Clay ralentit et la regarda, sa voix se radoucit. « Ce soir, Todd a été kidnappé. »

3

« Kidnappé ? » Rebecca crut que sa voix venait de quelqu'un d'autre. « Mais de quoi parles-tu ?

— Apparemment, Molly était sortie. Une baby-sitter s'occupait de Todd. Quelqu'un est entré dans la maison, a assommé la baby-sitter...

— Et a emmené Todd par la fenêtre. Il n'a pas crié parce qu'il était drogué. Mais il a sa peluche avec lui. Un chien nommé Clochard. » Clay faillit arrêter la voiture au milieu de la route. Il la regardait, stupéfait. « Et maintenant il est attaché et bâillonné dans un endroit où il fait très chaud et qui sent la moisissure. Il est terrifié et a la nausée. Sans doute à cause du chloroforme. »

Après quelques secondes de silence, Clay demanda, intrigué : « Rebecca, de quoi parles-tu ?

— Je parle de Todd. Je parle d'une vision que j'ai eue. Celle qui a provoqué l'accident. Ce n'était pas l'éclair. J'ai tout vu très distinctement. Ou plutôt, je l'ai ressenti. Je ne pouvais pas voir puisque j'étais dans l'esprit de Todd et qu'il a les yeux bandés. Il ne pouvait pas voir, alors moi non plus. » Sa voix était devenue lointaine et l'écœurante évidence de ses perceptions extra-sensorielles était de retour : « Il ne sait pas qui l'a emmené. Mais il n'est pas blessé. Pas pour le moment. »

Clay reprit ses esprits en entendant le klaxon de la voiture de derrière. Il appuya sur l'accélérateur et ils roulèrent le long des rues brillantes de pluie pendant plus de deux kilomètres avant qu'il ne dise : « Rebecca, es-tu en train de me dire que, tout ce temps, tu savais ce qui était arrivé à Todd ?

— Non. J'ai eu une vision mais je ne savais pas qui était cet enfant. Et j'avais oublié que Todd avait un chien en peluche qui s'appelle Clochard. Comment ai-je pu l'oublier ? Quand Molly l'avait amené en visite à La Nouvelle-Orléans l'été dernier, il l'avait avec lui. Il était si joyeux, intelligent et curieux. Et il s'était merveilleusement bien amusé. On était allé dans le Quartier français et à l'aquarium et nous avions fait du cheval dans le parc Audubon et...

— Rebecca ! » La voix de Clay était cinglante. « Arrête de radoter. Qu'est-ce que tu racontes ? Que tu as eu une vision psychique ?

— Oui. » Elle se tourna vers lui. « Tu ne me crois pas, n'est-ce pas ? »

Clay haussa les épaules et secoua la tête comme pour la vider. « Je ne sais pas. Je n'y comprends rien. Je suppose qu'en tant que scientifique, j'ai besoin de preuves, de statistiques et de résultats de test...

— Mais il existe des statistiques et des résultats de test, Clay. Établis pour la plupart par des psychologues respectés et pas par un tas d'escrocs *new age*. En plus, Doug a dû te parler de certaines choses que j'ai faites quand j'étais plus jeune. Et, toi-même, tu les as déjà vues. Qu'en est-il de cet enfant que je savais perdu dans le puits abandonné ? Qu'en est-il de Slim Tanner, bon sang ? Je ne connaissais même pas cette femme, je n'avais jamais entendu parler d'elle. Comment aurais-je pu savoir qu'elle avait tué son mari ? » Clay restait silencieux et cela mit Rebecca hors d'elle, alors tout aussi rapidement elle ajouta : « Je me fiche que tu croies ou non à mes perceptions extra-sensorielles. Ce que nous savons tous les deux, c'est que Todd a disparu. Il n'a que sept ans. Molly doit être folle d'inquiétude. S'il te plaît, conduis-moi chez elle. Après, tu pourras poursuivre ton chemin, je ne te dérangerai plus.

— Rebecca...

— Je n'ai pas envie de parler. J'ai mal à la tête. S'il te plaît, conduis-moi chez Molly. »

Clay honora sa demande et ne dit plus rien, mais elle lui jeta quelques coups d'œil. Elle ne pouvait pas bien lire l'expression sur son visage mais cela ressemblait à un mélange d'inquiétude et de regret. Cependant, pour le moment, les états d'âme de Clay Bellamy étaient le cadet de ses soucis.

Elle pensait à la dernière fois qu'elle avait vu Todd. Le frêle garçon avait les mêmes cheveux châtains que sa mère, les yeux couleur cannelle et un léger sourire en coin. Personne ne savait qui était le père de Todd. Molly était tombée enceinte à l'âge de dix-neuf ans et n'avait jamais voulu révéler l'identité du père, pas même à Rebecca. Elle avait passé sa grossesse à La Nouvelle-Orléans avec Rebecca, puis avait surpris tout le monde en gardant son bébé et en retournant à Sinclair. Après sa naissance, elle avait fini ses études à l'Université de Virginie-Occidentale et était allée travailler au siège social de l'entreprise familiale, Grace Healthcare, une chaîne nationale de maisons de repos. Durant toutes ces dernières années, elle s'était dévouée à Todd. Et pour ce qu'en savait Rebecca, elle n'avait pas beaucoup de rendez-vous galants.

À présent, cet adorable petit garçon, le centre du monde pour Molly, s'était envolé. Il avait été emmené tout comme Jonnie. L'histoire se répétait. Peut-être pas. Quand Jonnie avait disparu du camp de scouts à l'âge de quatorze ans, Rebecca n'avait rien « vu ». Pendant la semaine où tout le monde battait la région à sa recherche, où la police locale et même le FBI le cherchaient en vain, elle n'avait jamais rien « vu ». Finalement, son corps battu avait été découvert dans un terrain vague du centre-ville, abandonné comme un sac d'ordures. Personne n'avait jamais su qui l'avait emmené. Personne n'avait jamais su où on l'avait gardé pendant une semaine. Et la plupart des gens qui croyaient aux pouvoirs de Rebecca commencèrent à douter d'elle. Elle aussi doutait d'elle-même. Elle avait abandonné son propre frère. Allait-elle aussi abandonner Todd ?

Non, cette fois ce serait différent, elle en fit le serment. C'était déjà différent. Elle avait ressenti les émotions de Todd après son enlèvement. Et si c'était arrivé une fois, cela pouvait se reproduire.

La maison de Molly se trouvait à environ huit kilomètres de la maison familiale de Rebecca. Elle était située dans un quartier agréable mais cependant moins prospère. Bien que Rebecca ne l'ait jamais visitée, Molly lui avait envoyé des photos et elle reconnut tout de suite l'aspect ranch avec ses structures et ses volets marron foncé.

Alors qu'ils approchaient de la maison, un policier leur fit signe de s'arrêter. « Pas de visites non autorisées, dit-il. Continuez votre route, s'il vous plaît.

— Je suis le docteur Clayton Bellamy et voici Rebecca Ryan, la cousine de Molly Ryan. Le chef Garrett est l'oncle de Rebecca. S'ils sont là, ils voudront sûrement la voir. »

L'agent de police les regardait, l'air soupçonneux, puis il prit sa radio. Une voix lui répondit et il se détendit : « Le chef Garrett demande que vous vous gariez dans l'allée, docteur Bellamy. Il est à l'intérieur avec l'autre demoiselle Ryan. »

Clay se dirigea docilement vers l'allée. « Merci, dit simplement Rebecca. Est-ce que je peux garder la laisse de Gypsy pour ce soir ? Je vais devoir attacher Sean sous le porche.

— Je viens avec toi, dit Clay. Cela va être dur pour toi après le traumatisme dont tu as souffert. En plus, Molly doit avoir besoin d'un sédatif. J'ai pris ma sacoche. »

Vexée par son scepticisme concernant sa vision, Rebecca voulait insister pour qu'il n'entre pas avec elle. Mais son bon sens lui indiqua qu'un médecin serait sans doute très utile dans cette situation. Molly devait être proche de l'hystérie.

Ils sortirent silencieusement de la voiture, Sean les suivait. Avant qu'ils aient grimpé les trois marches du perron, Molly avait violemment ouvert la porte d'entrée. « Oh mon Dieu, enfin tu es là ! » Elle manqua tomber dans les escaliers, avant de se jeter dans les bras de Rebecca.

Rebecca la serra très fort. Molly ressemblait terriblement au père de Rebecca, Patrick, mort quand elle avait neuf ans, avec ses cheveux plutôt roux, ses taches de rousseur et ses yeux couleur cannelle qu'elle avait transmis à son propre fils, Todd. Le corps robuste de Molly était brûlant. Elle tremblait.

« Je viens juste d'apprendre pour Todd », dit Rebecca doucement.

Molly laissa échapper un sanglot : « Je ne peux pas croire qu'il ait été kidnappé, Becky. Ce n'est pas possible. Il a dû sortir. Et avec cette terrible soirée, il doit être trempé et avoir froid et... » Un autre sanglot déchira sa gorge.

« Molly, calme-toi. » Rebecca leva la tête pour apercevoir le frère de sa mère, Bill Garrett, qui se tenait, impuissant, sur le perron. « Salut, Becky. Toi, Clay et Molly, rentrez maintenant. Amène le chien aussi. »

Rebecca trouvait qu'il avait un accent du sud-ouest des États-Unis. À quarante-cinq ans, il était grand et maigre avec des cheveux roux ébouriffés et des yeux bleu clair. Il avait presque toujours une cigarette à la main, mais souvent il en allumait une et la laissait se consumer jusqu'au filtre sans avoir pris plus d'une ou deux bouffées. Rebecca n'avait pas vu son oncle depuis huit ans, mais il n'avait pas changé d'un iota – la voix douce et incroyablement calme, en parfait contraste avec son élégante et nerveuse sœur, Suzanne.

Rebecca pénétra dans la maison de Molly et jeta un coup d'œil circulaire sur l'endroit. La maison était confortablement équipée bien qu'il y manquât la touche raffinée de Rebecca. Rebecca avait toujours fait attention à l'argent qui avait été géré pour elle jusqu'à ce qu'elle ait vingt et un ans, mais de temps en temps elle s'accordait une jolie peinture ou un bibelot en cristal. Molly avait un bon salaire chez Grace Healthcare, mais avec un enfant et sans les économies que possédait Rebecca, elle ne pouvait pas se permettre d'excès.

Sean, qui tremblait toujours, s'était couché près de la porte. Clay déposa sa sacoche de médecin à ses côtés, puis alla s'asseoir à l'autre bout de la pièce, comme s'il voulait paraître le plus discret possible. Bill regardait Rebecca fixement. « L'infirmière qui a appelé a dit que tu avais eu un accident.

— Tu ne m'as rien dit ! accusa Molly.

— Je ne suis pas gravement blessée, dit rapidement Rebecca. Juste quelques coupures. J'ai été transportée aux urgences. Clay s'est occupé de moi. Et quand l'infirmière a appelé pour qu'on vienne me chercher, elle a appris pour Todd.

— Tu es sûre que tu vas bien ? demanda Molly, anxieuse.

— En tant que médecin, je peux vous assurer que d'ici à quelques jours elle sera comme neuve, dit Clay. Elle a eu de la chance. »

Un autre officier de police traversa la pièce, faisant un signe de tête à Bill avant de sortir : « On met la ligne sur écoute. »

Rebecca acquiesça de la tête. Elle se sentait geler de l'intérieur. Elle se souvenait de la même procédure il y a huit ans, quand un boy-scout hystérique avait appelé pour dire que Jonnie avait disparu depuis des heures du campement dans les collines. La demande de rançon était arrivée moins de vingt-quatre heures après cet appel. Puis le FBI était entré en scène, la remise de la rançon avait échoué et Jonnie avait été tué. C'est au tour de Todd maintenant, pensa Rebecca en frissonnant. Ce n'était pas possible que cela recommence.

Elle regarda Molly. Elle portait un jean et une chemise en coton rouge. Ses cheveux qui lui arrivaient aux épaules étaient ramenés en arrière et pris dans un bandeau bleu ; ses yeux marron étaient rouges et gonflés. Elle n'avait jamais été une beauté, mais ses yeux brillants et son sourire éclatant la rendaient radieuse. Maintenant, elle avait une mine horrible et semblait avoir bien plus que ses vingt-sept ans. Ses lunettes à monture d'acier descendaient lentement jusqu'au bout de son nez, rougi par les pleurs.

« S'il te plaît, dis-moi ce qui se passe, dit Rebecca, décidée à ne pas parler de sa vision pour le moment. Tout ce que je sais c'est que Todd a disparu. »

Clay lui lança un regard sombre, que Rebecca ignora. Molly ferma les yeux. « Je devais travailler tard ce soir. En fait, je n'étais pas obligée, mais je savais qu'il y avait du travail à terminer au plus vite et je pensais pouvoir rentrer avant ton arrivée à cause de tous les retards de vols.

— Todd était-il en colère contre toi ? » l'interrompit Rebecca.

Molly secoua la tête.

« Je cherche à me convaincre qu'il était furieux après moi parce que je l'ai abandonné un samedi soir et qu'il est parti. Mais ce n'est pas le cas. Oh, il avait bien l'air déçu jusqu'à ce que je lui dise que Sonia resterait avec lui. Sonia Ellis. Elle a dix-sept ans. Elle est magnifique et il l'adore.

— Et tu penses qu'elle est digne de confiance ?

— Mon Dieu, oui. » Molly tentait de sourire. « Elle est sortie avec mention du lycée. Elle s'est inscrite à l'Université de Virginie pour cet automne mais elle a commencé les cours cet été avec un programme supplémentaire. Elle travaille à la bijouterie du centre-ville dans la journée. Elle est très ambitieuse. Sa mère travaille chez Grace Healthcare, c'est la secrétaire de Franck. »

Franck Hardison, le beau-père de Rebecca, avait repris la direction de Grace Healthcare peu de temps après la mort du père de Rebecca, Patrick. Sa mère l'avait épousé un an après que Patrick eut été tué dans l'accident de voiture qui avait également failli tuer Rebecca. Sans Franck, Rebecca pensait que la famille et les affaires se seraient effondrées.

« Franck est passé plus tôt, dit Molly. Après que Bill a eu fini d'interroger Sonia, il l'a emmenée à l'hôpital.

— On a dû les louper, dit Clay. La soirée a été chargée avec cet orage. »

Bill acquiesça : « Elle a été frappée à la tête. Elle a dit que cela s'était produit peu après 21 heures. Elle regardait la télévision. Elle était toujours inconsciente quand Molly est rentrée. »

Rebecca se pencha en fixant Molly. « Tu n'as été en contact avec personne d'étrange, récemment ? Quelqu'un qui aurait particulièrement fait attention à Todd, quelqu'un qui aurait pu dire qu'il aurait adoré avoir un petit garçon comme lui ?

— Bill m'a déjà demandé tout cela. » Molly secoua la tête. « Depuis la fin de l'année scolaire, Todd reste chez Mme Lomax pendant la journée, avec six autres enfants. Nous sommes allés au cinéma quelquefois et samedi dernier, nous avons assisté à l'un des concerts donnés dans le parc. Mais je ne l'ai vu parler à aucun adulte et personne n'a semblé lui porter une attention particulière.

— Je vois, je suis en train de marcher sur les plates-bandes de Bill ? » dit Rebecca. Bien sûr, elle connaissait toutes les questions à poser. Les mêmes qui avaient été posées au sujet de Jonnie. « Et les voisins, ne put-elle s'empêcher de continuer, ont-ils vu quelque chose ?

— Les gens de la maison de droite sont en vacances, répondit Bill. Le couple d'en face n'a rien vu de suspect. Une infirmière vit à côté. Elle fait des extras en soirée. Elle s'occupe d'une femme âgée et elle finit vers 19 heures.

— Et la baby-sitter, Sonia, elle n'a rien vu, rien entendu ? »

Bill répondit à nouveau : « Elle dit qu'elle est allée voir Todd juste avant 21 heures. Il dormait. Molly m'a dit qu'il pouvait parfois être pénible lorsqu'il fallait aller au lit – il voulait qu'on laisse la lumière allumée, il réclamait à boire plusieurs fois de suite – mais je suppose qu'il avait dû beaucoup jouer aujourd'hui et qu'il s'est éteint de bonne heure. Sonia assure qu'elle était allongée sur le divan à regarder la télévision. D'un coup, elle s'est rendu compte que quelqu'un était dans la pièce et puis elle a ressenti une douleur à la tête avant même de pouvoir se redresser. Elle a une méchante bosse. »

Molly fixait une photo de Todd posée sur la cheminée, se désintéressant de la conversation entre Rebecca et Bill. Ses doigts s'emmêlèrent et se démêlèrent plusieurs fois avant qu'elle demande timidement : « Becky, peux-tu faire quelque chose pour moi ?

— Tout ce que tu voudras.

— Va dans la chambre de Todd. Passes-y un moment et dis-moi ce que tu vois. »

Une sensation de mal-être traversa Rebecca. Si souvent dans le passé on lui avait demandé de réaliser cette prouesse, de « voir » ce que les autres ne voyaient pas. Elle avait déjà « vu » quelque chose, mais elle ne voulait pas en parler devant Molly, qui paraissait visiblement fragilisée. Elle voulait d'abord parler à

Bill de sa vision de Todd chloroformé et emmené par la fenêtre. Pour l'instant, Molly la regardait avec un mélange d'espoir et de désolation au fond des yeux. Autant Rebecca détestait réveiller ses perceptions ensommeillées, autant elle ne pouvait pas laisser tomber Molly.

« OK. Mais tu te doutes bien que je n'ai pas fait cela depuis des années. Je ne suis plus comme j'étais à seize ans. Les visions ne...

— Rebecca, tout ce que tu pourras faire sera le bienvenu, supplia Molly. S'il te plaît, essaie pour moi. »

Seul un être au cœur de pierre aurait pu rejeter cette mère éperdue, pensa Rebecca. Toute sa vie, elle avait aimé Molly. Elle avait attendu à l'hôpital pendant que Molly accouchait de Todd par césarienne. Elle avait supplié Molly de rester à La Nouvelle-Orléans, mais cette dernière avait préféré repartir pour Sinclair. Elle se leva : « Montre-moi sa chambre. »

Bill se leva avec Molly. Alors qu'ils traversaient le hall, Rebecca sentit sa poitrine se serrer. Elle appréhendait maintenant tellement l'excitation qui accompagnait autrefois ses expériences paranormales qu'elle en avait presque la nausée. Elle parvint malgré tout à ébaucher un sourire pour Molly au moment où elle entrait dans la chambre.

Dans sa vision, elle ne savait que ce que Todd savait et ses yeux étaient bandés. Ses connaissances de la chambre lui venaient de Todd – la lampe Lava bleue que Molly laissait allumée la nuit, les poissons rouges dans leur grand bocal étincelant. Son regard se dirigea vers la fenêtre qui n'était qu'à soixante centimètres du sol. Rien ne se trouvait devant, à part une descente de lit bleu et rouge. Comme il aurait été facile à n'importe qui de l'escalader en portant le corps léger et endormi d'un enfant de sept ans ! « Aurait-il pu laisser des empreintes sous la fenêtre ? demanda-t-elle.

— Il n'avait pas plu depuis deux semaines avant ce soir, répondit Bill. Le sol était dur. Mais personne n'a pensé qu'il était passé par la fenêtre.

— C'est juste que je suppose que les portes étaient verrouillées», dit Rebecca à Bill, qui la regardait déjà d'un air méfiant. Il avait été la première personne à accepter ses capacités paranormales quand elle était enfant, et maintenant il se doutait déjà qu'elle en savait plus qu'elle ne le disait.

«Mais j'ai peut-être oublié de verrouiller la fenêtre! laissa échapper Molly. J'aurais dû vérifier avant de partir, mais j'ai oublié. Oh, mon Dieu!»

Rebecca prit Molly dans ses bras. Elle tremblait violemment. «Molly, si quelqu'un était décidé à kidnapper Todd, il aurait défoncé la fenêtre même si elle avait été verrouillée. Ce n'est pas de ta faute.» Elle recula et sourit à Molly dont le visage était marbré et les yeux égarés. «Toi et Bill vous retournez au salon et me laissez ici. Peut-être que j'obtiendrai des résultats.

— Oh, merci Becky, dit Molly.

— Je vais juste essayer. Je ne te promets rien. Tu sais comment ça marche, ou plutôt comment ça ne marche pas la plupart du temps...»

Bill passa son bras autour des épaules de Molly, l'entraînant hors de la chambre. «Prends ton temps, Becky, et détends-toi.»

Rebecca ne s'était que rarement sentie aussi peu détendue. Ses nerfs vibraient et ses épaules croulaient sous le poids des attentes de chacun. Elle déambulait dans la petite pièce, essayant de se concentrer sur ce qui l'entourait, mais elle n'arrivait qu'à ressasser toutes les remarques négatives qui avaient été faites au cours de toutes ces années sur son «pouvoir magique» et ses «supercheries». D'ordinaire, elle arrivait à ne pas prêter attention à ces railleries parce qu'elle avait un certain degré de confiance en elle. La mère de sa mère, Ava, avait le même pouvoir. Elle n'avait jamais souffert d'incertitude dans sa vie et avait essayé de prodiguer la même confiance à Rebecca. Ava n'avait jamais complètement réussi. Mais aujourd'hui, Rebecca devait retrouver un peu de l'assurance enfouie au plus profond d'elle-même et aider Molly.

Rebecca passa ses doigts sur le couvre-lit rouge, blanc et bleu de Todd. Elle savait que la police avait déjà recherché des empreintes, des objets suspects, des vêtements déchirés et des traces de sang. Un poster de *La Guerre des Étoiles* était accroché au-dessus du lit, au nord. Sur le mur est, la magnifique photo d'un loup dans la neige, prise par le grand-père de Todd, le père de Molly, qui avait abandonné la direction de Grace Healthcare pour devenir photographe animalier en laissant la société à son frère Patrick.

Rebecca alla jusqu'à la coiffeuse en érable. Dans un coin, se trouvait une mappemonde. Au centre, deux poissons rouges nageaient paisiblement dans leur bocal garni de graviers bleus et d'un château dans le fond. Sur le bord du miroir, accrochée à un ruban rouge, pendait une médaille, « Première place, Nageurs junior ». Le trophée de natation de Todd de l'année dernière. Rebecca sourit. Après des années de cours de natation, elle ne savait toujours pas nager bien qu'elle n'ait pas peur de l'eau.

Au loin, Rebecca entendit un roulement de tonnerre. Était-ce l'orage qui revenait ? Elle se mit à trembler, pas pour elle mais pour Todd. Elle savait qu'il détestait l'orage. Elle scruta la pièce de nouveau. Elle pouvait ressentir l'impatience de Bill et de Molly dans le salon. Elle voulait désespérément leur apprendre qu'elle avait vu dans cette pièce quelque chose qui sorte de l'ordinaire, mais il n'y avait rien.

Quand elle pénétra dans le salon, Molly la regarda avant de fondre en larmes. « Je suis désolée, dit Rebecca embarrassée. Je n'ai rien vu. »

Dans la chambre, voulut-elle ajouter, mais elle savait qu'il valait mieux le cacher à Molly pour l'instant. Elle parlerait à Bill dès que possible de sa vision dans la voiture. Non pas que cela puisse être d'une quelconque utilité. Elle ne pouvait lui donner aucun descriptif du kidnappeur de Todd ou de l'endroit où il était retenu.

« Ce n'est rien, mentit Molly, en essuyant son visage avec un mouchoir déchiré. Je ne m'attendais à rien de spécial. »

Bien sûr qu'elle attendait beaucoup et les sanglots qui tordirent son visage une minute plus tard en disaient long. Rebecca se précipita vers elle et tint son corps tremblant entre ses bras. Clay se leva. « Je crois que Molly a besoin de quelque chose pour se détendre », dit-il gentiment.

Molly secoua la tête. « Non ! Je dois rester éveillée pour aider Todd.

— Tu ne peux pas aider Todd dans cet état-là, dit Bill. Laisse Clay te donner quelque chose. Après, tu y verras plus clair. »

Molly ne discuta pas. Elle se mit seulement à pleurer rageusement sur l'épaule de Rebecca dont les larmes commençaient aussi à couler. C'était Molly qui l'avait consolée quand elle avait pleuré la mort de son père à neuf ans, Molly encore qui l'avait réconfortée après la mort de Jonnie à dix-sept ans. Aujourd'hui, les rôles étaient inversés, bien que Todd ne fût pas mort. Rebecca le savait, mais elle ne pouvait rien dire maintenant, elle ne pouvait pas donner de faux espoirs avec une vision aussi vague.

Molly ne rechigna pas quand Clay lui fit l'injection. « Activan, avait-il dit. Tu vas t'assoupir dans un petit moment.

— M'assoupir ? Mais je ne veux pas m'assoupir, protesta Molly. Je veux rester éveillée.

— Tu as subi un choc, Molly. Tu as besoin de dormir. Quand tu te réveilleras tu seras plus calme et plus apte à aider ton fils. »

Rebecca aida Molly à monter dans sa chambre, à mettre son pyjama et à se coucher. « Tu restes un peu avec moi ? demanda Molly après que Rebecca l'eut bordée comme une enfant.

— Bien sûr. » Rebecca s'assit sur le lit et caressa doucement les cheveux de Molly. « Tu te souviens quand tu passais la nuit avec moi quand on était enfants ?

— Si souvent. Mes parents étaient toujours partis. Et tu sais quoi ? Je m'en fichais. Quand ils étaient à la maison, Papa avait l'air de s'ennuyer et Maman lui demandait tout le temps à quoi il pensait, où il allait, avec qui il parlait au téléphone, jusqu'à ce qu'il perde patience. C'était différent chez toi. Beaucoup plus drôle. » Le sourire de Molly était de plus en plus étrange au fur et à mesure que le tranquillisant faisait effet. « Tu te souviens quand on restait éveillées pour regarder les films d'horreur ?

— Les *Halloween* étaient mes préférés. Je voulais grandir pour ressembler à Jamie Lee Curtis. Ma mère me menaçait des pires représailles quand j'allais dans le jardin pour m'entraîner à hurler.

— Il faut dire que tu hurlais particulièrement bien. Et Jason, avec son masque de hockeyeur ? Il n'y avait pas de camp de colo pour nous ! Les étés à la maison étaient parfaits. » Molly commençait à avoir du mal à articuler : « Même après la mort de ton père, c'était bien. Oh, il était merveilleux et il me manquait, mais après, Franck est arrivé, gentil et agréable... pas aussi drôle que ton père mais... affectueux... et après... »

Et après, Jonnie avait été tué. Rebecca ne pouvait pas parler de la mort de Jonnie à Molly, alors qu'on ne savait pas où était Todd. Elle cherchait quelque chose à dire quand elle s'aperçut que Molly avait fermé les yeux. Dieu merci.

Elle retourna dans le salon où Bill et Clay étaient en train de discuter à voix basse. « Elle s'est endormie, dit Rebecca. Bill, je ne voulais pas parler de cela devant Molly, mais se peut-il que ce soit le père de Todd qui l'ait emmené ?

— C'était ma première idée, admit Bill. Mais Molly m'a appris qu'il était mort.

— Mort ? » Rebecca était choquée. Elle n'avait jamais pensé à cette possibilité. « Quand ? Qui était-ce ?

— Elle ne m'a pas dit qui c'était. Elle m'a juste dit qu'il était absolument impossible qu'il ait pris Todd parce qu'il était mort depuis plusieurs années. J'ai fait pression sur elle, jusqu'à ce qu'elle craque, mais je n'ai rien pu savoir de plus. Je pensais que, peut-être, tu savais quelque chose, Becky.

— Non. Honnêtement, Bill, je ne te cacherais rien dans un moment pareil si je savais quoi que ce soit. J'étais à La Nouvelle-Orléans quand elle est tombée enceinte. Maman allait mieux à cette époque et elle s'est occupée d'elle. » Rebecca fronça les sourcils. « Mais j'ai toujours pensé que le père devait être marié. Elle ne m'a jamais vraiment rien dit, mais j'avais la sensation qu'il n'était pas disponible, qu'il ne pouvait pas être avec elle. Peut-être que c'était l'un de ses professeurs. Elle devait vouloir empêcher que sa famille apprenne qu'il avait une liaison.

— Cela lui ressemble bien, accepta Bill. Toujours à se soucier des autres. »

Rebecca ferma les yeux. « Oh, mon Dieu, pourquoi faut-il que cela arrive à Molly ? Todd était tout pour elle. Todd *est* tout pour elle », se corrigea-t-elle avec effroi. Todd leur serait rendu. Il le fallait. « Je resterai avec elle cette nuit. »

Clay secoua la tête. « Ce n'est pas une bonne idée. Tu as reçu un choc. Tu ne peux pas t'occuper de Molly cette nuit. » Il se retourna vers Bill : « Y a-t-il quelqu'un qui puisse rester auprès de Molly ?

— Il y aura des policiers pour s'occuper du téléphone et gérer les personnes qui auront appris la nouvelle et viendront jusqu'ici. Moi, je ferai des allées et venues. Je pourrai la réconforter. Molly et moi, nous nous voyons pas mal ces temps-ci.

— Tu veux parler de vrais rendez-vous ? » laissa échapper Rebecca, surprise.

Bill rougit : « Eh bien, je crois que tu peux appeler cela comme ça. Après tout, on n'a pas le même sang, dit-il pour se défendre. Je suis le frère de Suzanne, et pas le père de Patrick ni de Molly.

— Je connais les liens de notre famille, Bill, dit Rebecca en souriant. Tu n'as pas à te justifier devant moi. Je trouve ça génial que vous vous voyiez.

— Peu importe. Je connais une amie de Molly qui sera sans doute ravie de venir lui tenir compagnie. Je vais l'appeler.

— Je crois toujours que je devrais rester, protesta Rebecca.

— Non, dit Clay fermement. Je te conduis chez toi et je veux que tu passes une bonne nuit de repos. Tu en as plus besoin que tu ne le crois.

— D'accord », répondit Rebecca à contrecœur. Puis elle regarda Bill. « Avant de partir, je dois te dire quelque chose. En fait, c'est la raison de mon accident. » Le visage de Bill s'anima. « J'ai eu une vision à propos de Todd.

— Je l'ai su tout à l'heure, dans la chambre, quand tu as posé des questions au sujet de la fenêtre ! dit-il. Dis-moi tout ce que tu as vu. »

4

I

SAMEDI 9 h 20

Le lendemain matin, Rebecca se réveilla désorientée et endolorie. Sa tête résonnait. Elle ouvrit des yeux gonflés, jeta un œil sur son ancienne chambre, et les referma.

Son esprit retourna au jour où, à neuf ans, papa et elle descendaient une route sinueuse de la colline. Papa conduisait toujours vite et ils chantaient en chœur un air qui passait à la radio. Elle se souvenait d'un grand sentiment de bonheur jusqu'au moment où elle avait entendu un bruit qui ressemblait à une explosion. Et puis soudain, ils s'étaient retrouvés en train de plonger sur le flanc de la colline, tonneau après tonneau. Son père n'avait rien dit. Tout ce qu'elle avait entendu, c'étaient ses propres cris et le bruit des vitres qui explosaient. Puis ils avaient atterri sur le toit, la voiture avait tangué deux fois en se disloquant avant que tout ne devienne noir.

La dernière chose dont Rebecca se souvenait, c'était un choc qui avait raidi son corps, cambrant sa colonne vertébrale. Puis, des cris. « Encore ! » Un autre choc. « Durée ? » « Quatre minutes. » « Encore ! » Un autre choc. Puis des bips mécaniques. Elle avait ouvert les yeux et demandé : « Où est mon papa ? »

Papa – Patrick Richard Ryan – était mort. Elle savait déjà qu'il était parti pour toujours. Avant de perdre connaissance, dans la voiture, elle avait remarqué sa tête tournée bizarrement, ses yeux ouverts mais vides, aveugles.

Maman ne faisait que pleurer chaque fois qu'elle regardait le visage contusionné et enflé de Rebecca. C'était l'oncle Bill qui lui avait expliqué qu'elle avait subi une opération. Elle n'avait que quelques cicatrices, dont une toute fine à côté de l'œil droit qui ressemblait à un croissant de lune. Elle avait aussi quelques os cassés et devrait porter ces plâtres inconfortables, mais dans quelques mois elle redeviendrait comme avant. Jonnie et Molly étaient trop jeunes pour lui rendre visite, avait-il expliqué, mais ils étaient très impatients de la voir. Un ami de Papa, Franck Hardison, devait arriver à la maison après un meeting à Pittsburgh et il aiderait Maman à s'occuper de l'entreprise, dont il était déjà le vice-président. Elle serait bientôt à la maison et tout allait très bien se passer. Toutes ces nouvelles ne l'avaient pas consolée de la perte de son père, mais elles lui avaient tout de même redonné un peu de courage.

Puis, au milieu d'une de ces nuits interminables où ses côtes cassées la faisaient souffrir et qu'elle ne pouvait pas dormir, une jeune et jolie infirmière que Rebecca aimait bien était entrée dans sa chambre d'hôpital pour voir si elle allait bien.

« Salut, poupée. On n'arrive pas à dormir ? » Rebecca secoua négativement la tête. Après avoir pris son pouls et noté des informations sur un tableau, elle prit la petite main de Rebecca dans la sienne : « Tu m'aimes bien et tu vas me dire la vérité à propos de quelque chose, n'est-ce pas ?

— Je dis toujours la vérité, s'offusqua Rebecca. Enfin, presque toujours.

— C'est bien. » L'infirmière avait un air très sérieux. « Avant que les médecins ne fassent rebattre ton cœur, est-ce que tu es descendue dans un tunnel ? »

Rebecca ne comprenait pas. « On n'est pas rentré dans un tunnel. La voiture de papa est tombée de la colline.

— Ça, je le sais, poupée, mais ton cœur avait cessé de battre quand tu es arrivée à l'hôpital. Tu es restée morte pendant quatre minutes. Tu ne le savais pas ? » Rebecca s'était raidie alors que l'infirmière se penchait en avant, soufflant de l'air chaud sur son visage. « As-tu été conduite vers une lumière vive au bout du tunnel ? As-tu tourné le dos à la lumière ? Est-ce que c'est comme cela que tu es revenue du pays des morts ? »

Un frisson avait parcouru Rebecca. Elle était soudain terrifiée par cette charmante infirmière qu'elle aimait tant. « Je n'ai vu ni tunnel ni lumière et je n'étais pas morte ! » Rebecca avait caché sa peur derrière la colère. « Ne me touchez pas ! Allez-vous-en ! Allez-vous-en ! »

L'infirmière s'était sauvée, de peur que son superviseur ne la blâme pour avoir terrifié une enfant, mais ses paroles résonnaient dans la tête de Rebecca : « Tu es restée morte pendant quatre minutes. » Elle avait refusé de parler pendant deux jours, jusqu'à ce qu'elle quitte l'hôpital. Les infirmières disaient qu'elles étaient déçues. Elles qui pensaient qu'elle était une brave petite fille si gentille. Mais elle ne se sentait ni brave ni gentille. Elle était en colère et terrorisée parce qu'elle était morte et qu'elle était revenue, comme les horribles morts-vivants qu'on voit dans les films.

Environ un mois après l'accident, elle avait commencé à avoir des visions. Elles lui faisaient un peu peur, même si elles n'étaient pas effrayantes. La première fois, elle avait vu une paire de boucles d'oreilles que sa mère avait perdue depuis un mois, dans une paire de chaussures à talon. Elle fut capable de retrouver des objets perdus plusieurs autres fois. Elle avait retrouvé le chat de Molly, Taffy. Puis à l'âge de douze ans, elle avait « vu » un homme chancelant dans la lumière sombre d'une allée qui parlait avec une femme nommée Slim. Rebecca ne connaissait pas cet homme. Elle ne connaissait pas Slim. Elle savait juste que Slim était une femme qui avait dit : « Je te déteste, Earl », avant de sortir un couteau de son sac et de poignarder l'homme encore et encore. Il s'agissait de l'affaire Earl Tanner. Certaines personnes avaient dit qu'elle était un héros d'avoir sauvé un innocent arrêté pour meurtre. D'autres personnes avaient eu peur d'elle. Elle-même se faisait un peu peur.

Rebecca ouvrit à nouveau les yeux, de retour dans le présent, dans sa belle et chaude chambre de la maison des Ryan.

Pendant la nuit, Sean était monté sur le lit. Il touchait son bras de sa joue. Elle le caressa puis tourna la tête pour regarder la pendule. 9 h 30. Pourquoi l'avait-on laissée dormir aussi longtemps le jour où Molly avait tant besoin d'elle ?

Comme par coïncidence, on frappa doucement à la porte. C'était sans doute Betty, la gouvernante qui l'avait accueillie la nuit dernière. « Entrez », dit Rebecca, la voix enrouée.

Sa mère Suzanne fit deux pas à l'intérieur de la chambre et porta sa main à sa bouche pour étouffer un cri. « Désolée pour le chien sur le lit, dit rapidement Rebecca.

— Je me fiche du chien. » Suzanne se rapprocha. Elle portait une robe en soie bleu ciel et la ceinture serrée montrait à quel point elle avait maigri. Des mèches argentées parsemaient ses cheveux blonds soyeux et ses yeux étaient creusés. « Pourquoi ne m'as-tu pas réveillée hier quand tu es arrivée ? »

Lorsque Clay l'avait déposée devant la maison, elle avait été surprise que Betty lui dise que sa mère dormait. Comment pouvait-elle dormir alors que Todd avait disparu ? Puis elle s'était souvenue qu'à l'hôpital on lui avait dit qu'elle n'était pas « dans son assiette ». Suzanne avait sans doute vidé une bouteille après la nouvelle de la disparition de Todd et elle ne devait plus tenir debout à minuit. « Je ne voulais pas te déranger, répondit Rebecca.

— Mais tu as eu un accident. Betty me l'a dit. Et ta tête...

— Juste quelques entailles, Maman, et des contusions. Rien de cassé.

— Tu aurais pu te tuer ! »

Rebecca était effrayée par l'émotion dans la voix de sa mère. Elle avait fui à La Nouvelle-Orléans surtout à cause du ressentiment glacé que sa mère lui portait après qu'elle n'eut pas su retrouver Jonnie. Elles n'avaient jamais été très proches, mais les manifestations extra-sensorielles les avaient définitivement séparées. Durant les quelques années qui suivirent, Suzanne s'était de plus en plus tournée vers l'alcool et éloignée de sa fille, à tel point que Rebecca ne pensait pas que Suzanne se préoccupait encore vraiment d'elle.

« Je vais bien, je t'assure. »

Suzanne eut soudain l'air irrité : « Quelqu'un aurait dû m'avertir la nuit dernière ! Personne ne me dit jamais rien. Tout le monde pense que je ne peux rien supporter.

— Il n'y avait aucune raison qu'on t'inquiète, après l'histoire de Todd, dit Rebecca sans conviction.

— Todd ! Mon Dieu. » Suzanne se rapprocha et s'assit sur le lit. Si près que Rebecca pouvait voir son teint maladif. « Il ne peut pas avoir été kidnappé. Ça ne peut pas recommencer. Je crois qu'il a dû s'enfuir. »

Devait-elle rassurer sa mère ou être honnête avec elle ? Rebecca ne put pas feindre. « Maman, la baby-sitter a été frappée. Todd n'a que sept ans. Il n'est pas capable de faire ça.

— Peut-être qu'elle était juste endormie.

— Elle avait une bosse à la tête. Franck l'a emmenée à l'hôpital. Ne lui as-tu pas parlé ce matin ?

— Non, pas encore. » Son beau-père, Franck Hardison, entra dans la chambre. « Bonjour, Rebecca. Je suis heureux que tu ailles bien.

— Je suis forte pour me fondre furtivement dans la ville et faire une entrée fracassante », dit sèchement Rebecca.

Franck sourit. « Tu n'es pas du genre à faire quoi que ce soit furtivement. »

Bien que Franck soit de taille moyenne, la façon dont il se tenait parfaitement droit et sa minceur le faisaient paraître plus grand. Ses cheveux poivre et sel et son nez aquilin faisaient de lui l'homme le plus distingué que Rebecca ait jamais vu. Il n'avait que trois ans de plus que son père, mais elle l'avait toujours trouvé beaucoup plus vieux. Autant Patrick était exubérant, autant Franck était sérieux. Cependant, elle s'était toujours sentie bien avec Franck et avait vite appris à l'aimer après qu'il eut épousé Suzanne.

« Franck, y a-t-il du nouveau au sujet de Todd ? Maman dit que personne ne lui raconte rien. »

On pouvait lire un léger agacement dans les yeux noisette de Franck. « Suzanne est parano. Personne ne lui cache rien. »

Leurs regards se croisèrent et un éclair traversa celui de Suzanne avant qu'elle ne détourne la tête. « Il n'y a absolument rien de nouveau à moins qu'il ne se soit produit quelque chose au cours des deux dernières heures dont je ne sois pas au courant. Je pars justement au centre des volontaires. Ils seront au courant des derniers événements.

— Au quoi ?

— La vieille usine de Elm Street a fermé il y a deux mois et je l'ai rachetée. On l'utilise comme bureau central pour coordonner les efforts des volontaires qui recherchent Todd. La copie des affichettes avec sa photo, la réception des appels, l'organisation des battues.

— C'est merveilleux de ta part de prêter cet endroit, Franck.

— Il l'a acheté pour Lynn, intervint Suzanne sarcastiquement. Il semblerait qu'il pense que sa bru possède un grand talent pour la céramique qu'elle serait en train de gâcher en travaillant à la pharmacie des Vinson. Elle va vendre ses œuvres dans sa propre boutique.

— Elle a du talent, Suzanne », dit Franck avec lassitude. Apparemment, le sujet ne datait pas d'hier.

« Pas pour ce que j'en sais. Mais il faut que Doug et Lynn soient heureux. »

Franck demanda durement : « Le bonheur de mon fils te pose-t-il un problème ?

— Pas celui de ton fils. C'est un bon enseignant, un homme bien. C'est avec Lynn que j'ai un problème. » Suzanne regarda Rebecca. « Je n'ai pas bien dormi la nuit dernière. Je crois que je vais aller me recoucher quelques minutes. Je suis heureuse que tu n'aies pas été blessée hier soir, Rebecca. » Elle jeta un œil sur Sean. « Et, s'il te plaît, fais prendre un bain au chien aujourd'hui. Je n'ai rien contre les chiens dans cette maison, à partir du moment où ils sont propres.

— Il s'est enfui de la voiture pendant l'accident et il est resté des heures sous la pluie, dit Rebecca, prenant la défense de Sean. D'habitude, il ne ressemble pas à cela.

— Oui, sûrement, dit vaguement Suzanne en quittant la pièce, apparemment déjà absente.

— Elle est bien plus mal que quand vous étiez venus à La Nouvelle-Orléans il y a trois ans, dit doucement Rebecca à l'attention de Franck.

— La boisson.

— Il faut qu'on fasse quelque chose. »

Franck haussa les épaules. « Je ne veux pas l'humilier en la traînant en désintoxication. Toute la ville le saurait. Je continue à espérer un miracle.

— Eh bien, on dirait qu'il nous faudrait plus qu'un miracle maintenant, dit Rebecca. C'était vraiment gentil d'offrir le bâtiment.

— Un bâtiment vide. Quelle affaire ! La police du comté et la police d'État ont été mises sur l'affaire. Ils font des recherches terrestres et par hélicoptères. Et ce matin, Molly a pris suffisamment sur elle pour pouvoir enregistrer un message qui sera diffusé sur toutes les chaînes de télévision locales. Ils montreront la photo de Todd. Elle répète son prénom un certain nombre de fois pour lui rendre son humanité, pour qu'il soit perçu comme un enfant et non pas comme une chose par son kidnappeur. Elle supplie qu'on le ramène à la maison, en assurant celui qui l'a enlevé qu'il ne subira aucune représaille. Elle s'en est bien sortie, mais franchement, je doute qu'un kidnappeur s'attendrisse devant un message télévisé. »

Tout était si familier. C'en était écœurant. Toutes ces actions démentes avaient elles aussi été mises en place, vingt-quatre heures après la disparition de Jonnie. Les gens fourmillaient dans le périmètre où il s'était évaporé. Les hélicoptères avaient scanné un rayon de deux cent cinquante kilomètres. Il y avait des affichettes sur tous les arbres, tous les poteaux électriques. Suzanne, anéantie, était apparue pendant les programmes du matin, de l'après-midi et du soir. Rien de tout cela n'avait été utile. « N'ont-ils toujours aucune idée de qui aurait pu faire cela ? demanda Rebecca.

— Bill dit que non, mais j'ai des doutes au sujet de la baby-sitter.

— La baby-sitter ! Mais je croyais qu'elle avait été assommée. Tu l'as emmenée à l'hôpital.

— En effet et elle avait bien une blessure à la tête. Sa mère est ma secrétaire. Mme Ellis est efficace, loyale, intelligente, c'est la veuve d'un pasteur. Elle a deux enfants adolescents. Sonia, la plus vieille, est pratiquement parfaite.

— Alors où est le problème ? »

Franck fronça les sourcils. « Son copain. Randy Messer. Il a eu pas mal d'ennuis. Oh, rien de bien grave. Vol à l'étalage. Recel. » Il sourit. « Je sais que tu dois me trouver terriblement moraliste alors que mon fils Doug a eu sa part d'ennuis quand il était adolescent. Enfin, je sais de quoi j'ai l'air, mais Douglas était différent. Sa mère nous a quittés, puis elle est morte, je ne lui ai pas consacré assez de temps, et il ne s'est jamais senti chez lui dans cette maison après que j'ai épousé ta mère. Oh, toi tu as toujours été géniale avec lui, mais Jonathan... » Il s'interrompit, embarrassé. Franck avait toujours appelé Jonnie, Jonathan. « Peu importe, Doug n'a jamais été méchant et il a complètement changé de vie maintenant. Pour Randy Messer c'est une autre histoire. La mère de Sonia est très inquiète au sujet de leur relation.

— Pourquoi ne demande-t-elle pas à Sonia de le quitter ?

— Tu ne connais pas Mme Ellis, ni Sonia. La guimauve et la fonte. Et la mère de Sonia est complètement désemparée depuis la mort de son mari, il y a deux ans – il croyait être en ligne directe avec Dieu. Il s'occupait de tout avec une autorité militaire et Mme Ellis a été complètement soumise pendant presque vingt ans. Elle est tout juste en train de faire surface. Mais peu importe, Bill m'a promis de surveiller le fils Messer. » Il se leva. « Maintenant je vais te laisser te reposer.

— Il faut d'abord que je passe plusieurs coups de fil pour arranger les choses avec la société de location.

— Je me suis déjà occupé de tout cela. Et le temps que tu es ici, tu peux conduire la Ford Thunderbird de ta mère. Il n'y a pas de raison que tu t'embêtes à louer une autre voiture alors qu'il y en a une qui dort dans le garage.

— Oh, merci, Franck ! » dit Rebecca.

Il se rapprocha et l'embrassa doucement sur le front. « Il n'y a pas de quoi, chérie. Je suis heureux que tu ailles bien. Au moins, il n'y aura pas eu deux tragédies la nuit dernière. »

Après son départ, Rebecca se demanda pourquoi elle ne lui avait rien dit à propos de sa vision de Todd. C'était la première fois qu'elle ressentait ce besoin de garder une vision aussi secrète.

II

Betty arriva cinq minutes plus tard avec un plateau garni d'œufs pochés sur des toasts et une Thermos de thé léger. Petit déjeuner pour convalescent. Elle était aux petits soins, compatissante, et accrocha une serviette à la chemise de nuit de Rebecca comme si c'était encore une enfant. Puis elle sortit une laisse de sa poche de tablier. « Sean a besoin de marcher et de manger quelque chose. J'ai envoyé Walt chercher de la nourriture pour lui ce matin. Les trucs que tu as rapportés hier ressemblent à du gravier. Tu sais que je me suis mariée, n'est-ce pas ? Que Walt est mon mari ?

— Bien sûr que je sais que tu es mariée. Tu m'as envoyé des photos du mariage. » Betty se tenait là, petite et dodue dans un ensemble rose vif qui ne la mettait pas en valeur. Elle arborait un large sourire. Son époux était grand et maigre avec un petit air d'Abraham Lincoln. « Comment va Walt ?

— Bien. Il va toujours bien. Il a la force d'un cheval », annonça Betty fièrement. Quel romantisme ! pensa Rebecca, en se forçant à ne pas rire. « Il s'occupe de tout le jardin et des réparations maintenant. »

Rebecca piocha dans son œuf poché. Elle détestait les œufs pochés. « Même si je suis arrivée très tard hier, j'ai pu remarquer que la pelouse était particulièrement bien entretenue.

— Pas un soupçon de mousse. Walt ne le permettrait pas. Il travaille dans l'Entreprise aussi. »

L'Entreprise, c'était le siège social de Grace Healthcare, la chaîne de maisons de repos que le grand-père paternel de Rebecca avait fondée. Rebecca se demandait souvent ce qu'il serait advenu de la société si Franck n'avait pas été là pour prendre le relais quand son père s'était tué.

« C'est comme cela que j'ai rencontré Walt, continua Betty. Ton beau-père l'avait envoyé de l'Entreprise pour faire quelques travaux ici. Walt est vraiment très bien avec les chiens. Sean lui plaira.

— La question est plutôt de savoir si Walt plaira à Sean. Comme je te l'ai dit, il est agressif avec les hommes.

— Pour te dire la vérité, chérie, Walt a un truc avec les animaux. » Elle mit la laisse à Sean et se mit à lui parler d'une voix de bébé : « Maintenant tu vas venir avec tata Betty et on va retrouver tonton Walt. Vous allez devenir les meilleurs amis du monde.

— Sinon, dis à Walt que je paierai les factures de l'hôpital », dit Rebecca alors que Sean suivait Betty hors de la chambre.

Dès qu'elle eut terminé son petit déjeuner, Rebecca appela Molly. C'est Bill qui répondit. « Je pensais tomber sur Molly ou sur un autre policier.

— Je suis revenu il y a dix minutes. Molly a passé une longue et bonne nuit. Et toi ?

— Pareil. Je vais très bien ce matin.

— Tant mieux.

— J'arrive dès que je me serai habillée.

— Ah, Becky, je ne suis pas sûr que tu devrais, dit Bill. La presse et la moitié de la ville ont eu vent de tout cela. Tu ne peux pas t'imaginer la foule qui est dehors. J'ai dû appeler un agent pour m'aider à mettre de l'ordre.

— Eh bien je me frayerai un chemin.

— Non, chérie, s'il te plaît. L'infirmière qui habite à côté, Jean Wright, est avec Molly pour le moment. Elles sont bonnes amies.

— Eh bien, je pense que Molly peut avoir plus d'une personne à ses côtés. Et je ne savais pas que cette femme et elle étaient liées. Molly ne m'a parlé d'elle qu'une ou deux fois.

— Becky, les gens ici savent qui tu es. Et, plus important, ils savent ce que tu as fait. Personne n'a oublié ton travail avec la police il y a quelques années. Tu es célèbre. On a déjà assez de mal à essayer de garder le secret sur tout cela. Je crains qu'on perde complètement le contrôle, si tu viens.

— Oh, je n'avais pas pensé à cela, dit Rebecca doucement.

— Je sais. Et je sais aussi que Molly adorerait que tu sois près d'elle, mais nous en avons déjà parlé. Elle est d'accord avec moi sur le fait que le mieux pour toi est de rester en dehors, pour le moment. Mais je lui ai parlé de ta vision et elle est très enthousiaste que tu aies pu établir un contact. Elle pense que tu peux faire mieux en te concentrant pour obtenir d'autres sensations sur Todd, plutôt que d'être là à lui tenir la main.

— La concentration n'a rien à voir avec ça, dit Rebecca en sentant le poids des attentes de tout le monde qui alourdissait ses épaules. Ta mère avait des sensations extra-sensorielles. Ma mère n'y comprend rien, mais toi tu sais.

— Suzanne ne comprend rien parce qu'elle n'a pas envie de comprendre. Ça lui fait peur et elle a toujours fui devant ce qui l'effraie. C'est pour cela qu'elle s'est éloignée de toi quand tu as commencé à avoir tes visions. Quant à moi, je ne comprends pas tout parfaitement, mais j'accepte, tant leur limite que leur force. En plus, tu as déjà eu une vision. Il n'y a pas de raison de ne pas espérer que tu en aies une autre. » Rebecca l'entendit se détourner du téléphone pour s'adresser à quelqu'un d'autre. « Je dois raccrocher, Becky. Il ne faut pas occuper la ligne trop longtemps. Repose-toi. Je dirai à Molly que tu as appelé. »

Il raccrocha sans même dire au revoir. Rebecca soupira et s'allongea contre ses oreillers. Elle se sentait inutile. Elle ne pouvait pas rester couchée là en espérant qu'une autre vision viendrait, alors elle se releva péniblement et alla prendre une douche. Ensuite, elle appela sa meilleure amie à La Nouvelle-Orléans, lui expliqua brièvement pour Todd, et lui demanda de bien vouloir arroser ses plantes et garder un œil sur sa maison. Après, elle envoya un e-mail à son agent, spécifiant juste qu'elle était en Virginie avec un numéro de téléphone. Son agent attendait une proposition pour le prochain livre de Rebecca, qu'elle était censée lui rendre à la fin de la semaine. Rebecca n'était pas sûre de pouvoir écrire ne serait-ce qu'un seul mot cette semaine, mais elle s'en fichait.

Elle tenta de se rallonger, mais après une dizaine de minutes, trop agitée pour rester enfermée dans sa chambre, elle se leva. Elle prit deux aspirines pour calmer ses douleurs. Son reflet dans le miroir lui fit presque peur. Des bandages couvraient les entailles de son front. Une grande égratignure traversait sa mâchoire et un bleu colorait sa joue droite. Ses yeux étaient trop irrités pour supporter les lentilles, alors elle sortit ses lunettes à monture métallique de son sac, mit un pantalon et un tee-shirt avant de descendre.

Pour aller à la cuisine, Rebecca traversa le salon. Décoré de tons crème, vert foncé et d'ors antiques, tout était exactement comme quand elle était partie. À un bout de la pièce, un piano Steinway, à l'autre, un orgue Hammond. Jonnie et elle avaient étudié la musique. Rebecca, élève assidue, n'était cependant parvenue qu'à jouer des morceaux ordinaires pour débutants. Pour Jonnie c'était différent. Bien qu'il se plaignît ouvertement de cet apprentissage forcé, il avait un talent remarquable.

Rebecca se dirigea vers l'orgue et s'assit sur le fauteuil, imaginant son frère jouer avec ses cheveux blonds et son regard fixe. La chanson préférée de leur père était un vieux tube des années soixante, *A Whiter Shade of Pale* de Procol Harum. Il l'écoutait si souvent que Suzanne lui disait qu'il allait effacer la bande. Et, des années après la mort de Patrick, Suzanne avait discrètement pleuré quand, lors d'un concours, Jonnie avait superbement joué ce morceau en souvenir de son père. Il avait gagné le concours et était déchaîné. Trois mois plus tard il avait été assassiné, et toute sa joie, tous ses espoirs prirent fin brusquement.

Rebecca en joua les premiers accords mais ses doigts se mirent à trembler. Même si elle avait eu le talent de son frère, elle n'aurait pas été capable de jouer ce morceau. Il avait d'abord appartenu à Patrick, puis à Jonnie. Elle ne pourrait plus jamais l'entendre sans penser aux deux hommes qu'elle avait le plus aimés et qu'elle avait perdus.

Laissant l'orgue derrière elle, elle avança vers la cuisine. « Mais que fais-tu debout ? demanda Betty qui préparait une salade de thon pour le déjeuner. Il faut que tu dormes.

— J'ai suffisamment dormi et je suis énervée. »

Betty inspecta son visage à la lumière, puis soupira. « La pensée que tu aies eu un nouvel accident me glace. Je me pose des questions sur ta chance, parfois.

— Moi aussi, répondit sèchement Rebecca, même si un tas de gens diraient que je suis chanceuse d'avoir survécu à deux accidents.

— C'est vrai, je suppose. Cela dit, j'aime beaucoup tes lunettes. Tu les as portées jusqu'à l'âge de douze ans. Tu étais belle comme un bouton de rose à l'époque.

— Génial. Je ressemble à une enfant de douze ans belle comme un bouton de rose. J'ai gagné ma journée.

— Tu es de mauvaise humeur. Retourne te coucher.

— Cela m'énerverait encore plus. » Elle regarda un homme assis à la table de la cuisine devant une assiette de bacon et d'œufs : « Vous devez être Walt. » Ses longs bras fins et ses jambes dépassaient de la table et son visage aux larges pommettes était ridé et tanné comme du cuir. Il la regarda timidement et se leva en se cognant dans la table et en faisant tout basculer. Il s'inclina pour dire : « Comment allez-vous, m'dame ?

— Bonjour, Walt. » Rebecca s'avança la main tendue. Walt essuya la sienne sur sa jambe de pantalon avant de la lui tendre. « Et appelez-moi Rebecca. Le Madame me donne l'impression d'avoir au moins cent ans.

— Oui, m'dame, heu, Rebecca.

— Walt voulait disposer les nouveaux pavés dans le jardin avant qu'il ne fasse trop chaud, expliqua Betty. C'est pour ça qu'il prend son petit déjeuner si tard. Veux-tu des œufs et du bacon, chérie ?

— Non merci. » Elle regarda Sean couché à côté du grand pied de Walt. « Vous vous entendez bien tous les deux ?

— C'est un bon chien, m'dame, répondit très sincèrement Walt. Il est calme mais rapide comme un fouet. Loyal aussi.

— Vous pouvez dire qu'il est loyal ?

— Oh oui. Je l'ai tout de suite senti.

— Walt a une vraie affinité avec les animaux », dit Betty.

Rebecca prit la moitié d'un toast beurré qui traînait sur la table et sourit. « Tu entends ça, Sean ? On dirait que tu viens de te faire des amis. Walt, s'il vous plaît, asseyez-vous et finissez votre petit déjeuner avant qu'il ne refroidisse. »

Walt obéit, bousculant une nouvelle fois la table.

« Alors si tu ne veux pas retourner au lit comme une enfant sage, qu'as-tu de prévu aujourd'hui ? demanda Betty.

— Franck a dit que je pouvais conduire la voiture de Maman plutôt que d'en louer une autre.

— La patronne m'a avertie ce matin. » Après toutes ces années, Betty refusait d'appeler Mme Hardison Suzanne. Elle était passée de Mme Ryan à la patronne. « Les clefs sont sur le panneau dans le cellier. La patronne ne conduit plus beaucoup. En fait, elle n'a pas sorti sa voiture depuis des semaines. »

Rebecca était à la fois triste et soulagée d'entendre cela. Suzanne adorait conduire autant que Patrick et, tous les deux ans, elle avait une voiture neuve et rapide. Mais maintenant qu'elle buvait beaucoup, sa décision d'arrêter de conduire tombait à pic.

« Tu pars tout de suite, chérie ?

— Oui. Oncle Bill pense que je ne devrais pas aller voir Molly ce matin. Il y a beaucoup de monde et la presse est là aussi. » Betty secoua la tête, déçue. « Je crois que je vais aller rendre visite à Tante Esther. »

Le visage de Betty se referma. « Oh, cette pauvre chérie. Cela m'a fendu le cœur d'apprendre qu'elle avait un cancer. Mais tu n'étais pas censée le savoir.

— Tu ne croyais tout de même pas que Molly pourrait me le cacher ? Je dois aussi aller voir chez Happy Tracks s'ils voudraient bien prendre Sean en urgence. Il a été trempé la nuit dernière et Maman veut qu'il soit baigné très vite.

— Je pourrais le laver.

— Il doit être tondu. Ils s'y mettent généralement à deux ou trois. Mais merci pour la proposition. Il aurait sans doute préféré que ce soit vous.

— Je t'ai déjà dit que Walt avait un truc, dit Betty sagement.

— Apparemment. Il t'a convaincue de l'épouser. »

Les joues de Betty rougirent. « Toi et tes taquineries. Tu ne dépasses pas la limitation de vitesse aujourd'hui et tu te gares si tu te sens étourdie ou malade. Walt viendra te chercher. »

Dans le garage, Rebecca trouva une Ford Thunderbird rouge avec toutes les options possibles. Elle avait trois ans mais le compteur n'indiquait que dix mille kilomètres. Betty n'avait pas exagéré – Suzanne n'avait pas dû conduire beaucoup ces derniers temps. Sean sauta sur le siège passager et Rebecca recula dans l'allée.

Depuis son enfance elle appelait Esther Hardison Tante, bien qu'elle soit la tante de Franck et qu'elle n'ait aucun lien de parenté avec les Ryan. Après la mort de ses parents, quand il avait douze ans, l'oncle de Franck, Ben, et sa femme Esther avaient pris soin de lui. Plus tard, Rebecca, Jonnie et Molly avaient appris à l'aimer et à la considérer comme une vraie parente. Même après avoir déménagé à La Nouvelle-Orléans, Rebecca continuait à téléphoner à Esther tous les mois, et cette dernière était venue deux fois chez Rebecca, pour mardi gras.

Esther habitait à environ douze kilomètres en dehors de la ville sur un terrain de quatre hectares appelé la Résidence des Saules Frémissants. Il fut un temps où la majeure partie des quatre hectares était utilisée à la culture de fleurs, d'arbustes et d'arbres. Aujourd'hui veuve, Esther avait réduit l'activité de moitié, ne gardant que deux employés.

Un grand panneau en capitales vertes se trouvait sur le bord de la route. Rebecca tourna sur une route étroite recouverte d'asphalte. Des champs verdoyants s'étendaient de part et d'autre. Au bout d'une minute elle aperçut les deux étages de la maison blanche du XIXe d'Esther, entourée de son perron et de son dôme en verre qui reflétait le soleil.

D'aussi loin que Rebecca se souvînt, Esther avait toujours menacé de vendre cette maison de cinq chambres, bien trop grande pour une personne seule, mais Rebecca savait qu'elle ne le ferait jamais. Esther était arrivée ici jeune mariée et y avait passé les dix dernières années seule, après la mort de son mari.

Rebecca s'arrêta devant la maison et sachant que personne ne serait à l'intérieur par une si belle journée, elle conduisit Sean à l'arrière. Esther sortit de l'une des serres, repéra tout de suite Rebecca, et se précipita vers elle pour l'étreindre sauvagement. « Personne ne m'a dit que tu devais venir ! » Elle se penchait d'avant en arrière. « Trésor, j'ai appris pour ton accident.

— Ma première nuit à la maison et je fonce dans un arbre. Je vais bien, mais pour l'arbre, je ne sais pas trop.

— Les arbres peuvent se remplacer. Les voitures aussi. Mais pour toi, ma fille, c'est impossible. » Esther baissa les yeux vers Sean. « Et ce doit être Sean, le chien caractériel dont tu m'as parlé au téléphone. Il est magnifique, mais nous allons le laisser se faire une opinion sur moi.

— Je pense que tu seras sur la liste des admissibles. »

Rebecca regardait Esther attentivement. Elle avait eu peur de trouver la femme maladive, amoindrie, mais elle était exactement la même. Elle enleva son chapeau de paille pour laisser apparaître ses cheveux argentés bouclés qui lui descendaient sur les épaules. Son visage avait vieilli mais ses yeux bleus étincelants masquaient ses soixante-quinze ans. Elle était grande et mince comme une jeune fille. Elle portait un jean, une chemise avachie, des chaussures de sport et son éternelle croix en or sur une chaîne autour de son cou. « Franck ne m'avait rien dit pour Todd avant ce matin, dit-elle, les larmes aux yeux. Je ne peux pas y croire ! Je voulais aller voir Molly, mais quand j'ai appelé, Bill m'a demandé de rester à l'écart pour le moment.

— Moi c'est pareil. Je suppose que ce doit être la débandade entre les reporters et les curieux.

— Honteux ! » Esther essuya une larme qui avait coulé sur sa joue, puis fronça les sourcils. « Mais Todd n'a été enlevé que la nuit dernière. Tu n'aurais pas pu arriver si vite même s'ils te l'avaient dit immédiatement.

— Je... Je... » Rebecca, l'écrivain de fiction, avait un trou. « C'est une coïncidence si je suis à la maison.

— Oh pouah ! Rebecca Ryan ! Molly a vendu la mèche au sujet de mon cancer. Oh, ne cherche pas à nier. Je le vois dans tes yeux. Mais ne t'inquiète pas pour moi. Ça va aller. Je ferai marcher cette pépinière pendant encore vingt ans. Je suis juste folle de rage d'avoir un cancer des poumons alors que je n'ai jamais fumé une cigarette de ma vie !

— Oh tante Esther, tu es formidable ! » Rebecca riait en étreignant à nouveau la vieille femme. « J'aurais dû savoir que ton mental ne lâcherait pas. Il ne lâche jamais.

— On ne parvient à rien en pensant au pire, à part à se rendre dépressif et alarmé. Cela ne nous aide pas. Et il faut s'aider et aider les autres aussi bien sûr. Tu es venue ici pour moi et maintenant il semblerait que tu sois là au bon moment pour aider Molly.

— Oh, je ne sais pas, tante Esther. Je n'ai pas été d'un très grand secours à Jonnie.

— J'ai toujours pensé que c'était parce que tu étais trop concernée. Les liens qui t'unissaient à Jonnie ont perturbé tes capacités. Ce n'est pas que je comprenne parfaitement le concept et que je ne sois pas intriguée de devoir accepter que ces choses existent. Mais je les ai expérimentées trop de fois pour pouvoir en douter. Je pense que les voies du Seigneur sont impénétrables et que les perceptions extra-sensorielles en sont la preuve.

— J'aimerais tant que tout le monde soit aussi pondéré que toi concernant ce phénomène. Certains n'y croient pas du tout, et d'autres pensent que c'est l'œuvre du diable.

— Quand ce Tanner a été assassiné, tu as sauvé un homme innocent d'une condamnation pour meurtre. Je n'appelle pas cela l'œuvre du démon, et je défie quiconque de le faire. »

Rebecca avait toujours apprécié le courage d'Esther, son honnêteté générale face à la vie, tant de ses joies que de ses vicissitudes. Elle aurait voulu que sa propre mère ait un peu de l'esprit d'Esther. « Entre, dit Esther. J'ai préparé de la limonade fraîche et des gâteaux au gingembre ce matin. »

Esther avait toujours de la limonade et des gâteaux au gingembre quand Jonnie et Rebecca venaient lui rendre visite et ils s'en goinfraient. Esther aimait et comprenait les enfants. Plus jeune, elle avait enseigné à l'école primaire pendant des années. Elle était la préférée des enfants grâce à sa patience et à son sens de l'humour.

Une demi-heure plus tard, l'un des employés d'Esther vint jusqu'à la porte pour lui parler d'un problème. Esther se tourna vers Rebecca : « Il y a beaucoup de choses que je dois régler avant d'aller à l'hôpital. Je ferai vite.

— Prends ton temps, répondit Rebecca. Je vais faire le tour du terrain avec Sean. Je ne l'ai pas vu depuis longtemps. »

Rebecca espérait qu'Esther n'avait pas vu le nombre de fois où Sean avait levé la patte alors qu'ils passaient à la hâte devant les deux serres pour aller vers l'étang. Il n'avait pas été dragué depuis quelques années et des nénuphars avaient poussé à la surface. Rebecca se souvenait de sa joie et de celle de Jonnie et du bruit des grenouilles alors qu'ils couraient pour attraper dans des boîtes des lucioles qu'ils relâchaient après avoir compté qui en avait eu le plus. À présent, de grosses libellules planaient au-dessus de l'étang, massettes et roseaux envahissaient progressivement l'eau croupie. Rebecca se demandait si c'était par manque d'argent qu'Esther n'avait pas fait nettoyer l'étang. Elle avait toujours refusé l'argent de Franck, mais c'était dommage de laisser cet endroit magnifique à l'abandon juste parce qu'elle était trop fière pour accepter un peu d'aide de sa famille.

Elle retira sa laisse à Sean, sachant très bien qu'il n'aimait pas l'eau et qu'il ne sauterait pas dans l'étang sale. Au lieu de cela, il courut sans arrêt pendant quelques minutes, puis se dirigea vers la cabane en rondins qui se trouvait à environ quarante-cinq mètres du plan d'eau. Rebecca le suivit, se souvenant comme cette cabane avait toujours intrigué Jonnie, Doug, Molly et elle. Construite vers 1770, elle avait hébergé l'une des premières familles de la région, un couple de fermiers nommés Leland qui avaient élevé trois enfants et en avaient perdu deux autres à cause de la variole.

Rebecca tenta d'ouvrir la porte même si elle savait bien qu'elle était verrouillée. Elle jeta un œil à travers un carreau qui avait remplacé le papier gras utilisé à l'époque par les Leland. L'intérieur était vide, à l'exception d'une table en bois au milieu de la pièce principale et d'un rocking-chair dans un coin. Le long d'un des murs trônait une cheminée en pierre et dans le coin opposé une armoire chinoise. Rebecca doutait que les Leland aient eu beaucoup de meubles asiatiques à exposer. Peut-être avaient-ils fait construire l'armoire en prévision d'un avenir fructueux. Une araignée de jardin avait tissé une toile impressionnante entre les buissons de genévriers et le montant de la porte.

Rebecca s'éloigna de la cabane. Sean bondissait joyeusement vers elle. Il agrippa sa taille de ses pattes avant. Elle se pencha pour le serrer dans ses bras et déposer un baiser sur le dessus de sa tête, touchée par son affection malgré sa peur récurrente de la race humaine. Il redescendit et reprit la direction de l'étang, attiré par les quelques poissons-lunes courageux qui subsistaient. Il enfonça une patte dans l'eau et la retira aussitôt, comme dégoûté.

Cela rappela un souvenir à Rebecca. Elle avait onze ans et était désespérée d'avoir retrouvé Melvin, son hamster, mort. Franck l'avait alors amenée ici avec Jonnie et Rusty le setter irlandais, sachant comme elle adorait la pépinière. Mais en dépit des efforts de chacun pour lui remonter le moral, Rebecca restait abattue. Puis Jonnie avait enlevé son tee-shirt et son jean, laissant apparaître un maillot de bain bariolé. Il avait plongé dans l'étang, pour faire les acrobaties aquatiques dans lesquelles il excellait depuis l'âge de quatre ans alors que Rebecca restait incapable de nager plus d'un mètre sans couler à pic. Au beau milieu de cette démonstration, le chien de cinquante kilos sauta à ses côtés, prenant ses cris de joie pour des cris d'affolement. Ils se battirent tous les deux jusqu'à ce que Rusty attrape fermement le bras de Jonnie pour le tirer jusqu'au rivage malgré ses protestations. Alors que Jonnie était à terre, désarmé et ricanant, Rusty s'ébroua vigoureusement et se retourna fièrement vers Rebecca, Esther et Franck, attendant les honneurs face à son acte de bravoure. Rebecca fut prise d'une vraie crise de fou rire, oubliant un instant son hamster disparu.

Rebecca rit à la pensée de ce souvenir. Jonnie essayait de lui remonter le moral et il y était parvenu même si ce n'était pas de la façon qu'il avait envisagée. Mais il se fichait d'avoir l'air idiot tant que cela la faisait rire. Il voulait toujours que les gens communiquent, qu'ils s'amusent. Il avait un esprit enjoué et généreux de nature...

Un poisson fit surface, envoyant des éclaboussures qui luisaient dans les rayons du soleil. Dedans, dehors. Dedans, dehors. De plus en plus fin.

Le soleil s'assombrissait. Le bruit des abeilles bourdonnant dans les buissons de pieds-d'alouette devint lointain, inaudible. Rebecca ne sentait plus la chaleur ni les tiraillements des entailles de son front. Elle savait ce qui était en train de se produire mais elle ne pouvait pas l'empêcher. Cette fois, elle ne voulait pas l'empêcher...

La pièce était fraîche. Ses chevilles et ses poignets étaient à vif à force de frotter contre le métal de ses liens et ses mâchoires le faisaient souffrir à cause du bâillon. Sa tête résonnait. Sa poitrine se serrait. Il était complètement effrayé.

Sa peur s'aiguisa lorsqu'il entendit des pas qui se rapprochaient. Le froissement des vêtements. L'odeur de la sueur perçant sous une autre odeur. De l'eau de Cologne, vieille et défraîchie. Il attendit en restant allongé. Une main s'empara d'un de ses doigts et le retourna jusqu'à ce qu'il gémisse. « Ils ont fait foirer la remise de rançon, dit une voix grinçante. Ta tendre famille voulait être sûre de ne pas perdre son argent, alors ils ont averti les flics. Le FBI. Ils savaient ce qui arriverait s'ils faisaient ça. Je les avais prévenus. » Le tortionnaire tira sur le doigt jusqu'à ce que l'os cède et qu'il hurle dans son bâillon. « Ils ont signé ton arrêt de mort, Ryan... »

« Rebecca ? » Une voix flottait, languissante, au loin. « Rebecca, tu marches dans l'eau. » Une main agrippa son épaule et la ramena en arrière. « Rebecca, arrête ! »

Elle entendit Sean aboyer avant qu'il ne bondisse pour attraper la jambe de quelqu'un. Un cri. Rebecca se concentra sur le visage figé de Douglas, puis elle ordonna : « Sean ! Halte ! » Il s'accrochait à la jambe, alors elle s'agenouilla pour caresser son flanc. « Sean, arrête, murmura-t-elle. Tu es un bon chien. » Il lâcha immédiatement prise.

Rebecca releva la tête vers son demi-frère. « Doug, tu vas bien ? »

Il s'écarta lentement de Sean et remonta la jambe droite de son jean. Juste au-dessus de la cheville, une morsure superficielle, avec quatre petites taches de sang à peine visibles. « Il est vacciné ?

— Contre toutes les maladies canines connues.

— Alors, ça va. Je remercie Dieu pour l'existence du jean.

— Ce n'est pas un chien méchant. Il a cru que tu voulais me faire du mal.

— Relax. » Doug souriait. Il avait les cheveux bruns et les yeux noisette de son père, mais sans le côté noble. Son nez était plus large et ses pommettes moins saillantes. Il faisait moins d'un mètre quatre-vingts et était plutôt trapu. En fait, Rebecca remarqua qu'en huit ans, il avait dû prendre une dizaine de kilos. Son visage, si mignon quand ils étaient au lycée, était en train de devenir bouffi. Il perdait également ses cheveux au-dessus du front. Rebecca était surprise du changement.

« Je te regardais en train de fixer l'étang, puis ton visage est devenu blême, lui raconta-t-il. Puis tu t'es mise à entrer dans l'eau. Elle est toute sale. En plus, je me souviens que tu ne sais pratiquement pas nager et il y a un trou à pic à un mètre de la rive. » Il fronça les sourcils. « Tu disais FBI. Tu l'as répété plusieurs fois. Qu'est-ce que tu voulais dire ?

— Je... Je ne sais pas. » Elle était entrée dans un esprit qui entendait qu'une remise de rançon avait échoué à cause de l'intervention du FBI. Mais il n'y avait pas eu de demande de rançon pour Todd. Le FBI n'était pas impliqué. Elle avait l'estomac noué. Jonnie. Pour Jonnie il y avait eu le FBI et une rançon.

La vérité heurta Rebecca comme un coup sur la tête. Cette vision ne concernait pas Todd – elle concernait Jonnie. Elle était entrée dans l'esprit d'une personne morte depuis plus de huit ans.

Rebecca chavira et Doug la rattrapa. « Qu'est-ce qui ne va pas ? demanda-t-il. J'ai entendu parler de ton accident de voiture. Tu te sens mal ? Laisse-moi te ramener à la maison.

— Non, s'il te plaît. Je vais bien », dit Rebecca tout doucement, sachant qu'elle ne s'était jamais sentie moins bien de sa vie. Mon Dieu, pensa-t-elle, depuis toutes ces années où Jonnie a eu besoin de moi, je n'ai jamais rien vu. Pourquoi aujourd'hui, alors que cela n'a plus d'importance ? De quelle blague sadique s'agit-il ?

« Une blague ? demanda Doug. Quelle blague ? »

Voilà qu'elle se mettait à réfléchir à voix haute. Douglas était son demi-frère depuis seize ans mais elle avait l'impression de très peu le connaître. Ce qui était sûr, c'est qu'elle ne voulait pas qu'il soit au courant des images qui traversaient son esprit. « J'ai dû trop en faire aujourd'hui, dit Rebecca en tentant de paraître apaisée. Je peux marcher seule jusqu'à la maison. Et si tu essaies de me porter, Sean t'arrachera sans doute la jambe. » Elle prit le bras de Doug énergiquement. « Marche avec moi.

— Avec plaisir. » Il la regarda de côté. « Je suis sûr que tu sais tout à propos de Todd. N'as-tu rien vu ?

— Non. » Rebecca ne parlerait de ce qu'elle avait vu avec personne d'autre que Bill et Molly. Elle ne voulait pas que des bruits se mettent à courir, et que la moitié de la ville la prenne pour un prophète et l'autre pour une folle. Elle était déjà suffisamment en colère d'avoir dévoilé sa première vision devant Clay Bellamy, mais elle ne pouvait plus revenir en arrière maintenant. De plus, Doug n'avait aucun droit de connaître ses pensées. Il n'était proche ni de Molly ni d'elle-même. « Je n'ai été d'aucune aide, c'est la raison pour laquelle j'évite le sujet de Todd, dit-elle fermement. Parle-moi de ton travail. »

Doug parut surpris d'avoir été rembarré, puis il se radoucit : « Eh bien, j'enseigne l'histoire aux cinquièmes. Les élèves sont parfois durs, à cause de l'adolescence et tout le reste. Et la plupart d'entre eux ne se passionnent pas pour le sujet. » Il souriait. « Si on m'avait dit, quand j'étais en cinquième, que je deviendrais professeur d'histoire, j'aurais bien ri.

— Tu n'avais pas tout à fait le style scolaire.

— J'étais trop occupé à chercher les ennuis, même si je rêvais de devenir flic. Ensuite, j'ai commencé à détester la police..

— Après qu'elle eut tiré sur Larry. Bien sûr, il n'aurait pas été pris si je n'avais pas été là, ce que ta femme ne me pardonnera jamais.

— Larry est le frère de Lynn, dit Doug froidement. Tu peux sans doute comprendre ce qu'elle ressent même si elle n'est pas très loyale. C'est dur de rester rationnel quand il s'agit de la famille. »

Esther les avait repérés qui s'approchaient lentement de la maison. Elle avait aussi dû remarquer leurs bras liés et avait dû interpréter cela comme un problème quelconque.

« Rebecca, tu es pâle comme un fantôme. Rentre tout de suite et assieds-toi. Ou allonge-toi. Je savais que c'était trop pour toi. Tu veux que j'appelle un médecin ? Qu'as-tu fait à ton pantalon ?

— Je n'ai pas besoin de médecin et je suis allée patauger dans l'étang.

— Toi ? Patauger ?

— J'étais sans doute en train de rêver tout éveillée. » Rebecca avait trouvé une explication plausible pour ce qu'elle ne parvenait pas elle-même à comprendre.

Esther secoua la tête. « Tu n'arriveras jamais à ravoir ton joli pantalon. » Elle se tourna vers l'un de ses employés, un jeune homme aux biceps impressionnants qui portait un houx d'un mètre de long. « Jake, celui-ci est pour Mme Emerson, ne le mets pas avec les autres. Elle croit que celui-là a quelque chose de particulier. » Esther se retourna vers Rebecca et Douglas. « Les gens et leurs idées farfelues ! Je me demande comment le monde fait pour continuer à tourner. Becky, entre. Douglas, donne-lui de la limonade et de l'aspirine. Je reviens dans cinq minutes. Et donne à boire au chien. Sa langue pend. »

Doug insista pour que Rebecca s'asseye pendant qu'il donnait à Sean, perplexe, de l'eau mélangée à de la limonade. « Tu es sûr que ça va ? » lui demanda Rebecca alors qu'il lui tendait un grand verre.

« Le fils infernal de deux ans de mon ami m'a mordu la cheville la semaine dernière, et la bouche des humains contient plus de bactéries que celles des chiens.

— Il y a peu de gens qui savent cela.

— J'aime les chiens. J'aimerais bien en avoir un, mais Lynn, elle, ne s'y intéresse pas.

— Est-ce que Lynn s'intéresse encore à quoi que ce soit ? » lança Rebecca.

Doug la regarda longuement. « À moi. Lynn m'aime entièrement. Elle a toujours été là, même quand je ne méritais l'affection de personne. » Il s'interrompit. « Et elle aime son frère. Deux paumés, mais elle a trouvé dans son cœur le moyen de s'occuper de nous. Cela en fait quelqu'un de spécial, Rebecca, même si toi et tes pouvoirs paranormaux ne le voyez pas. »

III

« Est-ce qu'elle sait quelque chose à propos de l'enfant ? »

Lynn Cochran Hardison regardait son frère. Ses cheveux châtain clair étaient largement parsemés de gris bien qu'il n'ait que trente et un ans. Il ne s'était pas rasé depuis des jours et la profonde cicatrice sur sa joue ressortait d'autant. Cette cicatrice était le résultat d'une bagarre en prison qui avait failli le tuer six ans plus tôt. Depuis, il s'était affiné et avait pris du muscle comme s'il se préparait à d'autres combats. Il semblait à Lynn que son regard était celui d'un loup, comme s'il s'était transformé en prédateur avant d'être libéré sur parole.

Même après cette année de liberté, son regard était toujours aussi acéré. Pas étonnant, pensait Lynn. Il semblait que, pour une raison quelconque, la police le harcelait, même s'il n'avait jamais manqué une journée de travail au garage Maloney où il était mécanicien. Il avait aussi scrupuleusement suivi la loi, payait même ses tickets de parking. Mais Larry était revêche, et son patron et ses collègues ne l'aimaient pas beaucoup. De plus, il buvait beaucoup trop. Il reprit un verre de Jim Beam et se rassit en titubant dans le fauteuil taché à oreillettes qu'il avait acheté dans une brocante. Sa jambe droite avait été irrémédiablement atrophiée le jour où Bill Garrett lui avait tiré dessus alors qu'il était en train de commettre un cambriolage.

« Je n'ai pas parlé à Rebecca à part quand elle est passée chez Vinson hier soir, dit Lynn. Je suis sûre que Doug va la voir aujourd'hui. Il apprendra bien ce qu'elle sait.

— Pourquoi le lui dirait-elle ? Elle n'est pas au courant de la transformation de ton mari. Elle pense toujours que c'est une crapule tout comme moi.

— Ne prends pas ce ton moqueur quand tu parles de Doug. » Lynn s'énervait. « Il savait qu'il ne pouvait plus continuer avec l'alcool et l'héroïne, surtout après ce qui t'est arrivé. Il a travaillé dur pour pouvoir changer. Il essaie de vivre correctement, c'est tout. Il est génial avec moi et il tente d'être ton ami – il ne mérite pas tes sarcasmes.

— Pendant qu'il était occupé à devenir un citoyen modèle, moi, j'étais au pénitencier, dit Larry amèrement. Je t'ai déjà raconté comment c'était là-bas ?

— Au moins cent fois.

— J'adore quand tu deviens sarcastique. » Larry but une gorgée de son bourbon. « Toi et Doug avez fait exactement ce que j'ai fait. La seule différence, c'est que vous, vous n'avez pas été pris.

— On n'a jamais commis de cambriolage, ni menacé un policier d'une arme. Ça, c'était ta brillante idée.

— Mais vous ne crachiez pas sur la drogue que j'obtenais grâce à mes profits mal acquis », gronda Larry.

Lynn baissa les paupières sur ses yeux gris perçants. Le regard baissé un moment, elle finit par soupirer. « Je suis désolée de tout ce qui t'est arrivé. Et tu as raison – techniquement, Doug et moi étions aussi coupables que toi. On était tous fous à l'époque. Mais ce n'est pas de notre faute si tu t'es fait pincer pour le cambriolage de ces maisons. C'est celle de Rebecca.

— Rebecca qui, on ne sait comment, a découvert ce que je faisais et a mis son oncle à mes trousses. Il m'a tiré dessus.

— Tu l'as menacé d'une arme, Larry, dit Lynn doucement.

— Mais je n'allais pas lui tirer dessus. J'étais juste drogué. Regarde ce qui m'est arrivé. Je suis en ruine. Ma jambe me fait tout le temps mal, je ne peux rien faire...

— Pourquoi ne peux-tu plus rien faire ? Tu as un salaire correct, en tout cas suffisant pour payer cet appartement et tes dépenses courantes. Tu t'es même acheté une chaîne hi-fi. » Lynn regarda autour d'elle. « Du moins, je le croyais. Où est-elle ?

— Je ne l'aimais pas, je m'en suis débarrassé.

— Tu l'adorais. » Larry vida son verre et regarda soudainement par la fenêtre. « Tu l'as vendue, n'est-ce pas ? Dans quoi trempes-tu encore ?

— Rien. Je n'ai pas de dettes, mais je sais que tu tireras tes propres conclusions, négatives comme d'habitude. » Il fixait sa sœur. Il n'avait que trois ans de plus qu'elle, mais il avait l'air d'en avoir au moins dix de plus avec les rides profondes de son front et les traits de colère et de mécontentement gravés autour de ses yeux et de sa bouche. « Je vais bien, mais je ne suis pas comme cette pute de Ryan. Comment a-t-elle pu ruiner ma vie et partir comme si rien ne s'était passé ? Et maintenant avec son livre, elle va se faire encore plus d'argent. Il vaut mieux pour elle qu'elle ne parle pas de moi dans sa merde.

— Mais non...

— Tu as lu son putain de livre ?

— Doug l'a acheté. Je ne pensais pas le lire, mais je n'ai pas pu résister même si je lui ai dit à la boutique que je ne le lirais jamais. Peu importe, cela n'a aucun rapport avec sa vie à Sinclair. Même pas avec Jonnie. »

Larry releva la tête quand elle mentionna Jonnie. « Est-ce qu'elle sait ce qui lui est arrivé ?

— Qu'est-ce que tu veux dire ?

— Son assassinat. Est-ce qu'elle sait qui l'a tué ? »

Lynn leva les mains. « Comment le saurais-je ? Je crois que si elle avait la moindre idée, elle courrait chez oncle Bill et ce serait la fin du monde pour certains. Cette famille a toujours cru que le soleil ne se levait que pour Jonnie.

— C'était une petite merde. Un petit con arrogant. Tel frère, telle sœur. »

Lynn regarda son frère se servir un autre verre. « Rebecca était mon amie, dit-elle. Becky, Molly et moi.

— Si tu dis que vous étiez les trois mousquetaires, je vomis.

— C'est si tu n'arrêtes pas le bourbon que tu vas vomir.

— Et puis tu exagères toujours sur ton amitié avec Rebecca et Molly. Tu n'étais pas une Ryan. Quant au bourbon, il me met de bonne humeur. Ça pourrait améliorer la tienne aussi, ainsi que ta mémoire. T'en veux un ?

— Non. Je ne bois plus. » Lynn se leva et marcha vers son frère. Elle était grande, fine avec une forte poitrine. Elle avait été formée très jeune et avait attiré le regard des hommes de tous âges de façon régulière depuis l'âge de quatorze ans, mais elle avait toujours été fidèle à son amour d'enfance, Douglas Hardison. Ils allaient parfaitement bien ensemble. Maintenant, ils étaient plutôt singulièrement différents, Lynn mince, les cheveux platine, Doug rondouillard et brun. Alors que le mari de Lynn grossissait, mangeant de façon compulsive pour des raisons dont il ne voulait pas parler, son frère devenait de plus en plus maigre et sec à cause des dures séances d'exercices nécessaires à sa jambe abîmée. Mais leur amour n'avait fait que s'approfondir avec les années. « Pourquoi en veux-tu tellement à Becky Ryan ? demanda Lynn à Larry.

— Tu me le demandes après ce qu'elle m'a fait ? Je la déteste.

— Elle était jeune quand elle est allée raconter à Bill Garrett qu'elle savait que c'était toi qui cambriolais les maisons. Je lui en veux aussi, mais il y a si longtemps. Tu agis comme si c'était arrivé hier. Et on dirait que tu la détestes plus aujourd'hui qu'à l'époque.

— Elle est revenue à cause de ce môme.

— Todd ? Mais quel est le rapport avec nous ?

— Elle voit tout, elle sait tout.

— Elle n'a rien vu du tout quand Jonnie a disparu. Elle n'aura sans doute pas plus de succès avec Todd Ryan. » Les yeux de Lynn se rétrécirent. « Mais qu'est-ce que ça peut te faire qu'elle sache quelque chose au sujet de Todd ? C'est quoi ton problème, Larry ? »

Larry reposa la bouteille de bourbon, grimaça, puis jeta son verre contre le mur.

5

I

DIMANCHE, 11 HEURES

L'agent G.C. Curry pénétra lentement dans le bureau de Bill Garrett. Il était perturbé par l'information qu'il devait transmettre.

« Vous avez un moment, chef ? » demanda-t-il.

Bill le regarda, ses yeux bleus fatigués. « Bien sûr. Que se passe-t-il ?

— Vous nous avez dit que Todd Ryan pouvait se trouver dans un bâtiment désert. »

La nièce de Garrett lui avait fait cette brillante révélation. Curry avait beaucoup d'admiration pour Garrett, à part pour l'une de ses faiblesses – son obstination à croire en cette folle qui prétendait avoir des perceptions extra-sensorielles. Curry avait bien entendu les récits des autres agents de police sur ses conseils avisés par le passé, mais il pensait que l'enfant n'avait fait que dire à Garrett quelque chose qui avait poussé son esprit à travailler dans la bonne direction et que, pour une raison inconnue, il en attribuait le crédit à la gamine. Peu importait. S'il ne rapportait pas ce qu'il venait d'entendre et si cela revenait aux oreilles de Garrett dans le futur, il serait furieux après lui. « Nous avons inspecté tous les bâtiments désaffectés dans un rayon de plus de trois kilomètres, sans rien trouver.

— Merde.

— On fera peut-être mieux demain.

— Merde, répéta Bill. Désolé. Je sais que tout le monde fait de son mieux. J'apprécie.

— J'ai un fils de cinq ans, dit Curry. Si on l'enlevait... Enfin, disons que je ne pourrais pas vivre si je ne faisais pas tout ce qu'il faut et plus pour le retrouver. Enfin, j'ai une information mais je ne sais pas quel crédit lui apporter. Sans doute pas beaucoup, étant donné la source, mais vous avez dit que vous vouliez tout savoir...

— Parle, Curry.

— Bien, vous connaissez Dobbs, le vieux simplet. »

Bill acquiesça. Tout le monde en ville connaissait Dobbs, le simplet. Sa famille avait autrefois été propriétaire des salines Dobbs de Sinclair juste en dehors de la ville et de l'opulent hôtel sur Main Street. Le grand-père de Simplet, Carson, avait tout perdu lors du krach boursier de 1929. Il avait alors sauté du sixième étage de la suite présidentielle de son hôtel. Simplet n'était né qu'au début des années quarante mais son père ne cessait de raconter l'histoire de la famille. Le plus malheureux était qu'il adorait particulièrement évoquer les détails sordides du suicide de Carson : alors que son jeune fils se tenait debout sur le trottoir, Carson était assis sur une fenêtre depuis plusieurs minutes, énumérant les différentes options qui s'offraient à lui, puis il bascula en avant, manquant presque de tomber sur l'enfant qui serait également mort sous le poids de ce corps. Le crâne de Carson s'était écrasé au sol, répandant sa cervelle et son sang. Il avait fallu plus de dix minutes aux passants bouleversés pour calmer et éloigner son fils maculé qui hurlait.

Des années plus tard ce fils avait eu un enfant mentalement retardé et qui souffrait en plus d'autres problèmes mentaux irréparables. Malgré tout, cet enfant, qui avait une imagination débordante, était l'auditeur idéal des récits sinistres de son père évoquant le suicide de son propre père. Finalement, l'enfant se mit à croire qu'il avait lui-même assisté au suicide et, en plus de ses autres déficiences, il devint complètement perturbé. À présent, Carson Randolph Dobbs, troisième du nom, était connu sous le sobriquet de Simplet. Il n'avait jamais pu garder un emploi, même le plus médiocre, plus de quelques mois, il était constamment saoul et passait son temps à regarder l'étage supérieur de l'ancien hôtel Dobbs, convaincu que le bâtiment lui appartenait toujours et que la suite présidentielle était hantée par son grand-père.

« Qu'est-ce qui se passe avec Simplet ?

— Il est là. Il n'a fait qu'entrer et sortir d'ici toute la journée sans vouloir dire pourquoi, jusqu'à il y a une minute. Il semblerait qu'il ait une histoire à raconter. Je l'ai écouté, j'ai essayé de le ménager, mais il insiste pour vous parler.

— Et de quoi veut-il parler ?

— De Klein, la boutique de meubles. De quoi d'autre ?

— L'ancien hôtel Dobbs, tu veux dire. A-t-il encore vu le fantôme ?

— Évidemment. Le vieux Carson Dobbs doit être le fantôme le plus occupé de la planète. »

Bill esquissa un sourire. Curry avait raison. Selon Simplet, Carson était un esprit très actif.

« Mais Simplet jure que cette fois c'était différent à l'hôtel. Il dit que, la nuit dernière, Carson agissait bizarrement et qu'il était dans le grenier désaffecté. » Curry haussa les épaules. « Je sais qu'il est cinglé mais le mot désaffecté a attiré mon attention. En plus, il est à nouveau planté devant la porte et il dit qu'il ne bougera pas de la nuit, à moins qu'il ne parvienne à vous parler.

— Je peux bien lui consacrer quelques minutes puisque de toute façon nous n'avons aucune piste. Je ne fais que rester là, assis, à brasser de l'air. Envoie-moi Simplet. »

Un moment après, Simplet se traînait à l'intérieur. Une de ses chaussures avait une semelle décollée qui s'entrouvrait quand il marchait, laissant apparaître une chaussette qui avait, en son temps, dû être blanche. Il portait un pantalon kaki, qu'on avait dû lui donner, tellement il était trop grand pour lui, retroussé de deux revers aux chevilles et qui tenait à sa taille grâce à une ceinture rose de femme. Par-dessus sa chemise fine et décolorée, il avait une veste de costume qui devait dater des années vingt et bien trop petite même pour le squelettique Simplet. L'ourlet défait dépassait à la taille sur quelques centimètres et les manches ne recouvraient que les trois quarts de ses bras. Bill pensait qu'il s'agissait de la veste de son grand-père, parce que Simplet la portait depuis qu'il était jeune homme. Une fois, Bill l'avait obligé à la retirer après qu'un groupe de punks l'avait malmené et il avait remarqué l'étiquette de la marque cousue à l'encolure. Simplet la portait même en plein été, quand la température atteignait les trente degrés et que l'humidité de l'air était insupportable.

« Comment va, chef Garrett ? dit Simplet. Est-ce que l'agent Curry vous a parlé de ce que j'ai vu ?

— Un peu. Tu veux du café, Simplet ? »

Simplet avait l'air reconnaissant. « Eh bien, pourquoi pas ?

— Et nous avons des gâteaux frais ici. Que dirais-tu d'un beignet ou d'un chausson ? »

L'homme était fin comme une tige, ses pommettes saillantes lui donnaient un air cadavérique sous sa peau grisâtre. Il fit semblant de réfléchir comme si Bill ne savait pas qu'il mourait de faim. « Je prendrai un chausson. J'aime la cuisine étrangère. »

Bill mit un peu de lait dans un gobelet puis ajouta le café qu'il venait de faire. Il mit un chausson à l'abricot sur une assiette en carton et tendit les deux à Simplet. L'homme sourit, montrant ses dents sales et de travers. « Serviette, s'il vous plaît. » Bill lui donna une serviette en papier. Simplet n'oubliait jamais les bonnes manières, même quand il était ivre-mort.

Bill se rassit derrière son bureau et se mit à tripoter une plante en pot. Simplet mordit dans son chausson.

« Il agissait bizarrement hier soir. »

Bill ramena son attention à Simplet. « Qui agissait bizarrement ?

— Grand-Père.

— Alors tu étais devant la boutique de meubles Klein, hier ? »

Simplet parut agacé. « J'étais en face de l'hôtel Dobbs. Il est dans la famille depuis des siècles.

— OK. L'hôtel Dobbs. Où étais-tu exactement ?

— J'étais assis dans l'encadrement de la porte de la pharmacie Vinson. Je prenais l'air. La nuit était belle. »

Il y avait eu de l'orage. Simplet était resté dehors sous la pluie et les éclairs, appuyé dans un encadrement de porte avec une bouteille de vin bon marché. En y pensant, Bill se sentit abattu.

« Continue, Simplet.

— Je peux reprendre de ce gâteau étranger ?

— Bien sûr. Essaie celui à la pomme. Ce sont mes préférés. »

Simplet tendit sa main sale pour atteindre l'assiette que Bill lui tendait. Le chef ne voulait pas que Simplet plonge cette main dans la boîte de gâteaux. « Il était moins de 22 heures, dit Simplet abruptement. La pluie avait cessé. J'ai regardé l'heure sur l'horloge de la mairie. Je suis toujours très précis. Mon grand-père a sauté de la fenêtre à 19 h 1.

— Intéressant, Simplet. Tu vois ton grand-père d'habitude le soir, à l'hôtel ? »

Simplet le regarda, l'air réprobateur. « Je vous ai déjà dit que oui. Passant et repassant devant cette grande fenêtre de la suite présidentielle. Il a fait ça pendant un bon moment ce fameux soir. Puis il s'est assis sur le rebord de la fenêtre quelques minutes et il a sauté. J'étais là. Son sang et les bouts de sa cervelle ont volé sur moi. Je hurlais et hurlais encore. » Il secoua la tête. « Quelle chose horrible ! »

Simplet racontait cela sans aucune émotion. Il avait déjà raconté cette histoire d'innombrables fois et Bill savait qu'il était convaincu que c'était bien lui et non son père qui était sur le trottoir quand Carson avait sauté.

« Tu disais que cette fois ton grand-père agissait étrangement, poursuivit Bill.

— Au début, il était normal. Il faisait les cent pas dans la suite présidentielle. Peut-être était-il en train de réfléchir à la façon de payer ses marges. C'est cela qui a provoqué l'effondrement des titres. Les marges. » Bill savait que Simplet n'avait aucune idée de ce qu'était une marge. Il ne faisait que répéter ce que son père lui avait raconté sur les appels de marge qui avaient ruiné tant d'investisseurs en bourse en 1929. « Ou peut-être essayait-il de trouver le courage de se tuer. Se tuer. Ce doit être vraiment effrayant. Peu importe, il tournait en rond dans la suite présidentielle. »

Les meubles Klein occupaient les trois premiers étages de l'hôtel Dobbs. Les trois autres avaient été transformés en appartements. Depuis plus de trente ans, un couple, les Moreland, habitait ce qui avait été la suite présidentielle.

Simplet prit une autre bouchée de son chausson qu'il mâcha avec la lenteur délibérée des bovins avant de l'avaler. « L'orage était terrible. Les feuilles tombaient des arbres. Des branches. Les ordures déferlaient dans la rue. Cette fille qui lit dans les pensées, elle a eu un accident. Je n'aime pas la voir de retour.

— Ce n'est pas le sujet.

— Je sais qu'elle est de votre famille, mais elle n'est pas normale. Moi je dis qu'elle est la servante du diable.

— Ça suffit, ces bêtises, dit Bill sévèrement. Il n'y a rien de maléfique chez elle. Alors continue ton histoire.

— L'orage s'est calmé. Je voulais aller me balader mais quelque chose me poussait à rester pour regarder mon hôtel. » Simplet pensait qu'en tant que dernier descendant des Dobbs, il était toujours propriétaire du bâtiment. « Eh bien, j'ai eu raison parce que j'ai vu Grand-Père revenir. Mais il n'était plus dans la suite présidentielle. Il était au-dessus.

— Que veux-tu dire par au-dessus ? Sur le toit ?

— Non. Grand-Père ne resterait pas sur le toit sous la pluie. Il était plus sensé que moi. Mon père me l'a dit. Mon père me disait toujours que j'aurais été une réelle déception pour mon grand-père. »

Il n'y a rien de mieux pour gagner la confiance de son enfant, pensa Bill. Simplet était peut-être un ivrogne fantasmatique mais son père, pitoyable et malveillant, était largement responsable du gâchis qui était assis dans le bureau de Bill pour le moment.

« Grand-Père était à l'étage juste au-dessous du toit. Le grenier.

— Tu es sûr ?

— Il avait une lampe-torche, mais ce devait être une grosse lampe car elle éclairait plus que les petites. Il est passé et repassé quatre ou cinq fois devant la fenêtre.

— As-tu vu son visage ?

— Non, m'sieur. Mais je ne le vois jamais.

— Combien de fois as-tu vu ton grand-père dans le grenier ?

— Jamais. C'est pour ça que c'est bizarre et que je devais vous le dire. Et je ne l'avais jamais vu après minuit. Je crois que les fantômes doivent retourner d'où ils viennent à minuit. Ce doit être une règle.

— Je vois. » Bill luttait pour ne pas montrer l'agitation qui montait en lui. « Ton grand-père a-t-il fait autre chose d'inhabituel ?

— Eh bien je voyais sa silhouette à travers la fenêtre à cause des lampadaires de la rue. Il a scruté la rue. Trois fois dans chaque direction. Parfois, il y a des gens dehors même après minuit. Ils sortent des cinémas et des bars comme le Landy ou l'autre, la Clé...

— La Clé en Or. Mais la nuit dernière, après l'orage, la rue était vide.

— Exact. Je me suis accroupi dans l'encadrement de la porte. Je ne crois pas qu'il m'ait vu. Mais Grand-Père ne regarde jamais dehors comme ça, à la dérobée, comme s'il ne voulait pas être vu. D'habitude, je n'ai pas besoin de m'accroupir. C'était bizarre. Je savais que je devais vous en parler parce que mon père disait toujours que mon grand-père aurait sa revanche sur cette ville qui n'avait pas traité son fils comme un Dobbs. Et Grand-Père était si étrange que j'ai pensé que, peut-être, il avait décidé qu'il était temps d'agir. Et puis cette fille avec sa deuxième vue qui revient. Ça aussi c'est un mauvais présage. Je veux qu'elle parte. »

Bill aurait aimé que Simplet cesse de se focaliser sur Rebecca. Il pensait l'homme inoffensif mais n'en était pas sûr.

Ce dont il était sûr, c'est que Simplet avait remarqué une activité inhabituelle dans le grenier de Klein la nuit dernière. Et Rebecca avait vu Todd ligoté et bâillonné dans un endroit sale et chaud dans lequel le plancher était en bois. Comme dans un grenier.

II

Une heure plus tard, Bill Garrett, l'agent G.C. Curry et Herbert Klein passaient une porte vitrée sur le côté droit de la boutique de meubles. À l'intérieur, dans un hall étroit mais bien éclairé trônaient neuf boîtes aux lettres. Chacun des trois étages qui surplombaient la boutique comprenait trois appartements spacieux. Des escaliers montaient aux étages mais les trois hommes optèrent pour le vieil ascenseur.

Herbert Klein – la soixantaine, corpulent et très nerveux – était dans tous ses états. Il avait semblé au bord de l'hystérie quand Bill l'avait appelé pour lui demander la permission de fouiller le bâtiment pour rechercher Todd Ryan, après qu'on eut vu de la lumière et de l'activité dans le grenier. Klein était trop étonné pour lui demander qui avait parlé et Bill ne dévoila aucune information. Il craignait que Klein ne lui refuse s'il lui disait que c'était Simplet ; ce qui l'aurait obligé à demander un mandat de perquisition. Au lieu de cela, Klein avait offert sa complète coopération. Maintenant, il passait son temps à parler et à essuyer son visage en sueur à l'aide d'un mouchoir.

« Durant toutes ces années, je n'ai jamais eu d'ennuis ici, assura Klein à Bill pour la cinquième fois. Je n'ai que d'anciens locataires stables, aucun buveur ou bagarreur comme le sont les jeunes d'aujourd'hui. » Apparemment, il croyait que les gens de plus de quarante ans ne buvaient et ne se battaient pas. « Je crois qu'il est impossible que l'enfant soit dans cet immeuble.

— Pourquoi ? Vous êtes allé dans le grenier ? demanda Bill.

— Non. Nos stocks sont aux deuxième et troisième étages. Je n'ai aucune raison d'aller au grenier.

— Alors vous n'auriez rien entendu si l'enfant était en haut, même si le magasin était ouvert. »

Klein semblait affolé. « Oh ! Vous avez raison. Oh ! Mon Dieu. Oh ! Non. C'est horrible. » Klein essuya vigoureusement son visage alors que l'ascenseur s'arrêtait au sixième étage. « Seul un des appartements de cet étage est encore loué. Helen et Edgar Moreland. Ils vivent ici depuis trente ans. Ils ont plus de soixante-dix ans. Non, Edgar en a quatre-vingts. Oh ! Mon Dieu. Ils sont fragiles. Et il est plus de minuit. S'il vous plaît, ne leur posez aucune question.

— Ils vivent au-dessous du grenier, répondit Bill. Je dois les interroger.

— Oh ! Mon Dieu. Edgar va avoir une crise cardiaque.

— Peut-être pas. Je serai gentil », promit solennellement Bill en voyant Curry se mordre les lèvres. Bill se demandait comment Mme Klein pouvait vivre aux côtés d'un énergumène si inquiet et si agité.

Alors qu'ils avançaient dans le couloir vers la porte du grenier, une porte s'ouvrit et un homme d'un certain âge apparut. Ses épais cheveux argentés étaient coiffés en arrière, laissant apparaître son large front et ses yeux bleu clair et espiègles les regardaient derrière des lunettes à monture métallique. « Ça y est, vous m'avez trouvé ? Je pensais m'en être sorti avec ce braquage de banque en 1935.

— Edgar, arrête, dit une femme sévèrement. Ils vont croire que tu parles sérieusement.

— Je suis sérieux sur le fait que ça leur a pris du temps pour arriver jusqu'ici.

— Depuis 1935 ? demanda Curry en plaisantant.

— Depuis plus de 21 heures quand ma femme a entendu du bruit qui venait du grenier. »

Klein laissa échapper quelque chose qui ressemblait à un grincement et Bill tressaillit : « Vous avez entendu quelque chose ?

— Moi, non. J'avais retiré mon appareil auditif. Mais Helen, oui. Helen, viens par ici et raconte aux flics ce que tu as entendu.

— Arrête de les appeler comme cela. Tu leur manques de respect. » Une petite femme alerte, aux cheveux gris courts et frisés, apparut à la porte, souriant timidement. « Comment allez-vous ? Helen Moreland. »

Bill fit un signe de la tête. « Bonjour, m'dame. C'est un plaisir. Je suis Bill Garrett et voici l'agent Curry. Alors, ces bruits ? »

Mme Moreland prit des couleurs. « Nous étions partis dans l'Ohio chez notre fille, pour le week-end. Cela n'aurait dû nous prendre que deux heures pour revenir mais Edgar a insisté pour conduire et il s'est perdu tout le temps...

— Je prenais des raccourcis ! dit Edgar pour se défendre.

— Peu importe, continua Helen sans se soucier de son mari. Cela nous a pris quatre heures pour rentrer à la maison, il était près de 21 heures. Je n'ai pas pu dormir de la nuit. J'étais énervée et fatiguée et ma hanche me faisait souffrir. Un peu avant l'aube, j'ai cru entendre du bruit dans le grenier. Mais cela n'a rien d'étonnant. Nous avons parfois des rats là-haut.

— Il n'y a pas de rats dans cet immeuble ! invectiva Klein. Je tiens une maison propre !

— Redescends, Herb. On dirait que tu diriges un bordel. » Edgar Moreland riait. « Les rats n'ont rien de déshonorant dans un immeuble aussi ancien, tant que tu fais ce qu'il faut, et tu le fais très bien. » Il s'adressa à Bill. « Il met de la mort-aux-rats. Parfois, l'été, l'odeur des rats crevés est terrible, mais que voulez-vous faire ? On ne peut pas les attraper et les renvoyer dans la nature pour qu'ils gambadent. Mais continue ton histoire, Helen. »

Bill ne réagit pas. Des rats. Rebecca avait dit qu'il était dans un endroit étouffant et sale où il y avait des rats.

Mme Moreland respira profondément. « Eh bien, les rats font un bruit sourd. Et parfois, on les entend grignoter. J'en ai l'habitude et je savais que je n'avais qu'à en parler à Herbert pour qu'il s'en occupe. Mais là, ça s'est arrêté. Puis il y a eu des bruits de pas. Je le jure. Lents et... furtifs. J'ai horreur d'avoir l'air dramatique, mais quelqu'un faisait attention à ne pas faire de bruit. Discret. Je me suis levée, je suis allée au bout du salon et je suis restée au-dessous de là où j'entendais les pas. Puis il y a eu un bruit... comme si on traînait quelque chose au sol. Puis d'autres pas. Plus lourds. J'ai couru pour tenter de réveiller Edgar, ce qui était tout à fait vain.

— Avez-vous suivi le son des pas ? demanda Curry.

— Quand je suis allée dans la chambre, ils semblaient se diriger par là. » Elle se dirigea vers la porte du grenier. « Edgar s'est finalement réveillé. Il m'a dit d'appeler la police. Ou plutôt il m'a hurlé d'appeler la police.

— Je n'avais pas mon appareil.

— Je sais. Ça ne fait rien, le rassura Mme Moreland. Quand je suis revenue au salon, je n'ai plus rien entendu.

— Et personne chez nous n'a pris votre appel ? demanda Bill.

— À vrai dire, je n'ai pas téléphoné. » Edgar la regarda, surpris. « Ils n'auraient pas pris au sérieux une vieille femme qui appelle pour dire qu'elle entend des bruits bizarres, la nuit, dans un grenier fermé à clef.

— Madame Moreland. Avez-vous vu quelqu'un quitter le grenier ?

— Non. Et je m'en veux tellement ! Je pense que la personne qui était là est descendue quand j'essayais de réveiller Edgar. Ils ont même dû se dépêcher quand ils l'ont entendu me crier d'appeler la police. Puis la personne a pu sortir par-derrière en empruntant l'échelle de secours. Si j'avais ouvert la porte, j'aurais pu voir qui c'était !

— Je suis heureux que vous ne l'ayez pas fait », dit Bill.

Edgar s'anima, soudain attentif. « Pourquoi ? Vous pensez qu'il s'agissait de quelqu'un de dangereux ? Et que faites-vous ici si Helen n'a pas appelé la police ? Que se passe-t-il ? »

Bill ne voulait pas entrer dans les détails. « Nous ne sommes pas sûrs de ce qui se passe, monsieur Moreland. L'agent Curry et moi-même avons juste besoin de vérifier le grenier. Monsieur Klein, restez ici avec les Moreland.

— C'est mon immeuble, lança Klein par réflexe, avant de rabaisser la tête. Mais allez-y. Voici la clé. »

Bill et Curry marchèrent au fond du couloir. Bill s'arrêta pour inspecter la vieille serrure de la porte du grenier. « Des traces d'éraflures. On l'a forcée. Je me demande depuis combien de temps elle est comme ça ? »

Curry ne répondit pas. Bill enfila un gant en latex et ouvrit la porte. De l'air étouffant et nauséabond parvint jusqu'à eux. « J'espère que ce n'est que l'odeur de rats morts, murmura Curry. Des empreintes, dans la poussière.

— Ne les piétine pas », dit Bill inutilement.

Alors qu'ils gravissaient les marches, l'estomac de Bill se noua. L'odeur sucrée de pourriture grandissait et sa bouche s'emplit de salive chaude. Le visage rond de Molly, les yeux pleins d'espoir, lui apparut. S'il vous plaît, pria-t-il silencieusement l'univers qu'il trouvait généralement implacable. S'il vous plaît !

Le grenier était mal éclairé par quelques ampoules à filament. Bill ne savait pas ce qu'il allait trouver ici – les reliques de l'opulent hôtel Dobbs ? En fait, il était pratiquement vide, à part quelques étagères métalliques garnies de boîtes fermées le long des murs. Au milieu de la pièce, trônaient un salon de jardin aux couleurs criardes et un parasol à franges, comme si une fête de fantômes allait avoir lieu. Le grand-père de Simplet et ses amis, sans doute.

« Chef, regardez ça ! »

Bill s'approcha de l'endroit où se tenait Curry et il vit, chiffonnée, une couverture blanche rugueuse et un animal gris en peluche. En s'agenouillant, Bill prit l'animal par l'oreille et ricana bêtement : « C'est le chien de Todd, Clochard. »

Curry lui montra une grosse tache couleur rouille sur la poitrine de l'animal. « Le chien était-il taché comme cela, avant ?

— Non, dit Bill en avalant difficilement sa salive. Et on dirait du sang. »

6

I

Bill ne savait pas trop pourquoi Rebecca était la première qu'il avait appelée pour lui raconter qu'il avait découvert Clochard. Peut-être parce que c'était elle qui lui avait donné le tuyau sur Todd et sur un endroit chaud, sale et désaffecté. Peut-être était-ce aussi parce qu'il voulait repousser le plus longtemps possible le moment où il devrait en parler à Molly.

Rebecca accepta de le retrouver chez Molly. On ne pouvait pas lui annoncer cela par téléphone, sans le soutien de sa meilleure amie. Juste avant de quitter son bureau, Bill appela instinctivement Clay Bellamy. Il pensait que Molly aurait certainement besoin qu'un médecin lui administre une autre dose de tranquillisants. Elle aurait peut-être même besoin d'être hospitalisée. Clay venait juste de finir son service à l'hôpital mais il promit de se rendre tout droit chez Molly.

En arrivant près de la maison de Molly, Rebecca fut consternée de voir au moins six voitures et une camionnette de journalistes qui stationnaient juste devant, bien qu'il soit plus de minuit. Elle se gara presque un pâté de maisons plus loin et marcha vers la maison en espérant pouvoir trouver la porte de derrière. Mais lors de sa première visite, elle avait remarqué qu'une clôture grillagée entourait le jardin du fond. Elle n'avait d'autre choix que de passer par la porte principale.

Elle baissa la tête et s'avança dans l'allée centrale. Presque aussitôt, une femme apparut à ses côtés et demanda : « Vous êtes de la famille ? »

Rebecca leva la tête. La femme était jeune, bien faite, ses yeux bleus étaient interrogateurs et ses cheveux étaient de la couleur du bouton-d'or. « Qui êtes-vous ? demanda-t-elle.

— Kelly Keene, du journal WPCT. Nous nous sommes laissé dire qu'il y avait du nouveau dans l'affaire.

— Je ne sais rien du tout et je suis pressée.

— Vous savez sans doute que la peluche tachée de sang de Todd a été retrouvée dans le grenier de la boutique Klein ? »

Rebecca était choquée de voir que cette femme était déjà au courant pour Clochard, mais elle tenta de se contenir : « Je ne sais rien au sujet de cette peluche.

— Écoutez, madame Ryan, ne me rembarrez pas, dit Kelly Keene, faussement sincère. Tout ce que nous essayons de faire, c'est de vous aider. »

Rebecca la regarda droit dans les yeux : « Je ne sais pas pourquoi, madame Keene, mais quelque chose me dit que votre priorité c'est votre taux d'écoute et non aider Todd. Alors arrêtez de me suivre.

— Vous êtes de la famille. » Kelly Keene la poursuivit dans l'allée. « Vous êtes sa cousine, n'est-ce pas ? Rebecca Ryan.

— Mon nom ne vous regarde pas, mais je me doutais bien que vous le connaissiez déjà.

— Mademoiselle Ryan, avez-vous une idée de qui a enlevé Todd ? Avez-vous eu des visions ? »

Rebecca monta les marches du perron en courant, frappa à la porte en criant : « C'est moi ! » La porte s'ouvrit juste assez pour la laisser passer. Elle se retrouva face à face avec une jeune femme mince d'une trentaine d'années. Ses cheveux noirs étaient courts et son expression austère.

« Vous êtes la cousine de Molly ? » Dans sa voix, aucune chaleur, aucune gentillesse.

— Oui. Où est Molly ?

— Dans la cuisine. Je suis Jean Wright. »

Elle était très belle, une grande bouche sensuelle, des grands yeux bruns aux longs cils. Elle aurait pu être très attirante, mais il n'y avait rien d'avenant dans son regard sombre. Elle avait le visage tendu, un corps mince presque rigide, comme bloqué, comme si elle se retenait pour ne pas pousser Rebecca dehors.

« Vous devez être la voisine de Molly », dit Rebecca en tentant d'être amicale.

La femme battit des paupières. Rebecca ne put dire si c'était par colère ou par pure antipathie. « Oui, mais j'étais sortie le soir où Todd a été enlevé.

— Ce n'était pas une accusation », dit Rebecca froidement. Elle détestait déjà cette femme.

Molly arriva, un torchon à la main. « Je ne savais pas que tu allais venir, Becky ! Tu as rencontré Jean ? » Rebecca acquiesça. « Elle a tellement entendu parler de toi qu'elle croit sans doute déjà te connaître. Que dirais-tu d'un thé glacé ? Ou d'un soda ? Ou d'un verre d'alcool ? Ou du vin ? J'ai un truc dans la cuisine qui est censé être très bon. Il a du corps et tout ce qu'il faut. »

Molly avait l'air épuisé. Elle riait trop bruyamment, elle parlait trop et se comportait comme s'il s'agissait d'une rencontre ordinaire au milieu de l'après-midi. Rebecca savait que Bill ne lui avait pas encore annoncé la mauvaise nouvelle, mais Molly devait sans doute pressentir quelque chose avec toutes ces personnes qui venaient la voir à une heure si tardive.

« Je prendrais bien un peu de vin, dit Rebecca en pensant que Clay et Bill auraient le temps d'arriver avant qu'elle n'ait réussi à déboucher la bouteille. Mais pas trop. Je conduis. »

Molly se précipita à la cuisine et Rebecca affronta à nouveau le regard dur de Jean. « Vous venez pour annoncer de mauvaises nouvelles. Lesquelles ?

— Bill Garrett sera là dans une minute. Il veut le dire lui-même à Molly.

— Molly aura sans doute besoin de médicaments. Je dois être avertie pour pouvoir l'aider.

— Un médecin arrive. »

Jean pâlit. « Todd est mort.

— Non !

— Vous avez dit que le chef Garrett venait avec un médecin Pourquoi ? Quel médecin ? »

Rebecca perdait patience avec cette femme au ton présomptueux : « Clayton Bellamy.

— Bellamy ! Il vient juste de finir son internat. Je suis infirmière depuis vingt ans.

— Grand bien vous fasse. » Rebecca sourit en voyant Molly entrer dans la pièce.

« Et voilà. » Molly lui tendit un verre de vin blanc. Rebecca ne supportait pas le vin blanc s'il était chaud. Elle détestait aussi les vins très secs. Celui-ci était chaud et sec. Elle en but une gorgée. « Délicieux !

— Il a un nom parfaitement imprononçable, plaisanta Molly. C'est Suzanne qui me l'a donné. »

On frappait à nouveau à la porte. Molly voulut aller ouvrir mais Rebecca l'en empêcha, elle ne voulait pas qu'elle voie la foule qui se trouvait devant la maison.

Clay était devant la porte alors que Bill lui tournait le dos, faisant face à la foule. « Il n'y a rien de nouveau, disait-il fermement. En plus, vous gênez la circulation avec toutes vos voitures. »

Rebecca entendit la voix de Kelly Keene : « Est-il vrai que vous avez la preuve que Todd Ryan a été détenu dans l'immeuble du magasin de meubles Klein ?

— Aucun commentaire.

— Pensez-vous qu'il soit mort ?

— M'dame. Aucun commentaire signifie aucun commentaire. Ce n'est pas une conférence de presse et vous empiétez sur la propriété de Mlle Ryan. Partez maintenant. Partez tous ! »

Des voix s'élevèrent dans la rue. Clay était déjà entré à l'intérieur. Bill entra à son tour et il claqua presque la porte derrière lui. Puis tout le monde regarda Molly, qui se tenait pétrifiée, le regard affolé. « Ne me dites pas qu'il s'agit d'une coïncidence, dit-elle doucement. Clay, je ne t'ai pas vu depuis... Depuis... » Elle porta sa main à sa gorge. « J'ai entendu ce que disait cette femme. Oh, mon Dieu ! Que se passe-t-il ?

— Molly, nous n'avons pas trouvé Todd. » La voix de Bill était calme mais résolue. « Nous n'avons aucune raison de croire qu'il soit mort, peu importe ce que racontent ces vautours, là-dehors. Tu comprends ? »

Elle acquiesça de la tête alors que le sang montait dans ses joues, puis elle disparut rapidement. Rebecca savait qu'elle allait s'évanouir mais Clay intervint le premier, se précipitant pour la soutenir jusqu'au canapé. Elle se laissa tomber lourdement et Clay s'assit à ses côtés en lui tenant la main. Elle avala deux fois sa salive puis dit : « Raconte-moi, Bill. »

Il lui parla de ce qu'avait vu Simplet, des bruits entendus par Helen Moreland et de la découverte de Clochard. Il ne mentionna pas la tache étrange sur la peluche. « De ce fait, nous sommes pratiquement sûrs que Todd a été retenu prisonnier dans ce grenier, conclut-il.

— Et tué ? soupira Molly.

— Je t'ai dit qu'il n'y avait aucune preuve de sa mort. Je pense que le kidnappeur a seulement déplacé Todd quand les Moreland, qui habitent l'appartement sous le grenier, sont rentrés chez eux.

— Mais tu ne sais pas s'il est mort, insista Molly.

— Moi je le sais », dit Rebecca.

Molly la regarda, désespérée. « Es-tu en train d'essayer de me ménager ?

— Non. Je ne ferai jamais cela. Je sens que Todd est vivant. » Et c'était le cas. Elle n'avait rien vu, mais elle savait que l'enfant était en vie. « Molly, tu ne peux pas laisser tomber. Todd a besoin de toi. »

Les yeux de Molly s'emplirent de larmes. Elle enfouit sa tête dans ses mains et se mit à sangloter. « Que puis-je faire ? Je ne suis pas comme toi, Becky. Je ne suis qu'une personne ordinaire.

— Molly, tu es la personne la plus forte que je connaisse », dit sincèrement Rebecca.

Molly secoua la tête violemment et Clay lui prit la main. « Tu es la mère de Todd, dit-il. Tu es la personne la plus importante de sa vie et je pense sincèrement que si tu perds espoir, il le saura. Ce n'est pas le médecin qui parle, c'est juste une conviction personnelle.

— C'est la mienne aussi, ajouta Rebecca.

— Je veux y croire aussi, dit Molly, la voix tremblante. Mais il est parti depuis vendredi. Je sais bien que plus le temps passe et moins on a de chances de le retrouver vivant. » Elle se mit à sangloter. « Je suis tellement fatiguée que je n'arrive plus à croire qu'on va le retrouver. Je n'arrive plus à penser... Où est Clochard ? » Elle regarda Bill en criant presque : « Où est Clochard ?

— Cette peluche est une preuve, dit Bill sereinement. Nous devons la garder.

— Je ne te crois pas ! Il y a quelque chose qui ne va pas, c'est pour cela que tu ne veux pas me la donner !

— Molly, je t'ai dit que c'était...

— Qu'*il* était.

— OK, qu'*il* était un indice. Il est possible que l'on retrouve des fibres qui pourront nous apprendre des choses au sujet du kidnappeur. »

Rebecca savait que tout cela n'était pas l'entière vérité et Molly devait le sentir aussi puisqu'elle écarquillait les yeux. « Tu me caches quelque chose ! Et ne crois pas que je ne me souvienne pas que l'immeuble Klein se trouve à un pâté de maisons de l'endroit où l'on avait découvert le corps de Jonnie ! »

Ils espéraient tous qu'elle n'aurait pas fait ce rapprochement. Rebecca avait tout de suite mentionné que c'était un lien entre les deux kidnappings, mais Bill l'en avait dissuadée, disant que ce n'était pas un fait important.

À présent, Molly regardait Rebecca, qui répéta les propres mots de Bill désespérément. « Ce n'est sans doute qu'un hasard, dit-elle sans conviction. Les deux affaires sont différentes. »

Molly ouvrit la bouche pour exposer clairement son propre point de vue, mais Clay prit le contrôle. « Molly, tu es à bout, tant physiquement qu'émotionnellement. Je voudrais que tu passes une bonne nuit.

— Je ne peux pas dormir ! Mon bébé est quelque part dehors ! Il faut que je fasse quelque chose !

— Il faut que tu te reposes.

— Je vais lui donner un Valium, dit Jean.

— Non, je lui fais une injection d'Activan. » Clay se dirigea vers une petite mallette de médecin posée près de la porte.

Jean mit ses mains devant sa bouche. Ses bras nus étaient forts et colorés. « Je pense que dix milligrammes de Valium suffiront, poursuivit-elle.

— Moi pas. » Clay ne regarda pas la femme mais Rebecca le fit. Son regard était plein de ressentiment. Rebecca savait qu'elle voyait en Clay un intrus, même s'il était médecin et qu'il connaissait Molly depuis l'adolescence. Elle décida d'en apprendre plus sur cette femme. Peut-être que Clay pourrait plus tard lui donner des informations.

Molly pesta contre l'injection mais finit par se taire pour reprendre son souffle. Ensuite, elle se calma, essuyant à contrecœur les larmes de son visage, alors que Clay enfonçait la seringue.

« Je vais passer la nuit ici, dit Jean. Je ne crois pas que Molly devrait rester seule. »

Clay acquiesça : « Je suis d'accord.

— Je peux rester », dit Rebecca.

Bill se rapprocha et parla doucement à l'oreille de Rebecca : « Chérie, tu sais que Molly attend que tu fasses des choses spectaculaires. Elle restera là à te scruter, en attendant que tu lui fasses des révélations. Ce sera l'enfer pour toutes les deux. »

Jean s'était rapprochée. « Il a raison, mademoiselle Ryan. Et vous avez l'air fatiguée. » Son ton s'était considérablement radouci. « Je fonce à côté prendre quelques affaires. Je serai vite de retour. »

Rebecca avait l'impression de laisser tomber Molly pour la deuxième fois, mais les paroles de Bill et de Jean étaient sensées. En plus, les blessures dues à son accident la faisaient souffrir. Elle se rendait compte qu'elle en avait trop fait avec toute cette marche chez Esther. Elle aussi avait besoin d'un médicament contre la douleur et de repos.

Rebecca aida Molly à se mettre au lit et resta assise à ses côtés jusqu'à ce qu'elle respire profondément. Puis elle prit le couloir en direction de la chambre de Todd. La lumière du salon dans lequel Clay et Bill discutaient doucement éclairait faiblement la pièce. Elle déambulait, touchant les médailles de natation, regardant les poissons nager sereinement dans leur bocal. Elle jeta un œil par la fenêtre et vit la lumière s'éteindre chez Jean. Elle serait bientôt là.

Rebecca s'assit sur le lit de Todd. Elle ferma les yeux et commença à compter à rebours. À quatre-vingt-cinq, elle s'arrêta, frustrée. Elle n'avait jamais pu « provoquer » une vision. À douze ans, sa grand-mère lui avait appris que les visions venaient ou ne venaient pas. « J'avais dix ans quand j'ai découvert que j'avais ce don, lui avait rappelé Ava un an avant de mourir. J'ai d'abord été effrayée. Je pensais que je devenais folle. » Elle avait alors souri cyniquement. « Ta mère pense que je le suis. Ma propre fille a peur de moi. Mais mon mari m'acceptait. Et Bill m'adore. Ta mère n'acceptera jamais ton pouvoir, Rebecca. Elle en aura toujours peur et le repoussera. Mais il te reste ton oncle Bill. Lui comprend. »

Et il avait compris, cru et accepté. Tout comme Molly. Et tous les deux comptaient sur elle, maintenant. Elle qui n'avait rien à leur offrir.

Déprimée, elle retourna au salon. « Est-ce que Molly s'est endormie ? demanda Clay.

— Oui. Elle avait l'air apaisée.

— Elle avait besoin de cette piqûre, quelque chose qui fasse effet vite, même si cela ne plaît pas à Mlle Wright.

— Tu la connais ? demanda Rebecca.

— Je l'ai déjà vue à l'hôpital. Je n'avais jamais eu le plaisir de lui parler avant ce soir. » Clay souriait amèrement. « Je ne peux pas dire que je suis sous le charme. »

Rebecca acquiesça : « Molly m'en avait parlé au téléphone. Elle ne ressemble pas du tout à ce que je croyais. J'ai du mal à accepter qu'elle soit là tout le temps. Mais Molly a l'air de l'apprécier. » Elle baissa la voix et regarda Bill : « Je suis contente que tu n'aies pas parlé à Molly de la tache sur Clochard.

— J'allais le faire et puis je l'ai regardée. J'ai su qu'elle ne pourrait pas le supporter. Peut-être demain.

— Demain, que ce soit bon ou pas pour elle, dit Clay. Cette Kelly Keene m'en a parlé dehors. Si la presse est au courant, tu ne peux pas le cacher à Molly. »

Bill était furieux. « Et quand j'aurai trouvé d'où vient la fuite, ça va barder. »

Rebecca regarda la pendule. « J'ai vu les lumières de chez Jean s'éteindre il y a dix minutes. Elle devrait être là maintenant.

— Elle a peut-être été arrêtée devant la maison », dit Clay. Il alla vers la fenêtre et entrouvrit les rideaux. « Je ne la vois pas, mais le groupe est en train de se transformer en foule. Il doit bien y avoir une trentaine de personnes là-dehors. »

Bill bondit hors du canapé. « Cette fois, c'en est trop. Je vais appeler quelques voitures de patrouille. »

Clay leva les sourcils à l'attention de Rebecca en souriant. Elle savait qu'il appréciait le dynamisme de Bill autant qu'elle. Bill passa un coup de fil au quartier général, puis ouvrit la porte d'entrée. Les voix s'élevèrent. Il referma la porte derrière lui et Rebecca rejoignit Clay derrière la fenêtre.

Peu après que Bill fut sorti, la foule se calma. On n'entendait que Bill raconter à tous ces gens qu'il n'avait pas de nouvelles informations et que leur comportement était irréfléchi, incorrect et même criminel, selon la loi qui régissait la violation de domicile. Il pourrait et ferait arrêter toute personne qui ne quitterait pas les lieux. Dans les secondes qui suivirent cette annonce, une voiture de patrouille arriva, gyrophare et sirène allumés. La foule commença à se disperser, certains se hâtant, d'autres prenant leur temps comme pour voir jusqu'où ils pourraient pousser leur chance. La seule personne à ne pas bouger d'un pouce était la reporter Kelly Keene.

« Chef Garrett, vous semblez oublier que la population a le droit de savoir...

— Vous semblez oublier que Mlle Ryan a droit à une vie privée. » Il avança d'un pas vers elle. « Je répète. Vous empiétez sur une propriété privée. Vous aurez sans doute des sensations fortes en étant arrêtée, mais votre public adoré pensera sûrement avec raison que vous êtes stupide de perdre votre temps entre l'emprisonnement et la libération sous caution alors que vous avez un gros sujet à couvrir. Maintenant, si vous n'êtes pas d'accord avec moi, je peux facilement demander à l'un de mes officiers de vous escorter jusqu'à la prison. »

Paupières mi-closes, tout le visage de Kelly sembla se refermer, comme celui d'une enfant gâtée et frustrée. Elle se retourna alors très gracieusement et se dirigea vers la camionnette de presse. Elle monta à l'intérieur et claqua la portière. Les secondes passaient mais la camionnette ne bougeait pas. Les gens à l'intérieur savaient que stationner au bord de la route ne représentait pas un délit de violation de domicile. Ils comptaient donc rester. Bill, sur le porche, les observait.

« C'est un vrai cauchemar, dit Clay.

— Un cauchemar que j'ai déjà vécu, dit Rebecca en soupirant.

— Ce qui rend tout cela encore plus étrange – trop étrange pour être une coïncidence. » Il la regardait solennellement. « C'est une ville de vingt mille habitants. Pour certains c'est une petite ville. Le taux de criminalité est faible. Les gens n'ont pas peur pour leurs enfants. Et puis, quelque chose comme cela arrive – à ta famille – pas une fois, mais deux, s'interrompit Clay. Et j'ai l'impression de te rappeler ça sans cesse. Excuse-moi. »

Rebecca se sentait profondément soulagée. Elle savait que Bill croyait à ses visions. Il semblait cependant douter de ses capacités à réfléchir. Elle ne pouvait pas en parler à sa mère et elle était persuadée que Franck pensait que son point de vue était voilé par sa croyance en ses perceptions extrasensorielles.

« Ne t'excuse pas, dit Rebecca à Clay. Tu viens seulement de dire ce que je pensais, même si Bill ne veut pas croire qu'il y ait un lien entre les deux kidnappings. Je sais qu'il essaie de me soulager. Mais cela ne marche pas parce que ce n'est pas vrai. » Sa voix était tendue. « En admettant qu'il y ait un rapport, le fait de chercher les similitudes nous aidera à retrouver Todd. Mais tant que personne ne sera d'accord avec moi... »

Clay fronça les sourcils. « Je crois que les autres ne veulent pas voir le lien à cause de la fin terrible de Jonnie. Mais si toi tu es prête à y faire face, alors d'autres le feront.

— Tu devrais dire cela à ma famille.

— Je ne pense pas qu'ils écouteraient un type qu'ils n'ont pas vu depuis des années, dit-il amèrement. Rebecca, si je peux t'aider de quelque autre manière, dis-le-moi. »

Tout le monde proposait tout le temps son aide, pensa Rebecca, mais les gens ne souhaitaient pas vraiment qu'on vienne la leur demander et, dans le cas contraire, ils prenaient cela comme un pensum. Pourtant Clay avait l'air sincère.

« Il y a bien quelque chose que tu pourrais faire.

— Dis-moi. »

Rebecca se lança avant que l'envie de se retenir ne la submerge. « Tu peux être mon ami et ma caisse de résonance. Tu peux m'écouter sans chercher à me ménager mais en essayant d'analyser ce que je dis pour voir si c'est logique et m'aider ainsi à établir le lien entre les deux kidnappings.

— Ce n'est pas une aide très importante.

— Oh si, crois-moi. »

Clay inclina la tête révérencieusement. « OK, Rebecca. Je suis ta caisse de résonance officielle. »

La porte s'ouvrit et Bill entra avec Jean qui s'excusa : « Je suis désolée du temps que cela m'a pris. J'ai dû nourrir le chat. Et au moment où je partais, ma sœur Wendy m'a appelée. Je lui ai dit que j'étais pressée, mais elle n'arrêtait pas de parler. Elle voulait savoir quel petit ami elle devait fréquenter. Elle a tellement de succès. » Elle sourit pour la première fois. « Elle est à l'université. Vous savez bien comme toutes ces choses sont importantes à leur âge. »

Personne ne répondit rien mais Jean n'avait pas l'air d'attendre une réponse. « Molly dort, l'informa Clay. J'ai laissé mon numéro en cas de problème, cette nuit. »

Le sourire de Jean disparut soudain. « Je suis sûre qu'il ne se passera rien que je ne sois capable de régler.

— Prenez-le quand même. Il se peut que vous ayez juste envie de parler à quelqu'un au milieu de la nuit », répondit Clay avec un sourire aguicheur qui fit clairement grincer les dents de Jean. Rebecca avait presque ri alors que les épaules de la jeune femme se raidissaient à l'idée d'appeler le jeune Dr Bellamy en pleine nuit pour un entretien intime. « Rebecca, je te reconduis à ta voiture. »

Dehors, la camionnette était garée dans le virage devant la maison de Molly. Rebecca s'attendait à ce que Kelly Keene leur saute dessus. Mais cette dernière resta à l'intérieur, sans doute intimidée par la présence de Bill. Clay ne dit rien jusqu'à ce qu'ils aient atteint la Ford rouge. « Je conduis la voiture de Maman depuis que j'ai embouti celle de location, dit-elle. Franck s'est chargé de la faire remorquer. Je ne suis toujours pas allée au Dormaine pour voir l'étendue des dégâts que j'y ai causés.

— Je ne m'en soucierais pas trop si j'étais toi. Mais en parlant de restaurant, voudrais-tu venir dîner avec moi demain soir ? » Rebecca ne fit que le regarder sans répondre. « Je vous invite, mademoiselle Ryan. Cela nous donnerait l'occasion de discuter. »

Soudain elle se sentit comme une adolescente de dix-sept ans qui avait le béguin alors qu'une invitation de Clay Bellamy lui semblait grotesque et incroyable. Elle se sentait redevenir adolescente depuis qu'elle était de retour à Sinclair. Mais elle devait sortir de la vrille du temps et commencer à agir en femme et non plus comme une gamine. En plus, elle lui avait dit qu'elle devait lui parler. Il ne pensait sans doute pas à ce repas comme à un rendez-vous galant. Elle était ridicule et se réjouissait que l'obscurité cache ses joues auxquelles le rouge était monté. « Ça me ferait plaisir. »

Il sourit, de ce vieux sourire dévastateur qui la faisait fondre. « Bien. Je passerai te prendre à 19 heures.

— D'accord, dit-elle, embarrassée par ses genoux en coton et son comportement infantile. Bonne nuit, Clay. »

Il continuait de sourire alors qu'elle ouvrait la portière de sa voiture et montait à l'intérieur avant d'attacher sa ceinture. Elle lui fit un signe de la main en voyant qu'il était toujours là, à la regarder.

Dès que Rebecca mit le contact, la musique emplit la voiture. Quand elle était venue jusqu'à chez Molly, elle n'avait écouté ni radio ni CD. Son sang se glaça quand elle reconnut les premiers accords familiers de *A Whiter Shade of Pale*.

Le morceau préféré de Jonnie.

II

« Ma mère ne veut plus que je te fréquente.

— Qu'est-ce qu'il y a de nouveau là-dedans ? » Randy Messer arracha une brindille pour la tordre. C'était une très belle nuit mais, au goût de Randy, ils étaient un peu trop près de la maison de Sonia.

« Je déteste que nous nous voyions en secret.

— Cela ne durera pas. » Il avança la main pour toucher une mèche des cheveux bruns raides qui était sortie de son chignon. Il n'avait jamais vu des yeux violets comme les siens. Elle était sublime. Elle était intelligente. Elle était folle de lui. Il n'avait pas l'intention de la perdre. « Alors comme ça, ta mère ne veut plus que tu me fréquentes. Quelle est sa dernière trouvaille à mon sujet ?

— Oh, tu me détournes de mes études.

— On est en été.

— J'ai commencé ce cours de composition avec le programme supplémentaire. Et tu ne pourras que me distraire quand j'entrerai à la fac.

— Comme je l'ai fait quand tu étais au lycée et que tu as eu ton bac avec mention ? C'est ça ?»

Elle lui sourit, montrant sa dentition parfaite. «J'ai réussi à passer quelques heures à étudier, n'est-ce pas ?

— Assez pour me rendre dingue. C'est quoi le vrai problème de ta mère ? Le fait que je vienne d'une famille pauvre qui habite du mauvais côté de la ville ?

— En partie. Ta boucle d'oreille aussi.

— Laquelle ? L'anneau en or ou le clou ?»

Sonia sourit. «Je crois qu'elle se fiche que ce soit l'une ou l'autre.

— J'arrêterai de les porter. J'ai perdu l'anneau, de toute façon. Quels sont mes autres crimes ?

— Il y a eu le vol à l'étalage.

— J'avais onze ans !

— Et l'accusation de détention de drogue.

— C'était de la marijuana, pas de l'héroïne. Je ne dealais pas et j'avais quinze ans.» Randy regarda le ciel. «Mon Dieu, ils n'oublient rien dans cette ville, n'est-ce pas ?

— Tu sais bien que ma mère est droite comme la justice. Mon père était pasteur et ni l'un ni l'autre n'avait le sens des réalités. Ma mère ne te comprend pas.

— Oh arrête, Sonia ! Cela va plus loin que cela et tu le sais.»

Sonia regarda son visage troublé. James Dean. Il ressemblait à ces vieux posters de James Dean qu'elle avait vus dans le restaurant des années cinquante à côté de l'école. Bien charpenté, les cheveux blond cendré, les yeux bleus qui pouvaient passer de la tendresse à la colère en une seconde. Elle aimait Randy Messer depuis le jour où elle l'avait vu pour la première fois dans ce restaurant, il y a deux ans. «Cette histoire sur Todd Ryan a complètement dévasté Maman, répondit Sonia.

— Pas étonnant. Tu le gardais quand il s'est fait enlever.

— Je me sens mal à ce sujet, Randy. Tout le monde pense que c'est de ma faute.

— Personne ne pense cela. Et certainement pas ta mère.

— Eh bien non, elle ne pense pas que c'est de ma faute. Son problème ce n'est pas moi. C'est juste que les gens sont venus lui parler et... »

Sonia le regardait, désespérée. Randy la fixait. Puis il sourit d'une manière qu'elle détestait. « Elle pense que j'ai quelque chose à voir avec ça, n'est-ce pas ? En fait, elle pense que je savais quand tu garderais Todd, que je suis entré dans la maison, que je t'ai frappée et que j'ai emmené l'enfant. Et dans sa sacro-sainte bonté chrétienne, elle a raconté sa théorie à la ronde et c'est pour cela que j'ai reçu la visite d'un agent de police aujourd'hui. »

Sonia écarquilla les yeux. « Tu ne m'as pas dit qu'ils étaient venus te voir ! lui reprocha-t-elle en pleurant. Que voulait-il savoir ?

— Rien de particulier. Où j'étais pendant que tu faisais du baby-sitting. Je lui ai répondu que j'étais avec les suspects habituels, mes amis. Cela ne m'a pas fait gagner de points. Après qu'il est parti, mon vieux s'est mis en rogne : "Qu'as-tu encore fait, petite merde ? Je n'aurais jamais dû t'avoir. D'ailleurs, tu n'es pas de moi." Les insultes habituelles, mais cette fois il était saoul. J'ai cru qu'il allait me frapper, alors j'ai mis les voiles. Je n'ai pas remis les pieds là-bas depuis. »

Sonia pleurait. « Oh, Randy. Je suis désolée.

— C'est pas grave. Je me suis caché dans le parc. J'ai discuté avec Simplet Dobbs. »

Sonia était contente que Randy ne soit jamais méchant avec Simplet. « Et quoi de neuf pour Simplet ? Son grand-père hante-t-il toujours le magasin de meubles ?

— Évidemment, mais il y a du nouveau. Samedi soir, le grand-père était dans le grenier alors qu'il n'y va jamais. Simplet semblait embarrassé par la présence de cette Ryan qui a des visions. Il devait protéger son hôtel de cette femme, c'est pour cela qu'il était resté tard. Il pense que son grand-père est tout déboussolé à cause d'elle.

— Il parle de Rebecca Ryan ? demanda Sonia en relevant les sourcils. Mon père parlait beaucoup d'elle. Il pensait qu'elle était dangereuse. C'est la belle-fille du patron de ma mère. Elle est en ville ?

— Je suppose. Elle a eu un accident. Pas mortel. Simplet l'a vue conduire une voiture, je cite, "rouge sang". Il pense comme ton père – il l'appelle la servante du diable et dit qu'il a un plan pour lui faire quitter la ville. Je lui ai demandé d'arrêter de parler de Rebecca Ryan et de son grand-père dans le grenier.

— Pourquoi ? Personne n'écoute jamais ce qu'il a à dire.

— Je n'en suis pas si sûr. Bill Garrett a pris le temps de l'écouter cet après-midi au sujet de son grand-père.

— Et alors ? Pourquoi as-tu l'air si inquiet ?

— Je ne suis pas inquiet. C'est juste qu'il devrait arrêter de menacer Rebecca Ryan et de raconter ses histoires sur son grand-père qui vagabonde dans le grenier.

— Je suis d'accord avec toi pour Rebecca Ryan, mais qui se préoccupe de ce qu'il raconte au sujet de son grand-père ?

— Ouais, dit Randy négligemment, même si son front plissé trahissait son inquiétude. À moins qu'il y ait vraiment eu quelqu'un dans le grenier. »

III

LUNDI 1 h 20

Simplet avait entendu des gens dire que Sinclair était une ville ennuyeuse mais, la nuit, il appréciait les rues presque désertes. Après minuit, le silence devenait si profond qu'il emplissait sa tête et calmait le bruit des critiques de son père et du cri de son grand-père plongeant du sixième étage de l'hôtel Dobbs. Un cri qui lui semblait parfois un souvenir et parfois un rêve.

Simplet était fier de ses capacités d'organisation. Il gardait de la ficelle, des bandes adhésives et des trombones dans la poche droite de son pantalon. Il conservait la montre Bulova de son grand-père dans la poche gauche de sa veste, même si cette montre n'avait plus fonctionné depuis sa mort. Son argent

– quelques billets et de la monnaie qu'il avait récupérés au cours du week-end – se trouvait dans la poche droite de sa veste. Et il n'oubliait jamais d'acheter deux bouteilles de vin le samedi car sa boutique de spiritueux préférée était fermée le dimanche. Il tenait la seconde bouteille dans sa main en pensant au réconfort qu'elle lui apporterait ce soir.

La journée avait été chaude mais pas incommodante. Vraiment, cette journée avait été exceptionnelle. Il avait discuté avec le chef Garrett qui l'avait fait se sentir très important. Il avait bu deux tasses de bon café et mangé deux chaussons délicieux. Il avait rencontré différentes entités dans le parc dont certaines étaient des êtres humains. Oui, ç'avait été une bonne journée mais il faisait nuit à présent et Simplet devait réfléchir à des choses importantes et élaborer des plans.

Il leva la tête vers son hôtel. La lumière était allumée dans la suite présidentielle. Il se demandait qui pouvait bien l'occuper. Sans doute quelqu'un de riche. Parfois il errait dans le bâtiment la nuit, à la recherche de son grand-père. Il n'était jamais entré dans les différentes chambres, la vie privée est sacrée, mais une fois, la porte du grenier était restée ouverte durant plus d'une semaine et il y était monté tous les soirs. Il avait été impressionné par le salon de jardin et le parasol à franges. Une nuit, un pichet de jus de pomme et une assiette de biscuits étaient restés sur la table. Il s'était attablé durant une heure, buvant du jus de pomme dans un gobelet en carton, dégustant les biscuits avec ses mains sales et discutant de choses intelligentes et spirituelles avec ses invités imaginaires, agissant comme un golden boy issu d'une famille distinguée. La nuit suivante, le grenier était à nouveau fermé mais ce n'était rien car il en gardait un des plus beaux souvenirs de sa vie.

Il y avait eu beaucoup de mouvement dans le grenier aujourd'hui. Simplet savait que son grand-père n'aimerait pas cela. Posséder un hôtel plein de clients imaginaires était une chose, mais voir cet endroit grouiller de policiers en était une autre. Mais Simplet était responsable de cet immeuble et il s'y passait quelque chose d'étrange. Il n'aurait pas pu aller voir quelqu'un de mieux que Bill Garrett pour lui en parler. Il allait apaiser Grand-Père et le faire cesser ses va-et-vient dans le grenier, si toutefois il s'agissait bien de Grand-Père. Cet après-midi, il n'était plus si sûr que ce soit bien lui. Mais malheureusement, le chef Garrett ne ferait rien à propos de la fille des visions puisqu'elle était de sa famille. Non, Simplet se chargerait lui-même de cette fille, il allait lui faire peur pour qu'elle quitte la ville... avec un peu d'aide.

Simplet pénétra dans le renfoncement de la porte de la pharmacie Vinson, s'appuya contre le mur et se laissa glisser jusqu'au sol. Ses genoux cagneux passèrent presque à travers le tissu élimé de son pantalon. Il lui faudrait quelque chose de plus épais pour cet hiver. Le père Brennan avait l'habitude de lui trouver de bons vêtements.

Ses mains tremblaient parce qu'il n'avait pas encore pris son verre du soir à cause de toutes ses occupations importantes. Il déboucha la bouteille et prit une longue gorgée réconfortante, puis une autre. Avant que la fille Ryan n'ait sa deuxième vision et qu'il ne commence à s'en méfier, Simplet avait l'habitude de lui parler quand elle venait dans le parc avec le chef Garrett. Elle lui avait raconté que, la nuit, les étoiles formaient des images d'ours et de vache, mais il n'y comprenait rien. Elle avait continué en lui disant qu'elles étaient très belles, aussi brillantes que les diamants dans la vitrine de la boutique de bijoux. La fille Ryan lui avait aussi appris que la lumière des étoiles venait d'il y a très longtemps. Elle disait que les étoiles étaient tellement éloignées que leurs lumières mettaient des années à arriver jusqu'à Sinclair. Mais cela non plus, il ne le comprenait pas. Il pensait qu'elle se moquait de lui. Peut-être était-elle déjà mauvaise à l'époque.

Il prit une autre grande gorgée de vin. Il n'avait rien mangé à part les deux chaussons et le vin semblait lui faire plus d'effet que d'habitude. En plissant les yeux, il voyait les étoiles luire et danser. Il regarda l'hôtel à nouveau. Il était passé à 19 h 1 et avait vu le spectacle habituel de son grand-père s'écrasant sur le trottoir. Simplet n'avait jamais vu quelqu'un d'autre le remarquer. Simplet ne prenait pas cela trop à cœur mais il se sentait soulagé quand la chute était finie.

Quelqu'un marchait dans la rue dans sa direction. Il essaya de voir qui c'était mais il faisait nuit et la personne avait la tête baissée. Simplet pouvait remarquer un jean et une espèce de veste – pas une fine veste de costume comme la sienne –, quelque chose de bleu vif en nylon. Impossible de dire s'il s'agissait d'un homme ou d'une femme. Aujourd'hui ils portaient tous des jeans et ces grosses chaussures blanches qu'ils appelaient des chaussures de sport, bien qu'ils ne fassent jamais de sport. Toutes les filles étaient bien plus grandes que lorsqu'il était plus jeune. Une fois, Sonia Ellis lui avait raconté que toutes les filles voulaient être aussi grandes que les top-modèles. Comme il ne savait pas ce qu'était un top-modèle, elle lui en avait montré dans un magazine appelé Vogue. Simplet trouvait les femmes gigantesques et musclées, effrayantes ; à croire qu'elles auraient pu mettre une raclée à n'importe quel homme. Il était heureux qu'il n'y ait pas de top model à Sinclair.

Il regarda la pendule de la mairie. 1 h 30. Il allait bientôt voir Grand-Père dans le grenier. Et peut-être aurait-il une meilleure vue cette fois. Le chef Garrett lui avait demandé de décrire le visage de Grand-Père comme il l'avait vu l'autre nuit, mais il n'avait pas pu et ne le pouvait toujours pas. Cependant, il se souvint d'une chose étrange : les cheveux de Grand-Père. Sur les vieilles photographies, Simplet avait vu un homme aux cheveux très courts, la raie au milieu et plaqués contre le crâne. Mais dans le grenier, les cheveux de Grand-Père semblaient plus longs et plus épais. Et bien plus foncés aussi. Bien sûr, cela faisait longtemps que c'était un fantôme – ses cheveux avaient pu pousser. Mais les fantômes ne restaient-ils pas exactement les mêmes qu'au jour de leur mort ?

Les photos avaient aussi révélé à Simplet que Grand-Père était mince. Papa disait toujours : « C'était un homme élégant, pas une grosse et lourde barrique comme toi. » Les photos étaient vraiment vieilles – peut-être que Grand-Père avait grossi. Pourtant...

La silhouette qui remontait la rue ralentit. Elle portait un coupe-vent dont le col relevé entourait son visage. C'est étrange, pensa Simplet. Il n'y a pas de vent.

« Comment va ? demanda-t-il poliment. La nuit est douce. » La silhouette acquiesça. Puis elle jeta un œil de part et d'autre de la rue. « Perdu ? demanda Simplet.

— Perdu ? Non... juste fatigué. » La voix était haletante, dépassant à peine le murmure. Une ombre traversa le visage. « Et seul.

— Il ne faut pas rester seul, répliqua Simplet. Mon père disait toujours que je n'étais pas de très bonne compagnie, mais c'est toujours mieux que rien. Asseyez-vous. »

La silhouette se pencha, se rapprocha doucement de Simplet et s'accroupit dans l'entrée. « Confortable.

— On peut voir tout ce qui se passe dans la rue de chez Vinson. Il ne fait pas très chaud en hiver, mais c'est agréable en été. Vous voulez du vin ? »

Simplet semblait offrir un château-margaux. Son invité but une gorgée de la bouteille et dit : « Ça fait du bien. C'est gentil.

— Nous vivons dans un monde cruel. Les gens devraient être gentils les uns avec les autres. C'est ce que dit le père Brennan. » Simplet essayait de mieux voir son convive, mais sa vision était vraiment trouble ce soir. Il semblait beaucoup moins bien entendre également. Il se sentait un peu nauséeux et étourdi.

« Avez-vous vu votre grand-père, ce soir ? demanda le visiteur.

— Juste à l'heure. Il a sauté de la suite présidentielle à 19 h 01.

— Mais dans le grenier ?

— Ce n'est pas l'heure. Il ne se montre que plus tard dans le grenier. » Il s'interrompit. « Comment êtes-vous au courant de cela ?

— Vous l'avez dit à tout le monde. Même à la police.

— C'était mon devoir de citoyen. Et je n'étais même pas ivre. J'avais laissé mes bouteilles à l'extérieur dans ma cachette quand je suis allé voir le chef Garrett.

— Votre cachette à l'extérieur du magasin... Je veux dire de l'hôtel Dobbs ?

— Mais vous me surveillez ! croassa Simplet. Je pensais que personne ne connaissait ma cachette.

— Moi si. »

Simplet sourit, dévoilant ses dents sales. Puis il demanda, inquiet : « Hé, ce n'est pas vous, n'est-ce pas ?

— Qui ?

— La fille à la double vue. »

La voix moqueuse répondit : « Oh, elle. Non. Moi non plus je ne l'aime pas. Elle me fait peur. Je voudrais qu'elle s'en aille.

— Moi aussi !

— Je crois bien qu'elle partira. Très bientôt. » L'invité se pencha au-dehors. « Regardez, une étoile filante ! »

Simplet leva les yeux, fasciné par la traînée argentée. L'expression de son visage était enfantine. « N'est-ce pas magique ? Le monde est merveilleux.

— Oui, vraiment », répondit doucement son invité. Sans que Simplet s'en aperçoive, sa main glissa dans l'une des poches de son coupe-vent.

« Il n'y a qu'un problème. »

Simplet se redressa, les sourcils froncés. « Et lequel ?

— Vous êtes exactement comme la fille aux visions. »

Simplet secoua vigoureusement la tête. « Absolument pas

— Oh si, j'ai bien peur que si, dit gentiment la voix. Vous voyez trop de choses. Beaucoup trop de choses. »

La main jaillit hors de la poche. En une fraction de seconde, un pic à glace se mit à étinceler dans la lueur des lampadaires avant que sa pointe acérée ne plonge dans l'œil gauche de Simplet. Tout son corps se mit à trembler avant de s'affaler contre le mur. Alors que la main enfonçait cruellement le pic plus profondément dans le cerveau ébranlé de

Simplet, sa bouche s'ouvrit, son expression se ternit. Le sang coulait sur son visage crispé et perlait de sa bouche sur sa veste de costume en laine bien aimée.

Une autre étoile filante traversa le ciel mais, cette fois, Simplet ne la vit pas.

7

I

LUNDI 7 h 25

Matilda Vinson, pressée et furieuse de ne pas trouver les clés de la porte d'entrée de sa pharmacie, faillit presque trébucher sur le corps de Simplet Dobbs. Sans réfléchir, elle partit dans une tirade sur la fainéantise et l'inutilité des ivrognes dégoûtants avant de remarquer la tache gluante et rouge qui se trouvait sur le dessus d'une de ses chaussures blanches neuves. Du bout du pied, elle fit rouler Simplet et, en voyant le pic à glace planté grossièrement dans son œil gauche, elle laissa échapper deux petits cris perçants avant de s'évanouir sur le trottoir.

Trois minutes plus tard, Matilda se réveillait. Plusieurs personnes au-dessus d'elle la regardaient comme si elle aussi était morte. Quelqu'un l'aida à s'asseoir et elle remarqua que sa jupe était remontée jusqu'aux cuisses. Pendant qu'elle tirait dessus, un enfant lui demanda : « Est-ce vous qui avez tué cet homme ?

— Ne sois pas stupide ! se fâcha-t-elle. Arrêtez de me regarder. Appelez la police !

— On est allé les chercher, répondit un homme. Ne serait-ce pas Simplet Dobbs ? Mon Dieu, regardez son œil. »

Et Matilda le fit. Elle sentit un nouvel étourdissement juste avant de s'évanouir pour la deuxième fois de toute sa dure vie.

Quand elle se reprit, une paire d'yeux gris était penchée sur elle à moins de cinq centimètres. Elle faillit crier mais réussit à se contenir. « Lynn ?

— Oui, mademoiselle Vinson. » Lynn Hardison s'agenouilla au sol près d'elle. « Restez tranquille. Les secours seront là dans une minute. »

Le regard de Matilda parcourut les alentours. Les gens s'éloignaient alors qu'un homme en uniforme aboyait des ordres. Il lui cachait la vue de Simplet et elle put enfin respirer profondément. « Aide-moi à me relever, Lynn.

— Mais...

— Ne discute pas ! Je ne vais pas rester couchée ici à me donner en spectacle. » Elle s'assit, tirant à nouveau sur sa jupe. Elle jeta un œil sur ses chaussures ensanglantées et eut un haut-le-cœur. « Aide-moi à me relever. »

Lynn obéit et Matilda se leva en vacillant. Bill Garrett apparut devant elle. « Mademoiselle Vinson, vous avez subi un choc et êtes tombée.

— Je sais très bien ce qui m'est arrivé. Pourquoi tout le monde me traite-t-il comme si j'avais cent ans ? Je vais bien et ceci est ma boutique. Je dois m'en occuper.

— Vous avez besoin de vous faire examiner...

— Je suis quelqu'un de responsable. » Matilda se tourna vers Lynn. « Bien sûr, la boutique restera fermée aujourd'hui. La police aura beaucoup à faire pour s'occuper de lui. » Ses lèvres tremblaient légèrement. « Vieux garnement, ivrogne et idiot, toujours à déambuler en parlant de son grand-père. Au moins, il ne sera plus tourmenté à présent. » Elle regarda Bill furieusement. « Vous allez vous occuper de découvrir qui a fait cela et me laisser tranquille. Tout ce dont j'ai besoin, c'est d'un brin de toilette et d'un café fort.

— Laissez-moi vous poser une question, mademoiselle Vinson, dit Bill gentiment. J'ai remarqué le sang sur votre chaussure. Avez-vous déplacé Simplet ?

— J'ai trébuché dessus. Puis j'ai... enfin, je l'ai retourné avec mon pied. Je pensais qu'il était saoul. Son corps est tombé sur le côté... » Elle reprit une grande respiration. « C'est tout.

— OK. J'aurai sans doute besoin de vous poser d'autres questions un peu plus tard. Et pourquoi ne laissez-vous pas Lynn vous reconduire chez vous ? »

Lynn le fusilla du regard mais répondit gentiment : « Oui, mademoiselle Vinson, laissez-moi vous ramener. Je serai rassurée. »

Matilda ne voulait pas être raccompagnée par Lynn, mais elle devait admettre qu'elle ne se sentait pas très bien. Elle ne pouvait pas être malade devant tous ces gens ou à l'intérieur de sa voiture toute propre. « Si vous n'avez pas besoin de moi, j'apprécierai d'être reconduite, dit-elle cérémonieusement. Chef Garrett, s'il vous plaît, appelez-moi quand je pourrai pénétrer dans la boutique. Je dois impérativement finir un travail avant ce soir.

— Entendu, mademoiselle Vinson. Prenez soin de vous. »

Il ne put s'empêcher de sourire en voyant Lynn conduire gentiment son employeur. Il savait que Lynn détestait cordialement Matilda et son emploi à la pharmacie, qui ne devrait plus durer, selon Suzanne. Il avait du mal à imaginer que Franck ait acheté une boutique à Lynn pour ses céramiques, mais il semblait qu'il l'ait fait. Peut-être pensait-il que cela la rendrait moins agressive.

Bill s'aperçut qu'il retardait le moment de faire face à l'horreur qu'était devenu Simplet. Il regarda de l'autre côté de la rue vers le magasin Klein. Simplet s'était recroquevillé dans l'entrée de la boutique Vinson avant d'apercevoir quelqu'un dans le grenier.

« Curry, rien n'indique que le corps ait été déplacé jusqu'ici ? » demanda-t-il soudain.

G.C. Curry était penché au-dessus du corps. « Je ne pense pas. S'il a été bougé, l'assassin a pris soin d'emporter la bouteille de vin de Simplet en même temps. Elle est partiellement recouverte par son bras droit. »

Alors Simplet avait été tué à l'endroit même où, trente-six heures plus tôt, il avait vu quelqu'un dans le grenier de Klein, probablement la personne qui retenait Todd Ryan prisonnier.

Bill se rapprocha et observa le corps. Les longues jambes maigres de Simplet étaient écartées, ses pieds dépassaient de ses chaussures trouées, son pantalon kaki était retroussé et laissait apparaître ses chaussettes de nylon gris qui avaient autrefois été blanches. Simplet était plié en deux au niveau de la taille, la partie supérieure de son corps à moitié avachie sur sa jambe droite et sur la porte de la pharmacie. Sa tête était légèrement tournée vers la gauche, découvrant le manche métallique qui ressortait de l'orbite de son œil. Le côté gauche de son visage et de son cou n'était qu'un amas de sang séché, que recouvraient déjà quelques mouches affamées. Sa main gauche pendait, la paume vers le haut, les doigts déjà pétrifiés.

« Quadrille-moi cette zone », dit inutilement Bill à Curry qui connaissait parfaitement son travail. Bill se sentit soudain triste pour ce pauvre gars qui n'avait jamais eu de chance dans la vie et qui venait de mourir brutalement. « Et où est passé le légiste ?

— Il arrive, chef. Vous savez bien qu'il prend toujours son temps.

— Ça, c'est bien vrai. »

Bill savait qu'il était en train de parler pour ne rien dire et Curry le lui faisait remarquer diplomatiquement. Curry avait dix ans de moins que Bill et il ne semblait jamais ému par rien. Bill ne savait pas trop si l'homme était naturellement dur, ou s'il ne réservait sa tendresse qu'à ceux qui lui étaient proches. Il ne parvenait pas à comprendre comment Curry pouvait rester aussi cartésien devant ce meurtre. Bill était plus fragile que d'habitude, rongé par l'enlèvement de Todd. Il n'avait pas réalisé à quel point il adorait cet enfant avant qu'il ne disparaisse.

Il avait également été bouleversé par Rebecca qui avait retrouvé un CD de *A Whiter Shade of Pale* dans sa voiture la nuit dernière. Elle était blanche comme un linge quand elle était revenue chez Molly pour le lui dire, Clay sur ses talons. La voiture n'était pas fermée à clé, il y avait eu un monde fou dans la rue et elle avait conduit cette voiture toute la journée. Nombreux étaient ceux qui auraient pu la remarquer au volant de la Ford rouge, et qui auraient pu facilement ouvrir la voiture pour y glisser le CD. Puis, il y avait l'absence d'une demi-heure de Jean Wright et son retour au moins quinze minutes après que Rebecca avait vu les lumières de sa maison s'éteindre. Elle aurait eu tout le temps de déposer le CD dans la voiture de Rebecca.

« Pensez-vous que le meurtre de Simplet ait un rapport avec ce qu'il nous a raconté ? » demanda Curry.

Le regard de Bill allait et venait entre le corps de Simplet et la fenêtre du grenier du magasin Klein. « Si ce n'est pas le cas, c'est une sacrée coïncidence. Ma nièce n'arrête pas de me parler de coïncidences que je ne voulais pas voir, mais je crains qu'il n'y en ait trop pour continuer à les ignorer. » Il fronça les sourcils. « Ce qu'il nous faut découvrir, c'est qui savait que Simplet avait vu quelqu'un dans le grenier.

— C'est bien le problème, dit Curry furieusement. Il a passé la journée à raconter ce qu'il avait vu à tout le monde. »

II

Amy Tanner avait été déçue de ne trouver que huit autres bénévoles en arrivant au centre des volontaires à 8 h 10. Mais elle ne devait pas oublier que ce n'était pas le quartier général de la police. M. Hardison avait fait don de ce bâtiment, mais cet affreux shérif Lutz n'avait pas laissé la coordination de tous les efforts se faire au même endroit. Il y avait un grand nombre de policiers et d'informaticiens qui travaillaient dans un autre bâtiment de l'autre côté de la ville, ce qui paraissait un gâchis de main-d'œuvre pour Amy. Et puis, on était lundi matin. Les gens devaient retourner travailler. Certains viendraient sans doute plus tard et il y aurait sûrement plus de monde dans la soirée.

Elle aurait dû normalement être derrière le comptoir du Prisunic, mais elle avait une semaine de vacances. L'année dernière elle et son mari Alvin avaient pris leurs vacances ensemble. Ils étaient allés au parc d'attractions de King's Island et étaient retombés en enfance pendant trois jours. Mais ce petit voyage les avait endettés plus qu'ils n'imaginaient. Cette année, Alvin avait insisté pour ne pas prendre ses vacances à l'hôpital où il était brancardier. Il faisait même des heures supplémentaires à cause de la naissance du bébé dans trois mois et de leur situation financière.

Amy se servit une tasse de café et se frotta le dos. Elle n'avait pas bien dormi. Elle ne dormait jamais bien quand Alvin n'était pas là, mais il était de nuit. Il lui avait promis de faire changer son planning de travail à la fin de l'été. Elle souriait. Cet automne, ils auraient un petit garçon.

Une femme se détourna de la photocopieuse sur laquelle elle imprimait des feuillets portant la photo de Todd. « Vous vous sentez bien ?

— Oui. Juste un peu fatiguée ce matin.

— Vous devriez vous asseoir. Je me souviens quand j'en étais à votre stade – deux fois. Mes jambes et mes pieds étaient tout enflés. »

Amy baissa la tête vers ses jambes minces et ses pieds fins. « Je remercie Dieu que cela ne me soit pas arrivé.

— Pour l'instant. Ensuite, il y a les hémorroïdes. Et les traces de vergeture après cela ! » dit la femme en se retournant vers le copieur en riant.

On dirait que ça lui ferait plaisir que j'aie les jambes gonflées, des hémorroïdes et des vergetures, pensa Amy, blessée. Elle savait bien qu'elle était trop sensible, mais elle n'y pouvait rien. Elle était de nature gentille et susceptible. C'était sans doute cela qui l'avait conduite à Alvin. Ils avaient tous deux eu des enfances difficiles. Ils avaient été frappés par des tragédies et ils se sentaient un peu perdus dans ce monde. Ils se donnaient mutuellement de l'espoir et de la force, bien que l'espoir d'Amy semblât plus fort que celui d'Alvin.

Un téléphone se mit à sonner et Amy posa rapidement son café. Elle prit un stylo et une feuille avant de répondre. Une femme racontait avoir vu Todd Ryan en compagnie d'un homme chauve dans un bus Greyhound qui se dirigeait vers Cleveland.

« C'était quand, m'dame ? demanda Amy en essayant de contenir son enthousiasme.

— Jeudi soir.

— Avez-vous dit jeudi ?

— Certainement. Aux alentours de 20 heures. Le garçon avait l'air terrifié. »

L'exaltation d'Amy disparut aussitôt. « M'dame, Todd Ryan a été enlevé vendredi soir.

— Je sais ce que j'ai vu, répondit la femme catégoriquement. Seriez-vous en train de m'accuser de mentir ?

— Non, m'dame. Je pensais que vous vous étiez peut-être trompée de jour.

— Pas du tout.

— Vous êtes absolument sûre que c'était jeudi ?

— Oui. Vous êtes sourde ? »

Amy soupira et demanda son nom et son numéro de téléphone à la femme. Le chef Garrett avait demandé à tous les volontaires de noter systématiquement ces deux informations, même si l'appel semblait un canular ou l'œuvre d'un fou. Alors qu'elle raccrochait, Alvin pénétrait dans la pièce, particulièrement fatigué, presque hagard. Ses cheveux bruns et raides, trop longs, lui tombaient sur le front et ses yeux étaient rougis derrière ses lunettes.

« Mon Dieu, Alvin. Tu n'as pas l'air bien ! s'exclama Amy.

— La nuit a été longue. J'ai appelé à la maison avant de quitter l'hôpital et, comme tu ne répondais pas, j'ai supposé que tu étais ici.

— Je pensais que tu rentrerais avant que je ne parte. » Alvin était grand et elle dut se mettre sur la pointe des pieds pour pouvoir l'embrasser sur la joue. « Es-tu sûr que rien de spécial n'est arrivé ? »

Il sourit tristement. « Pas à moi. As-tu entendu parler de Simplet Dobbs ? » Elle secoua la tête. « Il est mort.

— Oh ! » Amy avait vingt-deux ans mais elle avait la voix d'une petite fille. « Il n'était pas si vieux mais, étant donné sa façon de vivre, pas de nourriture saine et tout cet alcool, je suppose que ce n'est pas étonnant.

— On l'a assassiné. »

Le visage enfantin d'Amy se ferma. « Oh ! Oh, mon Dieu ! Comment ? Pourquoi ?

— Selon les rumeurs de l'hôpital, on lui aurait enfoncé quelque chose dans l'œil. J'ai entendu parler d'un tournevis, d'un couteau et d'un pic à glace. » Il haussa les épaules. « Je ne sais pas pourquoi. Simplet n'était pas du genre bagarreur.

— Oh, mon Dieu ! » Amy secoua la tête doucement. « Je me souviens de quand j'étais petite, je le voyais parler aux écureuils dans le parc. Il me faisait peur. Maman m'avait toujours recommandé de ne rien lui dire d'autre que bonjour s'il s'adressait à moi. Elle affirmait qu'il était un des oubliés de Dieu.

— Ta mère parlait sans arrêt de Dieu. De son grand amour. Ça a dû être dur pour elle de pouvoir accepter l'existence de Simplet. »

Amy eut un mouvement de recul, effrayée par cette critique déguisée de Dieu. « Dieu ne nous crée pas tous égaux. Ce que je veux dire, c'est que nous sommes tous égaux à ses yeux mais pas aux nôtres. » Elle sourit. Elle n'était pas sûre que son raisonnement soit le bon mais elle le trouvait plutôt bien. « Peu importe, elle disait que Simplet était un oublié de Dieu et j'ai décidé que même s'ils méritent notre pitié, je ne voulais jamais leur ressembler. »

La tristesse envahit les yeux sombres d'Alvin derrière ses épaisses lunettes qui avaient tendance à descendre un peu trop bas sur son nez. « On ne peut pas dire que tu as tiré le gros lot avec moi. »

Amy parut furieuse. « C'est la fatigue qui te fait parler comme ça, Alvin Tanner ! Je suis la plus heureuse des femmes au monde !

— Je ne peux même pas t'emmener en vacances.

— Je n'ai pas besoin de partir. Je suis heureuse de rester à Sinclair.

— Je suppose que tu y es obligée. » Il jeta un œil autour de lui. « Mais que fais-tu ici ? Tu as passé toute ta journée d'hier dans ce bâtiment. Tu as pris tes vacances pour pouvoir te reposer.

— Être ici, cela n'a rien de comparable avec le magasin », dit rapidement Amy en espérant qu'il n'allait pas insister pour qu'elle parte, même si ce n'était pas vraiment son genre. « Je suis souvent assise et, en plus, je ne resterai que quelques heures aujourd'hui. Et je n'arrête pas de penser à ce que je ferais si notre petit garçon à nous était perdu. Si je peux aider la maman de Todd à le retrouver, de n'importe quelle manière, je le ferai.

— Tu es vraiment préoccupée par cet enfant, n'est-ce pas ?

— Je me sens tellement mal. Toi aussi, n'est-ce pas ? »

Alvin acquiesça. « Évidemment. Mais tu as eu des contractions. Tu devrais te reposer. Et tu ne devrais pas retourner travailler non plus. »

Amy sourit. « Alvin, il le faut. On a besoin d'argent. Et une fois que le bébé sera né...

— Après la naissance du bébé, tu arrêteras de travailler. Tu resteras à la maison et tu seras maman à plein temps ! »

Les pommettes d'Alvin s'étaient colorées et la sueur perlait sur sa lèvre supérieure. Amy, soudain surprise et inquiète, lui prit le bras. « Chéri, ce n'est pas possible

— Si, dit ardemment Alvin. Je vais rendre tout cela possible. »

Amy n'avait jamais été riche, mais elle avait toujours été gaie, confiante. Elle croyait en la bonté naturelle du cœur humain et en la bienveillance d'un Dieu qui aimait tous ses enfants. Alvin, quant à lui, n'avait que peu de confiance en l'être humain même s'il adorait la vie. Il avait en plus tendance à déprimer. Amy avait toujours pensé que la perte de sa mère en était la cause. Slim Tanner était emprisonnée pour le meurtre de son mari, qui, tout le monde le savait, la battait et avait failli tuer Alvin à force de brutalités. Alvin ne parlait jamais de ce temps-là. Il ne laissait jamais Amy rendre visite à sa mère, prétextant que le milieu carcéral la perturberait trop. Il rentrait lui-même de ses visites abattu et désespéré. Récemment pourtant, sa douceur habituelle avait laissé place à des mouvements d'humeur qui n'étaient pas dirigés contre Amy directement mais plutôt contre leur situation. Elle pensait qu'il était anxieux à cause du bébé. Ils l'attendaient tous les deux désespérément. Ils voulaient lui donner ce qu'ils n'avaient jamais eu étant enfants.

« Alvin chéri, tu es exténué. Rentre à la maison. Je ne resterai qu'une heure de plus ici, si cela peut te soulager. Et arrête de te préoccuper de toutes ces choses. Tout ira bien.

— Je sais que tout ira bien.

— Dieu y pourvoira.

— J'ai appris à ne pas compter sur Dieu pour obtenir quoi que ce soit, répondit Alvin tristement. Je vais me charger de mon épouse et de mon enfant. Tu verras, Amy. Nos vies vont changer. »

III

Après s'être efforcée de faire quelques remarques sympathiques à Matilda Vinson, confondue de reconnaissance, Lynn se dépêcha de rentrer chez elle. Elle pressentait que Doug irait au centre des volontaires et elle avait raison. Il venait de prendre ses clés de voiture et sortait de la maison. Ils se bousculèrent presque.

« Lynn, que fais-tu ici ?

— Tu ne croiras jamais ce qui est arrivé. »

Doug se figea.

« Ils ont retrouvé Todd.

— Todd, non. Tu l'aurais su avant moi. Pourquoi me regardes-tu comme ça ?

— C'est juste que... » Doug avala sa salive. « J'avais espéré, c'est tout. »

Il avait l'air fatigué, ses paupières étaient gonflées par le manque de sommeil. Lynn n'était pas contente de le voir avec ce vieux jean et ce tee-shirt vert délavé qu'il avait sorti du sèche-linge sans attendre qu'elle l'ait repassé. Elle aimait qu'il soit beau. Sa prise de poids récente et ses nuits d'insomnie ne faisaient rien pour arranger les choses, mais il pourrait au moins s'habiller correctement, pensa-t-elle, agacée. Les gens allaient croire qu'il n'était pas heureux avec elle, qu'elle était une mauvaise épouse qui ne prenait même pas soin de ses vêtements.

« Doug, ton tee-shirt...

— Ne critique pas mes vêtements. Entre et raconte-moi ce qui est arrivé. »

Leur maison était petite et étroite, beaucoup plus récente que celle de Molly mais plus modeste et construite avec des matériaux moins nobles ; Franck avait proposé de leur acheter quelque chose de mieux, mais Doug avait refusé, au grand dam de Lynn. Il voulait vivre de ce qu'ils gagnaient. Il n'appréciait pas que Franck ait acheté la boutique pour Lynn, même si celui-ci avait accepté que Lynn le rembourse plus tard. Doug et elle s'étaient disputés à ce sujet. Disputés, réconciliés et disputés à nouveau. Finalement, Lynn avait gagné.

Elle n'aimait pas sa maison mais la tenait impeccablement propre. Elle venait de finir de peindre la cuisine et le salon. Elle entraîna Doug vers le canapé bleu et dur qu'elle détestait et s'assit à ses côtés. « Simplet Dobbs a été assassiné. Mme Vinson l'a découvert dans l'entrée de son magasin. Elle lui est pratiquement tombée dessus.

— Assassiné ? répéta Doug. Tu es sûre qu'il a été assassiné ?

— Quelqu'un lui a enfoncé un pic à glace dans l'œil. » Elle eut une expression de dégoût. « Je l'ai vu d'un peu trop près. C'était répugnant. Ce truc a dû aller tout droit jusqu'à son cerveau. Le sang...

— Arrête. » Douglas détourna son regard. Lynn tendit sa main pour toucher la sienne. Elle avait les mains fines et blanches avec de longs ongles vernis rouges. Doug ne referma pas sa main sur la sienne.

« Je ne pensais pas que tu prendrais cette nouvelle tant à cœur, dit Lynn sarcastiquement. Tu n'as jamais été très ami avec Simplet tout comme beaucoup de monde ici. Ce n'était qu'un débile, fainéant et alcoolique. On aurait dû l'enfermer.

— Je pense que c'était un pauvre type, dit Doug à contrecœur.

— Tu m'étonnes. Qu'a-t-il fait de sa vie ? Il n'était pas capable de gagner sa vie. Il n'a jamais aidé personne.

— Aidé ? »

Lynn était exaspérée parce qu'il ne comprenait pas. « Ouais. Toi, tu enseignes. Tu participes. Lui, il n'a jamais aidé personne.

— Peut-être que si, répondit Doug doucement.

— Ah ouais ? Et tu penses à quelque chose en particulier ?

— Todd. »

Lynn le regarda fixement. « Je ne comprends pas.

— C'est Simplet qui a dit à Bill qu'il y avait quelqu'un dans le grenier chez Klein.

— Ils sont allés là-bas et ont retrouvé la peluche. C'est tout ce que tu m'as dit hier soir. » Lynn avait haussé le ton. « Tu ne m'as rien dit au sujet de Simplet.

— Eh bien, je te le dis maintenant. C'est Simplet qui a raconté à Bill qu'il y avait quelqu'un dans le grenier. Il pensait que c'était son grand-père, mais Bill a décidé d'aller vérifier.

— Oh. » Lynn le regardait. « Et quel est le rapport avec tout cela ?

— Je me demande si ce n'est pas la personne qu'il a vue dans le grenier qui l'a tué.

— Mais tu disais qu'il croyait que c'était son grand-père.

— Oui, mais ce n'était pas lui, Lynn. Sers-toi de ta tête. Simplet a vu la personne qui cachait Todd là-haut. Et cette personne l'a vu. Il l'a tué parce que c'était un témoin gênant. »

Le regard gris de Lynn s'assombrit, elle prit deux respirations légères puis dit : « Mais Simplet n'a pu identifier personne, n'est-ce pas ?

— Je te l'ai dit. Bill raconte que Simplet pensait avoir vu son grand-père dans le grenier, répéta Doug fatigué. Bill pensait que Simplet avait besoin de temps pour se rappeler à quoi la personne ressemblait.

— Simplet ? J'en doute.

— On ne peut pas savoir. Parfois il pouvait nous surprendre.

— Nous ne le saurons jamais.

— Non, quelqu'un en a fait son affaire. »

Ils restèrent assis en silence. Lynn tripotait un morceau de tulle de son voile de mariée. Douglas tapotait sur la table avec ses doigts. Un garçon passa à vélo et appela un ami. La femme qui vivait à côté ouvrit sa porte d'entrée pour rappeler le chien de la famille. Finalement, Lynn et Doug se regardèrent, échangeant des sourires hypocrites. « Je vais au centre des volontaires, dit Doug. Tu veux venir avec moi ?

— Ce jour de repos forcé va me permettre de faire les douzaines de choses que j'ai à faire ici, répondit rapidement Lynn. Mlle Vinson me refilera sans doute des heures supplémentaires pour rattraper ce sursis inattendu. Elle est capable d'inventer plus de travail inutile que n'importe qui d'autre. On ne dirait pas qu'on est au bord de la faillite.

— Ouais, dommage pour Vinson, répondit Doug, peu intéressé. J'y vais, alors. En plus, j'ai quelques courses à faire. Je serai de retour pour dîner.

— Il y aura des côtes de porc avec des petits pois et des champignons. Je ferai peut-être des biscuits aussi...

— Hum. » Il caressa sa joue de ses lèvres. « À plus tard. »

Lynn ne put même pas lui dire au revoir. Elle attendit d'entendre Doug démarrer sa voiture vieille de sept ans, puis se faufila jusqu'à la fenêtre pour le regarder quitter l'allée, s'arrêter au bout de la rue et tourner à droite. Quand elle s'éloigna de la fenêtre, elle se sentit étourdie, presque nauséeuse. Elle serra les poings, ils étaient moites. Lynn n'avait jamais été nerveuse. Elle était même fière de ne presque jamais paniquer. Mais pour l'instant, elle sentait qu'elle allait s'évanouir.

L'amitié entre Lynn et Molly s'était effilochée il y a des années. Molly ne supportait pas qu'on dise du mal de Rebecca et Lynn ne pouvait s'empêcher de la critiquer dès qu'une occasion se présentait. Elle lui en voulait aussi d'être plus loyale envers Rebecca qu'envers elle et Larry. Pourtant ils avaient été amis. Malgré tout, Molly avait toujours été gentille avec elle. Et elle était passée par de durs moments en élevant son bébé toute seule. Lynn avait bien apprécié l'enfant les quelques fois où elle l'avait rencontré. Personne ne savait qui était son père, mais tout le monde avait son idée à ce sujet.

L'homme que Lynn connaissait et qui ne pouvait pas être le père de Todd, c'était son frère Larry, qui était en prison au moment où Molly était tombée enceinte. Larry n'avait aucune affection, aucun sentiment délicat, pour Todd ou pour quelque autre enfant. Larry, toujours enragé, était particulièrement à cran ces temps-ci. Et il avait besoin d'argent. Elle ne savait pas pourquoi mais il en avait besoin. Et voilà que Todd disparaissait.

Lynn avait envisagé, rejeté, envisagé à nouveau puis craint qu'il n'ait kidnappé l'enfant pour l'argent, inspiré par l'enlèvement de Jonnie Ryan. Mais Larry ne tuerait pas un enfant. Il ne pourrait tuer personne. C'était la seule chose sûre qui l'avait réconfortée.

Et maintenant, on venait d'assassiner Simplet Dobbs, qui avait vu la personne retenant Todd dans l'immeuble Klein. Peut-être que celui qui avait enlevé Todd avait aussi tué Simplet. Ou peut-être pas. Et peut-être que Larry n'avait rien à voir avec l'enlèvement de Todd. Est-ce qu'il serait capable de faire un truc si dangereux ? Non, il était trop intelligent.

À part quand il buvait. Et il buvait beaucoup trop depuis un mois.

« Oh, mon Dieu », marmonna Lynn en pensant qu'elle allait vomir. Elle avait toujours adoré son grand frère et se sentait responsable de sa blessure et de son séjour en prison. Elle et Doug n'avaient pas participé aux cambriolages, mais Larry avait raison, ils avaient accepté la part du gâteau. Et Larry avait été le seul à en payer le prix. Il n'avait plus jamais été le même depuis qu'on lui avait tiré dessus et qu'il était allé en prison. Elle ne le reconnaissait plus vraiment.

Lynn respira profondément, cherchant à se reprendre. Cela ne sert à rien de se morfondre, se dit-elle. Tu n'arrives pas à avoir les pensées claires, tu n'arrives pas à faire ce qu'il faut et Larry va sans doute avoir besoin de toi plus que jamais. Si c'était le cas, elle voulait, cette fois, être là pour lui.

Elle alla jusqu'au téléphone pour appeler Larry à son appartement. Pas de réponse. C'était bon signe. Cela voulait dire qu'il était au travail. Elle prit son sac et ses clés de voiture pour aller au garage Maloney.

IV

LUNDI 18 h 45

Rebecca se regarda une dernière fois dans le miroir, lissa sa robe vert pâle, donna à Sean un autre os pour qu'il s'occupe, puis elle ferma la porte de sa chambre et descendit. Franck l'appela alors qu'elle passait devant son bureau. Elle s'arrêta sur le pas de la porte.

« Tu es magnifique. J'aime beaucoup cette robe. »

Rebecca fit une pirouette comme elle avait l'habitude de le faire quand elle était adolescente et qu'elle s'habillait pour une occasion particulière. « Merci, monsieur.

— Tu nous manqueras au dîner. »

Rebecca en doutait. Sa mère avait été enragée toute la journée, d'abord contre Walt parce qu'il tondait la pelouse trop tôt et l'avait réveillée, puis contre Betty qui voulait la réconforter en la faisant manger et finalement contre Rebecca pour tout et n'importe quoi. Après leur troisième accrochage, elle avait regagné sa chambre avec une migraine. « C'est une vraie bouffée d'air frais », avait dit Rebecca à Betty l'air faussement détaché. Mais sa voix trahissait sa blessure.

« Chérie, il est 4 heures de l'après-midi et ta mère n'a rien bu depuis hier soir, avait gentiment répondu Betty.

— Comment le sais-tu ?

— Elle me l'a dit. Elle m'a dit de ne pas faire attention à sa mauvaise humeur. Alors fais comme moi. C'est très dur pour elle, mais elle essaie. »

Et Franck qui s'attendait à un dîner joyeux avec Suzanne. Rebecca eut pitié de lui, même si elle savait que la pitié était la dernière chose dont cet homme fier avait besoin.

« Cela me fait tout drôle de sortir en ville ce soir, dit-elle gaiement.

— Tu as besoin de cette petite sortie. » La lumière descendante du soir tombait sur ses cheveux poivre et sel. « Ce séjour n'a pas été des plus réjouissants.

— Mais je n'ai pas été d'une grande utilité. Je ne crois pas que je devrais aller dîner.

— N'importe quoi. Un changement de décor peut t'offrir de nouvelles perspectives. » Franck s'adossa à son fauteuil en souriant. « Pourquoi ne remontes-tu pas dans ta chambre ? Quand le jeune Bellamy sonnera, j'irai ouvrir la porte, et tu pourras faire ton entrée. »

Rebecca prit un air naïf. « Ce serait merveilleux ! Est-ce que j'ai le droit de rester dehors une heure de plus que d'habitude, ce soir ?

— Tu n'es pas assez vieille pour cela. Du moins, pas à mes yeux. »

La sonnette de la porte d'entrée retentit. « Écoute ! Ce doit être le jeune Bellamy ! » dit Rebecca.

Franck rit doucement. « Tu m'as manqué, Rebecca. Passe une bonne soirée. »

Dix minutes plus tard, elle était assise dans la voiture de Clay et le regardait avec réserve. « Le Dormaine ? Clay, je ne peux pas aller au Dormaine pour dîner. J'ai presque détruit cet endroit vendredi soir.

— Tu n'as pas failli détruire le restaurant, juste ce vieil arbre très estimé sur la pelouse.

— Oh, c'est très différent. Pourquoi m'en faire ?

— C'est bien ce que je cherche à comprendre, sourit Clay. Écoute, tu as eu un accident lors d'un orage violent. Ce n'est pas comme si tu avais braqué l'endroit. Et puis cela te donnera une chance de t'excuser auprès de Peter Dormaine.

— Et de lui certifier que mon assurance couvrira tous les dégâts même si je suis sûre que Franck s'est déjà occupé de cela. Mais c'est quand même plus honnête que j'y aille en personne. » Elle soupira. « D'accord, docteur Bellamy. Direction le Dormaine. »

Rebecca avait été nerveuse toute la journée à propos de ce rendez-vous. Elle s'était reprochée d'être stupide et superficielle. Après tout, Todd avait disparu. Comment pouvait-elle se soucier d'autre chose ? Puis elle se souvint qu'il ne s'agissait pas d'un rendez-vous ordinaire. Clay s'était révélé être la seule caisse de résonance possible de son entourage. Elle avait besoin de parler à quelqu'un qui soit moins émotif que la famille.

Quand Peter Dormaine avait bâti son restaurant style Art déco au coin de la Première Avenue et de la rue Groove il y avait deux ans, la plupart des gens lui avaient prédit la faillite. Même Franck lui avait dit qu'il redoutait que Peter ne ferme ses portes avant la fin de l'année. Alors il allait dîner là une fois par mois avec Suzanne, il organisait le repas de fin d'année de Grace Healthcare dans la salle de banquet et avait recommandé l'endroit à tous ses amis. « Il faut aider le commerce local, avait-il dit à Rebecca. Sinclair est une jolie ville que nous voulons voir fleurir. »

« Tu viens souvent manger ici ? » demanda Rebecca alors qu'ils avançaient vers la porte principale. Elle aurait pu se mordre la langue. Pourquoi ne pas lui demander quelles autres femmes il avait amenées ici ? Elle rougit.

« Je suis venu deux fois, répondit Clay l'air de rien, faisant comme s'il n'avait pas retenu sa gaffe. J'ai honte de n'être pas venu plus souvent cette année depuis mon retour à Sinclair, parce que Peter est un très vieil ami. Mais j'ai été très occupé. »

Ils passèrent la double porte et pénétrèrent sur un carrelage brillant noir et blanc qui semblait être du marbre. Contre un mur se trouvait un sofa abricot, quatre fauteuils-club couverts de satin améthyste entouraient une table en verre géométrique. Une affiche encadrée du film *The Thin Man* était accrochée au-dessus du sofa et un magnifique chandelier éclairait l'endroit d'un prisme coloré.

Durant les quelques minutes qui suivirent, ils confirmèrent leur réservation et furent amenés à leur table. « Cet endroit est magnifique », murmura Rebecca alors que la serveuse avait quitté la table pour reprendre sa place après leur avoir donné les menus.

« Je trouve cela plutôt impressionnant. »

Ils regardèrent autour d'eux cette pièce immense aux couleurs abricot et améthyste. Des glaïeuls pourpres étaient disposés dans de grands vases ciselés en cristal. Une immense cheminée de briques blanches trônait à un bout de la pièce avec au-dessus un grand miroir au cadre argenté dans lequel se reflétaient les tables et les clients tous très bien habillés. La chanson *Someone to Watch Over Me* parachevait l'ambiance élégante.

« Je devrais emménager ici, dit Rebecca.

— C'est sûr que c'est mieux que McDonald's », répondit Clay en souriant.

Le serveur s'approcha pour prendre la commande de vin. « T'ai-je dit à quel point tu étais ravissante ? lança Clay après que le serveur eut disparu.

— Merci. Je n'ai pas apporté beaucoup de vêtements avec moi.

— Le vert de ta robe fait ressortir la couleur de tes yeux. Je crois que je n'avais jamais remarqué à quel point ils sont verts. »

Rebecca se mit à rire. « J'adorais mon père, mais petite je lui reprochais de m'avoir transmis ses cheveux auburn et ses yeux verts plutôt que les cheveux blonds et les yeux bleus de ma mère. J'ai dû accepter ce que la nature m'avait donné.

— Je n'ai pas bien connu ton père.

— Je crois que tu l'aurais aimé. Tout le monde l'aimait.» Elle souriait. «Il adorait faire la fête et sortir. C'est pour cela que les gens étaient surpris qu'il soit un si bon dirigeant pour Grace Healthcare; enfin, c'est ce que ma mère m'a dit. Je suppose qu'il n'y a jamais eu de dilemme au sujet de la reprise après la mort de son père parce que son frère aîné n'était pas du tout intéressé. Mais Grand-Père était inquiet. Il ne pensait pas que Papa ait la carrure.

— Il lui a prouvé le contraire.

— Oui. Il adorait ce qu'il faisait.» Elle devint solennelle. «C'est dommage qu'il soit mort si jeune.

— Je me souviens que c'était un accident, mais je ne me rappelle pas ce qui l'avait provoqué.

— On descendait la colline dans un endroit boisé. C'était l'automne, la saison de la chasse. Un tireur maladroit a dû tirer dans l'un des pneus.

— Mon Dieu! s'exclama Clay. Ce tireur d'élite ne méritait pas son permis de chasse. Qui était-ce?

— Ils ne l'ont jamais découvert, même si plusieurs personnes avaient remarqué quelques jeunes gens dans la zone des coups de feu. Ils devaient être saouls mais personne n'a pu les identifier. Je déteste la chasse depuis ce jour.

— Pas étonnant, mais au moins tu ne t'es pas tuée dans l'accident. Ta mère a dû bénir le ciel pour cela.

— Je suppose.» Rebecca était heureuse de voir le serveur arriver avec le vin. Elle avait choisi un chablis, très frais comme elle l'aimait. «Malgré tout, ma mère était si désemparée par la perte de Papa après l'accident que je ne suis pas sûre d'avoir existé pour elle pendant un moment. Elle devait sans doute aussi m'en vouloir un peu d'être vivante alors que Papa était mort, mais elle ne l'a jamais admis. C'était le chaos le plus total. Heureusement, Franck est arrivé. Papa avait toujours été plus proche de lui que de son propre frère. Il était cadre chez Grace et connaissait tout de l'entreprise. Maman lui faisait confiance. Elle dépendait de lui pour tout. Parfois, je me demande s'il ne l'a pas épousée parce qu'elle était désemparée et qu'il voulait rester loyal envers Papa.

— Il l'aurait épousée par obligation ?

— Pas uniquement. Mais peut-être un peu. » Elle fit une pause. « C'est vraiment pas sympa ce que je dis. Je peux être une vraie garce parfois. »

Clay secoua la tête. « Et moi donc ! Pendant toutes ces années j'ai pensé que tu étais une sorcière. As-tu un balai sur lequel tu danses nue au clair de lune ? »

Son air maussade disparut et elle se mit à rire. « À Sinclair, je ne m'autorise ce genre d'activité que pour Halloween. À La Nouvelle-Orléans, c'est une autre histoire. Ils comprennent les gens comme moi et j'ai un succès fou. »

Le serveur réapparut pour prendre leur commande avant de retourner en cuisine. « Et comment s'est passée ta journée ? demanda-t-elle pour changer de sujet.

— Trois jambes cassées en vingt-quatre heures. C'est un record. Une méchante migraine. Une intoxication alimentaire à cause d'une salade au jambon restée trop longtemps au soleil lors d'un pique-nique. » Il grimaça. « Et un gosse m'a amené son chien, renversé par une voiture. Je ne suis pas supposé faire ça mais je me suis occupé de lui avant d'envoyer une de mes infirmières qui avait fini son service les accompagner lui et son chien chez un vétérinaire. J'ai appelé le véto un peu plus tard et il m'a dit que le chien allait s'en tirer.

— Tant mieux. Je sais que tu as un chien qui s'appelle Gypsy. »

Il acquiesça en souriant. « Un bâtard de taille moyenne. Sans doute un croisement entre un beagle et un berger allemand. Ou peut-être des centaines d'autres choses. Sa gueule est marron et le reste de son corps est noir. De face, on dirait un cheval.

— Un cheval ?

— Ce n'est peut-être qu'une impression personnelle.

— J'espère ! » s'esclaffa Rebecca.

Clay se mit à rire : « Elle doit avoir les oreilles qui sifflent et je vais avoir des problèmes en rentrant. Mais ce n'est pas grave. Je l'ai trouvée. Une merveilleuse petite vagabonde. D'habitude je me sens plutôt embarrassé de dire à quel point je l'aime.

— Alors tu as pris un chien abandonné, dit Rebecca d'un ton approbateur. Tout comme moi. À la seule différence que le mien est un pure race, un berger australien, qui n'a jamais vu l'Australie contrairement à ce que la plupart des gens pensent. C'est une race purement américaine. Rapide et utilisée pour garder les troupeaux, même si je suis persuadée que Sean serait profondément humilié si je lui demandais de travailler. Je l'ai conduit au salon de toilettage Happy Tracks hier et ils lui ont mis un ruban. C'est terrible pour son image de macho.

— Je pense bien ! rit Clay.

— Je lui enlèverai demain. Ça lui va si bien. Tu n'as sans doute pas remarqué l'autre nuit, mais son œil droit est à moitié bleu. Ce n'est pas très fréquent chez cette race. Et puis je t'ai dit qu'il n'aimait pas beaucoup les hommes. Pour l'instant, il est en train de tester Franck et il a écorché Doug, mais Sean est vraiment dingue de Walt Snipes, le mari de Betty. Tu te souviens de Betty ?

— Bien sûr. Une cuisinière hors pair et une forte personnalité. Rien ne lui faisait plus plaisir que d'avoir une tripotée de jeunes garçons à nourrir dans sa cuisine.

— Elle n'a pas changé. Elle aurait dû avoir une douzaine d'enfants rien qu'à elle. Je suis si heureuse qu'elle se soit mariée. Cela faisait trop longtemps que ma famille était toute sa vie.

— Alors je suis heureux pour elle aussi, tant qu'elle ne laisse pas tomber la cuisine. Ses gâteaux me manquent.

— Je peux lui demander de t'en préparer quelques-uns », dit Rebecca avant de s'en vouloir à nouveau. On aurait dit qu'elle essayait par tous les moyens de revoir Clay.

Elle fut heureuse que leurs salades arrivent à ce moment et ils cessèrent de discuter pour regarder le serveur les mélanger. Rebecca n'avait pas mangé de salade aux croûtons depuis plusieurs années, et elle trouva celle-ci délicieuse. « C'est bon ? » demanda Clay avec le sourire et elle s'aperçut qu'elle était en train de dévorer.

Elle avala. « J'ai vécu seule trop longtemps et j'ai perdu mes bonnes manières. En plus, je n'ai rien mangé de la journée.

— Ça, ce n'est pas bon pour ta glycémie et tout le reste.

— Je sais, mais j'avais la tête ailleurs. Certaines personnes se goinfrent quand elles sont anxieuses. Moi, je perds l'appétit.

— Les accros du grignotage doivent te maudire, et franchement, les gens qui font des manières pour manger m'insupportent. » Il la regarda plus sérieusement. « Mais tu étais en droit d'être nerveuse. Bill a-t-il découvert quelque chose à propos du CD trouvé dans ta voiture ?

— Pas que je sache, mais il n'a pas eu beaucoup de temps pour s'en occuper. Cependant, j'ai fait ma propre enquête. » Elle prit une gorgée de vin. « Tout d'abord, ma mère a gardé tout ce qui appartenait à mon père. Miraculeusement j'ai trouvé l'album original de Procol Harum. J'ai aussi retrouvé la cassette de Papa avec cette chanson.

— Mais pas de CD ?

— Souviens-toi que l'accident a eu lieu il y a dix-sept ans, bien avant que tout le monde ait un lecteur de CD.

— Mais la chaîne dans la maison n'est pas si vieille.

— Non, mais je n'ai trouvé que trois CD. Ils sont à Franck. Des trucs que tout le monde écoute. »

Clay finit sa salade et s'essuya la bouche négligemment en fronçant des sourcils. « OK, ce devait être un CD neuf.

— Je suis passée chez les deux disquaires de la ville. Aucun n'avait ce CD et aucun ne l'a commandé depuis ces derniers mois. Pareil pour les deux boutiques du centre commercial. Il ne reste qu'une possibilité...

— Internet.

— Et bonjour pour retrouver cet achat sur Internet. »

Clay leva les yeux au ciel. « Un cauchemar.

— C'est exactement ce que je pense. »

Clay se rapprocha d'elle. « Et maintenant venons-en à la vraie question importante : qui savait que Jonnie adorait cette chanson ? »

Le serveur arriva avec des sorbets qu'il arrosa de champagne. Ils les mangèrent en silence, leurs petites cuillères cognaient sur le bord du ramequin en verre. Quand ils eurent terminé, Clay la regarda de nouveau. « Très bien. Les personnes de ta famille étaient au courant pour *A Whiter Shade of Pale*. Je suis sûr que Doug a déjà entendu Jonnie la jouer.

— Doug ? répéta Rebecca. Tu ne penses quand même pas que c'est lui qui a enlevé Todd et qui essaie à présent de me faire peur ?

— Pas du tout. Mais il est important de tout considérer. Une autre personne qui savait que Jonnie adorait cette chanson, c'est Betty. Je ne suspecte pas Betty, mais elle aurait pu en parler à Walt, qui aurait pu en parler à Dieu sait qui. Innocemment bien sûr, mais ils auraient pu dévoiler cette information. Tout comme ta mère. Elle est toujours en train de parler de Jonnie, à en croire Doug. Doug aurait pu en parler à Lynn qui aurait elle-même pu en parler à Larry. Larry aurait pu le dire à sa petite amie et ainsi de suite. »

Rebecca regarda Clay de plus près, remarquant comme son sourire puéril pouvait si facilement détourner qui que ce soit de la vivacité de son regard gris-bleu et comme son comportement blagueur pouvait masquer l'activité de son cerveau en action.

« Je n'avais pas pensé à toutes ces sources possibles, dit-elle découragée. Et ce n'est que la famille proche. Il y a encore plein d'autres sources. Jonnie a joué ce morceau à un concours quelques mois avant de disparaître. Il avait gagné. La nouvelle était dans les journaux et le titre de ce qu'il avait joué aussi.

— J'avais oublié cela, dit Clay. Ça fait beaucoup trop de monde pour pouvoir découvrir d'où cela vient. Toute cette sacrée ville aurait pu être au courant. Même Simplet Dobbs aurait pu le savoir.

— Si tu essaies de me convaincre que Simplet Dobbs a commandé un CD de Procol Harum sur Internet et l'a glissé dans ma voiture, je vais complètement perdre confiance en toi.

— A priori je ne pense pas que Simplet ait beaucoup surfé sur le Net. J'essaie juste de te faire réaliser le nombre et le genre de personnes qui auraient pu être au courant au sujet de cette chanson. »

Rebecca ferma les yeux. « Pauvre vieux Simplet. Je me souviens de quand j'étais petite et que Bill m'emmenait au parc. Je discutais avec Simplet. Puis, d'un coup, il s'est mis à avoir peur de moi.

— Peur ? Pourquoi ?

— Mes visions, dit amèrement Rebecca. Cela le terrorisait.

— C'est vrai ? » Clay fronça les sourcils. « Et quelqu'un a manifestement mis ce CD dans ta voiture pour te faire peur. Sans doute pour te chasser de la ville.

— Mais pas Simplet. Il ne déambulait jamais bien loin du magasin Klein. Même si quelqu'un lui avait donné le CD pour qu'il le mette dans la voiture...

— Il n'aurait jamais fait tout ce chemin jusqu'à chez Molly. Alors, tu as dû affoler quelqu'un d'autre, tout comme Simplet. Tu as quitté la ville à cause de Jonnie. Quelqu'un a dû penser que tu fuirais à nouveau s'il te le rappelait. » Il la regarda intensément. « Celui qui a enlevé Todd ne veut pas qu'on le retrouve, et il doit avoir particulièrement peur de toi.

— Et c'est probablement la même personne qui a tué Simplet, dit-elle à contrecœur. Après tout, Simplet avait vu le kidnappeur de Todd chez Klein, même s'il ne l'a pas reconnu. »

Clay baissa la voix et l'épingla du regard : « Rebecca, tu sais que celui qui a tué Simplet peut en faire autant avec toi pour être débarrassé. Es-tu sûre de vouloir affronter un tel danger ? »

Rebecca baissa les yeux pour éviter son regard. Oui, même si elle voulait aider Todd et Molly, une part d'elle-même restait timide et voulait fuir ses responsabilités, le poids d'une autre défaite, la peur du danger pour elle-même. Mais les années l'avaient changée, l'avaient rendue plus dure qu'elle ne l'aurait cru. « Je ne quitterai pas Sinclair, dit-elle calmement. Pas avant d'avoir trouvé quelque chose au sujet de Todd, d'une manière ou d'une autre. »

Clay la regarda très sérieusement. « Je t'admire mais je me fais aussi beaucoup de soucis pour toi. En plus du danger possible que tu cours, je sais ce que te coûte cette situation.

— Beaucoup d'émotions fortes. » Elle se forçait à rester le plus naturel possible. « Allez, arrêtons là sur mon état mental. Je suis déçue de ne pas pouvoir retrouver l'histoire de ce CD. Ce n'est pas aussi facile qu'à la télé de jouer les détectives. »

Clay se redressa, un sourire suffisant aux lèvres. « Absurde, ma fille ! Nous n'avons fait que gratter la surface. »

Rebecca ne put s'empêcher de lui sourire. Les choses lui semblaient moins tristes en sa présence. Peut-être était-ce parce qu'il n'était pas impliqué personnellement. Ou peut-être possédait-il un indomptable optimisme naturel.

Leur repas arriva et Rebecca se régala avec ses crevettes à la bisque de homard et son poulet au citron. Clay devait penser qu'elle avait un appétit d'ogre, mais elle s'en fichait. Elle n'était pas Scarlett O'Hara essayant de rentrer dans un corset de vingt centimètres de large.

« Pas étonnant que cet endroit ait quatre étoiles, dit-elle. Je n'ai jamais rien mangé d'aussi bon, même à La Nouvelle-Orléans.

— Merci beaucoup pour le compliment ! »

Rebecca leva les yeux et aperçut un homme d'une cinquantaine d'années aux cheveux plaqués teints en blond qui portait un plastron en cachemire bleu et rouge. Elle n'avait jamais vu un homme porter de plastron. « Peter Dormaine, mademoiselle Ryan. Enchanté de vous rencontrer.

— De même. Je suis désolée pour votre arbre, dit rapidement Rebecca. D'habitude, je ne suis pas une conductrice dangereuse. Je me sens tellement coupable... »

Dormaine leva une main parfaitement manucurée sur laquelle brillait une énorme bague en saphir. « Pas la peine de vous excuser. Je suis heureux que vous alliez bien. Il en va de même pour l'arbre. Mme Esther Hardison des Saules Frémissants est tout de suite venue pour badigeonner les blessures de l'arbre d'une de ses potions odorantes. Elle m'a assuré que non seulement l'arbre vivrait mais qu'il continuerait à pousser. Nous avons resemé le gazon. Tout va bien.»

Après son départ, Rebecca se pencha vers Clay. «Il est gentil mais un peu précieux. Et son accent! Je ne sais pas d'où il le tient.

— Il a fait le cours Berlitz après avoir passé les dix-huit premières années de sa vie dans le fin fond de la Virginie-Occidentale. C'est un brave gars. Il est juste un peu pompeux. Au moins, tu t'en es bien sortie avec tes excuses. Ce n'était pas si mal, n'est-ce pas?

— Pas du tout. J'ai le sentiment que la nuit où c'est arrivé il n'était pas si serein à propos de sa pelouse. Je ne savais pas qu'il avait appelé Tante Esther à la rescousse.»

Clay fronça les sourcils. «Je n'ai jamais très bien compris. Elle n'est pas vraiment ta tante, n'est-ce pas?

— Non. C'est la tante de Franck. Elle et son mari ont élevé Franck après la mort de ses parents et je l'ai toujours considérée comme un membre de ma famille.» Sa vision de quelqu'un racontant à un jeune garçon de sa famille que la remise de rançon avait échoué et qu'il allait mourir lui revint tout d'un coup en mémoire. Ce garçon c'était Jonnie.

«Qu'est-ce qui ne va pas? demanda Clay. L'expression de ton visage vient de changer du tout au tout.

— Oh, il s'est passé quelque chose à la pépinière. Mais ce n'était sans doute rien.» Clay releva un sourcil interrogateur. «D'accord, c'était quelque chose d'étrange et de probablement important.

— Alors raconte. Je suis ta caisse de résonance, tu te souviens?»

Rebecca lui raconta brièvement sa vision à travers quelqu'un qu'elle avait d'abord pris pour Todd. Puis elle ajouta le fait qu'on avait mentionné que la famille avait fait intervenir le FBI en signant ainsi l'arrêt de mort de la victime. «C'était Jonnie, Clay. Le FBI n'est pas intervenu pour l'enlèvement de Todd. Et la personne qui parlait à la victime lui a cassé le doigt. Le doigt de Jonnie avait été cassé.»

Clay s'appuya au dossier de sa chaise. « Avais-tu déjà eu des visions de Jonnie avant, depuis son enlèvement ?

— Jamais. Pas une seule. Quand c'est arrivé hier, j'étais en train de marcher dans l'étang de la pépinière. Je ne sais pas nager, mais je ne faisais même pas attention à l'eau. C'est Doug qui m'a arrêtée.

— Doug est proche d'Esther ?

— Très proche. Elle l'a toujours aimé et soutenu, même durant son mauvais passage il y a quelques années.

— Mauvais passage. C'est un mot bien poli pour décrire cette période. On était une bande de voyous.

— Vous ? Clay, tu n'étais pas comme Doug, Lynn et Larry.

— Eh bien, je n'étais pas très net. J'aurais sans doute eu beaucoup d'ennuis si je n'avais pas eu toutes ces corvées à faire à la ferme. » Son visage se durcit. « On était un groupe d'insatisfaits, sans raisons précises. Aucun d'entre nous n'était vraiment malheureux.

— Doug ne voulait pas que son père épouse ma mère, dit Rebecca. Ce que je n'ai jamais compris. Elle a toujours été gentille avec lui. Je crois qu'il espérait toujours que sa propre mère revienne.

— Il était dingue de sa mère. Il ne t'en a jamais parlé ? » Rebecca secoua la tête. « Eh bien, à l'entendre, c'était un ange sur terre et il ne pouvait pas accepter sa mort, ni le fait que son père en épouse une autre. Il savait que Jonnie ne l'aimait pas.

— Je ne suis pas sûre que Jonnie n'aimait pas Doug. C'est juste qu'il ressentait la même chose que lui. Il ne pouvait se défaire de Papa et ne voulait pas que Maman se remarie.

— C'est dommage qu'ils ne se soient pas mieux entendus, dit Clay. Mais je pense que Larry, Lynn, Doug et moi avions des vies normales, pas parfaites mais qui a une vie parfaite ? Et nous avions décidé que nous étions des incompris, abusés par le monde en général. On avait tous une dent contre quelque chose et on se montait la tête les uns les autres. C'était débile.

— Mais tu n'as jamais eu d'ennuis comme les autres. »

Clay haussa les épaules. « J'avais deux ans de plus que Doug et Larry. Je devais avoir un peu plus de bon sens. Et puis après, il y a eu la drogue. J'ai eu ma part de beuveries mais je n'ai jamais touché à la drogue. Je crois que mon intérêt pour la médecine m'y a aidé. Cela m'a appris à en connaître les dangers et à repousser ma curiosité. En fait, c'est la drogue qui a complètement achevé Doug et Larry... » Il secoua la tête. « Tu ne dois pas te sentir coupable de l'avoir dénoncé pour les cambriolages, Rebecca. S'il n'était pas allé en prison, il serait mort d'une overdose.

— Ce n'est pas ce que pense Lynn, répondit doucement Rebecca.

— Lynn est forte, mais elle n'a pas beaucoup de bon sens. Surtout quand il s'agit de son frère. En plus, elle est jalouse de toi.

— De moi ? »

Clay sourit. « Ne me dis pas que tu ne le savais pas.

— Cela ne m'a jamais frappée. Elle est jolie et intelligente et elle avait beaucoup plus de succès que moi à l'école. Mon Dieu, la plupart des autres enfants pensaient que j'étais folle.

— Eh bien, ce n'est pas ce que pensait Lynn. Quand elle avait trop bu, elle n'arrêtait pas de parler de toi. Elle t'admirait, elle t'enviait. Elle avait aussi horriblement peur que Doug tombe amoureux de toi et la laisse tomber. »

Rebecca était bouche bée. « Que Doug tombe amoureux de moi ? C'est la chose la plus ridicule que j'aie jamais entendue ! »

Clay haussa les épaules. « Je sais. La simple idée que quelqu'un puisse tomber amoureux de toi est grotesque, mais il arrive parfois que les gens aient des idées bizarres.

— Je ne marche pas à la flatterie, dit Rebecca pour répondre à son ironie.

— Es-tu immunisée à mon charme ?

— Absolument. Allez, raconte-moi pour Lynn.

— Que veux-tu que je te raconte ? Elle a toujours été accro de Doug et elle a toujours été très possessive. D'ailleurs cela le dérangeait. Il tenait à elle mais il n'avait pas envie de mettre tous ses œufs dans le même panier.

— Et alors, il ne l'a pas fait ?

— Un homme bien ne raconte pas ce genre de choses. » Clay sourit. « En plus, s'il a été voir ailleurs, il ne m'en a jamais parlé. Mais pourquoi cela t'intéresse-t-il autant ? Je me doute bien que ce n'est pas pour connaître les on-dit.

— Merci pour le bénéfice du doute. En fait, j'ai toujours été très surprise de leur dévotion mutuelle. Ou de ce que je pensais être de la dévotion. Je n'aurais jamais pu imaginer que Doug aille voir ailleurs, et malgré ce que Lynn peut en penser, il ne s'est jamais intéressé à moi. Je crois qu'il ne m'appréciait même pas.

— Mais il ne te détestait pas. Et il n'en suffisait pas plus à Lynn pour être jalouse. »

Le serveur apporta du vin, un pouilly-fuissé de vingt ans, cadeau de la maison. Ils remercièrent Peter, puis le goûtèrent. « Il est excellent, dit Rebecca. Maintenant j'aimerais te demander ton opinion sur quelqu'un d'autre. Je n'aime pas trop Jean Wright, le nouveau bouledogue de Molly. Molly ne m'en a parlé que deux ou trois fois et c'est comme si elle faisait maintenant partie de la famille. Ses intentions sont peut-être tout à fait louables et charitables mais peut-être – ça va te paraître idiot –, peut-être qu'elle est là pour garder un œil sur ce qui se passe.

— Tu veux dire pour être au courant de toute l'affaire.

— Ou même quelque chose de plus grave.

— Tu penses qu'elle en sait plus qu'elle n'en dit. Ou peut-être même qu'elle est impliquée. » Il regarda les yeux sérieux de Rebecca. « Jean travaille à l'hôpital. Je suis sûr que je peux trouver quelqu'un qui la connaît bien. Aujourd'hui, tu as joué au détective au sujet du CD. Demain ce sera mon tour au sujet de Jean Wright.

— Oh Clay, ce serait génial. Cela ne te dérange pas ?

— Me déranger ? Je vais adorer. Mike Hammer n'aura plus rien à m'apprendre. Je vais mettre au point ma stratégie dès ce soir. À mon succès ! »

Ils trinquèrent. Rebecca se sentait plus légère qu'elle ne l'avait été depuis son retour à Sinclair, comme si une part de ses responsabilités dans la recherche de Todd avait été ôtée de ses épaules. Elle n'était plus seule, maintenant. Rien d'officiel comme Bill, mais il s'agissait de l'aide d'un ami qui ne se moquait pas de ses craintes et qui l'aidait à voir clair dans ses déductions et ses appréhensions aussi étranges soient-elles...

Clay lui souriait, ses yeux gris-bleu plissés et ses fossettes marquées plus profondément. Rebecca essayait de lui sourire, même si elle ne distinguait plus bien ses yeux, comme si l'on avait placé un voile pâle devant son propre visage.

Avec crainte, Rebecca sentit qu'elle perdait conscience de son propre corps. De très loin, elle entendit Clay lui demander : « Rebecca, tu te sens bien ? Rebecca ? »

Elle remua les lèvres mais aucun son ne sortit. Le visage de Clay disparut complètement. Les conversations des autres tables, les accords de *I'm in the Mood for Love* s'évanouirent. Elle avait l'impression de tomber dans un puits sans fond.

Une toute petite partie d'elle-même gardait sa propre identité tandis que le reste glissait dans celle d'un autre, l'esprit d'un petit garçon, dans lequel tout était sombre. Pas seulement à cause du bandage. Il était dans un endroit sombre, complètement noir, froid et renfermé. Il tremblait, puis reniflait, incapable d'essuyer son nez parce que ses mains étaient nouées derrière son dos. Sa gorge lui faisait un peu mal et ses lèvres étaient tellement sèches qu'elles commençaient à se craqueler. Il avait fait pipi dans son pantalon et pouvait le sentir. Il était très gêné et mal à l'aise à cause de l'humidité.

Cette fois, il ne se souvenait pas combien de temps il avait dormi. Le Guerrier des Ténèbres, comme il appelait celui qui le détenait, l'avait battu. Au début il pleurait parce qu'il avait peur des seringues. Maintenant, la douleur des piqûres n'était plus rien comparée aux crampes dont il souffrait, à ses maux de tête et à sa gorge irritée. En fait, il appréciait les injections, car elles signifiaient qu'il allait dormir et oublier tout cela un moment. Il parvenait même à oublier pourquoi Maman n'était pas encore venue le chercher. Enfin presque.

Le bruit d'un cri très aigu déchira l'air. La plainte était longue, pathétique et même effrayante. Était-on en train de faire du mal à un bébé ? De le tuer peut-être ? Todd tressaillit violemment...

Rebecca agrippait la nappe à pleines mains. Ses yeux verts étaient grands ouverts mais elle ne voyait rien. Elle tira sur le tissu et tous les couverts faillirent lui tomber dessus. Clay se leva rapidement et se précipita à ses côtés. Il mit gentiment son bras autour de ses épaules. « Rebecca, reviens », dit-il doucement alors que les autres clients du restaurant interrompaient leurs conversations pour les regarder. « Rebecca, lâche la nappe. Calme-toi. Allez, l'Astronome. Reviens avec moi. »

Mais Rebecca ne l'entendait pas. Elle entendait la plainte déchirante tout comme Todd et elle se mit à frissonner. Clay observait le duvet hérissé sur sa peau dorée, ses biceps tendus, son visage lisse comme du marbre en sueur. « Rebecca, où es-tu ? » murmura-t-il frénétiquement.

Todd haletait. Le gémissement continuait. On était en train de battre quelque chose ou quelqu'un. Il ne pouvait pas le supporter. Il avait peur, tellement peur. Puis il entendit un autre bruit. Des pas. Un craquement. Le Guerrier des Ténèbres revenait.

Il se mit à sangloter. Si fort que ses poumons lui firent mal. L'été dernier, quand il avait rendu visite à sa cousine Rebecca à La Nouvelle-Orléans, elle lui avait dit que quand il avait peur, il devait penser à un endroit agréable où il n'y avait rien à craindre. Il adorait Rebecca parce qu'une partie d'elle était restée enfant. Maman lui avait raconté que Rebecca avait des pouvoirs, sans lui expliquer de quoi il retournait. Alors il décida de faire ce que Rebecca lui avait dit et essaya de se transporter mentalement vers un autre endroit. Il irait dans le monde de *La Guerre des Étoiles*. Il était Obi-Wan Kenobi. Obi-Wan n'avait peur de rien. C'était un combattant exceptionnel. Il connaissait des tours de magie...

« Et comment apprécies-tu ton séjour ici, p'tit gars ? demanda le Guerrier des Ténèbres de cette voix terrible et grinçante qui ne ressemblait même pas à une voix humaine. Il fait plus froid que dans le grenier, pas vrai ? Je ne pense pas que tu vas me répondre. Tu ne peux même pas parler. »

S'il vous plaît, s'il vous plaît, ne me faites pas de mal, pensa ardemment Todd, apeuré d'avoir souhaité être mort quelques minutes plus tôt. Il ne voulait pas vraiment mourir. Il voulait juste rentrer chez Maman.

Le Guerrier des Ténèbres ne le battit pas. Il sentit qu'on jetait une couverture sur lui. Elle était rugueuse mais chaude. Puis on lui retira son bâillon. Les pleurs horribles de l'extérieur s'étaient transformés en couinements pitoyables. « C'est quoi, ce bruit ? murmura-t-il.

— Rien dont tu ne doives t'occuper. Mange maintenant. » Le Guerrier remplit sa bouche de morceaux de nourriture, quelque chose qui ressemblait à un sandwich, mais sa bouche était trop sèche pour pouvoir avaler et il recracha la nourriture.

« Ne me crache pas dessus ! Jamais...

— Je ne voulais pas, pleurnicha Todd. Je ne peux pas avaler. »

Todd se recroquevilla, certain qu'il allait recevoir un coup. Au lieu de cela, il entendit qu'on versait du liquide. Un gobelet en plastique toucha ses lèvres. « Bois ! » ordonna le Guerrier, et quelque chose d'humide entra dans sa bouche et coula sur son menton. De l'eau. Mais elle avait un goût étrange. Il n'en voulait plus mais il savait que s'il ne buvait pas il ne pourrait pas manger. Et il avait si soif... Il se força à avaler quatre autres gorgées de cette eau au goût de moisi. Puis il avala trois bouchées du sandwich au beurre de cacahuètes.

« Tu aimes le beurre de cacahuètes ? demanda le Guerrier des Ténèbres. Moi j'aimais ça quand j'avais ton âge. C'est plein de protéines, mais tu ne sais pas ce que c'est. Ça va t'aider à tenir le coup. Et j'ai besoin que tu tiennes le coup, au moins pour quelques jours encore. »

Todd écoutait mais les mots n'avaient pas de sens. Le beurre de cacahuètes collait sur ses dents qu'il n'avait pas lavées depuis des jours. Il les sentait sales ; il détestait cette sensation et sa mère en serait malade. Elle était très stricte sur le brossage des dents.

« Il faut s'occuper de ces lèvres. » Todd se raidit, sachant ce qui allait arriver, mais il sentit soudain un doigt qui passait de la pommade sur ses lèvres desséchées. Au début ça l'avait brûlé, mais maintenant il sentait qu'il pouvait les étirer sans qu'elles lui fassent trop mal.

« Tu ne pourras pas dire que je ne m'occupe pas bien de toi. » Todd ne répondit pas. « Hein ? »

Todd gémit en acquiesçant de la tête. « Ou... Oui. »

Le bruit effrayant de pleurs aigus reprit. « Mais qu'est-ce que c'est ? Est-ce qu'on est en train de tuer un bébé ?

— Ça t'intéresse ? demanda le Guerrier.

— Ouais. Je n'aime pas qu'on fasse du mal aux autres. Particulièrement aux animaux et aux bébés. »

Une nouvelle plainte s'éleva. Le Guerrier des Ténèbres se mit à rire. « Moi je me fiche qu'on fasse du mal à qui que ce soit. Sauf à moi. Mais pas à toi. Je me fiche de toi.

— Maman ne s'en fiche pas. Et... et Rebecca non plus. »

Todd ressentit que le Guerrier des Ténèbres s'était figé. « Que sais-tu à propos de Rebecca ?

— Elle a des pouvoirs spéciaux. Maman me l'a dit. Elle va me retrouver. » Il parlait, confiant, ne sachant pas trop bien d'où venaient les mots. Il savait qu'il n'aurait pas dû dire cela mais il ne pouvait pas s'en empêcher. « Elle est ici ! Elle me cherche ! »

À présent, Rebecca haletait péniblement. La sueur coulait le long de son visage, dans ses yeux mais elle ne sourcillait pas pour autant. Un homme se précipita vers Clay. « Qu'est-ce qu'elle a ? invectiva-t-il. Épilepsie ? Vous voulez que j'appelle les secours ?

— Ce n'est pas une crise d'épilepsie, dit Clay sombrement. Ça va aller.

— Elle n'a pas l'air d'aller bien.

— Hal ? » La femme qui accompagnait l'homme l'appela, inquiète. « Fais quelque chose. »

L'homme se campa sur ses jambes comme s'il s'apprêtait à se battre. « J'appelle les urgences. Cette femme a besoin d'aide.

— Monsieur, je suis médecin, répondit Clay sur le même ton. Je sais ce que j'ai à faire. Maintenant retournez à votre place. » Il regarda le petit groupe qui s'était rassemblé autour de Rebecca. « S'il vous plaît, retournez tous à vos places. » Ils s'exécutèrent, comme une meute d'animaux effrayés, les yeux ébahis alors que Clay agrippait les deux épaules de Rebecca. « Becky, ça suffit maintenant ! Reviens ! »

Mais l'esprit de Todd la consumait. « Pourquoi faites-vous cela ? demanda-t-il au Guerrier. Je ne vous ai rien fait !

— Ne dis plus rien au sujet de Rebecca. Ne mentionne plus son nom, ne pense même plus à elle et tu ferais mieux de prier pour qu'elle ne te retrouve pas sinon tu ne reverras plus jamais ta mère !

— Non, s'il vous plaît...

— J'en ai marre de toi. » Le Guerrier remit le bâillon autour de son visage, l'obligeant à ouvrir les mâchoires. Sa salive coula et Todd mordit dans le morceau de tissu déjà humide. « Je pense que tu as besoin de dormir maintenant. Un long, paisible et doux sommeil. J'espère juste que tu ne m'as pas énervé au point que je mette une dose trop forte dans la seringue. Une dose trop forte pourrait te faire dormir pour toujours. Tu aimerais cela ? Mourir ici, dans le noir, sans qu'on ne te retrouve jamais ? »

Todd pleurnicha alors que l'aiguille transperçait sa peau. La dernière chose qu'il entendit fut la plainte stridente et poignardante de quelque chose de perdu et blessé, tout comme lui.

« Rebecca ! Rebecca ! »

Elle revint dans son monde, en un spasme violent qui la fit tirer d'un coup sec sur la nappe. La porcelaine et les verres en cristal volèrent au sol. La nourriture et le vin éclaboussèrent sa robe, le costume de Clay et le satin abricot de sa chaise. Une femme laissa échapper un cri d'effroi. L'homme qui avait voulu appeler les secours était encore dans les alentours. Les autres clients les fixaient, horrifiés.

À l'aide de sa serviette, Rebecca se mit à essuyer les taches sur son buste en tremblant. « Oh, mon Dieu, murmura-t-elle faiblement. Regarde ce que j'ai fait ! Je suis désolée ! »

Clay lui retira la serviette des mains. « Cela ne fait rien. Sortons d'ici. Tu peux te lever ?

— Je ne sais pas. Je me sens... » Je sens que je perds la tête voulait-elle dire, mais Peter Dormaine venait d'apparaître, le plastron de travers et le visage pourpre.

« Que s'est-il passé ? Oh ! La porcelaine, le cristal, mais regardez-moi ce bazar ! » Il était complètement scandalisé mais il parvint à se contrôler même s'il avait perdu son semblant d'accent français. « A-t-elle eu un coup de sang ?

— Je pense que personne n'a plus eu de coup de sang depuis l'époque victorienne, répondit Clay sèchement. Elle ne se sent pas bien. Rebecca...

— Je peux me lever », dit-elle précipitamment, sautant presque de sa chaise. Des morceaux de poulet jonchaient le sol et elle était couverte de vin. C'était la première fois qu'elle expérimentait une réaction à une vision aussi violente en public. « Monsieur Dormaine, je suis vraiment terriblement désolée. Je paierai pour les dégâts bien évidemment. Je... Je ne sais pas... Je m'excuse. »

Dormaine lui sourit faiblement. « Oui, bien. Ce sont des choses qui arrivent », dit-il sur un ton qui laissait bien comprendre qu'en fait ce genre de choses n'arrivait jamais, surtout pas dans son restaurant. « J'espère que vous vous sentez mieux, ajouta-t-il mollement.

— Oui. » Rebecca repoussa ses cheveux moites derrière ses oreilles. « Je vais bien. »

Les gens la regardaient comme si elle était folle. Elle crut qu'elle allait s'évanouir ou pleurer. Clay la serra contre lui et elle se détendit au contact de la force de son corps. Il regardait calmement M. Dormaine qui était irrité. « On se charge des dégâts, Peter. Bonne nuit. »

Clay ne s'était pas excusé pour elle. En fait, il agissait comme si rien ne s'était passé, ce qui permit à Rebecca de se sentir mieux, comme si elle ne lui avait pas fait honte. Cela aurait été la goutte qui fait déborder le vase.

Dehors l'air était frais, le ciel dégagé, parsemé d'étoiles. Rebecca respira profondément. « Clay, je suis tellement désolée...

— Je ne veux pas t'entendre dire cela. Tu ne dois pas être désolée. Mais j'insiste sur une seule chose.

— Laquelle ?

— Tu rentres avec moi à la maison, tu prends un verre ou un tranquillisant ou n'importe quoi dont tu aies besoin, et tu restes jusqu'à ce que tu te sois calmée. Gypsy et moi, on va très bien s'occuper de toi. D'accord ?

— Cela m'a l'air merveilleux, dit Rebecca reconnaissante. Tout à fait merveilleux. »

Une heure plus tard, Rebecca était assise sur le canapé de Clay, emmitouflée dans son peignoir en éponge. Ses propres vêtements étaient tachés et elle avait dû prendre une douche pour retirer la nourriture et le vin qu'elle avait sur elle. Il avait insisté pour qu'elle prenne un léger tranquillisant et, à présent, la tension avait abandonné son corps. Gypsy était blottie contre elle et Rebecca sirotait un soda en caressant son oreille soyeuse.

Elle avait déjà raconté à Clay tout ce qu'elle avait vu dans sa vision. Durant leur adolescence, quand elle prétendait avoir vu tant de choses, il était plutôt sceptique. Son esprit rationnel cherchait une autre explication à ce qu'elle appelait ses perceptions extra-sensorielles. Ce soir, il avait perdu tout scepticisme. Vendredi soir, elle connaissait tous les détails de l'enlèvement de Todd sans en avoir été avertie. Ce soir, il avait vu la souffrance sur son visage alors qu'elle vivait ce que le petit garçon devait vivre. Elle ne jouait pas la comédie. Tout n'était pas qu'une simple coïncidence.

« Qu'est-ce qu'on fait maintenant, Clay ? demanda-t-elle. On a tout raconté à Bill, même si cela n'était pas très utile.

— Ne sois pas si dure avec toi-même. C'est plus d'informations qu'ils n'en avaient cet après-midi. Surtout le fait que Todd soit vivant. Après avoir trouvé le sang sur ce chien en peluche, ils n'en étaient plus si sûrs. »

Elle soupira : « Si j'avais pu en voir plus.

— Ça viendra.

— Pas ce soir. Mon cerveau est grillé. Il faut que je rentre. » Elle se mit debout, puis vacilla. « Mon Dieu, c'était quoi ce tranquillisant ?

— Un truc très faible. C'est juste que tu es complètement épuisée à cause de ces derniers jours. J'ai une proposition. Pourquoi ne passerais-tu pas la nuit ici ?

— Franck voulait que je sois rentrée pour 23 heures. »

Clay sourit. « Tu as déjà dépassé l'heure du couvre-feu. Et tu as plus de vingt et un ans. Mais je te promets que je ne profiterai pas de la situation.

— Superbe et chevaleresque. Vous êtes trop beau pour être vrai, Clay Bellamy. » Le visage de Rebecca s'empourpra aussitôt. Une fois de plus elle en avait trop dit. « Je dois appeler à la maison.

— Va dans la chambre. Tu as de la chance, j'ai changé les draps hier. Mets-toi au lit et j'appellerai chez toi. Repose-toi. »

Rebecca hésita. Connaissait-elle suffisamment Clay ? Oh, elle n'avait pas peur qu'il se jette sur elle. Elle se demandait seulement si toute cette histoire ne lui paraissait pas grotesque et s'il n'en ferait pas la risée de tous demain. Puis elle le regarda. Ses yeux bleu-gris étaient sympathiques, préoccupés, et son sourire aimable. Non, Clay ne se moquerait pas d'elle. Pour on ne sait quelle raison, il se donnait de la peine pour prendre soin d'elle.

Gypsy la suivit dans la chambre. Clay n'était pas du genre à porter des pyjamas mais elle trouva un sweat-shirt sur le dessus d'une corbeille à linge pleine de vêtements pliés. Elle retira le peignoir pour enfiler le sweater, puis se glissa entre les draps, se tournant sur son côté droit. Immédiatement, Gypsy sauta sur le lit, se blottissant près de la poitrine de Rebecca exactement là où Sean avait l'habitude de se mettre. Rebecca lui caressa les oreilles.

Au même moment, Clay apparut à la porte. « Gypsy ! Pour l'amour du ciel, tu as le droit de dormir avec moi mais pas avec les invités ! »

La chienne le regarda sans bouger. « C'est bon, rit Rebecca. J'ai l'habitude de dormir avec Sean. Et à vrai dire, après ce qui s'est passé ce soir, je trouve rassurant d'avoir un corps chaud à mes côtés. »

Clay s'assit sur le lit, cherchant à atteindre son visage en contournant Gypsy. Il fit courir un de ses doigts sur sa joue puis coinça une mèche de ses longs cheveux auburn derrière son oreille. « Tu as froid, dit-il doucement. Tu veux une autre couverture ?

— Je ne crois pas que cela aide. Le froid que je ressens provient de ma peur, de mon impuissance et de ma solitude face à tout cela.

— Tu n'es pas seule. Je te crois.

— Tu me crois ? Après ce que tu m'as dit vendredi au sujet des tests et des statistiques dont tu avais besoin pour te convaincre...

— L'autre soir, j'avais peur de ce que je ne comprenais pas, mais je n'ai plus peur maintenant. Je veux juste faire tout ce que je peux pour t'aider. »

La gorge de Rebecca se serra. Elle savait qu'elle s'apitoyait sur elle-même, mais elle portait le fardeau des attentes de tous depuis tellement longtemps. Tout le temps seule. Du moins se sentait-elle seule, même si elle savait que d'autres personnes croyaient en elle. Avec ces quelques mots, Clay avait fait disparaître ce sentiment d'isolement. Il la persuadait que, finalement, quelqu'un pouvait enfin l'aider.

« Tu veux vraiment m'aider ? » demanda-t-elle timidement. Il acquiesça, le regard tendre. « Alors allonge-toi près de moi. »

Quelques minutes plus tard, Rebecca somnolait, Gypsy près d'elle et Clay de l'autre côté. Son bras entourait sa taille doucement et son souffle tiède balayait sa tempe.

Et pour la première fois depuis l'accident de voiture qui avait tué son père et bouleversé sa vie, Rebecca ne se sentait plus seule.

8

I

MARDI 7 h 30

Clay Bellamy se réveilla résolu à agir. Quand il avait entendu parler de ce qui était arrivé à Todd Ryan, il avait été choqué et attristé comme il l'aurait été pour la disparition de n'importe quel enfant. Durant ces dernières années, il avait vu Molly six ou sept fois et le garçon une seule fois. Il s'était éloigné du clan Ryan.

Cette distance avait disparu la nuit dernière. Au dîner, il s'était senti détendu comme jamais depuis de longs mois. Au cours des dernières années, il avait parfois pensé à Rebecca Ryan, surtout après qu'il avait entendu dire qu'elle avait écrit un livre. Comme la plupart des gens, il avait cru qu'il s'agissait de l'histoire de l'enlèvement de Jonnie, puis on lui avait dit qu'il s'agissait d'un roman. Il s'était promis de le lire un jour puis avait complètement oublié. Un mois plus tard, Rebecca était amenée dans la salle des urgences.

Naturellement, Rebecca avait changé depuis la dernière fois qu'ils s'étaient vus, à l'enterrement de Jonnie. Il se souvenait d'elle, grande et mince, paraissant à la fois plus jeune et plus vieille que son âge. Il se souvenait aussi de Franck près de Suzanne qui était en pleurs et qui ne prêtait pas le moindre regard à sa fille abattue. Clay avait plus été touché par le silence de Rebecca que par toutes les larmes de Suzanne. Il avait ensuite appris que la fille qui rougissait et qui bégayait en sa présence, qui était apparemment amoureuse de lui, était partie. Il s'était senti étrangement attristé par ce départ.

Mais la nuit dernière quand il était allé la chercher chez elle, il avait trouvé une femme inquiète, mais particulièrement énergique. Au cours du dîner, ils avaient ri et s'étaient confiés l'un à l'autre. Puis il avait été le témoin du drame de sa vision. Il en avait été secoué ; même s'il avait voulu le cacher, Clay la croyait entièrement.

Il avait dormi profondément dans le même lit qu'elle la nuit dernière et ils avaient ri au réveil en voyant que Gypsy était parvenue à se faufiler entre eux deux sans les réveiller. « Elle est jalouse », avait plaisanté Rebecca, et Clay pensait qu'elle était très jolie dans la lumière crue du matin, même sans maquillage et avec deux bandages sur le front. Elle avait insisté pour rentrer en taxi afin qu'il ne soit pas en retard au travail. Alors qu'elle se dirigeait vers la porte, il l'avait négligemment embrassée sur la joue, pour que le chauffeur de taxi ne pense pas qu'ils venaient de passer une longue nuit passionnée. Il se demanda pourquoi il s'inquiétait de ce que pouvait penser le chauffeur, puis il réalisa que c'était parce que ce dernier irait colporter la nouvelle dans toute la ville et Clay se souciait de la réputation de Rebecca. Mais après tout, les gens ne pouvaient faire que parler.

À présent, il se sentait revigoré et prêt pour une journée de travail. Il finit sa tasse de café, caressa la tête ocre de Gypsy pour lui dire au revoir. Elle leva ses gentils yeux de sa gamelle. « Ne fais pas de bêtises pendant que je serai absent. Contente-toi de regarder tes feuilletons télévisés et ne t'en fais pas. » Elle lui lécha la main puis tourna à nouveau son attention vers l'essentiel : son petit déjeuner.

Il allait passer la porte quand le téléphone sonna. Le répondeur prit l'appel et il entendit la voix de sa mère. Il fit demi-tour.

« Salut, M'man. J'étais sur le point de partir pour l'hôpital.

— On fête l'anniversaire de ton père dimanche prochain, dit-elle sans même dire bonjour. Tu pourras venir ?

— Bien sûr que je viendrai.

— On ne sait jamais avec toi. » Sa voix devint plaintive. « Tu ne viens pas souvent dans le coin.

— Je passe toutes les deux ou trois semaines.

— C'est plutôt une fois par mois. Tu sais que tu fais de la peine à ton père. »

Clay grinça des dents, moitié coupable, moitié en colère. « Papa ne me parle presque pas quand je viens.

— Ça n'est pas vrai.

— Mais si. Il parle à Ben, mais pas à moi.

— Honte à toi ! On dirait un petit garçon. » Sa réaction l'exaspéra encore plus parce qu'il savait qu'elle avait raison. « Sois honnête, Clay. Tu sais que tu as fait du mal à ton père en devenant médecin et en ne reprenant pas la ferme. Il n'a jamais particulièrement aimé les médecins et il a mis toute sa vie dans cette ferme. »

C'était le moins qu'on puisse dire. Hoyt Bellamy avait hérité des cent cinquante hectares de la ferme laitière de son père et s'y était complètement dévoué au détriment de quoi que ce soit d'autre. Il avait appris à ses fils Ben et Clayton tout ce qu'il savait, essayant de leur inculquer son amour de la ferme. Avec Ben, son fils aîné, il avait réussi. Pour Clay, c'était une autre histoire. Il avait toujours été plus intéressé par le diagnostic des maladies des vaches que par leur traite. Alors qu'il avait huit ans, l'une des vaches était tombée malade, présentant des symptômes inconnus de Hoyt. Clay était resté dans les jambes du vétérinaire qui s'occupait de la valeureuse holstein, en ingurgitant tous les termes médicaux qu'il pouvait. Il était resté assis avec la vache toute la nuit et avait pleuré quand elle était morte. Son père était furieux, il l'avait traité de poule mouillée sentimentale, et lui avait recommandé de commencer à se comporter comme un Bellamy s'il voulait obtenir le moindre respect dans cette famille. Il ne comprenait pas Clay et ne cherchait pas à le comprendre. Il voulait juste que Clay ressemble à Ben et lui et, s'il ne rentrait pas dans le moule, il aurait à souffrir du rejet de son père.

« Maman, je n'ai pas le temps de parler de tout cela maintenant, dit Clay, essayant de paraître calme bien que son cœur batte la chamade. Et même si j'avais le temps, c'est un sujet qui n'a pas de sens. Je viendrai dimanche. Déjeuner à 14 heures comme d'habitude ?

— Oui. Je mettrai le rôti au four avant que nous partions à l'église. Nous sommes toujours baptistes, mais, apparemment, tu as également oublié ce chemin-là. » Clay leva les yeux au ciel. « Ben, Elaine et les enfants seront là. » C'était un autre détail inutile que sa mère ajoutait tout le temps. Ben et Elaine avaient une maison à la ferme. Ils ne manquaient jamais un repas de famille. « Tu n'as pas besoin d'apporter de cadeau.

— OK, M'man.

— Seulement, si tu apportais un cadeau, cela ferait très plaisir à ton père. »

Non, cela ne lui fera pas plaisir, pensa Clay. Mais il achèterait sans doute quelque chose pour le geste. « Je dois y aller, M'man. On se voit dimanche. »

Clay avait mauvaise conscience de raccrocher si rapidement même s'il savait qu'elle ne lui en tiendrait pas rigueur. De la même manière que les esprits de son père et de son frère tournaient autour de la ferme, son esprit à elle tournait autour d'eux. Clay avait toujours été l'outsider, certain d'avoir été échangé à la naissance avec un clone de son frère. L'autre garçon vivait sans doute dans une famille qui voulait qu'il devienne médecin alors que lui ne pensait qu'aux vaches et à la façon d'augmenter la production laitière. Il devait se sentir aussi frustré que Clay, cherchant sans cesse à obtenir l'approbation de ses parents et se sentant coupable chaque fois qu'il échouait.

En se dirigeant vers l'hôpital, Clay mit de côté ses histoires de famille pour se concentrer sur Rebecca. Ou plutôt sur les questions que Rebecca avait soulevées concernant le kidnapping.

Clay avait encore tout cela en tête en pénétrant dans le parking de l'hôpital. Mais dès qu'il entra et qu'il découvrit la salle des urgences pleine, il se concentra sur son travail. Il ne permit ses pensées de venir le déranger qu'au moment de sa courte pause déjeuner à 13 heures.

La salle à manger de l'hôpital était presque pleine. En dépit des blagues usuelles sur la nourriture dans les hôpitaux, Clay trouvait que cette cafétéria servait des plats plutôt supérieurs à la moyenne. Il ne sortait que rarement à la pizzeria Village Pizza comme la plupart des gens. En tout cas, pas pour le déjeuner. Il pensait par contre qu'il devait sans doute être leur client le plus fidèle pour le repas du soir. Il fit avancer son plateau sur les rails métalliques en attrapant un café, une salade mixte, du poulet, des pâtes et la plus grosse part de gâteau à la noix de coco qu'il trouva. «Vous allez grossir, docteur.» La fille de la caisse le taquinait, en passant la main dans ses cheveux et en lui lançant un sourire.

«Jamais. Ils me font trop travailler ici. Mettez cela sur mon compte.

— À qui le dites-vous!»

Elle se mit à rire bruyamment comme s'ils étaient en train d'avoir une conversation hilarante. Quelques personnes dans la salle se retournèrent pour jeter un coup d'œil. Sa manière tapageuse de flirter avec le Dr Bellamy était déjà le sujet de quelques rumeurs.

Clay qui essayait de rester nonchalant au milieu des regards se dirigeait vers une table vide, quand il aperçut Myra Kessle, une infirmière entre deux âges qui travaillait au service pédiatrique et qu'il avait connue lorsque son neveu avait été admis pour une appendicectomie. «Cela vous ennuie si je m'assieds près de vous, Myra?

— Je serais très honorée, mais que dira votre amie à la caisse?»

Il secoua la tête en souriant. «C'est une fillette. Elle ne doit pas avoir plus de dix-neuf ans.

— Elle en a vingt et un et elle est libre.

— Jouez-vous aux entremetteuses?» Clay s'assit et retira ses couverts de sous sa serviette. «Vous me paraissez bien trop sensée pour ce genre de stupidités.»

Les yeux marron de Myra clignèrent derrière une paire de lunettes qu'elle portait depuis la trentaine. « Je ne prétends pas connaître vos goûts en matière de femmes, mais je suppose qu'ils n'ont rien à voir avec une jeune femme avec une voix de corne de brume. »

Clay faillit s'étouffer de rire. « Je pensais que les infirmières devaient être chaleureuses et compatissantes.

— Celle qui est devant vous est cruellement honnête. » Myra but une gorgée de son café. « Alors, quoi de neuf pour vous ?

— Pas grand-chose. » Clay plongea dans sa salade. « À part que j'ai rencontré Molly Ryan. »

Le sourire de Myra disparut complètement. « La mère du garçon qui a été kidnappé ? » Il acquiesça, la bouche pleine. « Oh, pauvre petite chose. Je suis bouleversée depuis que j'ai entendu parler de cet enfant. Ils ne l'ont pas retrouvé, n'est-ce pas ?

— Pas la nuit dernière.

— J'ai lu quelque chose qui disait qu'ils avaient découvert l'animal en peluche de Todd dans le grenier du magasin de meubles Klein. Je pensais que la police gardait ce genre de renseignements secrets.

— Ils essaient. Bill pense qu'il y a une fuite dans son département. »

Myra fronça les sourcils. « Bill ? Le chef de la police ? Vous vous connaissez ?

— Sa sœur est Suzanne Ryan. Elle a épousé Franck Hardison après la mort de son premier mari et j'étais un ami du fils de Franck, Doug. Je connais la famille depuis des années.

— Et Molly est la nièce de Patrick Ryan. Comment tient-elle le coup ?

— Pas si bien que ça. J'ai dû lui administrer un sédatif après que Bill lui eut parlé de la peluche.

— C'était une mauvaise nouvelle à annoncer.

— Mais ç'aurait pu être pire.

— Oui, mais avec le sang et tout cela... » Myra s'interrompit. « Un jour, vous aurez des enfants et vous comprendrez ce que peut parfois être la peur d'un parent. Je me faisais toujours du souci pour mes deux filles. Je pensais que quand elles auraient grandi je pourrais me détendre, mais cela n'arrive jamais. Quand je pense à ce que cette pauvre femme endure, je réalise comme j'ai eu la part belle. Rien de grave n'est jamais arrivé à mes enfants. » Une ride apparut entre les sourcils de Myra. « En plus, c'est arrivé deux fois dans la même famille. Mais il faut dire qu'ils ont de l'argent.

— Molly n'en a pas.

— Elle peut y accéder. Ses parents.

— Bill dit qu'ils sont quelque part en Afrique en train de prendre des photographies. Ils ne sont même pas au courant. Ils ne sont pas très proches d'elle.

— Ses propres parents ? Est-ce parce qu'elle ne s'est jamais mariée ?

— Oui et non. Quand elle est tombée enceinte, ils n'ont pas été très choqués, ils voulaient juste ne pas être dérangés. Suzanne s'est proposée d'aider Molly et ils l'ont laissée faire avec soulagement.

— Elle aidera sans doute Molly pour la rançon.

— Je suis persuadé qu'elle le ferait, mais l'argent n'a pas sauvé Jonnie Ryan.

— Effectivement. » Elle secoua la tête. « Quel monde. J'espère que Molly n'est pas seule.

— Non. Doug et son père sont souvent près d'elle. Et Bill Garrett aussi. » Il venait enfin d'atteindre le sujet qui l'avait fait s'asseoir instinctivement à côté de Myra. « Jean Wright est sa voisine. Je crois qu'elle est en vacances. Elle passe presque tout son temps avec Molly.

— Vraiment ? Hum. Je suppose que ce doit être bien pour Molly d'avoir du personnel médical en permanence près d'elle.

— Vous n'avez pas l'air très convaincue.

— Ah oui ?

— Allez, Myra. Qu'est-ce qui vous dérange chez Jean Wright ? »

Myra hésita à se décider à parler. « D'accord. Je ne connais pas très bien cette femme. J'ai travaillé avec elle et elle est très compétente. Et attentionnée. Ses parents sont morts quand elle avait dix-neuf ans et elle avait un frère et une sœur beaucoup plus jeunes dont elle devait s'occuper. Ils étaient jumeaux...

— Ils sont morts ? » demanda Clay, anxieux.

Myra grimaça. « Mon Dieu, que vous êtes mélodramatique aujourd'hui ! Non, ils ne sont pas morts. Ils sont entrés à l'université l'année dernière. Ce ne sont que deux enfants gâtés. Le garçon voulait absolument aller à Princeton, même s'il ne pouvait avoir là-bas qu'une bourse d'études partielle plutôt qu'une bourse entière ici à l'Université de Virginie-Occidentale. Wendy n'a pas vraiment le type de l'étudiante modèle et ses résultats ne lui permettaient pas de poursuivre ses études. Elle est à l'UVO et elle dépense au moins le double de ce qu'elle obtient grâce aux aides sociales. L'argent a toujours été un problème pour Jean. Alors, elle faisait des heures supplémentaires et s'occupait en plus de personnes âgées la nuit. Elle était exténuée. Elle n'est pas en vacances, elle a quitté l'hôpital.

— Oh.

— Vous avez l'air déçu. Qu'est-ce qui ne va pas ?

— C'est juste que je pensais qu'elle cachait autre chose. Elle m'avait l'air un peu bizarre. Elle me déteste...

— Alors elle est vraiment déséquilibrée.

— C'est exactement ce que je pense, répondit Clay sincèrement. Mais ce n'est pas son manifeste manque de goût en matière d'hommes qui me dérange. Elle est étrange. Vous êtes sûre qu'elle n'est pas complètement déprimée ?

— Eh bien, je ne voulais pas en parler, mais c'est vrai qu'elle était émotionnellement perturbée avant son départ. Elle faisait des erreurs – rien de sérieux – et elle pleurait beaucoup. Elle s'est peut-être reprise depuis, mais c'était il y a peu de temps...

— Vous pensez qu'elle est la personne idéale pour s'occuper de Molly ?

— Honnêtement, non. Surtout dans de telles circonstances. Et je suis surprise qu'elle ait voulu essayer. Elle savait qu'il était très important pour elle de se reposer. Au moins si elle veut récupérer son travail, qui lui est vital. » Myra avait l'air troublée, elle regarda sa montre puis se leva. « C'était très sympathique, mais j'ai passé beaucoup trop de temps à bavarder. J'ai été contente de vous revoir... et, enfin, oubliez ce que je vous ai dit à propos de Jean. »

Bien sûr, il ne le ferait pas.

II

« Tu recommences et tu es dehors, Cochran ! » grogna le vieux Maloney. Pour Larry, il avait toujours ressemblé à un chien policier, et maintenant, alors que ses bajoues s'agitaient et que sa voix devenait si menaçante, la ressemblance était encore plus forte.

« Tu m'entends ?

— Difficile de ne pas t'entendre, murmura Larry.

— T'es un putain de p'tit fûté. Je n'aurais jamais dû écouter Franck Hardison quand il m'a demandé de t'embaucher. Retourne dans le garage et mets-toi au boulot. »

Larry sortit en boitant. Les jours avec, on ne remarquait presque pas qu'il boitait. Mais aujourd'hui était un jour sans. Sa jambe lui faisait mal, même si le chirurgien-orthopédiste qui l'avait opéré lui avait assuré qu'il ne souffrirait plus quand ce serait cicatrisé. À l'époque, Larry était trop désespéré pour s'en soucier. Pourtant, après toutes ces années, la douleur lancinante le poussait souvent à perdre le contrôle de lui-même.

« Occupe-toi de la Buick Régal, hurla un autre type. Les freins avant doivent être changés. »

Larry sortit et démarra la voiture. De la musique country lui explosa dans les oreilles. Il éteignit rageusement la radio. Il détestait la country au moins autant que le gospel. Il mit la voiture sur le pont, en sortit en essayant de cacher son handicap, puis il fit lever le pont jusqu'au niveau de sa tête.

Les autres gars le regardaient ouvertement. Quand il avait obtenu ce poste, Doug lui avait demandé d'être cool, et d'« encaisser les coups ». Mais cela n'avait jamais été son truc ni celui de Lynn et il en était fier. Il n'avait pas l'intention de se rendre comme Doug, qu'il avait fini par haïr avec sa petite vie rangée et ses bons conseils. La petite boule de fric joyeuse, c'est comme cela que Larry l'appelait. De plus, Larry n'avait jamais essayé de devenir ami avec aucun des employés du garage. Il restait distant et froid, leur faisant comprendre qu'il n'avait besoin de l'aide ou de l'attention d'aucun d'entre eux. Du coup, personne ne l'aimait et le vieux Maloney le détestait.

Larry prit une clé et s'affaira sur les boulons, heureux d'entendre le bruit sourd que la clé faisait quand il la tournait et le grincement aigu de l'écrou qui se desserrait.

Il avait manqué une journée de travail. Larry s'énervait en retirant les pneus pour inspecter les disques de freins et en apercevant les rayures qui signifiaient que cette voiture avait besoin de plaquettes neuves. Une seule journée en six mois. Maloney avait dit qu'il était furieux parce qu'il n'avait pas appelé. Larry avait prétexté être malade. « Je ne te crois pas, l'avait incendié Maloney. Même ta sœur est venue ici pour te voir.

— On ne vit pas ensemble. Elle ne savait pas que j'étais malade. »

Mais Maloney n'avait pas marché. Et il avait raison. Larry n'était pas malade – comme Lynn avait pu le constater quand il était apparu vers midi à son appartement alors qu'elle était plantée devant la porte.

« T'étais où ? » avait-elle demandé.

Une vague de colère chauffée à blanc avait alors submergé Larry. « En quoi ça te regarde ?

— Tu n'es pas allé travailler. Tu n'étais pas chez toi quand j'ai appelé hier soir. » On aurait dit qu'elle allait pleurer et elle se mit à crier : « Et Simplet Dobbs ? »

La mégère d'à côté avait ouvert sa porte et sorti la tête pour observer. Il avait soutenu son regard puis poussé Lynn à l'intérieur. Et Lynn continuait et continuait, bruyamment. Il alluma la télévision pour couvrir le son de sa voix. Aux nouvelles de midi, Kelly Keene n'arrêtait pas avec Carson « Simplet » Dobbs, victime d'un meurtre, et Larry niait froidement avoir vu le vieux fou depuis des semaines.

« Alors où étais-tu ? insista Lynn.

— Tu veux dire si je n'étais pas en train d'assassiner Simplet, ce qui te paraît peu probable ? Je n'ai pas que des ennemis dans cette ville. J'ai une petite amie, Lynn. Je suis resté avec elle.

— Toute la nuit ? Jusqu'à midi ? Aurais-tu oublié que tu es en conditionnelle et que tu as un couvre-feu ? »

Ses cheveux platine et ses yeux clairs semblaient disparaître dans la lumière du soleil qui passait à travers la fenêtre. Il ne restait plus d'elle qu'une paire de cruelles lèvres pourpres.

« Pourquoi n'arrêtes-tu pas de hurler ? gronda Larry. Mon Dieu, on dirait Maman. Toujours en train de crier, de questionner et d'accuser, toujours effrayée que je la dérange.

— Ben ça alors ! Je me demande bien pourquoi elle s'en faisait », dit Lynn sarcastiquement.

Larry lui lança un regard meurtrier. « Peut-être que si elle ne nous avait pas toujours soupçonnés du pire, si elle ne nous avait pas accusés de choses qu'on n'avait pas faites, peut-être qu'on aurait tourné autrement.

— Et peut-être n'a-t-elle vu en nous que ce que nous étions vraiment, deux morveux égocentriques et fainéants qui ne pensaient qu'à se shooter !

— C'est quoi, ça ? Un nouveau chapitre du *Manuel de bonne conduite* de Douglas Hardison ? Leçon numéro un : Assumez les responsabilités de vos erreurs passées.

— Qu'est-ce qui te dérange dans le fait d'assumer tes responsabilités ? Ce n'est pas de la faute de Maman si on a tout foiré. Au moins, j'ai eu assez de bon sens pour me ressaisir. Et je pensais que c'était aussi ton cas. Mais regarde-toi ! Les yeux injectés de sang ! Une barbe de deux jours ! Je suppose que ce n'est pas ton look qui a séduit cette fille. Qui est-elle ?

— Cela ne te regarde pas.

— Tout ce qui te concerne me regarde. »

Il la regarda dans les yeux. « Je suis majeur depuis longtemps, petite sœur. Bien longtemps.

— Tu as aussi un emploi. Franck s'est donné beaucoup de mal pour t'obtenir ce job !

— Ce n'est pas vrai. La plupart des gens de cette ville lui doivent un service. Il n'a eu qu'un coup de fil à passer.

— C'est loin d'être vrai. »

Larry crut que sa tête allait exploser. Il lui demanda de s'asseoir et de se calmer pendant qu'il allait prendre deux aspirines. Puis, aussi calmement que possible, il dit : « Écoute, j'avais trop bu. Et son réveil n'a pas sonné. J'ai merdé. Ce n'est pas de sa faute, alors tu n'as aucune raison d'aller farfouiller partout pour découvrir qui elle est. Et cela n'arrivera plus. »

Finalement il avait fini par se débarrasser de Lynn et s'était mis la tête entre les mains. Il serait aussi bien en prison, étant donné la liberté dont il jouissait aujourd'hui. Entre Lynn, Doug, son surveillant de liberté conditionnelle et le vieux Maloney qui le bridaient tous, il était presque aussi libre qu'il l'était un an plus tôt en prison. Pour la première fois de sa vie il détestait sa sœur presque autant qu'il détestait Doug. Son amour et son intérêt pour lui étaient devenus comme les barreaux d'une cage.

Larry avait laissé passer le reste de la journée, puis il s'était fait violence pour retourner au garage. Il avait subi l'assaut verbal de Maloney, pour le plus grand plaisir de ses collègues, et il devait passer une autre journée dans cet endroit. Mais il pouvait le faire. Il devait le faire.

Des jours meilleurs approchaient.

III

L'agent C.G. Curry pénétra dans le bureau de Bill. Bill remarqua son air hagard. Il n'avait visiblement pas beaucoup dormi. « Quoi de neuf, chef ? demanda-t-il.

— J'ai le rapport d'autopsie de Simplet. Entre et sers-toi une tasse de café. On dirait que tu en as bien besoin. »

Curry se servit du café et prit un beignet. Bill ne put s'empêcher de penser à Simplet et à son enthousiasme pour cette « cuisine étrangère » qu'il lui avait offerte le dernier jour de sa vie. Curry s'assit en soupirant comme un vieil homme alors qu'il n'avait que trente-quatre ans. « Et que dit le rapport sur Simplet ?

— Veux-tu que j'attende que tu aies fini de manger ?

— Je n'ai pas l'estomac fragile. Mais vous pouvez m'épargner le bla-bla pour ne m'informer que de l'essentiel.

— D'accord. En gros, Simplet est mort des suites d'une blessure au cerveau causée par un instrument pointu et ayant provoqué une importante hémorragie.

— Et on avait besoin d'une autopsie pour savoir ça ?

— Ses poumons étaient pâles et clairs. L'hémorragie pétéchiale était limitée à l'œil droit.

— Alors on sait que Simplet est mort presque instantanément et on suppose que le meurtrier lui faisait face pour avoir pu le frapper à l'œil gauche. Il ou elle doit donc être droitier, dit Curry. C'est utile.

— On sait aussi que le coup a dû être rapide et inattendu parce qu'il n'y avait aucune trace de lutte sur les mains et les bras de Simplet. La mort devait remonter à moins de douze heures, car sa blessure était encore rougeâtre et boursouflée. La cicatrisation ne commence qu'après vingt-quatre heures et la putréfaction après trente-six.

— Vous auriez pu éviter le refrain sur la putréfaction, dit Curry en reposant sa dernière bouchée de beignet fourré à la crème.

— Je croyais que tu n'avais pas un estomac sensible.

— J'ai quand même des limites. Et l'arme du crime ?

— Un pic à glace ordinaire. Le manche est en métal, alors il ne recèle aucune trace de peau. Pas d'empreintes non plus. Juste quelques traces de latex à la jointure entre le manche et la pointe. Le meurtrier devait porter des gants en latex.

— C'est facile de s'en procurer ?

— Il y en a partout : aux alentours des hôpitaux. Les cabinets de dentistes. Les cabinets vétérinaires. En plus, pas besoin d'y travailler pour s'en procurer. Il suffit juste d'y aller. Et puis, il y a des magasins de fournitures médicales un peu partout.

— Cela devient de plus en plus facile. L'assassin aurait dû laisser son nom sur les lieux du crime, étant donné tout le mal que l'on a à le retrouver », dit Curry sèchement. Il finit son café. « C'est tout ce que révèle le rapport d'autopsie ?

— Non. Il y a une information que j'ai trouvée particulièrement intéressante. Il semblerait que Simplet était bourré de Valium.

— Le tranquillisant ? Je ne savais pas qu'il en prenait.

— Il n'en prenait pas. Pas d'antécédents de prise. Aucune présence d'autres drogues dans le corps. Mais son sang était plein de Valium. Il y avait également de petits morceaux de cachets de Valium non dissous dans sa bouteille de vin. Ce doit être comme cela qu'on le lui a administré. Il n'a même pas dû s'en rendre compte. »

Curry sembla enfin intéressé. « Dans les romans policiers, ils mettent toujours les drogues dans la boisson des victimes, ce qui est complètement absurde. Les gens peuvent le sentir. D'accord, on sait que le Valium était dans le vin de Simplet et que quelqu'un l'y a mis à son insu. Mais pourquoi ne l'a-t-il pas senti ?

— Tu pourrais sentir un peu de médicaments dissous dans du liquide, toi ? Simplet n'avait pas vraiment les moyens de s'acheter des grands crus et il n'avait pas le palais aussi raffiné que les personnages des romans policiers.

— Mais comment a-t-on pu empoisonner son vin ?

— Simplet cachait des bouteilles derrière le magasin de meubles. Il les achetait le samedi pour qu'elles lui fassent jusqu'au lundi car le magasin de spiritueux était fermé le dimanche. Il devait penser qu'il était vraiment discret, mais beaucoup de gens étaient au courant. Simplet ne savait pas être discret. »

Curry se pencha en avant. « Je suppose que Simplet ne buvait pas des bouteilles millésimées. Alors on a dû dévisser le bouchon et y glisser le Valium quand il avait le dos tourné. » Bill acquiesça. « Mais pourquoi aurait-on voulu droguer son vin ? S'ils ne voulaient pas qu'il se débatte, pourquoi n'ont-ils pas attendu qu'il soit complètement saoul ?

— Tu oublies à quel point il tenait l'alcool depuis toutes ces années. Il fallait plus d'une bouteille de vin pour le saouler – et quelqu'un voulait qu'il soit calme et un peu plus embrouillé encore qu'il ne l'était habituellement. » Bill regarda Curry et sourit amèrement : « C'était plus facile pour le meurtre. Comme une séance de sport tranquille. »

9

I

MARDI 8 HEURES

Quand Rebecca pénétra dans la maison des Ryan à 8 heures du matin avec les vêtements qu'elle portait la veille, Betty la regarda d'un air désapprobateur. «Je suppose que tu es trop vieille pour que je te fasse la morale...

— Exactement.

— Et je ne suis pas chez moi...

— Exactement.

— C'est juste que je t'aime comme ma propre fille.»

Rebecca embrassa la joue de Betty. «Moi aussi je t'aime. Ne t'inquiète pas. Je n'ai pas compromis ma vertu la nuit dernière. J'ai eu une soirée très agitée et Clay n'a fait que veiller sur moi.

— De mon temps, les médecins venaient en visite et laissaient une facture. Ils ne vous invitaient pas à dîner pour ensuite passer la nuit avec vous, sourit Betty. Mais si quelqu'un doit te porter un quelconque intérêt, je suis heureuse que ce soit Clay. J'ai toujours beaucoup aimé ce garçon. Toi aussi si je me souviens bien.

— Pas de commentaire», rit Rebecca avant de monter dire bonjour à Sean qui était complètement déchaîné. Elle avait dû lui manquer.

Ensuite elle prit une douche avant d'aller voir Molly. Bill lui avait parlé de la vision que Rebecca avait eue au restaurant et Molly voulait en savoir plus. Rebecca s'exécuta en limitant les détails sur les souffrances physiques et mentales que Todd était en train de vivre. Pendant son récit, Jean fixait Rebecca avec antipathie et incrédulité. Rebecca avait tenté d'entamer la conversation avec elle mais elle n'avait reçu que des réponses monosyllabiques en retour. « Je suppose que vous ne vous occupez plus de vos patients âgés le soir », finit-elle par dire pour entretenir la conversation. Jean avait rougi en répondant fermement : « Non. Vendredi était mon dernier jour. Je suis arrivée là-bas à 19 heures et j'y suis restée jusqu'au matin. Ce fut une nuit éprouvante. Cette femme a besoin d'aller en maison de repos. Je ne peux plus m'occuper d'elle toute seule. »

Rebecca voulait paraître naturelle mais elle ne pouvait pas s'empêcher de relever l'exactitude avec laquelle Jean avait précisé qu'elle avait quitté la maison à 19 heures pour n'y revenir qu'au matin. Elle insistait sur le fait qu'elle n'était pas chez elle quand Todd avait été enlevé. Pourquoi ?

Après quelques heures, Molly parut fatiguée et Rebecca ne pouvait plus supporter l'hostilité de Jean. Elle rentra chez elle en promettant de revenir bientôt, plus perplexe que jamais au sujet de Jean. Elle espérait que Clay n'avait pas oublié sa promesse sur son investigation à l'hôpital.

De retour à la maison, Rebecca s'était servi une tasse de café à la vanille et elle s'était mise à la recherche de sa mère. En approchant du patio, elle entendit la voix de Suzanne : « Tu es bien ici ? Tu t'amuses bien ? Becky dit que tu es caractériel mais tu m'as l'air tout à fait sympathique. »

Elle jeta un œil et vit sa mère allongée dans une chaise-longue, une cigarette dans une main et la tête de Sean qu'elle caressait dans l'autre. Voilà la mère que j'ai connue, pensa Rebecca avec peine. Elle parlait souvent à leur setter irlandais, Rusty ; Sean avait été plutôt froid ce matin, sans doute vexé de son absence de la nuit dernière, mais dès qu'il la vit, il se précipita vers elle pour mettre ses pattes avant autour de sa taille. Apparemment il ne l'avait pas oubliée. « Salut, Sean. Bonjour Maman.

— Bonjour. Sean et moi faisions connaissance.

— C'est ce que je vois.

— Je crois qu'il est très intelligent.

— Et tu peux dire cela rien qu'en le caressant ?

— Je peux le dire à son regard aiguisé. En plus, il serre la main comme un vrai gentleman. Et puis, je me suis un peu renseignée sur sa race. Je crois qu'ils font partie des deux ou trois races les plus intelligentes.

— Cela ne vaut que pour les bergers australiens banals. Sean est le numéro un. »

Suzanne se redressa à moitié et regarda Rebecca avec le sourire. « Pourquoi ne te joins-tu pas à nous, orgueilleuse ? »

Rebecca s'assit sur une chaise de jardin couverte d'un épais coussin fleuri qui s'accordait avec la chaise. Entre elles, une table ronde avec un cendrier, un verre de thé à la menthe glacé et un roman à l'eau-de-rose. Sur la couverture, deux personnages incroyablement beaux se regardaient dans le blanc des yeux.

« Bon livre ? »

Suzanne se réinstalla dans le fond de sa chaise. Elle portait un pantalon marron et un haut ample. Elle avait l'air affaiblie et exténuée.

« Oui, c'est un bon livre. Il est léger et gai. » Une touche d'amusement parcourut son regard. « Je ne suis pas sûre que l'héroïne finisse par attraper son type. Les choses sont plutôt mal parties pour le moment.

— Tu veux parier ? répondit vivement Rebecca. Cinquante cents que oui.

— Tu en as déjà lu !

— Des centaines.

— Je sais qu'ils sont prévisibles, mais j'aime cela. La vraie vie est si incertaine. » Suzanne tapa sa cigarette sur le bord du cendrier. Ses mains fines tremblaient et Rebecca sut qu'il n'y avait pas d'alcool dans le thé. « Tu as du nouveau pour Todd ? »

Rebecca avait décidé de ne rien dire à sa mère au sujet de sa vision. De toute façon, elle n'aurait rien voulu entendre. « Si j'avais appris quoi que ce soit au sujet de Todd, je te l'aurais dit.

— Vraiment ?

— Oui, Maman. Tu as inventé toute cette conspiration du silence.

— Je n'ai rien imaginé du tout, dit Suzanne, sûre d'elle. Mais je suppose que je le méritais. Je n'ai jamais été très résistante mais je dois avouer que j'ai été particulièrement inutile ces derniers mois. J'en ai assez d'être comme ça. »

Rebecca était surprise. Suzanne n'avait jamais pu admettre ses défauts. Elle préférait toujours jouer les offusquées. « Si tu veux être utile, tu pourrais me donner des informations. »

Suzanne la regarda sévèrement. « Je ne vois pas quelles informations utiles je pourrais détenir.

— Qui est le père de Todd ?

— Oh non. Pas cela encore une fois », dit Suzanne avec lassitude. Elle ferma les yeux. Sean la rejoignit et posa sa patte sur son bras. Elle lui sourit et recommença à le caresser. « Tu ne peux pas savoir combien de fois on m'a posé cette question depuis la naissance de Todd.

— Je ne te demande pas cela par curiosité, dit Rebecca. Ça peut avoir un rapport avec son enlèvement.

— Tu penses que son père aurait pu le kidnapper ?

— La plupart des enlèvements d'enfants sont commis par des proches. »

Elle se souvenait de cela de l'époque où Jonnie avait disparu. La police le leur avait répété et répété alors qu'elle mettait tous les membres de la famille sur le gril. Franck avait fini par exploser, laissant échapper une fureur dont elle était encore surprise. « Son père est mort, répondit Suzanne. De plus, il ne savait même pas que Molly était enceinte.

— Mais qui était-ce ?

— Molly et toi êtes comme des sœurs. Elle l'aurait plutôt confié à toi qu'à moi.

— Elle n'a jamais fait aucune allusion devant moi. En plus, elle m'a demandé de ne pas poser la question. Et tu l'as vue plus souvent que moi ces dernières années. Tu es comme sa mère. Elle t'adore.

— Je l'adore aussi. »

Rebecca avait honte du sentiment de jalousie qu'elle ressentait. Elle aimait Molly. Elle savait combien elle avait eu besoin de Suzanne et que cette dernière avait toujours été là pour elle. Mais Rebecca aussi avait eu besoin d'elle. Elle avait ardemment attendu l'amour de Suzanne.

Elle repoussa ces idées de sa tête pour poursuivre : « Tu n'as aucune idée de qui peut être le père de Todd ?

— Je viens de te dire que non.

— J'ai l'impression que tu ne me dis pas tout. » Suzanne jeta un regard vers la pelouse jusqu'au magnifique kiosque blanc qui trônait sous le soleil radieux. Son regard s'était refermé, entêté. « Maman, c'est très important.

— Tu crois que je ne le sais pas ? se fâcha Suzanne. Molly m'a dit que le père de Todd était mort. Je peux juste me fier à ce que les gens me disent. Je ne suis pas médium comme toi ! »

Les mots résonnèrent dans l'air lourd estival. Rebecca se sentait détachée, comme si elle était en train d'observer de loin ces femmes qui parlaient sous un joli patio. Elle se sentait gênée pour toutes les deux.

« Franck dirait que cette remarque est inexcusable, dit humblement Suzanne.

— Et c'est le cas.

— Je suis désolée. Je m'étais promis de... et puis zut !

— Oublie ça. On est tous très tendus. »

Sean se redressa pour offrir son abdomen aux caresses de Suzanne. Elle descendit sa main et s'exécuta. « Je ne sais vraiment pas qui est le père de Todd, dit-elle au bout d'une bonne minute, mais j'ai amassé des indices de-ci de-là. Un jour Molly a dit quelque chose au sujet d'une “aventure”. J'ai donc supposé que leur histoire avait été brève. Elle a aussi dit : “Je suppose que j'ai ce que je mérite. Il appartenait à quelqu'un d'autre.” Elle était en plein travail. Tu te souviens, on a dû lui faire une césarienne et elle avait déjà été anesthésiée. Je ne crois pas qu'elle se souvienne d'avoir dit cela et je ne le lui ai jamais rappelé.

— Tu crois qu'il était marié ?

— Probablement. Et je pense qu'il était à l'université avec elle. Elle voulait absolument quitter cet endroit très vite, comme si elle ne voulait pas qu'il la voie enceinte. C'est pour cela qu'on l'a envoyée à La Nouvelle-Orléans avec toi. Vous aviez toujours été si proches que cela n'a surpris personne qu'elle ait changé d'avis et demandé son transfert à Tulane. On pensait qu'elle allait avorter. Personne n'a été plus surpris que moi en apprenant qu'elle avait décidé de le garder et de revenir s'installer à Sinclair.

— Je me suis toujours demandé si ce n'était pas un de ses professeurs mariés et si elle n'avait pas refusé de donner son nom parce qu'elle avait peur que la police n'interroge sa famille et que le secret ne soit découvert. Elle était assez impulsive pour avoir une "aventure" mais elle n'aurait jamais fait de mal à personne.

— C'est plutôt sensé. C'est vrai qu'elle était impulsive. Et sentimentale. Comme toi.

— Comme la plupart des adolescentes de notre âge, sourit Rebecca. C'est Molly qui m'a fait lire mon premier roman à l'eau-de-rose.

— Cela ne me surprend pas. Je lui ai donné tous les miens. » Suzanne arrêta de caresser le ventre du chien. Il dormait, la gueule ouverte. « Une fois, elle a dit que Todd ne ressemblait pas à son père.

— Il ressemble à Molly, avec ses cheveux blonds. Beaucoup d'enfants ont les cheveux blonds quand ils sont petits, puis ils foncent quand ils grandissent.

— Pas ceux de Jonnie.

— Les siens étaient comme les tiens. » Rebecca toucha le pendentif en cœur qu'elle portait toujours, dans lequel se trouvait la photo de Jonnie. Elle le tendit presque à sa mère mais s'arrêta avant. Les lèvres inférieures de Suzanne tremblaient. Les muscles de son cou se raidissaient.

« Te souviens-tu d'autre chose qu'aurait pu dire Molly sur le père de Todd ? » demanda maladroitement Rebecca, essayant de reconquérir l'attention de sa mère. Mais elle reconnaissait ce regard lointain dans les yeux de Suzanne. Elle revoyait son petit garçon, beau et souriant. Il remplissait son esprit et son cœur, ne laissant la place à personne d'autre.

« Je n'ai plus les idées claires, parvint à dire Suzanne, finalement. Je suis fatiguée. Je vais me reposer un peu avant le déjeuner. »

Elle ne déjeunait jamais. Suzanne voulait simplement rester seule. Elle voulait rester seule pour pouvoir rêver.

Rebecca se leva et se retourna brusquement, juste à temps pour voir Walt Sykes en retrait près des portes du patio. Leurs regards se croisèrent et Walt rougit. « Je voulais juste demander à Mme Hardison si je devais ajouter des écorces au pied des massifs de fleurs de devant. »

S'il n'avait pas eu l'air si fautif, Rebecca n'aurait rien pensé de particulier sur sa présence. Mais le rouge intense de ses joues et le va-et-vient de son regard lui laissaient penser qu'il était en train d'écouter aux portes.

II

MARDI 11 h 15

Molly était assise et se balançait en regardant une photo de Todd. Il avait été préoccupé par cette photo d'école. Il avait dit qu'il ne sourirait pas, à cause de sa dent de devant qui était tombée, juste à côté du vide permanent qui existait déjà entre les deux dents. « Ça fait bizarre, avait-il expliqué sincèrement. Alors je ne sourirai pas. » Mais le photographe l'avait fait rire et voilà le résultat. Un garçon blond, aux yeux couleur cannelle et au menton volontaire sous un sourire auquel manquait une dent. Molly ressentait la joie de vivre qui rayonnait de cette photo.

Et maintenant il était dehors, quelque part. Avec quelqu'un. Quelqu'un de gentil ? Non. Aucune personne gentille ne lui aurait pris son enfant. Il s'agissait soit d'une personne déséquilibrée, soit de quelqu'un qui l'avait enlevé pour de l'argent et qui se fichait pas mal de lui. Comme pour Jonnie.

L'estomac de Molly se resserra à la pensée du corps mort de Jonnie, jeté dans un terrain vague à quelques mètres du magasin de meubles Klein. C'était le seul terrain vague du centre-ville, un bâtiment détruit par un incendie un an auparavant. Depuis, ils avaient construit un vidéo-club à la place. Mais était-ce une coïncidence si on avait retrouvé Clochard à quelques mètres de là ? Rebecca lui assurait que oui, mais Molly n'était pas folle. Becky pensait qu'il y avait un lien entre les deux kidnappings. Mais pourquoi ?

Molly se leva brutalement, trop nerveuse pour rester tranquille. Jean était retournée chez elle pour quelques heures. Elle s'inquiétait de devoir partir et disait que Molly ne devait pas rester toute seule. Elle avait insisté pour qu'un des amis de Molly vienne lui tenir compagnie. « Ils travaillent tous. Mais peut-être que Rebecca pourrait venir. » Cela avait stoppé Jean net. Elle détestait Rebecca même si elle ne l'admettait pas.

Molly voulait que Jean parte parce qu'elle n'avait pas eu l'occasion d'être seule depuis la disparition de Todd. Comme cette nuit paraissait loin ! Elle était rentrée fatiguée mais contente et soulagée d'avoir terminé son travail. Puis elle avait trouvé Sonia inconsciente qui saignait. Elle s'était précipitée dans la chambre de Todd et l'avait trouvée vide. Et le monde avait basculé quand elle avait réalisé que sa plus grande crainte était devenue réalité.

Les heures qui suivirent n'avaient été qu'interrogatoires et bousculades. Molly ne se souvenait que d'un sentiment de panique sauvage et d'un besoin irrésistible d'avoir Rebecca à ses côtés. Rebecca est médium, avait-elle alors pensé avec une simplicité infantile. Rebecca avait vu toutes ces choses depuis des années. Elle avait retrouvé son chat Taffy et sauvé un homme qui était accusé d'avoir tué Earl Tanner. Elle avait retrouvé plusieurs enfants qui étaient tombés dans le vieux puits d'une maison abandonnée. Rebecca pouvait retrouver Todd.

Mais on était déjà mardi et Todd avait disparu depuis vendredi soir. Rebecca ne l'avait pas trouvé. La seule vraie piste était venue du misérable vieux Simplet Dobbs. Bill avait cependant dit qu'ils n'auraient pas prêté attention aux dires de Simplet si Rebecca n'avait mentionné que Todd était dans un endroit renfermé et vide. Elle avait des visions mais elles n'étaient pas assez précises parce que Rebecca n'était pas capable de dire où se trouvait Todd exactement.

Les bras de Molly commencèrent à la démanger nerveusement. Elle passa les mains dessus, en allant du salon au réfrigérateur, puis dans la chambre de Todd avant de revenir au salon pour observer derrière les rideaux tirés les cinq personnes qui essayaient de rester naturelles en regardant vers sa maison. Elle retourna finalement dans la chambre de Todd. Elle fixa les poissons qui nageaient calmement. Todd les avait appelés Rocky et Bullwinkle. Elle éparpilla de la nourriture dans le bocal.

« Il faut que vous restiez en pleine forme tous les deux parce que Todd voudra vous voir en rentrant à la maison. » Les poissons avalèrent leur nourriture tranquillement et sans aucune émotion.

Todd avait été conçu dans un moment de passion maladive. Quand Molly avait appris qu'elle était enceinte, elle l'avait pourtant regretté. Elle aimait le père de Todd. Lui ne l'aimait pas – il avait quelqu'un d'autre et elle ne l'aurait jamais forcé. Elle ne voulait pas l'enchaîner. Elle garderait une partie de lui maintenant. Quelqu'un à aimer, quelqu'un qui ne l'abandonnerait pas comme l'avaient fait ses parents, son oncle Patrick, puis Rebecca qui était partie à La Nouvelle-Orléans À dix ans, elle avait compris que Patrick ne l'avait pas quittée intentionnellement. À dix-neuf ans elle avait compris les raisons qui poussaient Rebecca à quitter définitivement Sinclair, mais elle n'avait jamais rien dit à Rebecca de la souffrance que cela avait provoquée en elle. Durant toutes ces années, Rebecca avait pensé que Molly était forte parce que c'était ce que Molly voulait qu'elle pense. Personne n'aimait les faibles et Molly voulait désespérément être aimée, être acceptée. Mais à l'intérieur, elle s'était toujours sentie toute petite, comme une enfant abandonnée à ses pleurs dans le noir.

Puis Todd était arrivé. Dans certains endroits, personne ne prêtait attention à une mère célibataire. Mais à Sinclair, c'était différent. Beaucoup de personnes du coin la regardaient comme si elle était déshonorée. Elle s'en fichait, mais elle n'y serait pas arrivée sans Suzanne. Elle avait peur, pas à cause du fait qu'elle était sans le sou comme tout le monde le pensait, ses parents n'étaient pas si insensibles. Mais ils n'avaient rien fait pour lui venir en aide de quelque façon que ce soit, sinon financièrement. Ils s'étaient sentis importunés. Pas outragés moralement, mais importunés, et ils n'aimaient pas être dérangés. Ils voyaient leur petit-fils une ou deux fois par an et cela leur suffisait. Ils n'avaient pas besoin qu'on leur rappelle qu'ils étaient suffisamment vieux pour être grands-parents.

Molly s'était raccrochée à son enfant, avait fini ses études puis avait obtenu, grâce à Franck, un bon poste à Grace Healthcare. Sa vie n'était plus dirigée que par son travail et par Todd. Ce dernier lui apportait amour, paix, joie et accomplissement.

Et maintenant, il n'était plus là.

« Mon Dieu, Becky, fais quelque chose ! » explosa Molly. Elle savait qu'elle était injuste. Elle savait que Rebecca faisait son possible. Mais elle savait aussi que si Todd ne revenait pas, elle ne pourrait plus jamais regarder sa cousine de la même façon. Pendant des années, elle avait trouvé la réaction de Suzanne complètement insensée, cruelle même, de tenir Rebecca en partie responsable de la mort de Jonnie. Mais maintenant elle croyait Rebecca responsable de la vie de Todd. Elle se détestait pour cela mais elle ne pouvait pas changer ses sentiments.

III

Rebecca continua à déambuler dans le jardin, admirant les massifs. Elle avait même montré le joli kiosque à Sean. Et même si elle ne voulait pas l'admettre, elle attendait une nouvelle vision, ce qui était parfaitement inutile. Elle cherchait en même temps à s'occuper de façon constructive. Une seule idée lui vint en tête, passer quelques heures au centre des volontaires.

Elle y arriva vers 13 heures, gara la Thunderbird de sa mère au bas de la rue et remonta à pied jusqu'au bâtiment qui abritait autrefois les Tissus Merveilleux de Fanny. Mais Fanny n'existait pas. Il y avait eu un Stanford venu de Baltimore qui avait acheté la boutique sur un coup de tête alors qu'il passait un week-end à Sinclair et qui pensait à tort que toutes les femmes de Virginie-Occidentale n'aimaient que les tissus colorés, le coton, le jean et toutes ces choses peu élégantes mais pratiques. Il avait aussi beaucoup d'imprimés country. La boutique perdura deux ans, une succession de managers avait essayé de convaincre Stanford le sans-jugeote, jusqu'à ce que ce dernier décide finalement de vendre le bâtiment à Franck Hardison pour une bouchée de pain.

Rebecca savait que, lorsque Franck avait acheté l'endroit, il ne se doutait pas quelle terrible utilité il aurait. Néanmoins, il avait agi rapidement et efficacement en montant ce centre des volontaires moins de douze heures après la disparition de Todd. C'était l'endroit idéal pour que la police municipale et la police du comté coordonnent leurs efforts, mais ce barbare de shérif du comté avait décidé de tout compliquer. Rebecca n'avait jamais apprécié le shérif Martin Lutz et c'était réciproque.

En entrant dans le centre des volontaires elle jeta un œil sur les cinq femmes et les deux hommes qui étaient en train de faire des copies, d'envoyer des fax, de répondre au téléphone en discutant. Une jeune femme enceinte au visage d'enfant marcha vers elle en souriant. « On dirait que vous n'êtes jamais venue ici avant !

— C'est exact, mais je veux vous aider. Voulez-vous me montrer ce que je peux faire ?

— Mais bien sûr. On apprécie et je suis sûre que Molly Ryan apprécie également. Tout cela n'est-il pas horrible ?

— Sans aucun doute.

— Vous avez des enfants ?

— Pas encore.

— Moi non plus, sourit-elle. Mais c'est pour bientôt. Encore trois mois ! Je n'en peux plus d'attendre. » Elle tendit sa petite main. « Je suis Amy Tanner.

— Bonjour. Rebecca Ryan. »

Amy lui serra la main puis fronça les sourcils. « Ryan ? Vous êtes de la famille ?

— Je suis la cousine de Molly.

— Oh ! Rebecca Ryan. Bonté divine ! » Rebecca pouvait lire dans ses yeux qu'elle savait qui elle était. Elle avait dû entendre parler de Rebecca Ryan et de toutes ces histoires de perceptions extra-sensorielles. Rebecca aurait voulu pouvoir présenter patte blanche devant cette jolie jeune femme. « Comme c'est gentil à vous d'être venue. On va vous mettre au téléphone pour l'instant. Le chef Garrett veut que nous prenions le nom des personnes qui appellent. »

Amy répétait les instructions comme si Rebecca avait été un peu lente ou sa tête trop pleine de visions macabres pour pouvoir se concentrer sur le présent. Après que Rebecca eut répondu à son premier appel, elle leva la tête pour s'apercevoir qu'Amy la regardait empreinte d'un mélange de curiosité, de crainte, d'intimidation et de méfiance. Elle lui sourit malgré tout rapidement en se précipitant pour s'assurer que Rebecca avait pris le message correctement avant de vite retourner à son propre poste. Rebecca aurait pu se sentir offensée qu'elle s'attarde dans les environs mais elle savait qu'Amy ne pensait pas à mal. Elle était très rigoureuse quant aux tâches qu'elle devait effectuer et à la recherche de Todd.

Une femme lui apporta une tasse de café et lui indiqua la table des rafraîchissements. Un homme lui montra comment réapprovisionner le bac à papier de la photocopieuse. Elle le remercia, même si elle savait déjà le faire depuis au moins quinze ans. Dans l'ensemble cependant, les autres volontaires se comportaient correctement envers elle. Durant les années qu'elle avait passées à La Nouvelle-Orléans, elle avait presque oublié ce que c'était que de se sentir différente, source de miracle pour les uns, source de frayeur pour les autres. Pas étonnant qu'elle ait été si malheureuse à l'adolescence, pensa-t-elle. Pas étonnant non plus qu'elle n'ait jamais voulu revenir vivre à Sinclair.

Quinze minutes plus tard, son téléphone sonna à nouveau. Un vieil homme l'avertit de la présence d'un nouvel enfant chez son voisin. « C'est un garçon, sensiblement du même âge que le petit Todd, dit-il. Le type d'à côté, je crois qu'il en est, si vous voyez ce que je veux dire.

— Je suis désolée, monsieur, mais je ne vois pas du tout. Il est de quoi ?

— Mais vous savez bien, homosexuel. Il est mignon mais plutôt féminin, il s'habille excentriquement et je ne l'ai jamais vu recevoir de filles. Et puis tout d'un coup voilà cet enfant qui arrive. Il a prétendu que c'était son neveu.

— Mais vous ne le croyez pas ?

— Il ne m'avait jamais parlé de son neveu avant cela.

— Et vous parlez souvent à cet homme ?

— Pas plus que nécessaire. Mais pourquoi me posez-vous toutes ces questions ? J'essaie juste de vous aider. »

Rebecca se souvint alors qu'elle n'était pas flic et que son rôle ne consistait pas à faire la part entre les appels bidon et les vraies informations. Amy le lui avait répété trois fois. Et elle ne pouvait pas expédier cet appel sous prétexte qu'elle pensait que cet homme détestait simplement son voisin à cause de ses prétendues tendances homosexuelles. Il se pouvait que cela soit vrai. Il était possible que ce nouveau neveu soit Todd.

Mais son espoir s'envola quand l'homme décrivit l'enfant avec des yeux bleus et des difficultés d'élocution évidentes. Cependant, il pouvait être l'enfant perdu de quelqu'un d'autre. Rebecca inscrivit rigoureusement le nom, l'adresse et le numéro de téléphone de l'homme et lui promit à deux reprises de transmettre cette information à la police.

Amy s'était à nouveau rapprochée pour voir comment les choses se passaient. Puis elle regarda la porte et ses grands yeux bleus s'agrandirent encore. « Alvin ! » s'exclama-t-elle.

Amy Tanner. Alvin Tanner. Rebecca n'avait pas fait le rapprochement quand Amy s'était présentée. Son corps se glaça. Elle était responsable de l'incarcération à vie de la mère d'Alvin. Slim Tanner avait prétendu qu'elle avait tué Earl Tanner pour se protéger et protéger son fils. Après son départ en prison, Alvin, qui avait dix ans à l'époque, avait été envoyé chez sa grand-mère âgée qui l'avait élevé dans la pauvreté. À cause de Rebecca, Alvin avait perdu sa mère et un foyer confortable.

Rebecca baissa les yeux sur son bloc-notes et inscrivit des commentaires sur l'appel du vieil homme qu'elle venait de prendre. N'importe quoi pour ne pas avoir à affronter le regard d'Alvin qui disait : « Amy, tu m'avais dit que tu ne resterais que deux petites heures. Cela en fait déjà quatre.

— Oh, vraiment ? s'exclama Amy de façon presque convaincante. Dieu que le temps passe vite, chéri. On a vraiment été très occupés.

— Et il faut que tu restes.

— Oui, enfin...

— Enfin moi, je veux que tu rentres à la maison.

— Oh ! » Amy avait presque l'air effrayé et Rebecca pensa qu'Alvin Tanner ne devait pas souvent lui donner des ordres, même gentiment. « D'accord, chéri. Si tu peux juste attendre quelques minutes.

— Non... Je ne crois pas. Je veux que tu rentres à la maison maintenant.

— Mademoiselle Ryan, pourriez-vous m'aider avec ces copies ? » demanda une femme plus fort qu'elle n'aurait dû. Rebecca rougit, consciente que cette femme avait délibérément voulu prévenir Alvin de sa présence. Elle devait passer devant lui pour arriver au copieur. Elle arbora un sourire naturel, comme si tout allait bien. Alvin ne parut pas surpris de la voir. Il ne fit que la regarder, de ses yeux noirs agrandis par les verres des lunettes.

« Je prends mon sac, chéri, et nous pourrons rentrer. Tu as l'air de ne pas avoir dormi, dit Amy en courant à travers la pièce à la recherche de son sac à main. Je vais te faire un bon chocolat chaud, c'est bon même en été, et on regardera une émission à la télé. Ensuite on fera un bon petit somme. Ce sera bien, n'est-ce pas ? C'est bon, je suis prête. Au revoir tout le monde, à demain. »

Alvin et Amy quittèrent la pièce sous les au revoir chaleureux. Rebecca regarda la femme devant le copieur d'un long regard soutenu. « Et que vouliez-vous que je fasse pour vous ? Fermer le couvercle ? Ou appuyer sur la touche de démarrage ?

— Je crois que je peux y arriver seule », murmura la femme en rougissant.

Rebecca se força à rester une heure de plus. Elle ne voulait pas leur faire le plaisir de fuir. Elle prit cinq nouveaux appels, aucun d'eux ne parut important, elle agrafa une poignée de prospectus, et à 14 h 30 elle quitta le centre des volontaires, en imaginant la vague de commérages qu'elle laissait dans son sillage.

Elle descendit la rue sans se presser, regardant les vitrines des boutiques, puis rejoignit sa voiture. Elle avait verrouillé les portières mais avait laissé les vitres un peu ouvertes de chaque côté pour que le cuir ne lui brûle pas les cuisses au travers de son pantalon fin. Le soleil éclairait le pare-brise alors qu'elle montait au volant et son pied heurta quelque chose au sol. En laissant la porte ouverte, elle se pencha et vit un morceau de cuir qu'elle ramassa et retourna pour mieux l'examiner.

Les lettres JPR étaient gravées à l'intérieur. Rebecca crut s'effondrer en reconnaissant le bracelet que Jonnie avait fait chez les scouts. Ce bracelet que personne n'avait revu depuis son enlèvement.

10

I

MARDI 14 h 45

Matilda Vinson était terrorisée depuis qu'elle avait trouvé Simplet. Ils avaient exactement le même âge. Elle le connaissait depuis leur entrée à l'école primaire, quand Esther Hardison était leur maîtresse. Il y a bien longtemps Matilda était sa championne alors que les autres enfants se moquaient de lui. Il lui avait manqué quand il avait été obligé de quitter l'école pour suivre des cours spéciaux que son père le faisait toujours manquer. Néanmoins, tout le reste de sa vie, Simplet avait considéré Matilda comme sa meilleure amie et il lui faisait signe à travers la vitrine de la boutique, même s'il ne rentrait à l'intérieur que quand il avait suffisamment d'argent pour pouvoir acheter les anti-acides dont il avait besoin contre son ulcère.

Dimanche matin, Matilda était venue à la boutique. Elle y venait tous les jours car les gros drugstores du centre commercial faisaient de l'ombre à son activité et que Matilda rendait toujours des comptes à son père âgé de plus de quatre-vingts ans qui se trouvait à la maison de retraite Grace Heaven. Chaque mois, il insistait pour voir les livres de comptes et devenait agité jusqu'aux pleurs si les bénéfices dégringolaient. Une fois, il s'était même enfui et avait essayé de grimper dans la cabane qui se trouvait dans l'arbre et que Matilda partageait avec sa sœur il y a cinquante ans. Il s'était cassé la hanche et avait dû rester trois mois en convalescence. Mais Matilda ne pouvait pas lui montrer des livres falsifiés pour éviter de tels désastres. Son père était très croyant et l'idée de lui mentir l'effrayait comme si c'était à Dieu lui-même qu'elle avait menti. Au lieu de cela, elle ouvrait le dimanche matin sans le lui dire. Les drugstores du centre commercial n'ouvraient qu'à 13 heures le dimanche, elle récupérait donc leur clientèle du matin.

La dernière fois qu'elle avait vu Simplet avant sa mort, il avait accouru dans la boutique à 10 heures. « Tildy ! avait-il appelé. Tildy, j'attends que tu aies fini.

— J'ai une ordonnance à terminer. » Elle comptait les cachets à la vitesse d'une machine. « M. Scarpatti sera là dans cinq minutes pour la prendre, alors dépêche-toi de me raconter ton histoire avant qu'il n'arrive.

— C'est Grand-Père ! Il était au-dessus !

— Oh ! Grand dieu, Simplet. Tu me fais perdre du temps avec ces bêtises ! Ton grand-père est mort. »

Simplet se redressa et dit d'une voix digne : « Je sais qu'il est mort. C'est un fantôme. »

Matilda avait poussé un soupir, puis s'était radoucie. « Je suis désolée, Simplet. C'est certainement un fantôme. Tu disais qu'il était au-dessus. Mais au-dessus de quoi ?

— De la suite présidentielle. »

Matilda s'était arrêtée de compter. « Tu veux dire qu'il était dans le grenier de la boutique Klein, de l'hôtel.

— Comme deux et deux font quatre. » Il était ensuite parti à raconter son histoire du fantôme qui passait devant la fenêtre et s'arrêtait pour regarder à l'extérieur, une première pour Carson Dobbs. « Et je ne sais pas quoi faire, Tildy. »

Matilda l'avait regardé avec attention. Il n'était pas saoul. Et sinon voir son grand-père sauter du dernier étage du magasin Klein chaque soir, il n'avait jamais inventé d'autre histoire. Il n'avait pas assez d'imagination pour cela. « Simplet, es-tu sûr d'avoir vu quelqu'un dans cet immeuble cette nuit-là ?

— Mon grand-père, je viens de te le dire. Et je suis sûr de l'avoir vu. Ça m'a fait un coup. Qu'est-ce que tu en penses, Tildy ?

— Je ne sais pas », murmura-t-elle sèchement en repensant à samedi soir. Elle était restée tard à la boutique pour finir la paperasse. Même si elle avait repoussé l'horaire de fermeture de 21 heures à 22 heures, les bénéfices ne grimpaient pas. Elle pensait à augmenter le prix des médicaments. Puis les visages de tous ses vieux clients lui étaient apparus, ces gens qui étaient des amis de son père et qui avaient toujours été fidèles. Non, elle maintiendrait les prix aussi longtemps qu'elle le pourrait. Peut-être pouvait-elle augmenter le peu de cosmétiques qu'elle avait en rayon.

À 22 h 45, Matilda regardait ses livres de comptes en soupirant. Elle était debout depuis 5 heures et dans la boutique depuis 7. Ses yeux la brûlaient et elle avait mal à la tête. Elle était inquiète, pas parce qu'elle avait du mal à joindre les deux bouts, mais parce qu'elle ne voulait pas que son père s'énerve en voyant les chiffres du mois. Elle l'adorait. Son approbation voulait dire beaucoup pour elle et le docteur lui avait dit qu'il ne passerait sans doute pas l'année.

Matilda s'était dirigée vers la porte principale pour regarder dehors. Simplet n'était pas à son poste habituel. L'orage s'était levé et il était parti traîner. Les cinémas et les deux bars, les deux seuls endroits où l'on rencontrait encore des gens à cette heure de la nuit, se situaient à deux pâtés de là. De l'autre côté de la rue se trouvait le magasin de meubles Klein. Les vitrines étaient éclairées, laissant apparaître un grand lit couleur cerise avec sa commode assortie, et un salon dans de jolis tons crème, bleu et rose. Le deuxième et le troisième étage étaient éteints. Les lumières de quelques appartements du quatrième et du cinquième étage étaient allumées. Le sixième étage était complètement noir. Et au-dessus...

Matilda fronça les sourcils. Durant toutes les années où elle avait travaillé à la boutique elle n'avait jamais vu de lumière dans le grenier du magasin de meubles Klein. Pourtant, ce dernier était faiblement éclairé. Elle avait l'impression qu'il ne s'agissait pas d'une ampoule placée au plafond. Non, la lumière fixe semblait provenir d'une lampe-torche puissante posée sur une table.

Matilda avait déverrouillé la porte et s'était avancée sur le trottoir pour mieux voir. Elle ne pouvait pas croire que c'était Herbert Klein qui traînait dans le grenier à cette heure de la nuit. Cependant, elle se serait sentie bête si elle avait appelé chez lui pour lui faire part de la présence de quelqu'un pour finalement découvrir que le propriétaire du bâtiment était en train de travailler dans le grenier en pensant qu'elle ferait mieux de s'occuper de ses affaires.

Puis elle aperçut un visage furtif. Ce fut trop bref et la lumière était si mauvaise qu'elle n'était pas sûre qu'il s'agisse d'un homme ou d'une femme. Mais pas plus de cinq secondes plus tard, la lumière s'était éteinte. Elle retourna à l'intérieur quand elle sentit un regard qui la parcourait des pieds à la tête. Un regard pénétrant et mal intentionné.

Matilda s'était précipitée à l'intérieur du magasin, avait claqué la porte et l'avait verrouillée. Elle s'était réfugiée dans l'arrière-boutique et était restée là à trembler presque dix minutes durant lesquelles elle appela Herbert Klein, qui n'était pas chez lui. C'était sans doute lui qui se trouvait dans le grenier. Ne se sentirait-elle pas stupide en appelant la police ?

Elle sortit finalement de l'arrière-boutique et elle éteignit toutes les lumières du magasin. Elle avait encore attendu cinq autres minutes puis avait presque rampé jusqu'à la fenêtre pour regarder à l'extérieur. Le grenier était éteint. Elle prit une longue inspiration en se répétant qu'elle était ridicule.

Puis quelqu'un poussa lentement la porte qu'elle avait, Dieu merci, fermée.

Matilda s'était effondrée au sol, son souffle rapide et lourd. On recommença à pousser sur la porte. Lentement mais fermement. Une fois, deux fois. Matilda remercia Dieu que cette vieille porte qu'elle n'aimait pas ne fût pas en verre, comme toutes celles des nouveaux magasins du centre commercial. Sur la sienne, il n'y avait qu'un petit carré de verre au niveau des yeux. Même si quelqu'un cassait cette vitre, il était impossible d'atteindre la serrure. Mais elle sentit à nouveau ce regard horrible qui parcourait le magasin, la cherchant comme un chat cherche une souris. Elle se recroquevilla contre un jeu d'étagères, la sueur coulant le long de son cou.

Puis elle se raidit en se demandant si elle avait bien verrouillé la porte de derrière.

Matilda était incapable de bouger, de traverser la longueur du magasin, d'aller jusqu'à la porte de derrière et de vérifier si elle était bien fermée. Il était de toute façon trop tard, se dit-elle. Peu importe qui avait essayé d'ouvrir la porte de devant, cette personne avait déjà amplement eu le temps de faire le tour jusque derrière. Il valait mieux qu'elle reste là. De cette manière, si elle entendait quelqu'un venir par l'arrière, elle pourrait ouvrir la porte de devant et courir dans la rue en criant.

Elle se répéta ce plan mentalement au moins trois fois bien qu'elle fût trop terrifiée pour bouger d'un pouce et accomplir ce genre d'action décisive. Elle ne pouvait même pas ramper pour parcourir les quelques mètres qui la séparaient du comptoir où le téléphone – et sa ligne directe avec le commissariat de police – l'attendait. Elle se détestait mais cela ne changeait pas grand-chose. Elle était restée paralysée, recroquevillée sur elle-même pendant presque une heure et demie avant de soudain réaliser que le traqueur était parti. C'est comme cela qu'elle l'avait appelé, parce qu'elle était maintenant presque sûre que c'était un homme qu'elle avait vu. Elle déplia son corps endolori et appela finalement la police. Quinze minutes plus tard, un jeune agent souriant l'avait escortée à sa voiture, lui disant qu'il s'agissait probablement juste d'adolescents qui avaient essayé de lui faire peur.

Le dimanche matin, Matilda s'était efforcée d'oublier tout cela. Son père lui disait qu'elle en faisait toujours trop. Quelqu'un était dans le grenier de Klein, probablement Herbert Klein lui-même, et quelqu'un avait essayé d'ouvrir la porte du drugstore, probablement un adolescent ou même Simplet, bien que ce ne fût pas son genre. Voilà les seuls faits réels qui s'étaient produits. C'est son imagination qui avait inventé le regard malveillant. Elle passait trop de temps seule. Elle devenait étrange. Elle finirait sans doute en vieille femme cinglée voyant le danger à chaque coin de rue.

Puis Simplet était venu raconter son histoire au sujet de quelqu'un qui se serait trouvé dans le grenier samedi soir et elle sut au fond d'elle-même qu'il ne s'agissait pas d'Herbert Klein. « Tu dois aller à la police », avait dit Matilda à Simplet, très alarmée mais ne voulant pas que cela se remarque. Simplet était déjà très remonté, les yeux pleins d'excitation.

« Bien sûr que je vais aller à la police, lui assura Simplet. J'irai parler au chef Garrett, il prendra soin de Grand-Père. Je reviendrai quand j'aurai fini, Tildy, et je te raconterai ce qu'il a l'intention de faire. »

Une fois Simplet parti, Matilda se dit qu'elle avait été lâche. Personne n'écouterait Simplet. Elle aurait dû aller elle-même à la police, bien que l'idée lui déplaise depuis que cet agent l'avait si facilement expédiée. Il l'avait regardée comme si elle était folle et son attitude suffisante l'avait blessée. De plus, attirer l'attention de la police pourrait revenir aux oreilles de son père et le bouleverser. Elle ne le souhaitait pas. Et pourtant...

Elle était arrivée à la boutique lundi matin pleine d'idées pour améliorer l'activité de sa pharmacie et l'énergie suffisante pour le faire, puis avait presque trébuché sur le corps de Simplet. Elle eut la nausée en pensant au pic à glace qui lui transperçait l'œil. Pauvre Simplet, exaspérant, pitoyable et sans espoir. Il lui manquerait, bien qu'elle ne l'eût jamais admis devant quiconque. Mais elle s'apitoierait sur le sort de Simplet plus tard. Pour le moment, elle était perdue dans l'horreur que représentait ce meurtre. Elle savait que le chef Garrett avait écouté l'histoire de Simplet et qu'il avait trouvé la peluche tachée de sang de Todd Ryan dans le grenier. Il avait été détenu là-bas. Celui que Simplet avait pris pour le fantôme de son grand-père était en fait le kidnappeur. De la même manière que Simplet avait vu la personne qui avait enlevé Todd Ryan, elle l'avait vu elle aussi. Pas précisément, bien sûr. Pas suffisamment pour pouvoir l'identifier, mais le kidnappeur pourrait penser que si. Il pourrait revenir la voir avec un pic à glace.

Matilda se mit à frissonner, puis se dit qu'elle devait reprendre le dessus tout en comptant par cinq les médicaments contre le cholestérol de M. Moreland avec sa spatule en métal. Matilda trouvait le prix des médicaments exorbitants, mais les Moreland avaient au moins une assurance maladie correcte grâce à toutes les années pendant lesquelles Edgar Moreland avait été employé chez Grace Healthcare. Il était passé plus tôt ce jour-là, lui racontant comment il avait découvert qu'un jour Herbert Klein avait laissé la porte du grenier ouverte et que Simplet Dobbs avait grimpé les escaliers. « Cette pauvre âme n'aurait jamais volé ou cassé quoi que ce soit. Alors une nuit, Helen et moi avons laissé des gâteaux et du jus de fruit à sa disposition. Il ne restait plus rien le lendemain matin. Je pense qu'il avait passé un bon moment. »

M. Moreland lui raconta que sa femme était effrayée de savoir que Todd avait été détenu dans le grenier juste à côté de leur appartement. Il disait aussi qu'elle se sentait mal de ne pas avoir appelé la police plus tôt, au moment où elle avait senti que quelque chose d'étrange se passait. Matilda comprenait exactement ce qu'elle pouvait ressentir. M. Moreland ajouta qu'il ne voulait pas que cela se sache, mais qu'il comptait payer les funérailles de Simplet. Il ne pouvait supporter que Simplet soit jeté dans la fosse commune. Les funérailles n'auraient rien d'extraordinaire, ajouta-t-il. Juste un joli cercueil, un simple service religieux présidé par le père Brennan au cimetière de Shady Mount et une pierre tombale toute simple en granit. Matilda promit d'y assister. Pauvre Simplet. Le pic à glace, le sang, l'horreur...

« Mademoiselle Vinson ? »

Matilda sursauta, renversa la spatule, et éparpilla les gélules sur tout le comptoir. Elle leva les yeux vers Lynn. « Que se passe-t-il ?

— Je ne voulais pas vous faire peur. Tess dit que nous n'avons plus de chocolat dans le distributeur.

— Et je suppose que Tess est devenue muette », lança Matilda. Lynn baissa la voix : « Elle a un peu peur de vous. »

Matilda regarda Tess, qui était en train de faire une bulle avec son chewing-gum rose. Elle la regardait droit dans les yeux. Elle n'avait pas du tout l'air effrayée. Elle était simplement fainéante. Elle était aussi la plus grande fille d'un des anciens clients de son père qui avait insisté pour que Matilda la recrute. C'était du gaspillage. Le distributeur ne rapportait rien. « Dis à Tess de commander une autre bouteille de chocolat, ordonna Matilda soudain furieuse d'avoir à payer un salaire à Tess. Et Lynn, s'il te plaît cela t'ennuierait-il de nettoyer le porche à nouveau ? »

Les yeux de Lynn étincelèrent. Elle avait déjà nettoyé quatre fois l'endroit où Simplet avait été retrouvé. On pourrait manger dans l'entrée, pensa-t-elle amèrement. « Pourquoi ne pas attendre ce soir ? » Elle avait pris une voix agréable et attentionnée. « Comme cela il sera propre pour demain matin. » Et comme ça, moins de gens pourraient la voir en train de jouer les domestiques. Elle n'était pas femme de ménage, pour l'amour de Dieu.

« D'accord. » Matilda rassembla d'autres pilules pour commencer un nouveau comptage. « Mais tu mettras de l'ammoniac dans l'eau. Il me semble que l'entrée est toujours aussi gluante. »

C'était son imagination, bien sûr. Elle savait parfaitement que le sang de Simplet était parti depuis longtemps. Peut-être était-elle en train de devenir comme lui. Lui, qui n'arrêtait pas de voir son grand-père plonger de la suite présidentielle et l'éclabousser de son sang. L'image du pic à glace ressortant de façon grotesque de l'œil de Simplet ne quitterait plus jamais Matilda. De même verrait-elle toujours le sang gluant sur ses chaussures blanches neuves, et les mouches grouillant autour de son corps flasque dans le chaud soleil du matin.

Matilda frissonna et perdit une nouvelle fois le compte de ses pilules.

II

« Je te dis que c'est le bracelet de Jonnie, répéta Rebecca d'un ton strident. Il l'avait fait quand il était chez les scouts. »

Bill la regardait bizarrement. « Je sais que Jonnie avait un bracelet comme celui-ci...

— Pas comme celui-ci. C'est celui-là. Il le portait quand il a été kidnappé. »

Bill retourna le morceau de cuir tressé dans ses mains. Cela ne ressemblait sûrement pas à du travail de professionnel. Et il portait les initiales de Jonnie. Mais il sentait le cuir neuf. Le bracelet de Jonnie aurait au moins huit ans. « Chérie, je sais que tu es bouleversée...

— Ne me parle pas comme ça. » Rebecca et Bill n'avaient pas pour habitude de se disputer et il ne se souvenait pas d'avoir jamais vu autant de ressentiment dans ses yeux. Elle était furieuse qu'il ne soit pas plus enthousiaste par la découverte du bracelet dans sa voiture. « Et tu crois peut-être que je l'ai moi-même mis dans ma voiture pour attirer l'attention ?

— Pour l'amour du ciel, Becky, je ne t'ai jamais suspectée d'avoir fait une chose pareille. Mais je trouve difficile d'admettre qu'après toutes ces années le bracelet de Jonnie réapparaisse dans ta voiture. Ta voiture verrouillée...

— Une voiture fermée à clé dont les vitres étaient baissées de quelques centimètres. Cela laissait suffisamment de place pour glisser le bracelet. »

Bill la regardait intensément. « Mais que veux-tu que je fasse exactement, Becky ?

— Je voudrais que tu aies l'air un peu plus concerné. Tu as l'air aussi ému que si j'étais en train de te parler d'une place de parking.

— Mais je suis concerné. Je me sens concerné. Je suis seulement décontenancé. Je suis complètement perdu dans tout ce bazar! Tout le monde me regarde en attendant que je fasse quelque chose de miraculeux mais je n'ai aucun miracle dans mon chapeau.

— Alors tu commences à comprendre ce que je ressens la plupart du temps, dit Rebecca d'une voix morne. Je sais que j'ai déçu Molly. En fait, je pense qu'elle est furieuse contre moi de ne pas avoir retrouvé Todd. Et en ce qui concerne Maman...

— Est-ce qu'elle t'en fait voir comme pour Jonnie?

— Non, pas comme pour Jonnie. Elle n'est pas sans cesse derrière moi à me demander des réponses, et me récriminer parce que je ne les lui donne pas. Mais elle est aussi déçue par moi aujourd'hui qu'elle l'était il y a huit ans.

— Tu sais que tout cela a un rapport avec notre mère. Suzanne n'accepte pas que tu aies les mêmes dons qu'elle. Elle avait peur de notre mère. Et elle a peur de toi.

— Eh bien, c'est vraiment trop dommage, lâcha Rebecca. En plus, ce n'est pas Maman le problème ici. Ni même Molly. Je veux savoir ce qui se passe avec ce bracelet, Bill.

— Je ne sais pas ce qui se passe.

— Mais si, tu sais. Quelqu'un essaie de me faire peur. Sais-tu qui j'ai rencontré aujourd'hui au centre des volontaires? Alvin Tanner, dont la mère est en prison à cause de moi.»

Bill la regarda avec intérêt. «Et tu penses que c'est Alvin qui a mis ce bracelet dans ta voiture? Rebecca, comment aurait-il pu savoir que tu étais au centre des volontaires? Ou penses-tu qu'il se baladait avec, juste au cas où il te rencontrerait?» Elle le fusilla du regard. «Et où Alvin se serait-il procuré le bracelet de Jonnie? Quand Jonnie a été kidnappé, Alvin n'avait que quinze ans.

— Je ne suis pas en train de dire qu'il a kidnappé Jonnie, mais il me déteste!

— Mais tu n'en sais rien.

— Comment pourrait-il ne pas me détester ? Sa mère a tué son père pour le protéger. Et par ma faute, elle est enfermée depuis des années.

— Rebecca, elle n'aurait pas écopé d'une sentence aussi sévère s'il y avait eu le moindre doute sur les raisons réelles du meurtre de Earl. Pense à cette assurance-vie qu'elle lui avait fait prendre quatre mois avant de le tuer. Elle lui a tendu un piège à l'extérieur de ce bar et elle voulait qu'une autre personne soit condamnée à mort pour son crime. » Rebecca ne répondit pas. « Et ce bracelet... Je te l'ai dit, il sent le neuf. Je ne vois aucune tache de sueur. On ne sait même pas s'il appartenait à Jonnie. »

Rebecca respira profondément. « D'accord, disons que c'est une copie. Qui l'a mise dans ma voiture ?

— Quelqu'un qui veut t'effrayer pour que tu partes, dit-il d'un ton monotone. Je ne veux pas te paraître cruel, mais je ne te dis rien que tu ne sais déjà. Beaucoup de gens dans cette ville ont peur de toi, des gens qui ne comprennent pas tes perceptions extra-sensorielles. Beaucoup de gens ne t'aiment pas parce qu'ils pensent que tu es un charlatan. Sais-tu que le shérif Lutz était ici il y a moins d'une heure à délirer sur le fait que tu étais venue en ville et avait volontairement provoqué un accident et causé la scène au Dormaine, simplement parce que tu cherchais à t'impliquer dans la disparition de Todd pour pouvoir promouvoir ton livre ? »

C'était comme si Rebecca venait de recevoir une claque. « J'ai toujours su que Martin Lutz ne m'aimait pas, mais je ne croyais pas qu'il me pense assez vile pour tirer des avantages de la disparition d'un petit garçon !

— Je lui ai dit ce que j'en pensais. Je l'ai presque jeté hors de mon bureau. Il a menacé, mais il n'y a rien qu'il puisse vraiment faire à part raconter ses théories à cette journaliste malsaine, Kelly Keene. À eux deux, Rebecca, ils pourraient te causer d'énormes soucis, sans parler de l'enquête. Alors je veux que tu te taises au sujet de ce bracelet.

— Je comprends ton besoin de discrétion, Bill, mais pour ce qui est de me taire, c'est une autre histoire. » Le ton de sa voix montait. « Ce bracelet est très important, ne le vois-tu pas ? Ne vas-tu donc rien faire ? »

L'agent G.C. Curry passa devant le bureau du chef et jeta un œil. Bill dit calmement : « Pourrais-tu baisser d'un ton, s'il te plaît ?

— Pourquoi faire ? Suis-je en train de provoquer une scène ? Il semblerait que je ne sois bonne qu'à cela ces derniers temps. »

Bill leva les yeux au plafond. « Je ne dois pas savoir m'y prendre. Laisse-moi le bracelet et je mettrai quelques hommes sur le coup. Toi tu rentres à la maison et tu te reposes. » Rebecca était soudain tellement en colère qu'elle avait perdu la raison. Bill la traitait comme une enfant gâtée. Elle se leva. « Merci pour le café. Et pour l'aide et l'intérêt exceptionnel que tu m'as porté. Je m'en vais avant de t'embarrasser encore plus.

— Rebecca... »

Elle sortit en trombe du bureau, pesta en passant devant les agents et la secrétaire aux yeux écarquillés qui semblaient retenir leur fou rire. Eh bien qu'ils regardent et qu'ils rient. À vingt-six ans, Rebecca y était habituée.

Une fois sur le trottoir, cependant, elle sentit que la colère l'avait quittée. Son corps était endolori par la fatigue et la peur, ses mains tremblaient. Même ses jambes ne la soutenaient plus. Il fallait vite qu'elle s'asseye avant de tomber.

Paniquée à l'idée de s'évanouir en pleine rue, elle entra dans le premier magasin venu. L'air frais la recouvrit. Elle jeta un œil autour d'elle et repéra immédiatement un fauteuil recouvert de brocart bleu. Elle s'assit, ferma les yeux et respira profondément.

« Vous allez bien, madame ? »

Rebecca ouvrit les yeux. Une magnifique jeune fille avec de longs cheveux bruns et des yeux violets se tenait devant elle en fronçant les sourcils. « Je ne voudrais pas vous importuner, dit Rebecca gênée, devenant encore plus rouge, mais serait-il possible d'avoir un verre d'eau ? Je ne me sens pas très bien. Ce doit être la chaleur, je suppose...

— Je reviens dans une minute. » La jeune fille fit volte-face. Rebecca prit une autre inspiration, puis regarda autour d'elle dans le magasin pour compter le nombre de personnes qui étaient en train de la regarder.

Il n'y avait personne. Dieu merci, pensa-t-elle, alors que les battements de son cœur commençaient un peu à ralentir. Elle ne s'était pas rendue trop ridicule cette fois-ci.

La boutique avait été décorée par quelqu'un d'une délicatesse hors du commun. Le tapis bleu foncé était épais, le papier peint crème avait de petits motifs dorés. Un air de Vivaldi emplissait la pièce fraîche et Rebecca pouvait sentir l'odeur délicate du jasmin. Elle réalisa qu'elle venait d'entrer chez le joaillier.

La jeune fille réapparut rapidement avec un verre d'eau glacée.

« Buvez-le doucement ou vous sentirez une douleur atroce au-dessus des yeux », conseilla-t-elle.

Rebecca but lentement, puis sourit. « Merci. Je me sens mieux.

— Vous êtes sûre ? Je peux appeler une ambulance...

— Non ! » grimaça Rebecca à l'idée d'une ambulance, sirène et gyrophare hurlant descendant la rue pour elle. « Vraiment, je vais bien. » Elle souriait. « J'avais l'habitude de venir ici il y a très longtemps. Mais vous avez refait la décoration. C'est magnifique.

— C'est aussi mon avis. J'adore travailler ici. C'est un endroit si joli avec tous ces splendides bijoux. Je serai même très triste quand mon contrat sera terminé à l'automne et que je devrai aller à l'université à plein temps. »

Rebecca se leva, juste pour se prouver qu'elle en était capable, et examina les vitrines. Les bagues étincelaient, leur beauté était mise en valeur par un savant éclairage, mais l'une d'entre elles attira particulièrement son attention. « J'adore cette bague en émeraude.

— N'est-elle pas exquise ? C'est ma préférée ! » Rebecca sut que la jeune fille était sincère. « Voudriez-vous l'essayer ? »

Rebecca n'avait pas le moindre besoin d'une bague, mais la boutique était fraîche et confortable, la jeune fille agréable, et la bague adorable. « Bien sûr. Pourquoi pas ? »

La jeune fille retira la bague de son petit écrin vert garni de satin blanc de la vitrine. « C'est une taille cinq. C'est plutôt petit, mais elle peut être élargie... » Elle fut surprise de voir que la bague glissait facilement à l'annulaire droit de Rebecca. « Eh bien, que pensez-vous de cela ? Elle vous va parfaitement. Et elle va parfaitement avec votre teint. »

Rebecca agitait son doigt sous les lumières savamment installées pour mettre en valeur les pierres. « Vous ne connaissez pas la valeur des carats ?

— L'émeraude du milieu fait un carat et demi et celles de chaque côté font dix et huit points. L'or fait dix-huit carats. » La jeune fille souriait. « Je vous ai dit que je l'admirais. Je l'aurais bien achetée pour moi, mais une semaine de travail d'ici et deux ans de baby-sitting ne m'ont pas rapporté assez d'argent en banque pour l'université et la bague. En plus je ne fais plus de baby-sitting maintenant. Et je ne crois pas que j'en referai jamais. »

Rebecca leva les yeux. Le regard de la jeune fille s'était assombri, son sourire avait disparu. Grand Dieu, pensa Rebecca. Molly n'avait-elle pas dit que la baby-sitter de Todd travaillait à la joaillerie ? « Excusez-moi de vous poser cette question mais n'êtes-vous pas Sonia Ellis ? »

La jeune fille parut immédiatement inquiète. « Pourquoi, vous êtes journaliste ?

— Non.

— Mais vous êtes venue ici pour me voir.

— Pas du tout. Honnêtement, je suis entrée parce que je ne me sentais pas bien. Je viens juste de penser que vous pouviez être Sonia Ellis. Il y avait quelque chose de triste dans votre regard quand vous avez mentionné le baby-sitting.

— Je n'ai pas envie de parler de Todd Ryan, dit fermement Sonia. Je ne veux pas être impolie, surtout si vous n'êtes pas reporter comme cette affreuse Mme Keene qui n'arrête pas de me suivre, mais le chef Garrett ne veut pas que je parle du kidnapping.

— Le chef Garrett est mon oncle, Sonia. Je suis Rebecca Ryan... La grande cousine de Todd. »

Sonia écarquilla les yeux. « Rebecca Ryan ? Celle qui a des visions ? »

Le spectre de ses visions semblait la suivre comme un nuage sombre. « Oui, répondit-elle en s'efforçant de paraître à l'aise. Mais pour le moment j'essaie de retrouver Todd avec des méthodes traditionnelles. Cela vous ennuierait-il de discuter un peu avec moi ? Je suis de la famille et je sais que Bill Garrett ne vous en voudrait pas. »

Sonia fronça les sourcils. « Le propriétaire de la boutique n'aimerait pas me voir là à discuter.

— Je pourrais vous rencontrer après le travail.

— Il faut que j'aille à la bibliothèque. Je suis des cours cet été et j'ai un devoir à rendre. En plus, pas question de parler là-bas. Et puis, je suis très occupée.

— Sonia, cela ne prendra que quelques minutes. Peut-être pourrais-je parler à votre patron. »

Sonia soupira : « Vous n'abandonnerez pas, n'est-ce pas ? D'accord. De toute façon il n'est même pas là pour le moment, alors je vous donne dix minutes. C'est tout.

— Merci. C'est très important pour moi.

— Je vais d'abord ranger la bague.

— Non, n'en faites rien, dit rapidement Rebecca. Elle me plaît vraiment beaucoup. Laissez-moi la garder pendant que nous discutons. Peut-être pourrai-je alors me décider à l'acheter. » Sonia la regardait, dubitative, pensant que la bague ne servait que de stratagème. Peu importe, elle n'y voyait aucun inconvénient, et Rebecca garda la bague à son doigt. « Je sais que la police a dû vous poser cette question encore et encore, mais s'il vous plaît, répondez une nouvelle fois. Les voisins de Molly étaient sortis, n'est-ce pas ?

— Faux. » Rebecca était dans l'expectative. « Je n'arrête pas de le dire mais personne ne me croit. Cette infirmière, Mme

Wright, elle était chez elle. » Rebecca haussa les sourcils, surprise. « Elle dit qu'elle était au travail de 19 heures jusqu'au lendemain matin. » Sonia avait l'air buté. « Je me fiche de ce qu'elle dit. Et je me fiche que sa patiente dise qu'elle était auprès d'elle durant tout ce temps. Ma mère connaît sa patiente. Elle est sénile et sous médicaments. Mme Wright aurait pu arriver chez elle à 19 heures ou à minuit, elle n'aurait sans doute pas fait la différence. Je l'ai vue, madame Ryan. Un peu avant 21 heures, j'ai entendu un chat miauler : il miaulait fort, comme un siamois. Je sais que Mme Wright a un siamois et je suis sortie dans le jardin de derrière pour voir s'il ne lui était rien arrivé. Au moment où je sortais, j'ai vu la porte de derrière chez Mme Wright s'ouvrir et le chat rentrer.

— Quelqu'un d'autre n'aurait-il pas pu ouvrir la porte ?

— Quelqu'un qui aurait appelé le chat Sabu avec sa voix ? Il commençait à faire noir et je ne voyais plus très bien, d'accord, mais je sais que cette personne avait les cheveux bruns courts et qu'elle portait ces affreux sabots d'infirmière qu'elle met tout le temps. »

Rebecca sourit presque en entendant Sonia se moquer de la garde-robe de Jean Wright. S'habiller comme un plouc équivalait à un péché chez la plupart des jeunes adolescentes.

« Mais tu n'as pas vu son visage ?

— Non, mais la voix, les cheveux, les chaussures. Je crois que la police appelle cela des preuves indirectes, je suis sûre que c'était elle.

— Et tu es sûre de ne pas t'être trompée sur l'heure ?

— C'était juste avant le début de *Basic Instinct*, sur le câble. J'avais hâte de le voir parce que Maman ne m'a jamais laissée le regarder. Il commençait à 21 heures. Je venais justement de revenir sur le canapé quand il a commencé.

— Les lumières étaient-elles allumées chez Jean ?

— Non, ce qui semble également très étrange. Qui déambulerait dans une maison sombre ?

— Et sa voiture ?

— La porte du garage était fermée. La voiture aurait pu être dedans bien après 19 heures. » Sonia la regarda de plus près. « Vous ne me croyez pas non plus. Je ne suis qu'une adolescente et elle, c'est la petite sœur des pauvres. »

Rebecca regarda les magnifiques yeux violets de Sonia. Elle ressentait quelque chose pour cette jeune fille... une certitude au sujet de la bonté de son caractère, une incapacité à mentir sur quoi que ce soit de sérieux. Et pour une étrange raison, elle sentait qu'elles étaient liées. Rebecca savait parfaitement ce que dire la vérité représentait lorsque tout le monde doute de vous. « Je te crois, Sonia, dit-elle sincèrement. Et j'ai l'intention de dire à mon oncle Bill que je te crois.

— Vraiment ? sourit Sonia. Parce que beaucoup de gens pensent que mon petit copain Randy Messer a quelque chose à voir avec le kidnapping. Ils agissent comme si on était de mèche. C'est complètement dingue. Et que ferait Randy d'un enfant de sept ans ? Par contre, il aime les enfants. Et j'adore Todd. Je n'aurais jamais rien laissé arriver si j'avais pu. Et l'enfer que me fait vivre ma mère ! » Sonia roula les yeux. « J'apprécierai toute l'aide que vous pourrez m'apporter, madame Ryan.

— C'est Rebecca, dit-elle simplement. Je ne peux pas te garantir que Bill va me croire, mais je vais essayer. »

La porte s'ouvrit et Sonia sursauta, avant de se détendre. « Je pensais que c'était le propriétaire », murmura-t-elle. Rebecca se retourna pour voir apparaître Clay. Elle se sentit soudain très embarrassée d'avoir passé la nuit dans son lit et le cacha derrière la plaisanterie.

« Et voici le docteur Bellamy grâce auquel je vis et je respire ! Me suis-tu ?

— Oui. Et je m'en sors très bien, n'est-ce pas ? » Il sourit et Rebecca se sentit plutôt mal à l'aise.

Rebecca avait remarqué que Sonia les regardait avec attention, sensible à la touche romantique de la situation. Clay sourit à la jeune fille. Elle lui retourna un sourire étincelant, apparemment impressionnée par ses cheveux blonds, ses yeux gris-bleu et le titre de docteur. « En fait, je suis ici à la recherche d'un cadeau pour Gypsy. Elle adore les rubis. »

Sonia parut déçue qu'il ne soit pas entré pour voir Rebecca, mais, serviable, elle dit : « Nous avons de jolies petites boucles d'oreilles en rubis et quatre jolis bracelets, deux avec des diamants. »

Clay parut réfléchir. « À vrai dire Gypsy n'a pas les oreilles percées et les clips se perdent trop facilement. Et je ne sais pas ce qu'elle penserait d'un bracelet...

— Alors une jolie bague peut-être.

— Gypsy est une chienne », dit sèchement Rebecca afin que Sonia cesse de vouloir le contenter.

La jeune fille la regarda, et se mit à rire. « OK, monsieur. Je suppose que vous n'êtes pas vraiment ici pour trouver un cadeau pour Gypsy.

— Eh bien, j'aime beaucoup cette bague que Mme Ryan porte.

— Moi aussi, dit Sonia. Je pense qu'elle a été faite pour elle.

— C'est exactement ce que je pense. Emballez-la et envoyez la note à Peter Dormaine au restaurant Dormaine. J'ai entendu dire qu'il voulait lui acheter quelque chose d'exquis et que le plus cher serait le mieux. »

Sonia parut gênée et Rebecca se mit à rougir en regardant Clay. La dernière personne au monde qui voudrait lui offrir un cadeau était sans doute Peter Dormaine. Il préférerait certainement la voir quitter la ville avant qu'elle n'ait complètement détruit son restaurant. « Il plaisante, dit-elle. Et je lui suggère de garder pour lui ses plaisanteries douteuses et d'acheter ce pourquoi il est entré ici. À moins, bien sûr, qu'il n'ait vraiment été en train de me suivre. »

Clay n'avait pas l'air impressionné. « Je suis désolé de te décevoir, Rebecca, mais je suis entré ici pour acheter un cadeau. C'est l'anniversaire de mon père dimanche. Je veux acheter une montre. Il n'aimera rien de ce que je pourrai lui acheter, mais ce n'est pas grave. » Il s'interrompit. « Pourrais-tu attendre cinq minutes, le temps que je choisisse quelque chose, et ensuite nous irons boire un café à côté ? Il y a quelque chose dont je veux te parler. » Il était sérieux. « C'est quelque chose d'important. »

Sonia semblait apprécier leurs échanges, son esprit adolescent créant des étincelles de romance. Rebecca traversa la pièce pour aller s'asseoir dans le fauteuil bleu. Clay avait sûrement posé quelques questions et devait avoir des informations pertinentes. Clay regarda trois montres avant d'en choisir une au hasard et de sortir sa carte de crédit. Alors que Sonia s'occupait du paiement, Rebecca dit : « Ça ne t'a pas pris longtemps.

— Je te l'ai dit, Papa n'aimera rien de ce que je lui apporterai, ce n'est qu'un geste. Et la fête d'anniversaire de dimanche ne sera qu'un événement solennel de plus. » Il leva les sourcils. « Tu veux venir ?

— Quoi ? Moi ? Je ne connais même pas ton père.

— Aucune importance. Ma mère est une très bonne cuisinière et elle ne s'offusque pas des invités surprise. Tu pourrais emmener Sean et moi Gypsy. Au moins eux, ils s'amuseront. Ils pourront courir après les vaches.

— Cela ferait sans doute plaisir à ton père. J'ai le droit d'y réfléchir ?

— Bien sûr, mais ne traîne pas trop. Les propositions de ce genre attirent les gens par centaines. Tu dois réserver ta place. »

Clay souriait, le ton léger, mais Rebecca voyait la tristesse dans ses yeux. Elle ne savait pratiquement rien de sa vie si ce n'est qu'il avait grandi dans l'une des plus grandes fermes de la région. Le clan Bellamy était connu pour être particulièrement prospère, mais ils ne sortaient que très rarement et vivaient aussi simplement que s'ils devaient compter chaque dollar dépensé.

Quand Sonia lui tendit la montre emballée, Rebecca retourna au comptoir. « Je voudrais te remercier pour avoir accepté de me parler tout à l'heure.

— Il n'y a pas de quoi. Cela fait du bien d'être crue, pour une fois. »

Clay avait l'air déconcerté. Apparemment, il ne savait pas du tout que la petite employée était la baby-sitter de Todd.

« J'espère te revoir bientôt, Sonia, dit Rebecca. Au revoir.

— J'ai été ravie de vous rencontrer. » Sonia sourit, hésitante. « Mais, euh, madame Ryan ? Je veux dire, Rebecca ?

— Oui ?

— Vous avez gardé la bague en émeraude.

— Tu ne vas quand même pas recommencer ? » demanda Clay. Il regarda Sonia avec sérieux. « Partout où nous allons, elle repart avec quelque chose de valeur. C'est une cleptomane. Et je peux vous dire, mademoiselle, que c'est très embarrassant. »

Sonia se mit à pouffer alors que Rebecca retirait la bague de son doigt et la lui tendait. « Vous ne la prenez pas ?

— Non. En fait... C'est que... Je ne suis pas sûre. Elle est superbe...

— Superbe ! ajouta Clay avec ferveur.

— Oh ! Vas-tu te taire ! » le rembarra Rebecca alors que Clay battait innocemment des paupières et que Sonia tentait de ne pas rire tout haut. Clay devenait très ennuyeux mais en même temps il était sur le point de la faire rire. « Sonia, pourriez-vous mettre la bague de côté jusqu'à demain ? Juste vingt-quatre heures, le temps que je prenne une décision.

— Eh bien, je ne pourrai pas refuser de la vendre si un autre client la veut », dit Sonia, puis en faisant un clin d'œil, elle ajouta : « Mais je pourrais comme qui dirait oublier de la remettre dans la vitrine jusqu'à demain après-midi. J'ai quelques cartes de la boutique. Vous y trouverez notre numéro de téléphone. Je vous donne aussi mon numéro personnel, dit Sonia, en attrapant un stylo. Comme ça, si vous prenez votre décision avant que la boutique n'ouvre demain, vous pourrez me le faire savoir et je m'assurerai que la bague ne soit pas remise en vitrine jusqu'à ce que vous veniez la chercher, d'accord ?

— Tu disais que tu voulais prendre un café pour qu'on puisse parler.

— Exactement, ma chère. Allons à côté. J'ai d'extraordinaires nouvelles à te faire partager.

— Tu as l'air en forme aujourd'hui. Je suis très impatiente de t'écouter. Au revoir, Sonia.

— Oui, au revoir, dit Clay. Merci de votre aide. »

Ils marchèrent en silence jusqu'au Café du Parc juste à côté. Tout comme ils l'avaient fait pour le Dormaine, les gens avaient prédit la faillite à ce qu'ils appelaient le petit salon de café et de pâtisseries précieux et raffiné. « On n'est pas à New York ou San Francisco », avaient alors dit les mauvaises langues adeptes d'une « vie ordinaire ». « Ce que les gens aiment, c'est une bonne vieille tasse de bon jus avec un beignet. Point. Nous ne voulons pas de ces brioches et de ces croissants, ni de café aromatisé à la crème fouettée. » Mais après deux ans, le Café du Parc prospérait avec son intérieur bleu pervenche et framboise et son immense vue sur le parc Leland.

Rebecca commanda un décaféiné à la vanille et un croissant. Clay prit un double espresso. « Un espresso ? demanda-t-elle. Mais tu es déjà si remonté que tu vas passer à travers le plafond.

— Je ne suis pas si remonté que j'en ai l'air. La journée a été dure. J'ai demandé à quelqu'un de me remplacer pour une heure, le temps de venir acheter ce cadeau, et j'y retourne jusqu'à 22 heures. J'ai besoin d'un remontant. Mais je dois avouer que tu m'as l'air bien nerveuse aussi aujourd'hui.

— Je n'ai pas passé une super-journée non plus. En plus, j'ai un mal de tête horrible qui me rend de mauvaise humeur. Et Bill a fini de m'achever avant que je n'entre dans la bijouterie. »

Clay se sentit immédiatement concerné. « Tu en as trop fait depuis ton accident. Tu as encore tes points de suture. Est-ce qu'ils te gênent ?

— Ils me démangent.

— C'est normal. Et c'est bon signe. Cela veut dire que tu cicatrises. Je voudrais que tu passes à l'hôpital demain pour que je vérifie tout cela.

— Mais tu les as vérifiés hier en changeant mes pansements. Et je prends des antibiotiques. Si je viens demain, tu pourras les enlever ?

— Non. C'est trop tôt. Mais je m'interroge au sujet des migraines.

— C'est en partie à cause de la vision d'hier soir. C'est normal. La douleur arrive toujours par la tempe droite au niveau de la cicatrice en forme de croissant près de mon œil. »

Clay sortit une petite boîte de médicaments de la poche de sa veste et la lui tendit. « Prends-en deux.

— Qu'est-ce que c'est ?

— Du cyanure. Une fois que tu les auras pris, tu ne penseras plus du tout à ta migraine.

— En fait, tu veux juste que je convulse et que je meure par terre en provoquant une autre scène dans un restaurant.

— Cela ferait de toi le sujet de commérage principal en ville, mais ce n'est que de l'Excédrine. C'est meilleur que l'aspirine contre la migraine. Allez, prends-les. » Alors qu'elle les avalait sagement avec un peu d'eau, Clay ajouta : « Mais en ce qui concerne les restaurants, je crois que nous ne retournerons pas au Dormaine avant longtemps.

— Tu pensais peut-être que je retournerais là où je me suis si royalement ridiculisée ? »

Il lui sourit, le regard doux. « Ne t'inquiète pas pour cela, Rebecca. Ce n'était qu'un petit incident dans le restaurant d'une petite ville. Cela n'a même pas fait la une des journaux. Et selon les dires de la serveuse, Franck se charge de la facture des dégâts, qui avaient l'air plus impressionnants qu'ils n'étaient en réalité. Oublie ça. En fait, ce n'était rien du tout. »

Rebecca soupira. « Je suppose que je dois écouter les conseils du médecin, pour le Dormaine et pour mon rendez-vous aux urgences demain. Mais crois-moi, j'ai hâte que cela cicatrise totalement pour être débarrassée de ces fils. »

Clay sourit. « Et maintenant, tu veux entendre ce pour quoi je t'ai traînée ici ? Question bête. Bien sûr que tu veux. Eh bien, premièrement, laisse-moi te dire que je compte arrêter la médecine pour devenir détective privé. En moins de vingt-quatre heures, j'ai obtenu d'intéressantes informations au sujet de Jean Wright. »

Rebecca concentra son attention. « Eh bien, ne me fais pas attendre, quelle est son histoire ? »

Clay lui raconta rapidement l'histoire de ses jeunes frère et sœur partis pour des universités qu'ils ne pouvaient pas s'offrir et comment Jean avait été au bord de la dépression nerveuse deux mois auparavant à cause de la fatigue accumulée par ses différents postes nécessaires pour pouvoir payer les factures. « Ma source, qui restera anonyme, paraît surprise que Jean passe autant de temps avec Molly dans des circonstances aussi stressantes. Elle dit que Jean sait pourtant qu'elle doit y aller mollo et se ressaisir suffisamment pour pouvoir récupérer son travail.

— Elle a donc été virée ?

— Les mots exacts étaient "sur le départ". Je suppose qu'elle a été suspendue. »

Rebecca réfléchit un instant. « Alors, elle pourrait très bien être quelqu'un d'une grande générosité de cœur – sans charme mais avec un grand cœur – qui se sentirait plus concernée par Molly que par son propre repos.

— Repos qui lui permettrait de réintégrer son emploi, emploi qui fait vivre les deux sales momes gâtés qui semblent le pôle principal de sa vie. Cela me paraît un tant soit peu étrange, surtout depuis que tu m'as dit que Molly n'avait fait allusion à elle que deux ou trois fois par le passé. Aujourd'hui, elle s'est carrément installée dans la maison, et ce n'est pas comme s'il n'y avait personne d'autre pour s'occuper de Molly. Je sais que Doug passerait volontiers du temps avec elle. Toi-même, tu passerais plus de temps avec elle si ce dragon de Jean ne passait pas son temps à cracher son feu sur toi. Betty et ta mère iraient aussi s'il le fallait. Mais Jean semble tenir tout le monde à distance. Pourquoi ?

— Parce qu'elle n'est pas seulement serviable. Elle doit y trouver d'autres intérêts.

— C'est aussi ma conclusion.

— Mais quels intérêts ?

— Elle a besoin d'argent, Rebecca. Désespérément besoin d'argent. Après tout, il se peut qu'elle ne retrouve pas son poste. »

Rebecca posa sa tasse de café. « Mon Dieu, Clay, tu crois qu'elle a quelque chose à voir avec l'enlèvement de Todd ? » Il haussa les épaules. « Tu n'es pas le seul à avoir fait des découvertes. Je suis entrée dans la bijouterie parce que je ne me sentais pas très bien, enfin, je te raconterai plus tard. La vendeuse, c'était Sonia Ellis, la baby-sitter de Todd. Je suis en train de me demander... Enfin, ça a l'air un peu bizarre, mais...

— C'était Sonia Ellis ? » Rebecca acquiesça. « Alors tu te demandes si on ne t'a pas attirée là-bas.

— Oui. » Elle regarda Clay de plus près. Il n'y avait pas le moindre doute dans l'expression de son visage. « Peu importe, je l'ai un peu fait parler de Jean. Jean insiste sur le fait qu'elle a quitté sa maison à 19 heures, le soir de l'enlèvement. Sonia prétend qu'un peu avant 21 heures, la porte d'entrée de Jean s'est ouverte pour laisser entrer le chat. La lumière était faible, mais elle a remarqué les cheveux bruns courts et les sabots blancs de l'infirmière. Et la personne qui a appelé le chat avait la voix de Jean.

— Mais que fais-tu de la patiente qui a déclaré que Jean était chez elle à 19 heures ?

— Sonia m'a dit qu'elle était sénile et prenait beaucoup de médicaments. Il aurait pu être 19 heures ou bien plus tard quand Jean est arrivée, sans qu'elle s'en aperçoive pour autant. »

Clay s'adossa à sa chaise. « Cela donne une tout autre tournure à cette histoire.

— C'est aussi ce que je pense. J'aurais bien voulu parler un peu plus longuement avec Sonia, mais elle m'a dit qu'elle devait aller à la bibliothèque ce soir et je n'ai pas envie de la déranger. Peut-être que je repasserai au magasin demain.

— Juste pour parler ou pour avoir l'occasion de revoir cette bague ?

— Pour parler. Il se peut qu'elle me révèle autre chose qu'elle aurait peur de raconter à Bill, même si je sais qu'elle l'aime bien.

— Cependant il est le chef de la police et elle n'est qu'une adolescente qui avait la charge de garder un enfant qui a été enlevé. Moi aussi, je serais intimidé.

— Il semblerait que ce soit l'endroit à la mode le mardi après-midi. »

Rebecca leva les yeux et trouva Doug qui se tenait debout devant eux. « Salut. Tu viens juste d'arriver ?

— Je suis là depuis environ quinze minutes, j'étais assis juste derrière vous. Mais vous étiez trop absorbés par votre conversation pour avoir remarqué ma présence. En fait, j'ai passé tout l'après-midi en ville. »

Il avait les paupières lourdes comme s'il n'avait pas fermé les yeux de la nuit et il n'était pas rasé. Il y a des hommes auxquels une barbe de trois jours va bien, mais sur Doug, cela faisait négligé. « Pourquoi n'es-tu pas à l'hôpital, Clay ?

— J'ai une pause toutes les trente vies que je sauve. Cela fait plaisir de te revoir, Doug. Cela fait combien de temps ? Trois ou quatre mois ?

— Plus près de six, je dirais. Tu étais avec Lynn et moi à la parade de Noël.

— Et avec Larry. On est allé à la Clé en Or pour fêter Noël », ajouta Clay.

Rebecca souriait. « C'est un endroit un peu bizarre pour aller boire un verre. Je m'en souviens comme d'un endroit plutôt peu accueillant.

— C'est à cause de toute la clientèle de Hell's Angels, du sol collant à cause de la bière et de la musique country du juke-box, et des quelques bagarres occasionnelles, dit Clay. Tu es devenue trop snob pour l'ambiance rustique de ta taverne locale, depuis que tu as déménagé à La Nouvelle-Orléans. »

Rebecca sourit : « Bien essayé, mais j'ai peur que la Clé en Or n'ait rien de comparable avec les clubs louches de Bourbon Street. Je ne suis pas une plante de serre. »

Le regard de Doug se durcit, et sur un ton menaçant, il dit : « Tu ferais mieux de faire attention à tes paroles, Becky. Nous sommes dans une petite ville et tes propos peuvent être mal interprétés. »

Rebecca le regarda, surprise. Doug avait pourtant le sens de l'humour. L'expression tendue de son visage semblait vouloir dire qu'il l'avait temporairement perdu. Elle jeta un coup d'œil à Clay, qui avait l'air amusé. « Je vais au centre des volontaires, dit Doug. Je ne vous y ai encore pas vus, tous les deux.

— Je travaille », dit Clay sèchement.

Rebecca prit le même ton pour lui répondre : « J'y ai passé quelques heures cet après-midi et il ne m'a pas semblé que je faisais le meilleur usage de mon temps.

— Aider à retrouver Todd est le meilleur usage que n'importe qui que je connaisse puisse faire de son temps, se fâcha Doug.

— Ce n'est pas ce que je voulais dire... » commença à expliquer Rebecca, mais Doug était déjà en route vers la porte. « Mais pour l'amour de Dieu, s'étrangla-t-elle. Que lui arrive-t-il ?

— Douche froide. Hypocrisie.

— C'est le syndrome de la prostituée reconvertie. »

Clay plissa les yeux, faisant mine d'être choqué. « Rebecca, s'il te plaît, fais attention à tes paroles. C'est une petite ville. Les choses peuvent être mal interprétées !

— Les gens interprètent les choses comme ça les arrange. J'ai toujours apprécié Doug, même dans sa mauvaise période, mais je ne suis pas fan de son côté hypocritement pieux.

— Tu sais maintenant pourquoi on ne se fréquente plus. Et ai-je besoin de te raconter cette soirée de Noël à la Clé en Or avec Lynn et Larry ? Si Doug n'avait pas insisté, je n'y serais jamais allé. En fait, il voulait juste avoir Larry à l'œil ; je pense qu'il avait seulement besoin de muscles supplémentaires au cas où Larry pète les plombs. Lynn me fusillait du regard et Larry me regardait comme s'il avait voulu m'égorger. J'étais heureux de sortir de là vivant après avoir bu une bière chaude avec cette joyeuse clique. »

Rebecca fronça les sourcils. « Doug a dit qu'il était assis derrière nous depuis un quart d'heure sans se montrer. Pourquoi ?

— Occupé à boire son café avant d'aller faire sa B.A.

— Ou occupé à nous écouter. À écouter ce que je t'ai dit au sujet de Sonia.

— Quel mal y a-t-il à cela ?

— Aucun, je suppose. Bien que je n'aime pas l'idée qu'il écoute aux portes, si c'est ce qu'il était en train de faire. Il a dit qu'il avait traîné en ville tout l'après-midi.

— Et où est le crime ?

— Quelque chose que je ne t'ai pas dit plus tôt. Une des raisons de ma terrible migraine. » Clay la regarda avec attention alors qu'elle lui racontait sa rencontre avec Alvin Tanner et la découverte du bracelet en cuir.

« Quoi ! explosa Clay, avant de baisser la voix car les gens le regardaient. Mon Dieu, Rebecca, qu'as-tu fait du bracelet ?

— Je l'ai apporté à Bill. Sa réaction a été plutôt étrange. Il m'a dit qu'il sentait le neuf et qu'il ne pensait pas qu'il ait appartenu à Jonnie. Pour moi, il ne sentait pas plus le neuf que cela, mais si c'est le cas, quelqu'un a quand même déposé une copie conforme du bracelet de mon frère décédé dans ma voiture. Et j'ai tout naturellement pensé à Alvin.

— Et maintenant tu penses que cela aurait pu être Doug ?

— Il aurait pu voir ma voiture – ou plutôt la voiture de ma mère – garée là. Il aurait pu le dire à Lynn ou même à Larry. La pharmacie Vinson n'est qu'à quelques pâtés de maisons du centre des volontaires, et le garage Maloney un tout petit peu plus loin.

— Mais Rebecca, il aurait fallu que Larry ou Lynn ait le bracelet à portée de main.

— Et c'est si dur à croire ? Ils connaissaient tous les deux ce bracelet et cela aurait été si simple d'en refaire faire un. L'occasion de le glisser dans ma voiture ou mon sac serait venue tôt ou tard. Et aucun d'eux n'a envie de me voir ici, surtout pas Larry. » Elle s'interrompit, l'air maussade. « Surtout pas Larry, s'il a quoi que ce soit à voir avec le kidnapping de Todd. »

11

I

« Où étais-tu ? demanda Suzanne. Tu n'es pas à l'hôtel, ici. Tu pourrais au moins apparaître à l'heure des repas ! »

Rebecca regarda sa mère de près. Son regard était flou et elle se tenait de façon étrange, ses frêles épaules tirées en arrière comme pour faire preuve d'un équilibre parfait. A priori, sa dernière tentative de sobriété avait échoué. « Maman, on ne dîne pas avant une heure.

— Je suis fatiguée. J'ai décidé que nous dînerions plus tôt ce soir.

— Eh bien, je ne suis pas voyante.

— C'est censé être drôle ? C'est encore ma maison ici. Tu n'y es qu'une invitée. »

Rebecca eut envie d'exploser mais la dernière chose dont elle avait besoin était de surenchérir face à l'hostilité de sa mère. « Si j'ai raté le dîner, je prendrai un sandwich, ce n'est pas si grave.

— Tu n'as rien raté. Nous dînons dans un quart d'heure. »

Rebecca n'avait pas vu que Franck se tenait derrière elle. Il avait parlé de façon calme mais, quand elle se retourna, elle put lire la colère dans ses yeux. Elle savait qu'il aimait Suzanne, mais seize ans de crise de nerfs et d'alcoolisme avaient dû user leur mariage. Elle était surprise que la vie dans cette maison continue son cours presque comme si de rien n'était.

Vingt minutes plus tard, ils étaient assis autour de la table faisant semblant de savourer gaiement une poule façon Cornouailles et du riz sauvage. Suzanne, une bouteille de vin posée intentionnellement devant son assiette, avait du mal à extraire la viande de la minuscule poule. Rebecca et Franck faisaient semblant de ne pas remarquer les efforts maladroits qu'elle faisait avec ses couverts avant qu'elle n'envoie, d'un faux mouvement, la carcasse au sol. Franck posa calmement ses couverts et regarda sa femme.

« Je crois que tu devrais poliment sortir de table.

— Tu crois que je devrais faire quoi ? s'enflamma Suzanne.

— Tu m'as très bien entendu. Si tu es trop saoule pour pouvoir garder ton repas à l'intérieur de ton assiette, c'est que tu n'es pas de très bonne compagnie à table. Va dans ta chambre. J'enverrai Betty t'apporter quelque chose.

— Aller dans ma chambre ! explosa Suzanne. Mais pour qui te prends-tu ? Mon père ? Ce satané volatile est aussi gras que l'enfer. Il a glissé.

— Avec la moitié de ton riz, qui est maintenant éparpillé autour de ton assiette comme les anneaux de Saturne. Et tu n'as sans doute pas non plus remarqué que tu avais de la salade sur le buste. »

Suzanne regarda sa poitrine. Elle ramassa le morceau de salade et le balança contre le mur. Puis elle recula sa chaise, l'envoyant presque voler, et quitta la pièce en emportant la bouteille de vin.

Ni Franck ni Rebecca ne parlèrent. Betty apparut immédiatement, retira l'assiette de Suzanne, les restes de poule et de salade, et retourna dans la cuisine sans un mot. Finalement, Franck finit par dire : « Je suis désolé. J'aurais dû la laisser faire.

— Je crois que cela fait trop longtemps que tu la laisses faire, dit gentiment Rebecca. Elle ne peut pas continuer ainsi.

— Est-ce que je suis censé faire enfermer ma propre femme ? L'humilier dans cette ville où elle a passé toute sa vie ?

— Mais ce n'est pas comme si tu la mettais dans un asile, Franck. Tu l'enverrais en cure de désintoxication. Et je pense que la plupart des gens de cette ville sont déjà au courant de son état. Elle s'est déjà humiliée toute seule, même si elle ne s'en rend pas compte. Et puis, quelle importance si cela lui sauve la vie ? »

Franck lui sourit. « Depuis quand es-tu si avisée ? » Rebecca avait remarqué le silence absolu de la cuisine, là d'où elle entendait habituellement les murmures de Betty et de Walt. Elle décida qu'il fallait arrêter de parler de Suzanne. « Je ne me trouve pas très avisée ces temps-ci. Je n'ai pu être d'aucune utilité pour Todd.

— Grâce à toi, on sait qu'il est toujours en vie.

— Mais je n'ai aucune idée de l'endroit où il se trouve.

— Un endroit sombre. Mais il est nourri et à l'abri.

— Oh, c'est vraiment très utile, n'est-ce pas ? On n'a même plus besoin de la police avec ça, soupira-t-elle, énervée. Il faudrait que j'en fasse davantage. Que je participe aux recherches sur le terrain, par exemple.

— Tu n'es pas du tout prête pour cela après ton accident et en plus tu n'es pas entraînée.

— Pas entraînée ? Mais la moitié de la ville a participé à ces recherches et ils n'étaient pas entraînés non plus.

— Ils ont reçu des instructions préliminaires. Et franchement, malgré toute leur bonne volonté, je ne me fais pas trop d'illusion sur l'efficacité des volontaires. Déjà à l'époque...

— Pour Jonnie. Non, il semblait que j'étais le meilleur espoir et j'ai échoué.

— Ne sois pas si dure avec toi-même, Rebecca. Ce don ne te rend pas toute-puissante.

— Tu n'as jamais vraiment cru en mon "don", dit-elle sans ressentiment. Et peut-être as-tu raison. Je n'ai pas eu beaucoup de réussite ces deux dernières fois. Peut-être que finalement ce sont les méthodes traditionnelles qui restent les meilleures. » Elle continua sur un ton neutre : « J'ai rencontré Sonia Ellis aujourd'hui. Je sais pourquoi Bill l'aime tant.

— Elle est très mignonne et très intelligente. Peut-être un peu trop intelligente pour que sa mère puisse la contenir.

— Mme Ellis a-t-elle failli d'une manière quelconque ?

— Non. C'est une femme très bien, mais plutôt très traditionnelle et naïve. Je crois que Sonia est beaucoup plus complexe que sa mère. Sonia est une énigme qui rendrait n'importe quelle mère perplexe.

— Ne m'en parle pas, dit sèchement Rebecca. C'est moi qui suis censée être la quintessence de l'énigme maternelle. »

Franck sourit. « Vous devriez ouvrir un club.

— J'y penserai dès que je serai de retour à La Nouvelle-Orléans. Il faut que je trouve un slogan et un mot de passe. Quelque chose de classe mais de pas trop mystique. » Rebecca s'interrompit. « Enfin bref, Sonia avait des choses à raconter au sujet de Jean Wright. »

Franck ne paraissait pas tellement intéressé. « Comme quoi ?

— Qu'elle était chez elle au moment où Todd a été enlevé, bien qu'elle insiste sur le contraire. Sonia l'a vue appeler son chat juste avant 21 heures.

— Ou plutôt c'est ce qu'elle t'a dit. J'étais là quand elle en a parlé à Bill la première fois, après la disparition de Todd. Elle n'a alors rien dit au sujet du chat.

— Peut-être s'en est-elle souvenue plus tard.

— Comme c'est facile, surtout depuis que je sais que la police a interrogé son misérable petit ami. » Il soupira. « En fait, je suis sûrement dur avec elle parce que c'est elle qui devait faire attention à Todd quand il a été enlevé. Elle n'a sans doute rien à voir avec ce qui s'est passé, mais si Todd meurt, elle devra supporter le fardeau de la culpabilité, ce qui n'est pas tout à fait juste. J'espère qu'elle ne fréquente plus le gosse Messer.

— Non... Du moins pas ce soir. Elle m'a dit qu'elle devait aller à la bibliothèque. »

Franck se mit à rire. « Oh, la bibliothèque. Combien paries-tu que sa mère lui a défendu de revoir Messer et qu'elle a trouvé cette excuse pour le rencontrer quelque part ?

— Elle avait l'air sincère quand elle m'a dit qu'elle devait rendre un devoir. Et quand Sonia sera à l'université, Mme Ellis ne pourra plus la surveiller nuit et jour. Si elle ne voit plus Randy pour le moment, elle le fera là-bas. » Rebecca regarda le bazar autour de l'assiette de sa mère. « Les femmes de cette famille semblent incapables de prendre leur repas correctement. Si tu avais vu le désordre que j'ai provoqué au Dormaine hier soir !

— Tu as mis de l'animation, c'est tout !

— Je suis sûre que c'est comme ça que M. Dormaine l'a présenté. Il était horrifié.

— Il est très facilement horrifié.

— Franck, je paierai pour les dégâts causés à la pelouse, à l'arbre et au restaurant, ce n'est pas à toi de prendre cela en charge. »

Franck sourit. « Chérie, je suis actionnaire du Dormaine. Peter ne veut pas que les gens le sachent – il veut jouer à la grosse légume – alors c'est un secret entre toi, moi et Peter. Mais tu ne lui dois pas un centime. Oublie l'argent et arrête de te sentir gênée. Les gens se préoccupent plus de ce qui est arrivé à Todd et à Simplet Dobbs.

— Je suppose que c'était très égocentrique de ma part de penser que tous ces gens s'occupent de moi au lieu de penser à ces deux pauvres malheureux. Franck, qui a tué Simplet, d'après toi ?

— Tout le monde dans cette ville ne pensait pas que Simplet était inoffensif. Il avait la mauvaise habitude de déambuler dans les rues, de se mêler de choses qu'il aurait dû ignorer, de fouiller dans les poubelles, de regarder par les fenêtres, de faire la manche, d'importuner les gens, d'essayer de discuter avec les enfants. Il se peut qu'il ait poussé à bout l'un de nos concitoyens. Je suis surpris qu'il n'ait pas eu d'ennuis plus tôt.

— Et que penses-tu du fait qu'il ait vu quelqu'un dans le grenier de chez Klein, samedi soir ?

— Il croyait voir son grand-père tous les soirs. Il se peut qu'il ait juste vu une lumière.

— Mais s'il en a vu plus que cela ?

— On n'en saura jamais rien, maintenant. » Brusquement, Franck se frotta les yeux. « J'ai perdu l'appétit. En plus, j'ai laissé pas mal de travail de côté depuis l'histoire de Todd. Il faut que je retourne au bureau quelques heures pour rattraper le retard, cela ne t'ennuie pas?

— Bien sûr que non.» Rebecca se souvint alors que sa mère lui disait qu'il retournait souvent au bureau quand il s'ennuyait avec elle. Elle pensa qu'il avait largement dépassé le seuil de l'ennui avec Suzanne ce soir. Peut-être voulait-il simplement fuir la maison. «Je crois que je vais sortir Sean, dit-elle. Je ne me suis pas beaucoup occupée de lui ces derniers jours.»

Après que Franck eut quitté la table, Betty entra. «J'ai fait une tarte aux pommes et aux raisins. En veux-tu un morceau?

— Volontiers, mais je la prendrai dans la cuisine avec toi et Walt.»

Betty en parut ravie: «Ce sera un honneur pour nous.»

Comme à l'accoutumée, Walt sauta presque au garde-à-vous en voyant Rebecca arriver. «Walt, détendez-vous, ce n'est que moi, pas la reine Élisabeth, se mit à rire Rebecca. Je vois que votre copain vous tient compagnie.

— C'est un très brave chien.» Walt se rassit et caressa Sean qui se trouvait près de lui, sous la table. «On se comprend, tous les deux.»

Betty coupa de larges parts de tarte et tout le monde se servit. «Betty, tu t'es surpassée, dit Rebecca. Franck et Maman ne savent pas ce qu'ils ratent.

— Je n'ai pas eu l'impression que l'un ou l'autre ait vraiment été intéressé par la nourriture, ce soir, dit Betty. C'était difficile de ne pas entendre ce qu'il s'est passé.»

Rebecca acquiesça. «Je sais. J'aimerais pouvoir faire quelque chose pour eux.

— Les gens mariés doivent résoudre eux-mêmes ce genre de choses», dit Betty judicieusement, comme si elle était mariée depuis cinquante ans.

Après avoir mangé sa tarte, Rebecca se dirigea dans sa chambre avec Sean. En arrivant en haut de l'escalier, elle entendit les accords de *A Whiter Shade of Pale* qui provenaient de la chambre de sa mère. La chanson la fit frissonner et, sans plus réfléchir, elle ouvrit la porte de la chambre de sa mère et entra.

Suzanne était étendue sur son lit dans son déshabillé de soie bleue, adossée à son oreiller, une cigarette allumée. Un verre rempli de vin rouge était posé sur la table de chevet et un lecteur de cassette était posé au sol, près du lit.

« Pourquoi écoutes-tu cela ? » demanda Rebecca en criant. Suzanne se redressa en colère. « Je l'écoute parce que c'était la chanson favorite de ton père et de Jonnie, dit-elle avec un peu de mal. Et comment oses-tu débarquer ici ? N'ai-je pas le droit à un peu d'intimité ? »

Rebecca se dirigea vers le lecteur de cassette et l'éteignit. « Rebecca ! » cria sa mère, mais elle s'en fichait. Elle ouvrit le compartiment à cassette. C'était la vieille cassette de son père qui passait et non pas un CD. « Que regardes-tu ?

— Je voulais juste vérifier quelque chose, dit Rebecca de façon distraite.

— Tu voulais savoir si j'avais un CD comme celui que l'on a retrouvé dans ta voiture. » Rebecca la regarda sévèrement. « Je n'étais pas censée le savoir, mais Bill m'en a parlé. Il voulait s'assurer que je n'ai pas de CD ici. Grand dieu, pensez-vous réellement tous les deux que j'essaie de terroriser ma propre fille ?

— Nous pensions juste que le CD aurait pu provenir de cette maison. Personne n'a suggéré que c'était toi qui l'avais mis dans la voiture.

— Je suis sûre que cela t'a traversé l'esprit. » Suzanne fixait Rebecca attristée. « Est-ce Franck qui t'envoie ici ?

— Franck est parti au bureau.

— Typique.

— Tu peux difficilement lui en vouloir. Tu n'es pas au meilleur de ta forme ce soir.

— J'ai passé une mauvaise journée.

— Il me semble que la plupart de tes journées sont mauvaises. »

Suzanne lui lança un regard furieux. « Et voici l'experte arrivée vendredi soir après huit ans d'absence. Merci de ton avis.

— Oh, Maman, ne peut-on pas arrêter de se quereller et avoir une conversation normale ? » Rebecca s'assit sur le lit. Sa mère se recula légèrement.

« Qu'est-ce qui ne va pas ? »

Suzanne tira sur sa cigarette et regarda dans le vide pendant un moment. « Jonnie me manque.

— Ça, je le sais. Jonnie me manque à moi aussi, mais je ne me réfugie pas dans mon lit en me saoulant pour autant.

— Oh, tu es si forte, n'est-ce pas ? Tu ne me ressembles pas. Tu ressembles à ma mère. Toutes les deux vous ne m'avez apporté que la honte avec vos vaillants esprits ! » Suzanne était furieuse. « Mais ne crois pas que tu peux me tromper, ma p'tite fille. Tu es aussi obsédée par Jonnie que je le suis. Mon Dieu, crois-tu que je n'ai pas remarqué que Sean voulait dire John en irlandais ? Tu as donné à ton chien le même nom que ton frère. »

C'était vrai. Sean, auquel elle pouvait donner tant d'amour et de tendresse. Sean, qui avait été maltraité, qu'elle pouvait maintenant protéger comme elle n'avait jamais pu protéger Jonnie. La lame de l'accusation de sa mère plongea profondément, mais elle connaissait cette tactique. Sa mère essayait de détourner la conversation de ses propres échecs.

« Maman, la perte de Jonnie n'est pas une raison...

— Et ton père aussi me manque, ajouta Suzanne. Si Patrick avait été là, jamais Jonnie n'aurait été enlevé.

— On n'en sait rien.

— Je le sais. Quand on s'est marié, il avait promis de ne jamais m'abandonner. Mais il est parti, il a rompu sa promesse. Et regarde ce qui est arrivé. »

Rebecca regarda sa mère. Suzanne est une enfant, pensa-t-elle tristement. Elle avait été une délicieuse enfant choyée et aimée et elle ne pouvait pas comprendre que sa vie magique ait disparu. Ce qu'elle n'avait jamais réalisé non plus, c'est que le monde ne tournait pas qu'autour de sa personne. Pour

Suzanne, tout était personnel. Elle pouvait admettre la peine de Rebecca au sujet de Patrick et de Jonnie mais elle ne pouvait pas compatir parce qu'elle ne pouvait ressentir que son propre anéantissement. Et elle était persuadée qu'elle était en droit de faire souffrir tout le monde autant qu'elle souffrait elle-même.

« Maman, tu ne ressens peut-être pas la même chose pour Franck que pour Papa, mais tu l'aimes, dit doucement Rebecca. Il a toujours été si bon avec toi, si bon avec nous tous et depuis si longtemps. S'il te plaît, essaie de te reprendre. Sinon, tu vas le perdre. »

Elle s'attendait à ce qu'elle rétorque agressivement, mais Suzanne ne fit que la regarder impassiblement, puis elle se resservit un verre de vin. Dégoûtée et désespérée, Rebecca quitta la pièce. À peine avait-elle atteint sa chambre qu'elle entendit, plus fort que jamais, *A Whiter Shade of Pale*. Elle s'assit sur son lit, retira son pendentif, et regarda à l'intérieur la photo souriante de Jonnie. « Plus rien n'est pareil depuis que tu es parti, dit-elle. Je me demande si les choses s'arrangeront un jour. »

Sean sauta sur le lit à ses côtés. Elle remit son pendentif et lui caressa la tête. « Allons nous promener, histoire de sortir de cette maison de fous. » Quand elle était rentrée à la maison, le ciel était étrangement bleu-gris. À présent, de gros nuages d'orage sombres se profilaient à l'horizon. L'humidité était toujours très importante dans la vallée de l'Ohio, mais en cette fin du mois de juin, les températures excédaient d'environ cinq degrés les normales saisonnières. Ces orages fréquents ne surprenaient pas Rebecca et elle savait que les fermiers de la région les appréciaient, après la sécheresse de l'été dernier. Sean, lui, avait une tout autre opinion.

Il traînait derrière elle et à plusieurs reprises il regarda le ciel en gémissant. Rebecca s'agenouilla pour lui caresser les oreilles. « As-tu besoin de réagir comme ça pour quelques nuages, grand courageux ? »

Ils continuèrent à avancer, en prenant la direction de Lamplight Lane sur une petite route étroite en asphalte sur laquelle se trouvait un simple panneau de bois annonçant Le Domaine de l'Oiseau Moqueur. Autrefois, la somptueuse demeure de Carson Dobbs trônait seule dans ce domaine., mais la maison avait brûlé peu de temps après son suicide. Les enquêteurs de l'assurance avaient pu prouver l'incendie volontaire, et la famille n'avait reçu aucun dédommagement. Après la Seconde Guerre mondiale, un investisseur avait envisagé de faire construire quelques maisons modestes, mais le grand-père de Rebecca avait alors acheté le terrain pour éviter la multiplication de ce qu'il appelait les «maisons de papier». Il avait légué le terrain à Patrick, sachant qu'il ne le revendrait pas pour en tirer profit et, maintenant, il appartenait à Suzanne.

Le terrain était recouvert de végétation bien que Franck envoyât chaque année une équipe avec des tondeuses et du gros équipement pour nettoyer. Rebecca savait que son père l'avait gardé pour qu'elle, Jonnie et Molly puissent y faire bâtir de jolies maisons, s'imaginant qu'ils vivraient là, heureux, tous les trois pour toujours aux côtés de Suzanne et lui. Elle se souvenait que, durant son adolescence, Franck avait essayé de faire faire quelque chose de ce terrain à Suzanne, mais elle s'y était toujours opposée, se raccrochant toujours au rêve de Patrick. Maintenant que Jonnie était parti, elle n'avait plus aucune raison de laisser cette terre à l'abandon. Peut-être avait-elle simplement perdu tout intérêt pour elle.

Rebecca mit sa tête en arrière, ferma les yeux et prit une longue respiration de cet air empli de l'odeur de la pluie approchante. D'une certaine manière, elle se sentait plus calme. Elle ouvrit les yeux. Un faucon la survola, il tenait une souris dans ses serres. Son calme, ébranlé, fut remplacé par la répulsion. Elle savait bien que tout le monde devait manger. Cependant...

Tout près, elle entendit un chat miauler. Elle regarda vers la droite et vit un oiseau posé sur un buisson. Il était gris ardoise avec la tête noire. C'était un oiseau hurleur, appelé de la sorte à cause du miaulement qu'il émettait. La plupart des gens disaient que Carson Dobbs, qui avait lui-même baptisé le domaine, avait confondu «oiseau hurleur» et «oiseau moqueur». Rebecca n'était pas experte en oiseaux, mais le son particulier de celui-ci lui fit penser à Sonia qui avait dit avoir entendu un chat puis vu Jean Wright le faire entrer chez elle peu de temps avant que Todd ne soit enlevé. Sonia avait vu Jean, Jean avait probablement vu Sonia, qui savait qu'elle était à la maison alors que Jean clamait le contraire.

Rebecca s'arrêta au milieu de la route. Une douleur familière et redoutable envahit sa tempe droite. Les buissons et les arbres qui l'entouraient commencèrent doucement à se brouiller, puis ils disparurent. À la place, elle vit un amas de livres, et ressentit un frisson dû à l'air conditionné. Elle regardait une jeune fille mince aux cheveux noirs assise à une table en train de lire un livre, et prenant des notes dans un cahier à spirale. La vision de Rebecca était celle de quelqu'un qui observe une pièce, vide à l'exception de cette fille et d'un autre jeune homme qui ne l'accompagnait pas, quelqu'un qui semblait sur le point de partir. Rebecca ressentait le sentiment de satisfaction de la personne qui observait. Il pouvait attendre. Attendre que la jeune fille soit seule.

Attendre que Sonia soit seule.

Le Domaine de l'Oiseau Moqueur reparut. Rebecca était debout, tendue, les mains froides, la sueur coulant sur son front. Sean releva la tête pour la regarder, il gémit, puis passa la patte sur sa jambe. « Oh mon Dieu, murmura-t-elle. Quelqu'un va tuer Sonia. »

II

MARDI, 20 h 20

Rebecca se retourna et se mit à courir vers Lamplight Lane. Elle avait lâché la laisse de Sean, mais il courait à ses côtés, la dépassant même avec la vitesse naturelle de tous les bergers australiens. L'image de Sonia à la bibliothèque avait disparu, mais Rebecca était toujours aussi paniquée. Elle avait ressenti un étrange lien avec la jeune fille plus tôt dans la journée. Maintenant, elle sentait que Sonia était en danger, et elle ne remettait absolument pas ce sentiment en doute.

Elle haletait en prenant Lamplight Lane après avoir quitté le Domaine de l'Oiseau Moqueur. Elle savait parfaitement que certains voisins étaient en train de la regarder courir comme une dératée, mais elle s'en fichait. L'opinion publique avait déjà fait d'elle un phénomène. Autant continuer à alimenter leurs conversations.

Une fois de plus, les choses qui l'entouraient semblèrent disparaître. Elle se trouva devant une table derrière laquelle apparaissaient de hautes étagères pleines de livres. Un regard passé entre les livres fixait l'arrière de la tête de Sonia. À travers ce regard, Rebecca vit l'éclat des cheveux bruns de Sonia, le dos de son tee-shirt bleu, la taille fine de son jean, la courbe de ses hanches, et ses sandales posées à côté de ses pieds nus croisés au niveau des chevilles. Elle était assise sur une chaise en plastique devant une table en Formica. Elle aperçut même le bracelet de la montre de la jeune fille et le vernis rose sur ses ongles. Rebecca en avait presque la nausée.

Elle remonta l'allée devant la maison et s'écrasa presque contre la porte d'entrée qui était fermée. Elle sonna frénétiquement et Betty vint lui ouvrir. « Mon Dieu, chérie, que se passe-t-il ?

— Je n'ai pas le temps de t'expliquer », lâcha Rebecca en grimpant l'escalier, Sean sur ses talons. Une fois dans sa chambre, elle attrapa le téléphone et appela le commissariat. Bill était absent, mais un jeune agent l'écouta pendant qu'elle racontait son histoire de jeune fille en danger à la bibliothèque. « Et comment le savez-vous, madame ?

— Je le sais, c'est tout, dit Rebecca, en entendant le ton perplexe de sa voix. Allez là-bas. La jeune fille s'appelle Sonia Ellis. Elle a de longs cheveux bruns...

— Et comment avez-vous dit que vous vous appelez, déjà ?

— Rebecca Ryan. Comme je vous le disais, elle a de longs cheveux bruns...

— Oh, Rebecca Ryan. Celle des perceptions extra-sensorielles ? »

Rebecca garda le silence un moment. « Allez à la bibliothèque. Si vous ne le faites pas, vous le regretterez.

— Est-ce une menace, madame ?

— Pour l'amour de Dieu ! » explosa Rebecca avant de raccrocher. Elle appela Bill chez lui. juste le répondeur. En trois minutes, elle avait récupéré les clefs de la voiture et elle se dirigeait vers la Thunderbird. « Chérie, mais que t'arrive-t-il donc ? lui demanda Betty en la suivant à la voiture. Où vas-tu ?

— Occupe-toi de Sean pour moi. Tout va bien. »

Rebecca sortit en trombe de l'allée alors que Betty essayait tant bien que mal de tenir la laisse de Sean. Cela lui prendrait au moins dix minutes pour atteindre la bibliothèque, même si tous les feux étaient verts et qu'elle ne se faisait pas arrêter pour excès de vitesse. C'était trop long. Son esprit bouillonnait en essayant de chercher une solution. Si seulement ce satané agent l'avait écoutée. Si seulement Bill avait été chez lui. Peut-être était-il chez Molly. Elle prit son portable et composa le numéro de Molly. Quelqu'un décrocha mais il y avait tellement de friture sur la ligne que Rebecca ne put comprendre un mot. Elle s'annonça et demanda à ce que Bill ou un autre agent aille tout droit à la bibliothèque sans même savoir si quelqu'un l'entendait à l'autre bout de la ligne.

« Merde, merde, merde », marmonna-t-elle en fusillant du regard un panneau de stop devant elle. À cette allure-là, elle n'arriverait jamais à temps à la bibliothèque pour pouvoir aider Sonia.

Si c'était bien là qu'elle était. Qu'avait dit Franck déjà ? Que Mme Ellis ne voulait pas que Sonia fréquente Randy Messer et qu'elle n'irait sans doute pas à la bibliothèque mais à un rendez-vous secret avec lui. Dans ce cas, la vision de Rebecca était complètement fausse. Ce qui n'était jamais arrivé. Il arrivait que ses visions soient vagues, mais jamais imaginaires, comme dans les rêves. Elle fouilla dans son sac pour retrouver la carte que Sonia lui avait donnée à la bijouterie et sur laquelle figurait son numéro personnel. Elle composa le numéro et une voix masculine adolescente plutôt nasale l'accueillit avec un charmant : « Ouais ?

— Suis-je bien chez Sonia Ellis ?

— Ouais.

— Pourrais-je lui parler ? » Encore de la friture. Rebecca soupira puis répéta la question.

« Je vous dis qu'elle n'est pas à la maison.

— Pourriez-vous me dire où elle est ?

— Vous êtes journaliste ? C'est vous la Kelly Keene ?

— Non, je suis Rebecca Ryan. J'ai rencontré Sonia à la bijouterie aujourd'hui. Il est vraiment très important que je puisse lui parler. Puis-je vous demander qui vous êtes ?

— Cory.

— Bonjour, Cory. »

Friture. Rebecca voulut crier contre ce bruit et contre cet enfant bredouillant, mais elle s'efforça de rester polie quand les parasites eurent disparu. « Je sais que cet appel peut vous paraître étrange, mais Sonia m'a donné son numéro. » Elle commença à lui raconter qu'elle était peut-être en danger, mais Rebecca sentait que le garçon allait lui raccrocher au nez. « Je voulais acheter une bague. Mais je n'arrivais pas à me décider, alors Sonia m'a demandé de l'appeler si je prenais une décision pour qu'elle puisse la mettre de côté pour moi jusqu'à ce que je passe à la boutique demain après-midi.

— Oh. Alors vous voulez la bague ?

— Oui. C'est pour cela qu'il faut absolument que je parle à Sonia ce soir. Elle m'a dit qu'elle irait sans doute à la bibliothèque. Vous croyez qu'elle y est ?

— Possible. » Rebecca était sur le point de perdre patience quand Cory se mit soudainement à lui déverser un tas d'informations. « Je suis son frère. Ce soir, elle a parlé d'une femme qui est venue au magasin pour essayer une bague. Je suppose que c'est vous. Elle a dit que vous flirtiez avec un docteur. » Génial, pensa Rebecca. Flirter. « Enfin, elle a dit à Maman qu'elle allait à la bibliothèque. Elle y est sans doute, mais parfois elle va voir

Randy Messer. Elle n'est pas supposée le fréquenter mais elle le fait quand même. Moi, je ne dis rien et elle ne dit rien sur le reste... Enfin, sur les choses que je fais. Peu importe, elle a dit que vous étiez sympa, alors je suppose que je peux vous dire qu'elle est à la bibliothèque, mais si vous allez là-bas pour lui dire que vous voulez cette bague et qu'elle est avec Randy, ne le dites pas à Maman. » Puis il ajouta sérieusement : « Ça, ce ne serait pas cool du tout. »

Cory prononça ces mots comme si c'eût été synonyme de sa propre fin. « Ne vous inquiétez pas, je n'en ferai rien. Avez-vous une idée de l'endroit où elle peut être à l'intérieur de la bibliothèque ?

— Je n'y vais jamais. » Cory parut scandalisé rien que d'y penser. « Cependant, ce ne devrait pas être trop compliqué de la trouver là-bas, ajouta-t-il, serviable. Ce n'est quand même pas la bibliothèque municipale de New York. Hé, vous avez déjà vu *La Planète des singes*, quand ce gars retrouve les ruines souterraines de la bibliothèque de New York et que ça le rend complètement dingue ?

— Eh bien, oui, j'ai vu ce film plusieurs fois...

— Ah oui, et j'aime beaucoup le moment où les singes viennent sur la terre, qu'ils passent dans les émissions de télévision et puis il y a cette femme qui a un bébé singe et les scientifiques veulent le lui prendre...

— Cory, je ne t'entends plus, cria Rebecca, finalement heureuse qu'il y ait des parasites. Merci pour ton aide. »

Mon Dieu, pensa-t-elle. Ce pays sera-t-il dirigé un jour par tous les Cory du monde ? Si c'est le cas, les singes mettront peu de temps à prendre le contrôle.

Il se pouvait donc que Sonia soit à la bibliothèque. Au moins maintenant elle savait où était la jeune fille. La seule ombre au tableau était qu'elle savait aussi que sa vision était réelle. Quelqu'un était en train d'épier Sonia, en savourant ce moment.

Un feu passa au rouge et elle faillit rentrer dans le gigantesque Explorer qui se trouvait devant elle. Rebecca remarqua que le conducteur jetait un œil vers elle dans son rétroviseur avant que le gros 4 × 4 ne disparaisse. Son cœur battait plus vite. Elle sentait sa température intérieure monter.

Le jeune garçon assis près de Sonia referma son livre, le reposa avec les deux autres sur la table et mit son stylo dans la poche de sa chemise. Il sourit, intéressé, à Sonia qui ne prêtait pas attention à lui. Paumé, pensa l'observateur. Le type hésita, prit ses livres et fit le tour de la table, espérant capter le regard de Sonia qui était maintenant en train de prendre des notes. Il passa devant l'observateur sans même lui jeter un coup d'œil.

Un klaxon retentit derrière Rebecca. Elle revint à elle pour s'apercevoir que l'Explorer était déjà loin devant elle. Génial, pensa-t-elle. Je laisse passer le feu vert, alors que le temps est si précieux.

Quatrième Avenue. La bibliothèque n'était plus qu'à cinq minutes. Mais Sonia pouvait se faire tuer en cinq minutes.

Une fois de plus, Rebecca composa le numéro de téléphone de Molly. Une fois de plus la ligne était occupée. Il était inutile de rappeler la police. La bibliothèque. Il fallait envoyer un employé à la recherche de Sonia, pensa Rebecca. L'observateur n'attaquerait sans doute pas deux personnes à la fois, même désarmées. Elle appela les renseignements, puis la bibliothèque. Trois sonneries retentirent avant qu'une voix masculine ne lui dise : « Bibliothèque de Sinclair. Puis-je vous aider ?

— Oui. Dieu merci. » Non, il ne fallait pas qu'elle ait l'air paniquée. Rebecca reprit sa respiration. « Il y a une jeune fille à la bibliothèque. Il est très important de la faire venir dans le bureau principal. Elle a environ dix-huit ans, elle est mince avec de longs cheveux bruns. Elle est très mignonne.

— Je vois. Y a-t-il eu un accident ? L'appelez-vous pour lui annoncer une mauvaise nouvelle ?

— Non. Enfin oui. Il faut je lui parle. C'est urgent.

— Oh, mais j'en suis persuadé.

— Pardon ?

— Vous êtes en train de me parler de Sonia Ellis. Je sais que vous êtes Kelly Keene. Vous l'avez déjà suivie jusqu'à la bibliothèque avant, vous avez essayé de l'importuner avec vos insultantes questions et elle m'a demandé tout comme sa mère de vous tenir à l'écart. Alors, mademoiselle Keene, je trouve que Sonia est une jeune femme très bien. Polie. Discrète. Je n'irai pas la déranger, parce que je sais que vous utilisez ce truc pour l'avoir. Me croyez-vous stupide ? »

Oui, je crois que tu es un parfait idiot, pensa Rebecca hors d'elle. « Mais ce n'est pas un truc...

— Cela ne marche pas, madame. Il faudra utiliser vos tactiques de journaliste sur quelqu'un de moins crédule. »

Elle entendit un clic. Sonia avait trouvé le protecteur idéal. Mais Rebecca avait déjà goûté à l'insistance de Kelly Keene. Pas étonnant que Sonia essaie tout ce qu'elle pouvait pour lui échapper et continuer à vivre normalement. Mais quel manque de chance ! Peut-être Rebecca n'était-elle faite que pour voir des circonstances dramatiques sans être capable d'y remédier ? Les nuages d'orage qui avaient effrayé Sean un peu plus tôt roulaient juste au-dessus d'elle, bourgeonnant, de plus en plus menaçants dans le ciel gris jaunâtre. Habituellement il n'aurait pas fait aussi nuit avant une heure. Le vent balayait les rues, et les oiseaux s'envolaient pour se mettre à l'abri.

Rebecca tourna à droite pour prendre une rue moins embouteillée qui longeait le fleuve Ohio. Ici, à Sinclair, l'Ohio était large de près de cinq cents mètres et le vent soufflait maintenant si fort qu'il avait fait s'envoler les bâches blanches couvrant les cargaisons de charbon tirées par les remorqueurs.

Rebecca ralentit son allure alors que sa vue recommençait à se brouiller. Une fois de plus, une image translucide s'imposa à elle. De joyeux passagers sur un radeau de bois dérivaient sur l'eau qui reflétait le soleil et l'embarcation se rapprochait d'une cabane en rondins située étrangement près du rivage. Il y avait de jolies collines bleu-vert au-dessus de la cabane et un aigle planait dans le ciel azur. Mais qu'est-ce que c'est que ça ? se demanda Rebecca alors qu'elle luttait pour continuer à garder le contrôle de la voiture malgré sa vision. Quel rapport y a-t-il entre cette scène de contes de fées et Sonia ? Cela ne pouvait pas être réel. Cela ressemblait à un tableau.

Ou à une fresque. Soudain, l'image disparut alors que Rebecca venait de se rappeler la fresque naïve d'amateur qui se trouvait sur l'un des murs au troisième étage de la bibliothèque, dans la salle des Pionniers. Elle devait encore être en train de voir à travers les yeux de l'observateur, qui s'étaient arrêtés sur cette fresque et venaient de lui indiquer l'endroit où se trouvait Sonia.

Rebecca tourna à droite dans la Première Avenue, qui était parallèle au fleuve. L'eau était maintenant bruyante, sombre et infiniment profonde alors que l'obscurité progressait et que les éclairs étincelaient dans les épais nuages.

Elle parcourut un pâté de maisons à vive allure, avant d'apercevoir enfin la bibliothèque. Construite peu après le début du siècle, elle avait été dessinée par un architecte qui adorait le gothique. C'était un imposant bâtiment de pierres grises qui comportait de trop nombreux ornements et ne possédait pas suffisamment de fenêtres. Rebecca avait toujours pensé qu'il ne manquait plus que les gargouilles sur le toit.

Le parking était presque vide. Elle prit une place pour handicapé tout près de la porte d'entrée, courut hors de la voiture jusqu'en haut des marches, et fit irruption dans la salle principale de la bibliothèque. Derrière le comptoir se trouvait un homme entre deux âges, impeccablement vêtu dont les mâchoires tombèrent quand elle se mit à crier : « Appelez la police ! Envoyez quelqu'un dans la salle des Pionniers !

— Mais qu'est-ce... Que faites... Madame, arrêtez ! Arrêtez !

— Appelez la police ! hurla Rebecca. Quelqu'un va être assassiné. Faites-le !

— Mais vous êtes folle ? lança l'homme. Arrêtez, je vous dis... »

Rebecca oublia l'ascenseur, se souvenant qu'il se déplaçait à la même vitesse qu'un glacier. Elle se précipita vers les escaliers et les monta quatre à quatre. Quand elle eut atteint le deuxième étage, elle faillit presque tomber alors que son esprit s'échappait à nouveau dans celui de la personne qui épiait Sonia. Sonia s'étira, jeta un œil autour d'elle et regarda sa montre, puis elle balaya ses longs cheveux sur son épaule, découvrant sa nuque pâle avant de replonger dans son livre. Une proie facile, pensa l'observateur avant de se pencher vers la jeune fille. Plus près, encore plus près...

« Sonia ! avait crié Rebecca avant que l'image ne disparaisse. Sonia, sors d'ici ! »

Si la jeune fille avait répondu, Rebecca n'avait pas pu le voir. Le plancher et les escaliers redevinrent clairs. Elle se sentait glacée, fiévreuse et étourdie aussi, comme si elle allait s'évanouir mais elle continua, montant les escaliers en trombe sans regarder ses pieds.

Fais-le maintenant. Les pensées de l'observateur envahissaient l'esprit de Rebecca. *Vite. Elle redresse la tête.*

Rebecca vit la pièce. Elle vit une main qui s'avançait vers Sonia et la jeune fille commencer à tourner la tête alors qu'un objet en métal heurtait sa nuque, en émettant un son et une lumière bleue. Sonia s'évanouit, puis tomba de sa chaise. Un pistolet paralysant, pensa Rebecca. L'agresseur de Sonia ne voulait pas qu'elle crie. Il voulait qu'elle soit inconsciente avant de commettre son odieux crime.

Rebecca pénétra dans la pièce en haletant alors qu'une silhouette en jean et en coupe-vent en nylon noir à capuche soulevait Sonia. En gardant la tête baissée, l'observateur se précipita vers l'interrupteur en un mouvement rapide, à l'image d'un animal. Les néons s'éteignirent. La pièce n'était maintenant éclairée que par les deux étroites fenêtres qui se trouvaient en hauteur.

Rebecca entendit le bruit sourd de voix qui criaient, mais il lui semblait qu'elles venaient de très loin. À coup sûr, le bibliothécaire était toujours derrière son comptoir à marmonner et à s'agiter inutilement. Peut-être qu'un autre à la tête un peu plus froide avait appelé la police, mais elle n'entendait aucun pas dans les escaliers ni le bruit de l'ascenseur, lent mais bruyant.

Rebecca ne pouvait pas respirer normalement. Elle ne parvenait qu'à respirer rapidement et inefficacement, ce qui augmentait la vitesse des battements de son cœur. Elle avait peur de faire de l'hyperventilation et de s'évanouir. Elle se laissa tomber sur les genoux, pour disparaître de la lueur faible qui provenait des étroites fenêtres. Elle savait que l'observateur ne pouvait pas être en train de tuer Sonia. Il avait perdu une occasion en or en allant éteindre les lumières. Cependant, elle pouvait le sentir derrière elle. Elle devait atteindre Sonia avant qu'il n'ait rejoint le corps inconscient de la jeune fille. Rebecca savait qu'il les attaquerait toutes les deux, mais il ne serait pas aussi facile de la tuer elle que de tuer Sonia. Elle était consciente et forte, à moins qu'il ne la prenne par surprise avec son pistolet paralysant comme il l'avait fait avec Sonia.

Rebecca resta un moment silencieuse, essayant de reprendre son souffle. Elle était accroupie entre Sonia et la porte de la salle des Pionniers. D'après ses souvenirs, la pièce faisait environ cent cinquante mètres carrés. La taille paraissait impressionnante mais la pièce était remplie de casiers à livres et de vitrines pleines d'objets de l'artisanat local.

Elle crut entendre le bruit sourd d'un mouvement qui semblait provenir de l'endroit où gisait Sonia. Rebecca se mit à plat ventre et se rapprocha de Sonia en rampant. La pluie commençait à battre les carreaux. Mais où était donc cette escouade de policiers censés venir les sauver ? L'idiot derrière le comptoir avait-il appelé quelqu'un ? S'il ne l'avait pas fait, quelqu'un s'en était sans doute chargé, pensant que Rebecca était une échappée de l'asile.

Pour le moment, elle se faufilait vers Sonia, ressentant bien que l'observateur suivait ses mouvements. Enfin, elle parvint à toucher une mèche de cheveux soyeux étendue sur la moquette. Elle se rapprocha de Sonia, en se demandant ce qu'elle pourrait bien faire si elle était attaquée. Elle n'était même pas armée. Elle n'avait pour l'aider que son corps et sa perspicacité. Elle n'était heureusement ni stupide ni lâche.

Elle aurait pourtant bien aimé avoir un pistolet.

Rebecca se mit sur le côté, pour couvrir le corps de Sonia. Elle ne voulait pas écraser la jeune fille de tout son poids car elle ne connaissait pas l'étendue des blessures que le pistolet avait occasionnées à sa nuque. Chacune de ses respirations était longue et bruyante.

Et puis l'observateur fut là. Rebecca ressentit la chaleur d'un corps, entendit un souffle lourd et put sentir le parfum d'un adoucissant. Son cœur était pétrifié, mais son esprit fonctionnait à toute allure. « Il y a quelqu'un ? » demanda-t-elle pitoyablement. Elle paraissait faible et terrifiée, mais elle se sentait forte et déterminée. « S'il vous plaît, ne nous faites pas de mal. Je n'ai rien vu du tout.

— Voir. C'est là tout le problème, n'est-ce pas, Rebecca ? murmura une voix. Tu n'as pas besoin de tes yeux pour voir. C'est ce qui te rend dangereuse.

— Oh, non, s'il vous plaît, ajouta-t-elle avec un tremblement pathétique dans la voix. Je n'ai que vingt-six ans... »

Malgré la lumière faible, elle put apercevoir le contour d'un objet métallique lourd qui s'approchait de sa nuque. Le pistolet paralysant.

Rebecca lança sa jambe droite en poussant un grognement pour se donner encore plus de force. Le bout de sa chaussure heurta quelque chose. Pas mou comme un entrejambe mais plutôt la partie intérieure d'une jambe. L'observateur laissa échapper un juron. Enfin, on commença à frapper à la porte de la salle des Pionniers. L'observateur avait bien entendu verrouillé la porte après avoir éteint les lumières. « Au secours ! cria Rebecca. Enfoncez cette porte ! »

Une main se referma sur son cou, l'aplatissant contre le sol. Elle était terrifiée par le pistolet. Elle pouvait être électrocutée et tuée en quelques secondes. Rebecca donna un autre coup de pied, dans le vide cette fois. Elle gardait les mains serrées contre son corps car elle savait qu'elles seraient des cibles faciles pour le pistolet, si elle les agitait.

Le poids du corps s'abattit sur le sien. Mon Dieu, allait-elle être violée avant d'être tuée ? Violée avec une foule de gens juste derrière la porte, une foule qui n'arrêtait pas de cogner et de crier inutilement pendant que le nigaud de bibliothécaire trop bien habillé cherchait la clé ? Cela ferait sans doute plaisir à ce malade. Le but était de faire taire Sonia et Rebecca. Un viol brutal serait un extra.

Mais personne ne déchira ses vêtements. Personne ne se frotta contre elle en simulant l'acte sexuel. Rebecca sentit juste des doigts caresser sa nuque, un souffle court au creux de son oreille, comme si la panique se mêlait à l'envie.

Rebecca eut un mouvement de recul. Son dégoût était plus fort que sa crainte.

Sonia se mit à gémir au moment même où les vitres explosaient et des voix s'élevaient. « Vous allez bien là-dedans ? La police est là. Ils sont des dizaines. »

Rebecca reconnut la voix adolescente et nasillarde. Elle connaissait cette voix. Cory Ellis, le jeune frère de Sonia. « On a cassé toutes les vitres de la porte. On entre ! J'ouvre, et toi le fils de pute, tu laisses ma sœur tranquille !

— Retire-toi de mon chemin, fiston ! ordonna une voix grave d'homme avant de répéter les mots de Cory : Nous entrons ! »

Le poids oppressant quitta le corps de Rebecca. Puis une main gifla son visage si fort qu'elle sentit ses dents se déchausser. « Salope ! Tu gâches toujours tout ! » L'observateur agrippa son poignet et elle ressentit un tiraillement au niveau du tendon. Puis ce fut le tour de l'autre poignet. Le tout en quelques secondes. L'observateur la laissa. La porte de la salle des Pionniers vola en éclats contre le mur. D'autres vitres explosèrent et elle ferma les yeux, éblouie par la lumière des néons qu'on venait de rallumer. En essayant de reconnaître les voix dans le brouhaha, elle entendit quelqu'un hurler : « Bon Dieu, il est parti ! »

Rebecca s'évanouit.

12

I

Rebecca et Sonia partageaient une ambulance bien que Rebecca se sente parfaitement capable de conduire seule jusqu'à l'hôpital. « Est-ce que ça va aller pour elle ? demanda-t-elle à l'urgentiste en regardant le visage pâle et les yeux clos de Sonia.

— La tension et les pulsations cardiaques sont normales. Ce satané pistolet paralysant l'a brûlé à quelques endroits sur la nuque. La peau est fine à cet endroit. » La femme blonde dans l'ambulance la regarda, interrogative. « Vous n'avez pas vu le salopard qui a fait ça ?

— Non, je ne l'ai pas vu.

— Bien sûr. La dernière fois que je vous ai transportée, vous hurliez que vous étiez aveugle. Difficile d'utiliser cette excuse aujourd'hui. »

Rebecca reconnut finalement la voix. C'était la femme qui avait été si dure avec elle après l'accident au Dormaine. Elle pensait que Rebecca avait envoyé sa voiture dans l'arbre parce qu'elle était saoule. Elle se leva pour se diriger vers Sonia.

« Asseyez-vous, madame. Vous pissez le sang partout dans mon ambulance. »

Rebecca baissa les yeux vers ses bras. Les tiraillements qu'elle avait ressentis dans ses poignets tout à l'heure avant que l'observateur ne s'enfuie. En fait, il l'avait coupée. « Si je perds mon sang, pourquoi ne me mettez-vous pas d'autres pansements ? lança Rebecca.

— L'hôpital s'en occupera. Je vous demande juste de vous calmer et de ne pas faire tout ce raffut.

— Mais je ne fais pas de raffut », commenta Rebecca avant de se taire. Cette femme ne l'aimait pas. Rien de ce qu'elle pourrait dire ne ferait de différence.

Au moment où ils atteignaient l'hôpital, Rebecca se sentit tout étourdie. Elle trébucha en sortant de l'ambulance et quelqu'un vint l'aider. Avant d'avoir pu voir son visage, elle tomba dans les pommes. À son réveil, elle était installée dans une salle de soin. Le visage d'une infirmière se trouvait à environ dix centimètres du sien. Rebecca cria presque avant que la femme ne lui dise : « Tout va bien. Vous êtes en sécurité à l'hôpital.

— Où est Sonia ? demanda Rebecca.

— Elle est en train de se faire examiner par le Dr Bellamy. Je m'appelle Myra. Myra Kessel. Je ne travaille d'habitude pas aux urgences mais c'est plutôt l'hécatombe ici ce soir. » Elle prit la main de Rebecca. « Vous allez bien, mademoiselle Ryan. À part ces entailles aux poignets. Elles auraient pu être beaucoup plus profondes. Mais vous avez tout de même perdu pas mal de sang.

— Les gens vont penser que j'ai voulu me suicider. »

Myra sourit, le regard rieur. « Les gens pensent que vous êtes un héros.

— Mais ce n'est pas vrai. Sonia est blessée...

— Sonia est en vie grâce à vous. Maintenant, j'aimerais que vous vous rallongiez et que vous vous reposiez. On laisse vos bras surélevés et un aide-soignant va venir suturer vos poignets.

— D'accord. » Rebecca se sentait à nouveau étourdie, alors elle se rallongea, fermant les yeux face à la lumière aveuglante. L'heure qui venait de s'écouler paraissait complètement irréelle. Elle ne comprenait toujours pas parfaitement tout ce qui s'était passé. Mais l'infirmière avait dit que Sonia était en vie et c'est ce qui importait le plus.

« Le frère de Sonia, dit-elle à l'infirmière qui était en train de préparer le plateau à suture. Il était à la bibliothèque, madame Kessel. Est-il venu jusqu'ici ?

— Les héros doivent m'appeler Myra. Et oui, il est ici.

— Et Mme Ellis ?

— Nous n'avons pas pu mettre la main sur elle. Le frère nous a dit qu'elle était à sa répétition de chorale mais, quand on a appelé l'église, personne ne l'avait vue là-bas. » Elle sourit. « Mais votre père est ici. Voulez-vous le voir ?

— C'est mon beau-père, dit Rebecca. J'aimerais beaucoup le voir.

— À la condition expresse que vous reposiez cette jolie tête et que vous cessiez de vous inquiéter. Je vous ai déjà dit que tout allait bien maintenant. Je reviens tout de suite. »

Tout va bien maintenant. Les mots résonnèrent dans la tête de Rebecca. Tout allait bien à part que quelqu'un avait essayé d'assassiner une gamine de dix-sept ans, et elle en prime si Cory n'avait pas donné l'assaut contre la porte de la bibliothèque. Oui, tout allait vraiment parfaitement bien, pensa Rebecca, à la différence près qu'un meurtrier était en liberté.

Franck se rua dans la salle de soin, pâle comme si chaque goutte de sang avait quitté son visage. Ses yeux noisette étaient ébahis et, pour une fois, ses cheveux poivre et sel étaient décoiffés. Il vint à ses côtés, toucha son front et murmura : « Bonté divine, Rebecca. Comment vas-tu ?

— Je crois que physiquement je vais bien. Pour ce qui est de l'émotionnel, c'est moins sûr. Je n'arrive tout simplement pas à croire ce qui s'est passé, Franck. C'est encore plus bizarre que tout ce que je pourrais inventer pour l'un de mes livres. Je suppose que Maman n'est pas là. »

Franck avait toujours l'air consterné mais il répondit calmement : « Tu sais bien qu'elle n'était pas en forme au dîner. Je ne lui ai même pas raconté ce qui s'était passé parce que de toute façon elle était incapable de venir...

— Tu veux dire qu'elle est toujours ivre. Eh bien, ce n'est pas grave. On m'a dit que Mme Ellis n'était pas là non plus. Et pas à la chorale où elle était supposée être. »

Franck finit par sourire. « Parce que tu es blessée, je vais te raconter une rumeur croustillante pour te remonter. Je crois que

Mme Ellis a menti au sujet de la répétition de chorale. Je suis pratiquement sûr qu'elle a une aventure. »

Rebecca fit semblant d'être très choquée. « La veuve du révérend ? »

Franck acquiesça solennellement. « Ce sont les pires. Je suis peut-être en train d'échafauder mais, en trois mois, elle a perdu cinq kilos, elle commence à se maquiller et je ne l'ai jamais vue aussi gaie. Elle est même plutôt attirante maintenant.

— Tu aurais dû être détective, Franck. Cory est au courant ?

— Certainement pas. Et j'ai un dilemme. Il n'est pas seulement bouleversé par ce qui est arrivé à sa sœur ; en plus, il est inquiet au sujet de l'absence de sa mère, même s'il ne veut pas l'admettre. Je suis sûr qu'elle n'a rien dit aux enfants concernant l'homme de sa vie parce qu'elle est trop nerveuse. Alors, si je rassure Cory, je dévoile son terrible secret. »

Rebecca grimaça. « Tu es suffisamment intelligent pour trouver une bonne excuse qui calmera Cory. Mais dis-lui vite quelque chose. C'est cruel de le laisser penser qu'il est arrivé un malheur à sa mère après ce que vient de vivre sa sœur.

— Tu as raison. Je t'avais bien dit que tu étais avisée, dit-il lucide. Chérie, comment as-tu su qu'il fallait que tu ailles à la bibliothèque pour sauver Sonia ?

— Elle m'avait dit qu'elle allait à la bibliothèque. Et puis, j'ai eu la vision de quelqu'un qui était en train de l'épier, cherchant à la tuer. Je sais que tu ne crois pas à mes visions, mais...

— Je pense que maintenant, j'y crois. Je suis désolé d'avoir douté de toi durant toutes ces années.

— Cela ne m'a jamais dérangée. Vraiment. Je les ai et il faut que je vive avec.

— Et grâce à toi, Sonia est en vie, soupira-t-il. Sa mère n'étant pas là, je crois que je devrai jouer les pères par intérim. Ça te dérange si je te laisse quelques instants pour aller voir comment elle va ?

— J'ai hâte de savoir comment elle va. Prends soin d'elle, s'il te plaît, Franck. Elle a besoin de quelqu'un de fort à ses côtés. »

Après que Franck eut quitté la pièce, Rebecca se sentit triste pour lui. Après la mort de Patrick, Franck avait été fort pour Suzanne. Rebecca ne savait pas ce qui serait arrivé à sa mère s'il n'avait pas été là. Puis il avait à nouveau dû être fort pour elle, après la mort de Jonnie. Et il avait toujours été fort pour Rebecca aussi, la soutenant dans sa décision de partir à La Nouvelle-Orléans, faisant même le premier voyage à ses côtés pour rester avec elle le temps qu'elle soit installée. Elle se souvenait d'être allée au Quartier français avec lui et des dîners charmants auxquels il l'invitait. Elle se souvenait également de l'argent qu'il lui donnait de force en lui disant qu'il fallait qu'elle mange correctement et qu'elle essaie de s'amuser un peu. Après tout, étant donné qu'elle ne pouvait pas toucher à ses économies avant l'âge de vingt et un ans, elle n'allait tout de même pas attendre pour pouvoir porter de jolis vêtements et partir en voyage aux vacances de printemps.

Puis il avait été fort pour Molly au moment où elle avait accouché de Todd. Et aujourd'hui, il remettait cela avec Sonia. Sa destinée semblait lui réserver le rôle du rocher, mais Rebecca était persuadée qu'il couvait une dépression. Franck paraissait vieilli, il était moins alerte et les étincelles avaient presque toutes disparu de son regard. Il avait même du mal à sourire. Elle se sentit soudain très en colère contre sa mère, de ne pas être plus gentille avec lui.

Puis tout à coup elle perdit à nouveau connaissance. Comme une lampe qu'on aurait éteinte. À son réveil, une couverture supplémentaire était posée sur elle et un jeune homme était en train de suturer ses poignets. « Que s'est-il passé ? demanda-t-elle affolée.

— Vous vous êtes à nouveau évanouie. Cela se comprend après tout ce que vous venez de vivre, mademoiselle Ryan. Vos bras vous font-ils souffrir ?

— Je n'ai plus l'impression d'avoir de bras. »

Il sourit. « Ils sont bien là tous les deux. Et je vais si bien les recoudre que vous n'aurez presque pas de cicatrice. Je suis le maître de la suture.

— C'est exactement ce que dit Clay Bellamy.

— C'est ce qu'il croit, dit le jeune homme en souriant. Je plaisante. On peut le faire avec lui. Plaisanter, je veux dire. Certains médecins pensent qu'ils sont des dieux sur terre. Mais pas Bellamy. Il est déjà venu vous voir deux fois. Il va revenir. Et un des enfants Ellis aimerait bien vous voir aussi.

— Sonia ?

— Non, son frère. Mais ce n'est pas une obligation.

— Cela me ferait plaisir, vraiment. Quand vous aurez fini, pourrez-vous me l'envoyer ? »

Peu de temps après, un garçon fin comme un roseau d'environ quatorze ans, les cheveux bruns hirsutes et couvert d'acné pénétra dans la pièce. Il portait un jean ample qui semblait vouloir glisser de ses hanches inexistantes et un tee-shirt Megadeth. Sonia était une pure beauté. Cory faisait penser à un Ichabod Crane avec son long cou, sa pomme d'Adam proéminente et ses grands yeux fébriles.

« Alors, comment allez-vous ? demanda-t-il.

— Bien, je te remercie, dit Rebecca. Tu as enfoncé la porte de la salle des Pionniers.

— C'était du double vitrage et il y avait un croisillon en métal au centre des carreaux.

— Haute sécurité. Je suppose que la direction de la bibliothèque craint que quelqu'un vienne dérober les pointes de flèches en silex dans les vitrines, comme si c'était impossible d'en trouver une tous les vingt centimètres dans la région. » Le rire de Cory émergea entre deux octaves. Il rougit furieusement en piétinant le sol. « Pourquoi es-tu venu à la bibliothèque, Cory ? Tu n'avais pas eu l'air inquiet pour Sonia quand j'ai appelé.

— À ce moment-là, je ne l'étais pas. Mais après avoir raccroché j'ai eu ce sentiment bizarre à son sujet. Elle n'arrête pas de répéter que personne ne la croit à propos de l'enlèvement. Je veux dire, au sujet de cette infirmière qui était chez elle alors qu'elle prétend le contraire. Et vous aviez l'air drôle, drôle bizarre, pas drôle ah ah. Et puis je me suis mis à penser à *La Planète des singes*. »

Rebecca le regarda interloquée. « Qu'est-ce que *La Planète des singes* a à voir là-dedans ?

— Eh bien, dans la série, les choses n'étaient jamais ce qu'elles paraissaient être et on le comprenait et on ne se disait pas qu'elles étaient stupides mais que peut-être il fallait aller voir ce qui se cachait là-dessous. » Le labyrinthe logique échappa à Rebecca mais elle acquiesça tout de même de la tête. « Après j'ai parlé de vous à quelqu'un qui vous connaît et on m'a raconté que vous aviez des perceptions extra-sensorielles. C'est trop cool, comme dans les *X-Files*. Je crois que j'en ai aussi. Vous croyez ?

— Je ne sais pas, dit Rebecca doucement.

— Mais si j'en avais, je suppose que je serais capable de dire où se trouve ma mère », dit Cory, apparemment très inquiet de l'absence de sa mère même s'il le cachait derrière cette discussion sur les perceptions extra-sensorielles. « D'habitude elle ne rate jamais une répétition de la chorale. Mais cela fait quelques semaines que, le dimanche, elle ne nous envoie pas à l'église, Sonia et moi. Peut-être que c'est un signe. »

Cela veut sûrement dire que comme elle ne va plus répéter à la chorale, elle ne peut pas chanter à l'église le dimanche et que si tu y vas, tu voudras savoir pourquoi, pensa Rebecca. « Je crois que Franck – M. Hardison, le patron de ta mère – doit avoir une idée sur l'endroit où se trouve ta mère. Tu devrais aller lui parler.

— Et comment saurait-il où elle est ? demanda Cory, la voix à nouveau défaillante. Vous pensez qu'elle pourrait perdre son boulot ?

— Non, bien sûr que non. Il a une très bonne opinion d'elle. » Et je suis lessivée, pensa Rebecca.

« Oh, ce sont vos visions, dit Cory excité. Vous savez qu'il sait. C'est vraiment trop cool. Il faut que je travaille sur les miennes, que je les aiguise. » Rebecca sourit tristement. « Je vais aller trouver M. Hardison tout de suite. Bon rétablissement. Et merci d'avoir sauvé Sonia. Parfois elle est vraiment chiante, mais je n'aurais pas voulu qu'elle meure. »

C'est sur ces éloquentes paroles au sujet de sa sœur que Cory quitta la pièce. Rebecca soupira de soulagement, puis sourit en repensant à Cory, tout excité à l'idée d'avoir des capacités de perceptions extra-sensorielles. Il ne se rendait pas compte de ce qui l'attendait

Clay arriva après un moment qui parut interminable. Il avait lui aussi l'air inquiet, mais il s'efforça tout de même de plaisanter. « T'est-il possible de rester en dehors des ennuis ?

— Je ne crois pas.

— J'ai environ une douzaine de versions de ce qui s'est passé. Promets-moi de me donner la vraie plus tard.

— Promis. Mais tu sais, c'était également très étrange même pour une excentrique comme moi. Comment va Sonia ?

— Quelques brûlures dues au pistolet. Une contusion. Des ligaments déchirés dans le cou. Elle est surtout très choquée. Sa mère vient enfin d'arriver et cela l'a réconfortée. Elle va bien sûr passer la nuit ici pour qu'on puisse lui faire passer d'autres examens.

— Je suis tellement soulagée. Quand est-ce que je rentre ?

— Demain.

— Quoi ? Et pourquoi pas ce soir ?

— Parce que. Que tu veuilles ou non l'admettre, tu n'es pas Wonder Woman. Tu viens de passer une semaine infernale et cela t'a ruinée. Tu t'es évanouie deux fois. Tu n'es pas passée loin des électrochocs.

— Je déteste les hôpitaux, Clay.

— Je suis désolé, mais tu devras te comporter comme une grande fille et le supporter. Je vais te donner quelque chose pour t'aider à dormir et, à ton réveil, ce sera le matin et tu pourras rentrer chez toi.

— Peux-tu faire venir Sean ?

— Non. Pas sans provoquer de scandale. » Il prit son poignet. « Tu seras bientôt complètement recousue de partout. »

Rebecca fronça les sourcils. « L'observateur n'a pas essayé de me tuer.

— L'observateur ?

— Je pouvais voir à travers ses yeux, alors c'est comme cela que je l'ai appelé. Mais c'est peut-être une femme. Enfin, ces entailles n'avaient pas pour but de me tuer. Et je ne comprends pas pourquoi il a fait ça.

— Il voulait te marquer à vie.

— Me marquer à vie ? » Clay acquiesça. « Je pensais que tu voulais devenir détective privé, pas profiler.

— Je reconnais que j'ai plus d'une corde à mon arc », dit Clay d'un ton cérémonieux. Il faisait son possible pour paraître léger, mais ses yeux étaient emplis d'appréhension. « Je ne sais pas comment m'est venue cette idée de marquage, mais cela me semble assez plausible. Tu as raison, il ne pouvait pas prétendre te tuer en sectionnant les vaisseaux en surface. Dieu merci, les coupures ne sont même pas assez profondes pour avoir touché les tendons et les ligaments, ce qui aurait pu provoquer une infirmité permanente. Mais tu garderas des cicatrices.

— J'ai dit à cette charmante infirmière Myra Kessel que les gens allaient croire que j'avais voulu me suicider.

— Exactement. Tu chercheras consciemment à les cacher et tu devras te confondre en explications devant les gens qui les apercevront. Elles feront de toi quelqu'un de suicidaire, d'instable. Alors, c'est sans doute ta punition pour avoir bousillé sa tentative de meurtre.

— Waouh ! Tu es profond. Je ne le savais pas.

— J'essaie de cacher mon éblouissant sens de la perception derrière ce charme masculin.

— Et tu y arrives très bien.

— Eh bien, je vois que tu es redevenue tout à fait normale. Je craignais que tu ne sortes de cet épisode toute sérieuse et gentille. » Il lui lança un regard en coin. « Peut-être même amoureuse de moi ?

— Je crois que je vais à nouveau perdre connaissance », dit Rebecca en fermant les yeux avec un sourire.

II

Bill et G.C. Curry se tenaient sur le perron de la maison de Jean Wright et sonnaient pour la troisième fois. Pour la première fois depuis des jours, la camionnette de journalistes ne se trouvait pas de l'autre côté de la rue. Ce soir, elle était garée devant l'hôpital et l'omniprésente Kelly Keene arpentait les couloirs en essayant de glaner des informations au sujet de l'agression de Sonia Ellis.

Un chat siamois avec d'incroyables yeux bleus avait bondi sur le rebord de la fenêtre, et les regardait. « C'est le chat que Sonia a vu Wright prendre, la nuit où Todd a été kidnappé, dit Bill.

— Sonia n'a pas dit qu'elle avait vu Wright prendre le chat pour l'emmener à l'intérieur, corrigea poliment Curry. Elle a dit qu'elle avait vu quelqu'un prendre le chat.

— Quelqu'un avec des cheveux noirs courts, des sabots d'infirmière et qui avait la voix de Wright. J'aurais dû prendre cette jeune fille plus au sérieux quand elle est venue me voir la première fois.

— Pas de trace de Jean ? » demanda une voix féminine.

Bill sursauta presque en espérant que Curry ne l'avait pas remarqué. Molly était doucement apparue à travers les jardins sombres et elle se tenait au bas des escaliers du perron. « Pas de lumière. Les portes sont verrouillées. Et tu dis que tu ne l'as pas vue depuis quand ?

— À peu près six heures. Peut-être un peu après. Elle a reçu un coup de fil. Elle m'a dit que c'était sa sœur qui avait besoin qu'elle aille à l'université. Jean ne m'a pas dit de quoi il s'agissait mais elle semblait assez perturbée. Elle s'est excusée de me laisser seule, puis elle s'est précipitée ici, a préparé ses affaires et est partie en une demi-heure. » Elle jeta un œil à la fenêtre. « J'espère qu'elle a pensé à laisser de l'eau et de la nourriture pour Sabu. »

Bill et Curry n'avaient pas de mandat et ils n'avaient pas assez de preuves pour en obtenir un du si prudent juge Burberry, qui était le seul disponible ce soir. Mais s'il fallait que Molly entre pour voir comment allait ce pauvre chat...

« Molly, as-tu les clés de la maison de Jean ? demanda négligemment Bill.

— Bien sûr. Chacune veille sur la maison de l'autre pendant les vacances. Pourquoi ?

— Tu m'as l'air inquiète au sujet du chat. Il ne faudrait pas qu'il meure de faim ou de déshydratation. Tu veux qu'on aille jeter un œil.

— Oh, mais c'est une idée géniale ! s'exclama Molly.

— Curry et moi venons avec toi. Je ne veux pas que tu sois importunée avec tous ces satanés journalistes et tous ces curieux qui traînent dans le coin. » Molly regarda la rue complètement déserte. « Ils pourraient revenir d'une minute à l'autre, dit Bill. Tu connais cette Keene.

— Tu as raison. Je reviens dans une minute avec les clés. Tu es un ange, Bill.

— Saint Bill, murmura Curry alors que Molly se précipitait vers sa maison à travers la pelouse.

— J'aimerais me cacher six pieds sous terre. Je ne devrais pas la traiter de la sorte.

— Elle ne vous en voudra pas si on arrive à découvrir quoi que ce soit qui nous aiderait à retrouver Todd.

— Le seul problème, c'est que, sans mandat, tout ce que l'on pourrait trouver ne pourra pas être présenté devant une cour.

— Vous trouverez bien une solution, dit Curry en souriant dans la pénombre. Vous êtes beaucoup plus manipulateur que je ne le pensais.

— Je prendrai ça comme un compliment. La voilà. »

Molly ouvrit la porte et chercha l'interrupteur. Le chat s'enfuit du salon en miaulant alors que les lumières s'allumaient. Molly se lamenta : « J'espère que Jean a fermé la chatière, sinon Sabu passera la nuit dans le jardin. »

Le chat était en train de faire du raffut dans le jardin, exactement comme Sonia l'avait raconté. Bill et Curry échangèrent un regard. « Je vais vous aider à le retrouver, dit Curry. Ensuite on vérifiera la nourriture et l'eau. »

Molly le remercia en souriant. Bill savait parfaitement que Curry tentait d'occuper Molly pendant qu'il faisait une petite fouille illégale.

Les vieux meubles de cette maison la rendaient presque pitoyable. La moquette était trouée à certains endroits, et, bien que Bill ne fût pas un expert du design d'intérieur, le canapé et les fauteuils semblaient dater du début des années soixante-dix. Des meubles de télé métalliques faisaient office de tables basses. Au-dessus d'une cheminée inutilisée se trouvait une peinture à l'huile d'un garçon et d'une fillette d'environ douze ans. Les fameux jumeaux gâtés dont Clay lui avait parlé, pensa Bill. Ils étaient tous les deux bruns avec les yeux noirs, comme Jean, et ils possédaient également déjà cette attitude supérieure que Bill n'aimait pas. Nous sommes exceptionnels et le monde nous appartient, semblaient-ils tous deux penser.

« Quoi ? Jean n'a laissé à Sabu qu'une demi-poignée de croquettes et un fond d'eau ! s'exclama Molly depuis la cuisine. Elle m'a dit qu'elle ne reviendrait pas avant quelques jours. Ce chat pèse quatre kilos. Il ne peut pas survivre deux jours sans manger. Je n'y crois pas ! Elle qui adore Sabu !

— Peut-être était-elle troublée par une urgence, dit Curry.

— Ou peut-être comptait-elle sur moi pour m'occuper de lui. Ce n'est pas que ça me dérange, mais Jean aurait dû se douter que j'étais assez préoccupée par mes propres problèmes pour penser à Sabu !

— Eh bien, Dieu soit loué, vous y avez quand même pensé. »

Bill souriait. Curry paraissait très sincère et indigné alors que Bill savait pertinemment qu'il se fichait pas mal du chat. « Voulez-vous que je cherche les boîtes pour chat ? Ou du lait ? Est-ce que Sabu boit du lait ? »

Alors que la tendre Molly était en train de s'apitoyer sur le sort du chat, Bill pouvait librement déambuler. Deux petites chambres à coucher, trop bien rangées pour avoir été utilisées récemment. L'une avait un couvre-lit vert et marron et un poster au mur. Le lit de l'autre chambre était recouvert d'un dessus-de-lit blanc à franges. Au mur, une grande photo d'une jeune fille brune sautant à la manière des *pom-pom girls*, la jupe au vent, montrant sa culotte en souriant à l'objectif, persuadée d'être plus sexy qu'elle ne l'était vraiment.

La troisième chambre appartenait sans équivoque à Jean. Un couvre-lit bleu pâle et un oreiller blanc en forme de cœur étaient sur le lit. Une petite lampe de chevet munie d'un abat-jour bas de gamme était posée sur une table de chevet en chêne pleine de rayures. Une rangée de parfums de supermarché et de rouges à lèvres trônait sur une coiffeuse avec cinq bougies au jasmin qui avaient été allumées récemment.

Bill ouvrit doucement la porte de la penderie. Des uniformes d'infirmières immaculés. Trois pantalons en laine, deux en coton, un ensemble bleu marine, plusieurs hauts synthétiques, une garde-robe minimum. Deux paires de sabots, des mocassins, une paire d'escarpins noirs et une paire d'escarpins blancs, toutes deux dans des boîtes de magasins dégriffés. Tout ce qui était dans cette armoire était présentable mais bon marché. Bill s'y connaissait en prêt-à-porter féminin parce que son ex-femme n'avait que cela en tête. Durant la courte durée de leur mariage, elle avait épuisé le crédit de ses cartes pour acheter de magnifiques tenues immettables. Ce qu'il avait également remarqué dans la penderie de Mlle Wright, c'était l'absence de jean, de tee-shirt et de baskets. Il savait qu'elle en possédait – il l'avait vue les porter. Elle devait les avoir emportés avec elle.

Il s'arrêta pour écouter. « Peut-être devrais-je emmener Sabu à la maison, disait Molly. Il risque de s'ennuyer.

— Mais vous changeriez ses habitudes. Les chats sont très difficiles en ce qui concerne leur litière et le reste, répondait Curry avec sérieux. Hé, vous croyez que Jean a changé sa litière ? Ça sent plutôt fort. Allons nous occuper de cela. »

Bill faillit presque rire. Cela dépassait le cadre de leur fonction. Curry méritait une augmentation. Il venait d'octroyer un peu plus de temps à Bill.

Il ouvrit un des tiroirs de la commode de Jean. Trois slips et un soutien-gorge. Elle en possédait sans doute plus. Il fut surpris de trouver deux déshabillés sexy, une nuisette bleue longue et un teddy blanc. Il avait du mal à s'imaginer Jean portant ça. Mais, après tout, son manque de sex-appeal ne provenait que de son comportement et non de sa silhouette. Peut-être que dans ces tenues...

« Regardez, il est déjà en train de se servir de la nouvelle litière ! disait Molly depuis la cuisine. Agent Curry, merci de mettre ce truc malodorant dans la poubelle. »

Cette fois Curry ne répondit pas et il claqua la porte un peu trop fort. Bill ricana et se dirigea vers le petit bureau près de la fenêtre. Il trouva d'abord une note écrite par une certaine Wendy qui demandait de l'argent pour acheter un bikini « d'enfer ». Il devait s'agir de l'ex-*pom-pom girl*. Ensuite, il découvrit une carte de visite qui comportait un numéro de téléphone mais pas de nom. Ce ne serait pas difficile de le retrouver. Au fond du tiroir, il y avait une lettre de la banque de Jean la menaçant de saisir sa petite voiture pour défaut de paiement sur deux échéances. Il y avait aussi trois facturettes de Carte bleue. Elle avait dépassé les limites de son autorisation de crédit, n'avait pas payé les deux dernières mensualités et, en prime, elle devait faire face à d'importants agios.

Bill griffonna le numéro de téléphone et remit les factures en place. Jean Wright avait des problèmes financiers. Jean Wright avait agi bizarrement tout au long de l'année et elle avait été forcée de quitter son emploi. Jean Wright déclarait ne pas être chez elle au moment où Todd Ryan avait été enlevé. La jeune fille qui prétendait que Jean mentait avait été agressée. On avait voulu l'assassiner. Et maintenant, Jean Wright avait filé. Peut-être avait-elle vraiment eu une urgence familiale. Il devait vérifier.

Bill était sur le point de quitter la chambre quand son regard se posa sur une petite chaîne hi-fi bon marché posée derrière la porte. Si la porte avait été ouverte entièrement, il ne l'aurait jamais vue. Elle ne devait s'en servir que quand elle était seule.

Peut-être quand les bougies étaient allumées et que Jean portait son teddy, pensa Bill. Curieux, il regarda tous les boutons et les cadrans. Il l'alluma et ouvrit le compartiment à cassette. Vide. Puis il ouvrit le tiroir du lecteur de CD et Bill resta bouche bée, interloqué.

Jean écoutait *A Whiter Shade of Pale*, des Procol Harum.

13

I

MERCREDI, 8 h 15

Rebecca avait passé une nuit horrible. Tous ceux qui pensaient pouvoir se reposer dans un hôpital se trompaient. La vieille femme de la chambre d'à côté n'avait pas cessé de crier qu'on était en train de la violer. On lui avait donné des somnifères, mais elle avait continué à marmonner et à se battre contre un homme imaginaire qui voulait lui faire du mal, pour pouvoir ensuite abuser de son corps flétri.

Les infirmières n'arrêtaient pas de bavarder dans leur bureau. L'une racontait avec fierté qu'elle fréquentait un médecin. L'autre était déprimée parce qu'elle était enceinte. Les autres infirmières surenchérissaient avec des histoires d'accouchements horribles qui provoquaient les cris de celle qui était enceinte. Chaque fois que Rebecca commençait à sombrer dans le sommeil malgré le bruit, une infirmière pénétrait dans sa chambre pour lui demander si tout allait bien.

Au matin, Rebecca était épuisée et de mauvaise humeur. Quand Clay apparut, elle lâcha: « Que comptes-tu faire de moi ? Opérer mon cerveau pour connaître la raison de mes perceptions extra-sensorielles ?

— Tu as passé une nuit géniale, n'est-ce pas ? demanda Clay amicalement. Si tu ne baisses pas d'un ton, jeune fille, tu partiras d'ici sans sucette.

— Est-ce que je vais au moins partir d'ici ?

— Tu es trop désagréable pour pouvoir rester et je n'ai plus d'autres examens à te faire passer. Bien sûr si je me creusais un peu la tête, je pourrais trouver de nouvelles tortures.

— Ne te donne surtout pas cette peine. Comment va Sonia ?

— Physiquement bien. Psychologiquement un peu plus chancelante. Elle voudrait te voir avant que tu ne partes.

— J'ai aussi envie de la voir. J'aurais dû aller à la bibliothèque plus tôt. »

Clay secoua la tête. « Après cette spectaculaire prouesse que tu as réalisée en la sauvant, tu n'es toujours pas satisfaite de toi.

— Je me sentirai mieux quand je serai à la maison.

— C'est pour bientôt. Je te ramène.

— Mais ne dois-tu pas travailler ?

— Je viens de faire vingt-quatre heures. J'ai une journée de repos pour récupérer. »

Clay était-il resté toute la journée pour elle ? Bien sûr que non. Quelle égocentrique ! Il était resté pour Sonia. Elle était quand même contente qu'il puisse la ramener chez elle, même s'il lui eût été facile de prendre un taxi.

Une demi-heure plus tard, elle était douchée et habillée. Sans maquillage, sans sèche-cheveux pour se coiffer et avec les vêtements chiffonnés qu'elle portait déjà la veille, elle était consciente de ressembler à quelqu'un qui venait de passer une nuit douteuse de mardi gras, mais elle n'y pouvait rien.

Avant de quitter l'hôpital, Rebecca passa brièvement voir Sonia. La jeune fille paraissait affaiblie et bouleversée mais les médecins lui avaient affirmé qu'elle allait bien.

Sonia parvint à sourire. « Est-ce que ce n'est pas étrange ? Cory, un héros. Il est venu à vélo jusqu'à l'hôpital. Je ne m'imaginais pas les héros à vélo.

— Je suppose qu'ils sont tous différents et qu'il y en a même des maigres de quatorze ans.

— Ouais. » Sonia se mordit les lèvres et demanda à Rebecca de se rapprocher du lit. « Je sais qu'après ce que vous avez fait la nuit dernière, je n'ai aucun droit de vous demander cette faveur, mais...

— Sonia, je ne peux pas contrôler mes visions. » Sonia parut étonnée. « Je ne sais pas qui t'a agressée et je ne peux pas rentrer chez moi et invoquer que son visage m'apparaisse.

— Oh, mais je n'attends pas de vous que vous retrouviez ce meurtrier. Je ne veux même pas que vous essayiez. Il pourrait bien vous tuer. » Elle fronça les sourcils. « En fait, je me fais du souci pour Randy. Randy Messer, mon petit ami. Tout le monde est après lui et j'ai peur qu'on l'accuse. »

Rebecca la regarda fixement. « Sonia, es-tu certaine que Randy n'a rien à voir avec le kidnapping de Todd ou ton agression ?

— Absolument certaine ! rétorqua Sonia fermement. Mais la police l'a déjà interrogé. Et après ce qui s'est passé... » Ses yeux se remplirent de larmes. « Je n'ai pas eu de ses nouvelles et je sais que c'est parce qu'il a peur. Vous pourriez peut-être le localiser, trouver un moyen de lui faire savoir que je vais bien, que je l'aime et que tout va rentrer dans l'ordre. »

Rebecca hésita un instant. Sonia n'avait que dix-sept ans. Randy Messer ne bénéficiait pas de la meilleure réputation de la ville. Et la mère de Sonia ne voulait pas qu'elle le fréquente, ni même qu'elle lui parle au téléphone. Sonia avait pourtant l'air si sûre de son innocence, et si désespérée de ne pouvoir le protéger et le consoler...

« Je ne peux rien te promettre, dit gentiment Rebecca. Mais je ferai ce que je pourrai. »

II

« C'est une belle journée, n'est-ce pas ?

— On pourrait bien avoir la pire des tempêtes de neige du siècle que cela ne me ferait pas plus d'effet, dit Rebecca en regardant à travers la vitre de la voiture. Je suis juste contente de rentrer à la maison. »

Clay sourit. « Personne n'a jamais prétendu que les hôpitaux étaient des trois-étoiles.

— Un tiers d'étoile m'aurait suffi. Les gens ne peuvent se reposer que dans un environnement reposant.

— J'en parlerai au concierge, dit Clay. Nous essaierons de faire mieux, Milady. »

Rebecca explosa de rire. « Je deviens grossière, n'est-ce pas ?

— Colérique, de mauvaise humeur, irritable et irascible, mais pas grossière.

— Merci. Je pense que je ferai appel à toi plutôt que de consulter un dictionnaire des synonymes dorénavant.

— Ça signifie que j'aurai le droit de t'aider à écrire ton prochain livre ?

— Si je l'écris un jour. Je n'avance pas vraiment en ce moment. Je n'ai pas encore écrit la moindre ligne du synopsis de mon deuxième livre. Je n'y ai à vrai dire pas même encore réfléchi. Je n'obtiendrai jamais de second contrat. Je serai l'écrivain au livre unique.

— Oh arrête, s'il te plaît, dit Clay d'une voix tremblante. Je vais pleurer. »

Rebecca faillit rire à nouveau. « Celle-ci, je l'ai bien méritée. Et tu es même plutôt gentil avec moi.

— Je suppose que je dois te ménager après tout ce par quoi tu es passée.

— Alors rends-moi un service. » Clay la regarda, attentif. « Nous ne sommes qu'à cinq cents mètres du cimetière Shady Mount. Je voudrais que tu t'y arrêtes avant de me ramener.

— Et pourquoi ?

— Je veux aller voir le mausolée familial. »

Clay fronça les sourcils. « Rebecca, sans plaisanter, je trouve ça un peu morbide.

— Lorsque j'ai réussi à dormir quelques minutes la nuit dernière, je n'ai pas arrêté de rêver de Jonnie. Il était devant le mausolée.

— Mais il est dans le mausolée !

— Dans mon rêve, il était vivant. Il essayait de me dire quelque chose. »

Clay soupira. « Oh, Becky, je ne sais pas...

— Clay, s'il te plaît. Je te promets que je ne suis pas en train de craquer. Je sais bien que son fantôme ne va pas apparaître pour délivrer un message secret.

— Alors tu t'attends à quoi ?

— À rien. C'est juste que je n'y suis pas allée depuis mon retour. J'ai la sensation de devoir y aller aujourd'hui pour y déposer les fleurs que j'ai achetées à la boutique en quittant l'hôpital. »

Clay parut plus détendu. « Eh bien, cela n'a pas l'air bien méchant. Je suppose que je suis d'accord. Mais ce sera une courte visite. »

L'orage de la nuit dernière avait balayé toute la grisaille pour ne laisser derrière lui qu'un soleil safran dans un ciel couleur de chardon. L'air du cimetière sentait les fleurs et l'herbe fraîchement tondue, et une ribambelle de rouges-gorges inspectait le sol à la recherche des malheureux vers de terre qui étaient remontés à la surface après la pluie.

« J'avais oublié que cet endroit était si joli, dit Clay. Pour un cimetière, je veux dire.

— Tu ne trouves pas les cimetières jolis ?

— Plutôt déprimants.

— Sans doute. Mais ils font partie intégrante de la vie. Les cimetières sont si différents à La Nouvelle-Orléans. Il y en a un à deux pas de chez moi. Là-bas, tout le monde est enterré au-dessus du sol parce que la ville se trouve au-dessous du niveau de la mer.

— Alors, les mausolées comme celui des Ryan ne sont pas si rares.

— Eh bien, je n'en ai jamais vu aucun comme le nôtre. Aussi impressionnant.

— Et noir. »

Rebecca sourit. « Grand-père Ryan était plutôt austère. Il ne pouvait que choisir ce granit noir poli. En plus, il aimait épater la galerie.

— Je ne m'y connais pas en mausolées, ni même en tombes. Je n'aime pas penser à ce qu'il adviendra de moi après ma mort.

C'est sans doute à cause de tous ces pauvres cadavres que j'ai découpés à l'école de médecine. » Rebecca fit la moue. « Je me ferai incinérer. C'est rapide. Cela prend moins de place. Pas question d'attendre la décomposition.

— Oh, Clay, c'est vraiment répugnant.

— Mais la mort est répugnante. Tu passes toute ta vie à apprendre, à essayer de t'améliorer, puis tu meurs et tu deviens de la nourriture pour asticots. » Il s'interrompit. « Je ne suis sans doute pas en train de te réconforter alors que tu es sur le point d'aller voir le mausolée de ta famille, n'est-ce pas ?

— J'essaie de ne pas t'écouter.

— Quand je commence à philosopher, c'est toujours de façon très judicieuse.

— Je n'ai pas trouvé tes propos profondément philosophiques. Tout juste morbides.

— Je n'ai jamais prétendu être Platon ou l'un de ces gars qui restaient assis toute la journée à penser. Je ne suis qu'un modeste employé. » Il ralentit. « Eh bien nous y voici. Le sanctuaire mortuaire des Ryan. J'ai l'impression d'être devant le Taj Mahal.

— Je crois que c'est comme ça qu'on doit se sentir. » Rebecca monta les marches et tira la poignée de la porte en acier trempé.

« Zut. J'avais oublié que c'est toujours fermé à clef. »

Rebecca regarda le mince bouquet composé des six roses rouges qu'elle avait trouvées à la boutique. Quand elle les avait achetées, elle n'avait pas remarqué le ruban blanc sur lequel était écrit en lettres d'or « Prompt rétablissement ». Soit elle passait pour quelqu'un de mauvais goût et laissait le ruban, soit elle le retirait et éparpillait les roses dans le vase en bronze posé sur le mur du mausolée. Elle opta pour le mauvais goût.

« Pas de prières ? demanda Clay alors qu'elle revenait.

— Je ne suis pas persuadée que les morts ont besoin de prières. Ce sont les vivants qui ont besoin d'aide. » Elle fronça les yeux face au soleil. « Voilà M. Hale. »

Avram Hale marchait rapidement à leur rencontre, portant costume et cravate. Il avait la soixantaine bien tassée, mesurait environ un mètre quatre-vingt-dix. C'était un Afro-Américain aux cheveux blancs éclatants qui possédait le cimetière depuis une trentaine d'années. Il sourit en serrant la main de Rebecca qui lui présentait Clay.

« Oh, vous faites partie du fameux clan Bellamy, dit Hale en souriant. Aucun d'entre eux n'est enterré ici. Ils ont leur propre cimetière à la ferme. Mais je suis sûr que cela ne fait pas de vous un mauvais garçon. »

Clay sourit. « En fait, je trouve le cimetière familial un peu effrayant. Je crois que je préférerais rompre la tradition et être enterré ici, monsieur, si cela vous convient. »

Avram se mit à rire doucement. « Cela me convient parfaitement, jeune homme. J'ai un endroit superbe surplombant un petit ruisseau.

— Il veut être incinéré, intervint Rebecca.

— Cela me va aussi. Nous n'enterrerons que son urne. Il prendra moins de place, comme cela. » M. Hale regarda Rebecca. « Vous voulez entrer dans le mausolée, mademoiselle Ryan ?

— Rebecca. Oui, mais je n'ai pas la clé.

— Je pourrais aller chercher la mienne qui est au bureau mais nous sommes sur le point de commencer les funérailles de Simplet Dobbs.

— Ici ? demanda Clay surpris.

— Juste là. » M. Hale montra du doigt un petit groupe de personnes sous un chêne. « C'est M. Edgar Moreland qui paie pour son enterrement. N'est-ce pas gentil ? Il s'agit bien sûr d'un service tout à fait ordinaire. Le père Brennan dira quelques mots et ma femme Chloé chantera un hymne. Voulez-vous vous joindre à nous ? »

Rebecca prit soudain conscience des bandages à ses poignets. « Oh, je ne pense pas que...

— Oui, nous venons, l'interrompit Clay. Viens, Rebecca. Allons dire au revoir à Simplet et écouter Mme Hale. »

Clay n'allait pas la laisser se sentir embarrassée, s'enfuir devant les gens comme elle l'avait fait durant son adolescence. Il lui prit le bras et marcha jusqu'au tombeau. Le cercueil était en métal, moins cher que le bois, comme le savait Rebecca. Il était recouvert d'un tapis de marguerites. Seuls trois petits paniers de fleurs étaient posés près du cercueil. Cinq personnes étaient regroupées, comme pour se soutenir les unes les autres. Rebecca ne vit pas Bill, mais elle savait qu'il devait être dans le coin. Elle reconnut Edgar et Helen Moreland. M. Moreland travaillait au département comptabilité de Grace Healthcare à l'époque de son grand-père.

Matilda Vinson paraissait petite et effrayée dans la robe bleu pâle qu'elle portait. Ses yeux bleus n'arrêtaient pas de fixer Rebecca, ce qui la rendait mal à l'aise. Cette femme avait trouvé le corps de Simplet, et cela avait dû la bouleverser. Et elle avait sans doute dû entendre parler de l'agression de Sonia à la bibliothèque. Ces incidents pouvaient expliquer sa nervosité mais certainement pas son regard sauvage et tourmenté. Rebecca connaissait cette femme depuis toujours et elle savait que Matilda n'était pas facilement impressionnable. Quelque chose devait la terroriser.

À la fin de la cérémonie, Chloé Hale chanta *Amazing Grace* de sa voix puissante. Les larmes perlèrent des yeux de Rebecca alors qu'elle repensait, il y a bien longtemps, avant que Simplet n'ait peur d'elle, aux moments où elle lui racontait l'histoire des constellations dans le parc.

La voix de Chloé s'élevait dans l'air limpide et Avram la regardait, fier. Ils étaient mariés depuis quarante ans. Beaucoup de gens prétendaient que l'arrière-arrière-grand-père d'Avram avait été l'esclave de la famille fondatrice de Sinclair, les Leland. Les descendants des Leland niaient fermement que leurs ancêtres aient pu prendre part à l'esclavagisme. Avram, lui, ne se prononçait pas sur le sujet.

Après la cérémonie, Rebecca discuta brièvement avec les Moreland, et complimenta Mme Hale sur sa voix avant de s'éloigner de la tombe. À ce moment, elle sentit des doigts froids agripper son bras. « Rebecca ? Est-ce que je peux vous parler ? »

Rebecca se retourna et plongea dans les yeux paniqués de Matilda Vinson. « Oui, mademoiselle Vinson. Qu'y a-t-il ?

— Je ne devrais sans doute pas vous importuner avec ça. Je sais que vous avez passé de mauvais moments. Peut-être que j'exagère. Ou peut-être même que je fabule. Enfin, je ne sais plus. Ces derniers jours ont été tellement horribles et...

— Mademoiselle Vinson, s'il vous plaît, calmez-vous et racontez-moi ce qui vous perturbe, dit gentiment Rebecca. Vous préféreriez peut-être me parler en privé ? »

Mlle Vinson leva les yeux vers Clay. « Eh bien, je ne veux pas paraître impolie, mais peut-être vaudrait-il mieux.

— Je ne vois rien d'impoli à cela, dit Clay. Je vais attendre plus loin. » Il s'éloigna de quelques pas, fouilla dans sa poche et en sortit des bonbons à la menthe, qu'il s'acharna à déballer.

Rebecca regarda Mlle Vinson et lui dit amicalement : « S'il vous plaît, racontez-moi ce qui vous perturbe. »

Mlle Vinson se tordait les mains. Elle avait les ongles courts, ne portait pas de bague et sa peau était sèche à force de se laver les mains. « Je ne suis pas une commère. Je pense plutôt que les gens devraient s'occuper de ce qui les regarde. Je connais d'autres femmes de mon âge qui s'ennuient et qui aiment semer la pagaille. En fait, je n'en connais pas tant que cela. Mais je ne suis pas de ce genre-là. » Elle respira profondément et toucha sa poitrine doucement comme si elle se sentait opprimée. « Je ne devrais pas vous raconter tout ça sans en être absolument certaine. Mais je suis presque sûre et je ne peux plus garder cela pour moi plus longtemps. Je n'arrête pas de me dire que si j'en avais parlé plus tôt, Simplet serait toujours en vie et si je continue à me taire, quelqu'un d'autre mourra peut-être... »

Le soleil, la fatigue et le traumatisme des événements de la nuit dernière rendaient Rebecca un peu chancelante. Elle avait une folle envie de secouer Matilda en lui criant : « Vas-y, dis-le ! » Mais au lieu de cela, elle sourit pour l'encourager. « Je comprends que vous vouliez être précise, mais dites-moi ce qui ne va pas.

— Oui, d'accord. Je me rends compte que je radote. » Elle cligna rapidement des yeux. « Tout a commencé samedi soir. J'ai vu quelqu'un à la fenêtre du grenier de chez Klein...

— Là où se trouvait Todd ? explosa Rebecca.

— Oui. Je n'ai pas réalisé que quelque chose clochait à ce moment-là. J'ai juste vu quelqu'un à la fenêtre, mais la lumière était faible, ce n'était qu'une silhouette et je n'ai rien vu de précis. J'ai cru que c'était M. Klein. Mais Simplet a lui aussi vu quelque chose d'étrange, il est allé à la police et puis, on ne sait pas s'il est mort à cause de ce qu'il a vu, surtout qu'il prétendait avoir vu son grand-père, ce gentil mais frustrant idiot – pas le grand-père mais Simplet. Enfin, peut-être Simplet a-t-il été tué par quelqu'un qui pensait qu'il en avait vu plus. Peut-être que le meurtrier de Simplet l'a tué parce qu'il pensait qu'il pouvait l'identifier. Et dans ce cas, il pourrait penser la même chose à mon sujet, parce que j'ai également vu quelqu'un dans le grenier, mais je n'ai pas vu son visage !

— Cette personne vous a-t-elle vue ?

— Eh bien... Oui, j'en suis presque sûre. Quelqu'un est venu jusqu'à la porte d'entrée du magasin et a essayé de l'ouvrir. Fermement, pas comme un client habituel. Je l'ai dit à la police mais ce jeune agent m'a prise pour une vieille folle et... » Matilda ne reprenait plus sa respiration entre chaque mot. Rebecca avait peur qu'elle fasse de l'hyperventilation. Elle savait aussi qu'une réponse maladroite arrêterait Matilda net dans son récit qu'elle savait important, mais dont elle avait eu peur de parler à Bill. Rebecca savait qu'elle devait obtenir le plus de détails possible. Elle regarda Clay et se sentit soulagée. Elle savait qu'il s'appliquait à écouter attentivement, même s'il donnait l'impression d'être complètement absorbé par son bonbon en scrutant le ciel.

« Ralentissez un peu et reprenez votre souffle, dit calmement Rebecca. Vous vous faites sans doute beaucoup de soucis pour rien. C'est bien. Une longue et profonde respiration. Bien. » Elle posa un bras rassurant autour des épaules de Matilda. « Maintenant, continuez.

— La nuit dernière, poursuivit Matilda, je me suis soudain souvenue que j'avais oublié de rapporter deux cassettes vidéo. *Le Patient anglais* et *Titanic*. Si je ne les ramenais pas avant 21 heures, j'aurais dû payer presque cinq dollars pour le retard ! J'ai laissé Lynn à la boutique et j'ai décidé de prendre le raccourci par l'allée qui arrive entre le vidéoclub et la bibliothèque...

— La bibliothèque ? répéta Rebecca.

— Oui. Vous savez où je veux en venir, n'est-ce pas ? Je marchais hâtivement, quand quelqu'un a descendu l'allée en courant. Il m'est rentré dedans en me faisant presque tomber... »

Matilda regarda sur sa droite. Le peu de couleur qui restait sur ses joues disparut et ses lèvres se mirent à trembler.

« Mademoiselle Vinson ? Que se passe-t-il ? »

Son regard restait fixe, son visage figé par la crainte. Rebecca se retourna pour voir la petite chapelle qui se trouvait en haut d'une colline à environ quarante mètres de là. Elle vit une forme disparaître derrière la chapelle, puis plus rien. « Mademoiselle Vinson ? »

Les muscles du cou de Matilda étaient raides. Son souffle s'accélérait. Elle se mit à vaciller. « Clay ! » appela Rebecca. Il se précipita vers elles. « Je crois que Mlle Vinson va s'évanouir.

— Laissez-moi vous aider à atteindre ce banc pour que je prenne votre pouls, dit calmement Clay. Je veux que vous vous concentriez sur votre respiration. Tout va très bien se passer.

— Je dois partir. » Mlle Vinson retira sa main de son bras. « Je dois partir !

— Mais vous ne vous sentez pas bien, protesta Rebecca. Restez encore quelques minutes. »

Matilda écarquilla les yeux, terrifiée. « Je dois partir ! hurla-t-elle.

— Mademoiselle Vinson, qui avez-vous vu sur la colline ? implora Rebecca. Dites-le-nous, s'il vous plaît. Nous sommes deux, ici – Clay et moi. Nous vous protégerons.

— Je pensais être en sécurité en parlant ici, dehors, mais ce n'est pas le cas. N'essayez pas de me retenir ici ! »

Elle se mit à hurler. « Je ne vous connais même pas ! Je n'ai rien vu du tout ! Mais de quoi parlez-vous ? »

Rebecca eut un geste de surprise. Matilda s'écarta d'elle et de Clay et courut presque à travers le cimetière pour atteindre le parking.

Clay regarda Rebecca, ébahi. « Mais que diable s'est-il passé ?

— Elle m'a dit avoir vu quelqu'un chez Klein samedi soir, bien qu'elle n'ait pas pu le reconnaître. Puis elle m'a dit qu'elle était dans l'allée à côté de la bibliothèque hier soir et que quelqu'un lui était passé devant en courant, la faisant presque tomber...

— Elle a vu celui qui a agressé Sonia et toi et qui s'est enfui par-derrière !

— Et je suis sûre qu'elle l'a reconnu. Clay, je crois que la personne de l'allée est dans la chapelle.

— C'est pour cela qu'elle s'est mise à crier qu'elle ne te connaissait pas, qu'elle ne savait pas de quoi tu parlais et qu'elle n'avait rien vu du tout. Tout ça pour la personne qui se cache dans la chapelle. » Il fronça les sourcils. « Ou alors, elle a vu Bill ou un agent de police surveiller le déroulement des funérailles.

— Crois-tu que nous devrions aller fouiner dans le coin ?

— Non, je m'en charge », répondit une voix derrière eux. Rebecca sursauta puis se retourna et reconnut Bill. « Vous pourriez effacer des indices », poursuivit-il.

Bill avait les mâchoires serrées et l'expression de son visage était plutôt lugubre quand il passa devant eux pour se diriger vers la charmante petite chapelle. Rebecca frissonna et Clay passa son bras autour d'elle. Sans même y réfléchir, elle posa sa tête sur son épaule. « Clay, tu réalises que la personne qui a agressé Sonia a probablement aussi tué Simplet et qu'elle a eu le sang-froid de venir assister à ses funérailles ? Il faut être malade !

— La personne qui a tué Simplet est de toute façon malade. » Il soupira. « Espérons juste que les prochaines funérailles ne soient pas celles de Matilda Vinson. »

14

I

Rebecca se sentait fatiguée et secouée en rentrant à la maison après les funérailles. Sean lui fit la fête joyeusement, en sautant pour passer ses pattes autour de sa taille, lui léchant le visage dès qu'elle baissait la tête. « Oh mon joli garçon ! fredonna Rebecca en lui caressant les oreilles. Je t'ai manqué ?

— Sean, je peux t'assurer qu'elle ne m'a pas accueilli comme ça ce matin à l'hôpital, dit Clay en souriant.

— Tu ne le méritais pas. Tu m'as gardée prisonnière dans ta boîte bruyante toute la nuit. En plus, je ne savais pas que tu aimais qu'on te caresse les oreilles.

— J'adore ça. Hé, Sean, que penses-tu des chiens croisés beagle et berger allemand ? Je connais une vraie poupée nommée Gypsy. »

Sean redescendit, il regarda Clay attentivement puis marcha en cercle lentement autour de lui. Clay ne bougeait pas d'un pouce mais il demanda : « Il ne va pas mouiller mon pantalon au moins ?

— Pas avant de te l'avoir demandé. »

Betty apparut avec un plateau plein de biscuits. « Mon petit doigt m'a dit que vous ramèneriez Rebecca à la maison, docteur Bellamy, et je me souvenais combien vous aimiez mes biscuits. » Elle rayonnait de bonheur, agissant comme si Becky avait ramené son petit copain à la maison. Rebecca sentit ses joues rougir, elle était contente que Clay ne la regarde pas.

« Je vois que Sean se porte bien, dit rapidement Rebecca.

— Ce n'était pas le cas la nuit dernière. Il déambulait dans toute la maison en te cherchant, alors je l'ai emmené dans l'appartement au-dessus du garage avec Walt. Walt ne se sentait pas très bien, alors je lui ai laissé le lit et j'ai pris le canapé. Quand je suis allée voir s'il allait bien, vers deux heures du matin, lui et Sean dormaient l'un contre l'autre. J'aurais voulu avoir un appareil photo.

— Eh bien, je suis ravie que Sean ait passé une bonne nuit, dit Rebecca sèchement. Où sont Maman et Franck ?

— Ta mère ne se sent pas très bien aujourd'hui », dit Betty de façon évasive. C'était un code bien sûr, cela voulait dire que Suzanne avait bu. « Et ton beau-père se repose. Il est resté debout toute la nuit pour s'occuper de toi et de la famille Ellis. Il n'est pas rentré avant 9 heures ce matin. Je l'ai mis dans la chambre d'amis pour qu'il puisse dormir loin de ta mère. »

Betty s'aperçut immédiatement de sa gaffe et elle s'en affola. Franck ne pouvait pas dormir dans la chambre qu'il partageait avec Suzanne parce qu'elle était sans doute en train de fumer et d'écouter de la musique, comme elle le faisait toujours quand elle avait bu.

Clay ressentit nettement la détresse de Betty et il lui sourit comme un petit garçon. « Je suis sûr que je vais les adorer. » Il prit un biscuit. « Vous mettiez toujours plein de beurre. »

Betty avait l'air soulagé. « Du beurre. Oui, c'est le secret ! annonça-t-elle comme si elle était en train de dévoiler le secret des grandes pyramides d'Égypte. Certains utilisent de la margarine. De la margarine ! lâcha-t-elle, dégoûtée. Vous imaginez ?

— Pendant que vous parlez recettes de cuisine et que Sean inspecte Clay, cela vous dérange si j'appelle Bill ? demanda Rebecca. Je voudrais lui parler de Matilda Vinson.

— Que se passe-t-il avec Matilda Vinson ? demanda Betty.

— Je vous raconterai dans la cuisine, déclara Clay. Allez, Betty, dites-m'en plus, le beurre, c'est vraiment le seul secret de ces succulentes créations ?

— En fait, j'ai fait quelques modifications à la recette initiale, confia Betty alors qu'ils avançaient tous les trois dans le hall en direction de la cuisine. Les vraies femmes doivent toujours apporter une touche de personnalité à une recette, c'est ce que je dis toujours. »

Rebecca se faufila, dans le bureau de Franck et s'assit devant son imposant bureau pour attraper le téléphone. Elle eut un merci muet lorsqu'on lui passa Bill directement au poste de police. « Comment te sens-tu ? demanda-t-il.

— Comme si j'avais couru un marathon. » Bill restait silencieux. « Que s'est-il passé ?

— On a retrouvé une boucle d'oreille dans la salle des Pionniers juste à côté de l'endroit où Sonia a été agressée. Randy Messer porte une boucle d'oreille.

— Il n'est certainement pas le seul à porter une boucle d'oreille à Sinclair, Bill. Je ne trouve pas que ce soit une preuve flagrante.

— Elle correspond à la description d'une de celles qu'il porte.

— Sans doute très chère et très particulière, dit-elle sarcastiquement.

— Écoute, Rebecca. Je ne savais pas que tu étais l'avocate de Randy.

— Je suis juste un auteur de romans policiers qui pose les questions que mes lecteurs se poseraient. Et tu n'as pas répondu.

— Non. Elle n'était ni très chère ni très particulière. Un truc qu'ils appellent un clou. Nous sommes allés chez lui ce matin, pour l'interroger. Son père ne l'a pas vu depuis hier tard dans l'après-midi. C'est un vieux fils de pute, mais au moins, il a été coopératif. À moitié saoul à 9 heures du matin, mais coopératif. Nous n'avons pas trouvé la boucle d'oreille de Randy.

— Peut-être l'a-t-il sur lui.

— Son père dit que non. En ce moment Randy porte – et je cite – un anneau ridicule comme en portent les femmes.

— Un anneau. » Rebecca se sentit soudain sombrer en visualisant le visage magnifique, abîmé et triste de Sonia. « Eh bien, il peut y avoir une autre explication.

— Évidemment. Mais Randy est quand même mal parti.

— Bill, Sonia n'est pas au courant de tout cela, n'est-ce pas ?

— Pas pour le moment.

— Ne le lui dis pas aujourd'hui. Laisse-lui le temps de se remettre de la nuit dernière.

— Je ne le lui dirai pas. Mais je ne peux pas garantir que le shérif Lutz ne le fasse pas. Il adore annoncer les mauvaises nouvelles. J'ai posté un garde devant sa porte, il peut empêcher les visiteurs d'entrer, même Kelly Keene, mais certainement pas Lutz.

— L'abruti. » Rebecca prit un stylo et se mit à marteler instinctivement le sous-main. « J'ai des contacts à l'hôpital, laisse-moi essayer de limiter les visites à la famille en prétextant qu'elle n'est pas prête à être interrogée par la police.

— Oh, je suppose que Clay est prêt à faire n'importe quoi pour toi.

— Et qu'est-ce que tu sous-entends par là ? »

Bill se mit à rire. « Tu sais très bien ce que je veux dire. La moitié de la ville ne parle plus que de vous deux.

— Nous deux ? Quoi nous deux ? » Rebecca parlait trop fort. Elle s'efforça de paraître plus détachée. « N'importe quoi. Les gens s'ennuient-ils tellement ici qu'il faille faire toute une histoire d'un simple dîner ? Depuis quand un dîner est-il si significatif ?

— Oh calme-toi, Becky. » Il riait toujours. « Tu en fais trop. »

Oh, génial. Et en plus c'était vrai. « Je pensais que les gens ne parlaient que de moi. Je ne voudrais pas que Clay soit ennuyé par des commérages.

— Je crois qu'il faudrait plus que des rumeurs romantiques entre toi et lui pour perturber Clay Bellamy. Il ne me semble pas qu'il ait vraiment cherché à t'éviter, chère nièce. » Rebecca se sentit bêtement troublée à l'idée qu'elle et Clay aient pu être considérés comme un couple. Troublée, excitée et un peu effrayée. Elle ne voulait cependant pas trahir ses sentiments à Bill, alors elle poursuivit : « As-tu du nouveau sur le bracelet que j'ai trouvé dans la voiture ? Le bracelet de Jonnie ?

— Je l'ai apporté au cordonnier du coin. Il a l'habitude du cuir. Il m'a dit que ce cuir était neuf, Becky. Ça ne peut pas être le bracelet de Jonnie.

— Je vois, dit doucement Rebecca. Mais pourquoi en faire une copie et la mettre dans ma voiture ?

— Je te l'ai déjà dit. Beaucoup de gens ont peur de toi, plus particulièrement depuis tout ce qui est arrivé. La scène au Dormaine, par exemple, a provoqué l'effervescence de toute la ville. Quelqu'un a juste voulu te faire peur.

— Quelqu'un qui savait à quoi ressemblait le bracelet de Jonnie et qui a pris la peine d'en faire faire une copie ? Quelqu'un qui était en ville quand j'ai laissé les vitres de la voiture entrouvertes ?

— J'ai pensé à cela. Fermes-tu toujours la voiture à clé au garage, quand tu es à la maison ?

— Non. Depuis que je l'utilise souvent, je la laisse dans l'allée et je ne la verrouille pas forcément.

— Alors on aurait pu le glisser dans la voiture, chez toi, et tu ne t'en serais aperçue qu'une fois en ville. »

Rebecca resta silencieuse un moment. « Bill, je n'y avais pas pensé. Il était par terre. Mais qui, dans cette maison, aurait bien pu faire cela ?

— Je ne sais pas qui aurait pu faire cela. Mais Lamplight Lane n'est pas surveillée. Tout le monde peut y accéder. Il aurait été facile de s'arrêter rapidement une nuit, d'ouvrir ta voiture et de déposer le bracelet. Aucun de tes voisins n'a de chien qui aurait pu donner l'alerte. Et si je ne me trompe pas, le tien reste à l'intérieur.

— Et il dort comme une souche, soupira Rebecca. Cela donne une autre tournure à tout ça. Et ça rend plus dure la chasse au voyou. Mais il a dû se donner beaucoup de mal pour me faire peur. Pourquoi n'a-t-il pas tout simplement envoyé un courrier sordide ou fait des appels morbides ?

— Le courrier et les appels peuvent être retrouvés. En plus, du courrier ou des coups de fil étranges n'auraient pas eu le même impact que ce bracelet.

— Je suppose que tu as raison. Et je me suis fait plutôt pas mal remarquer depuis mon retour. Pas étonnant que les gens en parlent et que certains soient effrayés. Ils savent qu'un cinglé est en liberté, et il pense que c'est moi. » Rebecca s'arrêta. « À propos des gens qui parlent de moi en ville, Clay et moi sommes allés au Café du Parc hier après-midi. Tu sais que les tables sont très rapprochées les unes des autres là-bas. J'étais en train de raconter à Clay que Sonia serait à la bibliothèque le soir. N'importe qui aurait pu m'entendre. Même Doug – il était assis juste derrière nous.

— Tu penses que c'est Doug qui a agressé Sonia ?

— Bien sûr que non. J'essaie juste de t'expliquer que beaucoup de monde savait où se trouverait Sonia ce soir-là, à cause de ma grande bouche. Randy Messer ne devrait pas être ton seul suspect.

— Tu ne le connais même pas. Pourquoi le défends-tu ainsi ?

— Je ne le défends pas. Je veux juste que tu gardes un œil critique.

— Parce que Sonia ne t'est pas indifférente et qu'il ne lui est pas indifférent.

— Parce que tu es un bon policier, dit Rebecca fermement, même si Bill n'avait pas été tout à fait juste. Maintenant, accroche-toi, parce que j'ai des nouvelles bien plus excitantes pour toi.

— Mon Dieu, je ne crois pas que mon cœur va tenir.

— Alors prends un médicament ou une gorgée de bourbon ou ce qu'il faut pour garder ton calme légendaire. Tu vas en avoir besoin. Matilda Vinson a vu le visage de la personne qui a essayé de tuer Sonia hier. Elle a revu cette personne, ce matin, au cimetière. Elle est morte de trouille et j'ai peur pour elle. »

II

MERCREDI 16 h 30

« Mademoiselle Vinson, j'aurais habituellement mis quelqu'un pour votre protection, mais je n'ai plus d'homme disponible entre Todd Ryan et Sonia Ellis », dit Bill en s'asseyant dans l'immense pouf mou qui appartenait au père de Matilda. Il savait qu'elle considérait ce siège comme la place d'honneur de son salon. Il avait l'impression qu'il allait y être complètement avalé. Et pour aggraver encore les choses, Matilda lui avait servi un thé tellement sucré qu'il allait sans nul doute le rendre diabétique. « Alors, je vous suggère de quitter la ville pour quelques jours. »

Matilda sourit, mal assurée : « Chef Garrett, je sais que votre nièce pensait bien faire en vous envoyant ici, mais tout va très bien. »

Bill réalisa qu'il devait vraiment prendre des gants avec cette femme, qui mourait clairement de peur, ce qui la forçait à nier. « Vous lui avez dit avoir vu quelqu'un dans le grenier du magasin de meubles Klein samedi soir.

— Oui, et j'en ai parlé à la police. Votre agent s'est comporté comme si j'étais une vieille folle.

— J'en suis navré. Il est jeune, nouveau et insolent. Il a été sévèrement réprimandé de vous avoir traitée de façon si cavalière – et plus précisément pour avoir négligé le fait que quelqu'un avait essayé de forcer la porte du magasin.

— Je suis heureuse que vous lui ayez parlé. J'étais particulièrement effrayée et, en tant que citoyenne de cette ville, je paie mes impôts. Je m'attendais à un peu plus de considération et de respect. » Matilda se souvint aussitôt qu'elle voulait amoindrir l'importance de l'événement. Elle changea tout à coup d'attitude et passa de l'indignation à l'indulgence. « Mais il avait sans doute raison. Il devait s'agir d'un adolescent.

— Les adolescents peuvent, eux aussi, être une menace, dit Bill sérieusement. Et même si la personne à la porte n'était pas celle du grenier, je n'aime pas beaucoup cette idée de quelqu'un en train de forcer la porte de votre magasin. Les gens en manque de drogue peuvent être très dangereux.

— Ça fait longtemps que je suis dans la partie, chef. » Matilda but une gorgée de thé. « Je fais très attention à toujours tout verrouiller et à garder les substances illicites dans un endroit très protégé.

— Je sais. Il n'y a jamais eu le moindre problème à la pharmacie Vinson. C'est tout à votre honneur et à celui de votre père. » Matilda parut ravie de ce compliment, elle se relâcha un peu, comme Bill le présageait. « Rebecca m'a également dit que vous aviez vu quelqu'un dans l'allée qui mène à la bibliothèque, juste après la tentative de meurtre sur Sonia Ellis. »

La tasse de Matilda heurta la soucoupe. « Je n'ai pas vu de visage. Juste quelqu'un qui courait. Quelqu'un qui portait un coupe-vent avec une capuche remontée. Le vent venait de se lever. Je n'ai pas vu de visage.

— Homme ou femme ?

— Je ne pourrais pas le dire. »

Elle mentait. Bill le savait et elle savait que Bill le savait, mais elle soutenait obstinément son regard. « Vous n'avez aucune idée du sexe de cette personne ? demanda-t-il gentiment.

— Absolument pas. Il portait des vêtements amples comme tout le monde en porte aujourd'hui. Et je n'ai pas vu son visage. Je n'ai pas vu son visage.

— Cette personne n'a même pas émis un son quand elle vous est rentrée dedans ? »

Le visage de Matilda devint rouge : « Non.

— Parce que l'on peut se faire une idée du sexe de quelqu'un juste avec un grognement.

— Pas de grognement. Non. »

Encore un mensonge. « Très bien. Mais qu'est-ce qui vous a fait si peur au cimetière ? »

Matilda renversa du thé, elle posa finalement la tasse et la soucoupe. « Je pense que Rebecca s'est méprise sur ce que je lui ai dit. Je voulais juste lui témoigner mon soutien après ce qui s'était passé à la bibliothèque. Et j'étais bouleversée pour Simplet. Je n'ai rien voulu dire du tout, à part que j'étais bouleversée au sujet de toute cette affaire. Je parle beaucoup quand je suis bouleversée. Je suis plus calme maintenant et je me sens bête d'avoir provoqué tout ce tracas, surtout que je ne sais même pas si la personne de l'allée était une femme ou un homme, ni même si elle avait un rapport quelconque avec ce qui est arrivé à Rebecca et à la fille Ellis.

— Et vous n'avez vu personne près de la chapelle au cimetière ? Personne ne vous a effrayée ? »

Matilda lui sourit de façon effroyable. « Rebecca vous a également parlé de cela ? Vraiment, c'est une femme adorable mais elle a beaucoup trop d'imagination. Je n'ai vu personne à la chapelle. J'ai juste eu un peu trop chaud à cause du soleil.

— D'accord, mais Rebecca dit avoir vu une forme bouger, comme quelqu'un qui se serait jeté derrière la chapelle.

— Vraiment ? couina Matilda. Ce doit être sa formidable imagination d'écrivain, comme je vous l'ai dit. J'ai lu son livre. Il m'a horriblement effrayée la nuit. Mais c'était une fiction, bien sûr. Je sais faire la différence. Et au cimetière, je n'étais pas effrayée. J'avais juste trop chaud et je voulais rentrer à la maison.

— Pas à la boutique ? »

Matilda battit des paupières. Son retour à la boutique aurait été un signe caractéristique. « Je ne suis pas retournée à la boutique, par respect pour Simplet. Je le connaissais depuis l'enfance. À mon avis, il était récupérable. C'est son horrible père qui a provoqué sa ruine. La plupart des gens ne le comprenaient pas. Ils ne connaissent pas l'histoire de Simplet. De nos jours, les gens ne se connaissent plus comme avant. Toujours pressés. Toujours pressés. Tout le monde est toujours pressé. Le monde va trop vite. On administre des médicaments au lieu de travailler avec les gens pour connaître leurs angoisses et leurs faiblesses. Les médicaments c'est mon gagne-pain, je ne devrais pas me plaindre. »

Elle était très habilement parvenue à complètement faire dévier la conversation au sujet de sa terreur au cimetière. Bill se rendait compte qu'il serait impossible d'obtenir des informations de la part de Matilda Vinson. Tout ce qu'il pouvait faire était d'essayer de garder un œil sur elle, même si, dans les circonstances actuelles, il n'en avait pas vraiment les moyens. Il n'obtiendrait aucune aide du shérif Martin Lutz. Ce dernier l'avait expédiée comme l'avait si facilement fait le jeune qu'il avait réprimandé. Lutz pensait lui aussi que les plus de soixante ans étaient forcément tous séniles. C'était une des raisons qui le rendaient stupide aux yeux de Bill.

Bill se leva. « Vous êtes sûre que je ne peux pas vous convaincre de quitter la ville quelques jours ?

— Je ne peux pas laisser mon père.

— Mais il est dans une maison de repos très bien.

— Il attend ma visite chaque dimanche. Et il est contrarié quand je ne viens pas. Et puis, il y a la boutique. Elle ne va pas marcher toute seule.

— Mais vous avez Lynn Hardison.

— Lynn n'est pas pharmacienne, et je ne peux pas trouver une remplaçante si vite. Non, chef, j'apprécie votre intérêt mais je ne peux pas partir. Il n'y a aucune raison pour que je parte. Je vais parfaitement bien. Je n'ai rien vu. Assurez-vous que tout le monde le sache. Que je n'ai rien vu. » Elle retenait l'anxiété de sa voix. Elle ajouta sans conviction : « Comme ça, ils ne s'inquiéteront pas. »

Non, comme ça le tueur le saura et ne vous verra plus comme une menace, pensa Bill, mais il acquiesça poliment. « Je ferai passer le message, mademoiselle Vinson, vous pouvez en être sûre. Prenez soin de vous.

— Oh, certainement.

— Merci pour le thé.

— C'était du Earl Grey, mon préféré. Je suis heureuse que vous l'ayez apprécié. »

En descendant les marches, Bill ajouta instinctivement : « Et le pouf de votre père est magnifique et on y est très bien installé. J'aimerais en avoir un comme ça. »

Matilda était aux anges. Plus tard, Bill fut heureux de lui avoir fait ce compliment, même s'il n'était pas sincère. Il venait de la voir sourire pour la dernière fois.

III

Franck avait passé le reste de l'après-midi au lit. Rebecca ne se souvenait pas de l'avoir jamais vu se retirer, ne serait-ce que pour une migraine. À 15 heures elle frappa à la porte de la chambre d'ami dans laquelle il se reposait. Après un moment, il avait répondu « Entrez » d'une voix fatiguée.

« J'espère que je ne t'ai pas réveillé », dit Rebecca en remarquant les rideaux tirés et la lueur faible qui provenait de la lampe au milieu de la pièce. Franck semblait perdu dans la pénombre et elle s'arrêta, surprise.

« Tu peux t'approcher du lit, chérie. Je ne suis pas contagieux. » Il y avait une pointe d'humour dans sa voix, mais on sentait qu'il se forçait. « Comment te sens-tu ?

— Je vais bien. Tu sais bien que les balles ricochent sur moi. Mais je me fais du souci pour toi. »

Il sourit. « Tu as vingt-six ans. Et j'en ai plus de cinquante. Malheureusement, les balles ne ricochent plus sur moi, mais ce n'est pas la fin du monde. Je suis juste très fatigué. Mon cœur bat un peu vite et j'ai la migraine.

— Ton cœur ?

— Ils appellent cela de la tachycardie. J'en ai toujours eu. Cela me prend quand je suis sous pression, et je dois avouer qu'il y en a eu un peu trop cette dernière semaine. »

Ces dernières années, pensa Rebecca, coupable. Tout le monde avait totalement dépendu de Franck. Personne ne s'était soucié de son bien-être.

« Non, je ne suis pas le martyr abandonné que tu m'imagines être maintenant, dit Franck en grimaçant. Tu vois. Tu n'es pas la seule à avoir des perceptions extra-sensorielles. La semaine a été rude et je ne suis plus aussi jeune que je l'étais.

Il n'y a rien d'autre qui cloche, chérie. Les choses ont l'air pires parce que je suis là, seul dans cette chambre comme un invalide, mais tu comprends la situation, n'est-ce pas ?

— Que trop bien. Entre les gorgées de vin, Maman n'a pas arrêté de passer ses vieilles cassettes en chantant, tout l'après-midi. »

Franck acquiesça gravement. « Tu sais, ton père était mon ami le plus cher, mais il y a une chose que je ne pourrai jamais lui pardonner. » Il s'interrompit et Rebecca le regarda, étonnée. Il ne critiquait jamais Patrick. « Il a dit à ta mère qu'elle avait une jolie voix et l'a toujours encouragée à chanter. »

Elle s'esclaffa. « Oh mon Dieu c'est vrai ! Et il détestait sa voix comme tout le monde, mais il ne voulait pas la vexer parce qu'il savait qu'elle adorait chanter. Mais tu sais qui ne s'est pas gêné pour la vexer ? Notre setter irlandais Rusty. Il balançait sa tête et hurlait à la mort chaque fois qu'elle chantait *Blue Bayou*, mais elle ne s'en est jamais rendu compte.

— Elle pensait sans doute qu'il hurlait à la mort parce qu'il était ému par son interprétation. »

À présent, ils riaient tous les deux – médisant comme deux enfants coupables, et Rebecca se sentait mieux. Voir Franck souffrant l'avait plus effrayée qu'elle ne l'aurait cru. Elle n'avait pas vraiment réalisé le roc qu'il avait été pour elle pendant de si longues années.

Dès que leur fou rire fut passé, Franck posa sa main sur celle de Rebecca. « Chérie, j'ai pris une décision. Dès que toute cette sombre histoire sera élucidée, j'envoie ta mère en désintoxication. Elle va me détester pour ça.

— Oh Franck, elle ne te détestera pas si elle va mieux. Il faut que tu le fasses.

— Alors tu ne seras pas gênée si cela provoque un mini-scandale ici, à Sinclair ?

— Après tout ce que cette famille a vécu, le fait que Maman aille en désintoxication ne provoquera même pas de vagues. En plus, je ne vis même plus ici. Alors je m'en fiche complètement.

Je veux juste qu'elle aille mieux et qu'elle soit aussi heureuse que possible.

— Bien. Marché conclu alors, sourit Franck. Maintenant, revenons-en à nos problèmes plus immédiats. J'ai parlé à Bill, ils n'ont pas retrouvé la trace de Jean Wright. Elle n'est pas avec son frère et sa sœur.

— Non. Elle s'est tout simplement envolée. Peut-être que c'est elle qui a enlevé Todd. Elle avait besoin d'argent. Cependant quelque chose me dit que le kidnapping n'a rien à voir avec une rançon. »

Franck releva les sourcils. « Rien à voir avec une rançon ? Comment le sais-tu ?

— Encore un de mes sentiments étranges. Il s'agit d'autre chose. Peut-être d'une vengeance. Mais le problème c'est que je crois que cette vengeance est dirigée contre moi pour quelque chose que j'aurais fait à cause de mes visions. Mais même si j'adore Todd, c'est Molly qui souffre le plus dans cette affaire. Ou alors, il pourrait s'agir de quelqu'un qui voulait désespérément avoir un enfant. » Elle secoua la tête. « Non, si c'était une personne qui voulait chérir un enfant, elle ne traiterait pas Todd comme on le traite actuellement. » Elle fronça les sourcils. « C'est autre chose, Franck. Quelque chose que je n'arrive pas encore à saisir. Mais ça viendra. Je jure sur la mémoire de mon frère que ça viendra. »

Franck eut un mouvement de recul face à sa hargne, puis il lui prit la main. « Mon Dieu, chérie, je le souhaite. Pour ton salut et celui de Todd et celui de tout le monde. » Il embrassa sa main avant de la relâcher. « Nous étions en train de parler de la pitoyable Jean Wright. Je suis navré qu'elle soit partie. Parce que, sans elle, Molly reste seule. J'ai une faveur à te demander.

— Tu veux que j'emménage avec Molly ?

— Non. Je ne pense pas que ce soit le mieux ni pour elle ni pour toi. Tu as besoin de temps à toi, pour guérir et pour... enfin pour libérer ton esprit afin de pouvoir avoir des visions. Oui, j'y crois, maintenant. Et avec Molly qui n'arrêterait pas de te demander des informations, tu n'y arriverais pas. Je voudrais que tu demandes à Tante Esther de rester avec Molly. Elle adore Molly et Todd.

— Oui, mais elle est malade.

— Elle agit comme si elle allait bien et elle a besoin de se sentir normale, ce qui implique pour elle d'être utile. Cependant, je crois qu'elle en fait trop à la pépinière. Si elle restait chez Molly, ce serait la meilleure solution pour toutes les deux.

— Franck, tu es un génie. Mais pourquoi veux-tu que ce soit moi qui le lui demande ?

— Parce qu'elle est toujours très têtue avec moi et que je suis fatigué. Avec toi, elle l'est aussi, mais pas autant. Elle n'a jamais su te dire non.

— Tu es machiavélique

— Oh, j'ai des ressources ! Tu ne soupçonnes même pas à quel point !

— Arrête, on dirait Clay Bellamy. »

Franck sourit. « On dirait que tu aimes bien ce garçon, n'est-ce pas ?

— Il est gentil.

— Gentil ? Ça, c'est bien un mot superficiel d'écrivain ! Pourquoi pas mignon, brillant, et plein d'avenir ?

— Franck Hardison, es-tu en train de vouloir me caser ?

— J'aimerais te voir heureuse, Rebecca, dit-il sérieusement avant d'ajouter en souriant : Et pense à tous ces soins médicaux gratuits.

— Tu as besoin de repos. Tu délires ! »

Elle quitta la pièce en souriant.

IV

Franck avait raison, quand Rebecca appela Esther de son bureau pour lui soumettre l'idée d'emménager chez Molly, elle fut réticente. « Chérie, je ferais n'importe quoi pour aider cette pauvre fille, mais la pépinière a besoin de moi à plein temps avant mon départ pour l'hôpital. Les gens sont encore en train de planter...

— Et tu as deux employés. Ne me dis pas que tu as engagé des gens qui n'y connaissent rien ou qui sont incapables de sortir pour creuser des trous.

— Rebecca, le travail de pépiniériste ne se résume pas à creuser des trous, répondit Esther un peu vexée. Si c'était le cas, je prendrais un couple de chiens.

— Les chiens creusent où ils veulent. Ils n'écoutent pas les consignes. Ça ne marcherait jamais. » Elle sentait que Esther souriait à l'autre bout du fil. « Écoute, Molly apprécierait vraiment, elle t'adore. Et crois-moi, je le ferais bien moi-même mais je crois que m'efforcer de garder la tête de Molly hors de l'eau pourrait interférer avec les visions que je pourrais avoir. Oh, mon Dieu, ça sonne tellement prétentieux. Ce que je veux dire, c'est que...

— Je sais parfaitement ce que tu veux dire, dit gentiment Esther. Tu as déjà eu des visions de Todd. Grâce à toi, on sait qu'il était dans le grenier. Et on sait maintenant qu'il a été déplacé dans un autre endroit et qu'il est toujours en vie. Tu n'es peut-être pas satisfaite de ta contribution mais c'est quand même génial. Et moi, je me comporte comme une idiote. Je rassemble quelques vêtements et je serai chez Molly ce soir.

— Bien. Je vais lui rendre visite. Alors je serai sans doute encore là quand tu arriveras. On se verra là-bas. Merci, Tante Esther », dit Rebecca avant de raccrocher.

« Et qu'est-ce que cette chère Esther va faire ? »

Rebecca releva la tête et vit sa mère qui se tenait sur le pas de la porte. Ses cheveux pendaient désordonnés sur ses épaules. Elle portait une robe blanche et tenait une cigarette entre ses doigts tremblants. Elle avait les traits tirés, son visage était pâle et ses yeux exorbités. « Maman. Je parlais à Tante Esther.

— Ça, j'aurais pu m'en douter étant donné que tu l'as appelée "Esther". Ce que je veux savoir c'est pourquoi tu l'as remerciée.

— Elle va rester chez Molly ce soir et demain. Jean Wright a pris des congés imprévus et Molly est toute seule.

— Oh. » Suzanne tira fortement sur sa cigarette. « Je suppose que tout le monde m'en veut de ne pas rester avec elle. »

Suzanne chancelait faiblement. Rebecca s'imaginait sentir le vin filtrer à travers les pores de sa peau. « Je crois que personne n'exige que tu te rendes auprès de Molly.

— Pourquoi ? demanda Suzanne de façon agressive. Parce que je suis ivre ?

— En fait, oui. »

Les yeux bleus de Suzanne la regardèrent méchamment. Puis, soudain, elle se mit à pleurer. Il ne s'agissait pas de pleurs pitoyables pour obtenir de la compassion, ses sanglots étaient profonds et sincères. « Oh mon Dieu. Je sais. Je me déteste. »

Elle s'assit sur une chaise et prit sa tête entre ses mains. Rebecca hésita, puis elle s'agenouilla à ses côtés. Elle entoura de ses bras les fines épaules tremblantes de sa mère. « Maman, pleurer ne t'aidera pas.

— C'est un soulagement. Oh, je sais ce que tu penses. Elle se soulage toute la journée en buvant, en fumant, en chantant. Mais ce genre de soulagement ne m'aide pas. Ils en aident certains mais pas moi.

— Alors pourquoi continues-tu ? » Suzanne pleurait de plus en plus fort et Rebecca ne put s'empêcher d'essayer de la faire rire comme Jonnie l'aurait fait. « Mon Dieu, est-ce que le chant n'est pas une souffrance suffisante que tu infliges à toi et aux autres, Maman ? Même Sean a demandé à ce qu'on lui achète des boules Quies. »

Suzanne se calma un moment. Puis elle se mit à rire nerveusement – un rire long, humide et nerveux, mais un rire tout de même. « Tu n'as jamais su apprécier la bonne musique.

— Si. C'est justement là le problème. »

Suzanne se cacha les yeux, elle riait et pleurait toujours, puis elle eut le hoquet. « Mon Dieu, que je suis bête.

— Non. Peut-être un peu négligée ces derniers temps. Mais je vois encore les traces de la mère que j'ai connue.

Ma belle et étincelante mère, qui adorait la vie comme une enfant.

— Oui, n'est-ce pas ? Je croyais que rien de mal ne pourrait jamais m'arriver. À moi ou à mes enfants. » Elle s'essuya les yeux avec l'une des manches de sa robe et leva les yeux vers Rebecca. « Quand j'ai entendu ce qui s'était passé à la bibliothèque, je me suis effondrée. Bien sûr j'étais déjà en miettes – vin toute la journée, cette scène au dîner – mais je suis capable de me reprendre en cas d'urgence. Mais quand j'ai su que non seulement tu avais sauvé cette jeune fille de la mort mais qu'en plus tu avais été agressée, je n'ai pas pu le supporter. Betty m'a dit que tu allais bien, mais Betty minimise toujours tout avec moi.

— Ni Sonia, ni moi n'avons vu la mort de près. Elle a été plus sévèrement blessée que moi – on l'a attaquée avec un pistolet paralysant – mais elle va bien.

— Mais quand même, Rebecca, ce que tu as fait ! Tu as eu une vision de cette fille qui allait être assassinée et tu t'es précipitée sans même penser à toi ! Je n'aurais jamais pu faire cela. Ma mère aurait pu, mais pas moi. J'ai l'impression d'être une moins-que-rien. Et en plus tu me fais un peu peur et je suis un peu jalouse que ma fille ait cette force que je n'ai pas. »

Rebecca resserra son étreinte autour des épaules de sa mère. « Maman, tu n'as pas de perceptions extra-sensorielles comme Grand-Mère Ava et moi. Et en plus, tu n'en veux même pas parce qu'elles te font peur. Crois-moi, elle ne les comprenait pas plus que moi. Et on n'a rien demandé. Mais ma vision de Sonia m'a conduite à me précipiter à la bibliothèque pour la protéger, comme tu l'aurais toi-même fait pour Jonnie si tu avais su où il était. On est tous capables de faire des choses qu'on ignore – toi aussi. Je ne dis pas cela pour te réconforter. Je le pense vraiment. Tu te réfugies dans l'alcool parce que tu crois être faible. Mais c'est faux. Ava était la femme la plus forte que j'ai connue. Tu penses que je suis forte – tu crois vraiment que ces gènes ont sauté une génération ? Cela te paraît-il sensé ? »

Suzanne renifla. « C'est possible.

— Eh bien moi, je ne l'accepte pas. Je pense que Grand-Mère était dominatrice et qu'elle t'a inconsciemment inculqué que ton rôle dans la vie était d'être passive. Et Papa, et Dieu sait que je l'adore, a fait la même chose. Je crois que tous tes problèmes viennent de ton éducation et non d'insuffisances dans ta personnalité. »

Suzanne la regardait en battant des cils humides. Elle dit dans un semi-sourire : « Tu m'étourdis. Je n'aurais jamais dû te laisser aller à l'université. Je ne comprends plus rien de ce que tu racontes maintenant.

— Tu comprends parfaitement, insista Rebecca. Alors va, va faire un câlin à Franck et prends de nouvelles résolutions pour arrêter de boire. » Elle sourit. « Et s'il te plaît, pour l'amour du ciel, arrête de chanter.

— Je le jure, pour la soirée, se mit à rire Suzanne. Je vais me retirer dans ma chambre pour lire. Que penses-tu de cela ?

— Ce sera beaucoup plus agréable pour tout le monde. Je pars chez Molly. »

Un peu hésitante, Rebecca embrassa sa mère sur le front. « Passe une bonne soirée, Maman. »

Suzanne l'étreignit fortement. « Toi aussi, ma chère fille. Et fais attention à toi. Je ne voudrais pas te perdre toi aussi. »

Rebecca courut dans sa chambre, elle se sentait extraordinairement légère. Elle avait ressenti de l'affection sincère dans la taquinerie de sa mère, dans son étreinte aussi. Elle se rendait compte à quel point elle était avide de cette affection. En la recevant elle pourrait soigner la plupart de ses traumatismes, dont celui d'hier.

Sean la regardait tristement alors qu'elle couvrait ses lèvres pâles d'un peu de rouge à lèvres lie-de-vin et qu'elle prenait son sac. Elle se retourna vers lui. « Toi et moi avons passé trop peu de temps ensemble ces derniers jours. Je crois que tu aimeras Molly, et je pourrais avoir besoin d'un protecteur. Que penses-tu d'être mon garde du corps ce soir ? »

Dès qu'elle prit sa laisse, Sean se mit à tourner en rond, le bout de sa queue frétillait d'excitation. À la maison, elle prenait grand soin de lui, ils allaient se balader tous les jours dans les jardins publics et le week-end dans le parc Audubon. Ici, elle le laissait trop souvent à la charge de Betty et de Walt.

Rebecca fut soulagée de ne voir aucune camionnette de journalistes ou de badauds autour de la maison de Molly. Elle avait déjà appelé pour dire qu'elle passerait et Molly l'accueillit à la porte d'entrée avec un certain manque d'enthousiasme. En fait, elle semblait ne plus rien ressentir. Ce détachement inquiétait Rebecca bien plus que ses crises de nerfs. C'était comme si Molly avait renoncé.

Molly, qui adorait les chiens, ne prêta aucune attention à Sean. En retour, il garda ses distances. « Tu veux quelque chose à boire ? demanda-t-elle à Rebecca. Café ? Vin ?

— Je sens le café. Je vais m'en servir une tasse. Tu en veux une ?

— Non, merci. J'en ai au moins bu quatre litres aujourd'hui.

— Je vais enlever sa laisse à Sean. Il est dressé et il ne cassera rien.

— Je me moque de tout dans cette maison à part la chambre de Todd. Je ne changerai jamais rien à la chambre de Todd. Jamais ! »

Rebecca ne releva pas cette remarque qui la dérangeait malgré tout, parce qu'elle ne faisait que confirmer le désespoir de Molly. Quand Rebecca revint de la cuisine, Molly était assise sur le canapé, elle fixait la photo de Todd. « Je suppose que tu n'as pas eu d'autre vision de lui.

— Pas depuis deux jours, répondit gentiment Rebecca.

— Tu étais trop occupée à sauver Sonia. »

Le sarcasme n'était pas un trait de caractère habituel de Molly. Rebecca répondit à cette critique : « Et que penses-tu que j'aurais dû faire ? La laisser se faire tuer ? En plus, la personne qui a essayé de l'assassiner est certainement celle qui a enlevé Todd. Il y avait une chance pour qu'on l'arrête.

— Mais tu ne l'as pas fait, n'est-ce pas ? Cela a juste servi à te faire de la publicité. »

Rebecca posa sa tasse. « Je me sens complètement misérable a propos de ce qui est arrivé à Todd et pour ce que tu es en train de vivre, mais je ne vais certainement pas accepter tes remarques. Je fais tout ce que je peux, Molly, mais je ne peux pas provoquer des miracles. »

Molly ferma les yeux. Elle était silencieuse depuis tellement longtemps que Rebecca ne pensait pas qu'elle allait lui répondre. Elle croyait qu'elle allait rester là assise, immobile comme un roc, jusqu'à ce qu'elle parte. Mais finalement, humblement, elle dit : « Je suis désolée. C'était vraiment méchant de ma part.

— Ce n'était pas méchant, seulement injuste.

— Je suis vraiment, vraiment désolée.

— Ne t'inquiète pas pour cela, Molly. Honnêtement. C'est déjà oublié.

— Mais j'ai tellement peur. » Elle regarda Rebecca tragiquement. « Ressens-tu toujours que Todd est vivant ?

— Oui, répondit sincèrement Rebecca. Même si je n'ai pas eu de vision aujourd'hui, je sens...

— Quoi ?

— C'est stupide. Je ressens sa force de vie.

— L'avais-tu ressentie pour Jonnie ? »

Cette question n'était pas innocente. C'était un test. Une fois de plus, Rebecca répondit sincèrement : « Oui. Pendant quelques jours. » Elle s'interrompit. « Environ vingt-quatre heures avant qu'on ne le retrouve, j'avais perdu cette sensation. Je ne voulais pas y croire, mais je savais que Jonnie était mort. Je ne l'ai jamais dit à personne, mais je n'ai pas été surprise qu'on retrouve son cadavre. Anéantie, mais pas surprise.

— Mais tu ne ressens pas cela pour Todd. Qu'il est parti ?

— Non. » Mon Dieu, pourvu que je ne me trompe pas, supplia Rebecca. Elle était complètement sincère, mais elle espérait désespérément que ses pressentiments étaient justes. « Todd est en vie. »

Molly ferma à nouveau les yeux. Cette fois, elle semblait avoir retrouvé ses forces. Elle n'avait pas besoin qu'on la divertisse avec des futilités. « Je vais voir Sean, murmura Rebecca. Je ne l'ai pas vu depuis quelques minutes. »

Elle le trouva couché sur le lit de Todd. Elle alluma la lampe Lava, ferma la porte de la chambre et le rejoignit sur le lit. « Que fais-tu là ? demanda-t-elle, en caressant le poil épais de son cou. Tu sens le petit garçon qui a disparu ? Peut-être est-ce une bonne idée. » Elle enleva le couvre-lit du lit de Todd et prit un oreiller qu'elle plaça sous le museau de Sean. « Il a les cheveux blonds. Je sais que les chiens ne peuvent pas voir les couleurs, mais cela ne peut pas faire de mal. Maintenant, renifle bien cet oreiller. » Sean obéit, reniflant de toutes ses forces.

« Génial. » Elle jeta un œil dans la chambre, puis se leva du lit et ouvrit la penderie de Todd. Elle en sortit un jean et un sweat-shirt qui traînaient par terre. « Essaie ça maintenant. » Elle se baissa pour ramasser deux paires de chaussures « Et ça. » Sean reniflait assidûment. « Tu as la tête pleine de Todd ? »

La porte de la chambre s'ouvrit et Rebecca sursauta, craignant que ce fût Molly qui serait en colère de voir que le sanctuaire de Todd avait été violé. Mais ce n'était qu'Esther, avec ses longs cheveux blancs et ses yeux bleus étincelants. « Je pensais bien te trouver ici. Tu es en train de faire renifler l'odeur de Todd à Sean ?

— Comment le sais-tu ?

— Quand Jonnie a disparu, tu as fait la même chose avec Rusty, même si ce chien connaissait déjà son odeur. Molly ne sait pas que tu es ici, chérie, et très sincèrement je ne crois pas qu'elle aimerait ça.

— Elle est odieuse ce soir.

— C'est ce que j'ai cru comprendre. Je suppose qu'elle en a le droit. Elle a été plutôt conciliante jusqu'à maintenant. »

Rebecca se leva et prit Esther dans ses bras. « Merci beaucoup d'avoir accepté de rester avec elle. Je sais que tu n'aimes pas quitter ta maison. »

Esther fit la moue. « Je serai bien obligée de la quitter la semaine prochaine pour aller à l'hôpital. Et si je peux aider Molly. Avant, elle aimait bien ma compagnie.

— Elle t'adore. Tu savais toujours la faire rire et la rassurer. Sa dernière garde-malade – Jean Wright – était à pleurer.

— Oui, mais elle est infirmière. Si quelque chose devait arriver à Molly comme une crise d'angoisse ou une crise d'hystérie ou un évanouissement...

— Tu appelles les urgences. Ou Clay Bellamy. Je crois qu'il est de service aux urgences. » Elle étreignit Esther une nouvelle fois. « Je suis sûre que tu t'en sortiras très bien. »

Rebecca estima que même si sa visite avait été plutôt brève, Molly l'avait assez vue pour aujourd'hui. Les hostilités avaient fusé parce que Rebecca n'était pas capable de faire des miracles. Elle était habituée à ce syndrome. Mais elle n'avait cependant pas envie de rester dans le coin. Sean non plus. Il ressentait la tension et était énervé et Rebecca redoutait que cela ne se traduise par la morsure d'un mollet ou par un jet d'urine contre un mur. Il était temps de partir.

Molly lui souhaita vaguement de bien rentrer. Esther lui fit un clin d'œil en lui disant que tout irait bien. Elle demanda également à Sean de prendre bien soin de sa maîtresse.

Contrairement à la nuit dernière, il n'y avait pas de vent. Un brouillard vaporeux s'abattait sournoisement sur la ville, les maisons et les arbres semblaient recouverts d'un voile. Les lumières des maisons étaient calfeutrées, indistinctes et les quelques voitures qui passaient dans la rue faisaient un bruit sourd.

Alors que Rebecca s'approchait de la Thunderbird, elle sortit les clés de son sac. Soudain Sean s'arrêta net et se mit à grogner, menaçant. L'image de l'homme cagoulé avec le pistolet paralysant envahit la tête de Rebecca et son sang se glaça. Elle agrippa plus fermement la laisse de Sean et elle mit en avant la partie saillante de la clé de la voiture, prête à l'enfoncer dans un œil, si nécessaire.

« Qui est là ? demanda-t-elle d'une voix étonnamment forte.

— C'est Randy Messer. Le petit ami de Sonia. S'il vous plaît, éloignez le chien. J'ai besoin de vous parler. »

Randy Messer. Certaines personnes pensaient qu'il était le kidnappeur de Todd. La police croyait qu'il avait perdu une boucle d'oreille à la bibliothèque en essayant de tuer Sonia. Sonia était persuadée de son innocence et Rebecca faisait confiance à l'instinct de Sonia.

Cependant, elle hésita. Il faisait nuit. La rue était déserte. Et ce n'était pas un enfant – il avait dix-huit ans. Il pouvait la poignarder ou lui tirer dessus, et repartir avant même que quelqu'un s'aperçoive de quoi que ce soit.

« S'il vous plaît, mademoiselle Ryan. Sonia dit qu'elle vous fait confiance. Et j'ai à tout prix besoin de parler à quelqu'un. »

On entendait la souffrance et la peur résonner dans sa voix. Je suis malade, pensa Rebecca en tenant toujours la clé. Elle avait pris une décision. « Je tiens le chien. Ne vous approchez pas trop près et ne faites pas de mouvements brusques ou je le lâche sur vous. Il vous sautera directement à la gorge. » Il faudrait que Sean saute de près de deux mètres pour atteindre la gorge de Randy, mais cela sonnait bien. « Des gens l'ont maltraité avant. Vous comprenez ?

— Ouais, ouais, j'ai compris. Mais je ne veux pas vous faire de mal, ni au chien. S'il vous plaît, mademoiselle Ryan, je n'ai pas toute la nuit.

— Marchez vers la lumière.

— Je ne vais sûrement pas me mettre sous un réverbère. La police me recherche. J'avance de deux pas, comme ça vous pourrez me voir, d'accord ?

— Bien », dit Rebecca avant de se souvenir qu'elle n'avait jamais rencontré Randy Messer. Elle n'avait pas la moindre idée de ce à quoi il pouvait ressembler.

Mais quand il s'approcha, elle le reconnut instinctivement. Les cheveux blonds, les yeux bleus, un corps plutôt baraqué. À l'exception du regard pénétrant et des rides dues aux treize ans qui les séparaient, il aurait pu être le frère de Clay. Pas étonnant que Sonia ait été si perturbée avec Clay. Il ressemblait à son amoureux.

« Comment va Sonia ? demanda Randy.

— Aux dernières nouvelles, elle allait bien, mais son médecin ne laisse entrer que sa famille. Et le chef Garrett a posté un homme devant la porte de sa chambre.

— Dieu merci.» Randy ferma les yeux un moment. «Je n'arrêtais pas de l'imaginer seule dans son lit, sans protection, et qu'un détraqué venait l'étrangler.

— Cela ne peut pas arriver», le rassura Rebecca.

Il mit la main à sa poche. «C'est juste une cigarette», dit-il alors qu'elle se raidissait. Il la sortit et l'alluma avec le briquet qu'il tenait d'une main tremblante. «Je me suis caché toute la journée.

— Ils ont trouvé une boucle d'oreille dans la salle des Pionniers juste à côté de l'endroit où Sonia s'est fait agresser et ils croient que c'est la vôtre.

— Ils ont trouvé une boucle d'oreille? Mon Dieu, est-ce que je suis le seul à porter une boucle d'oreille dans cette ville? Ou ont-ils fait des recherches ADN qui ont prouvé que c'était la mienne?»

Rebecca sourit légèrement. «Je ne crois pas que la police de Sinclair agisse si rapidement. Pas de test ADN pour le moment.

— Heureusement, parce que je retrouve tout le temps Sonia dans cette salle. Ça pourrait être la mienne.» Randy la regarda de plus près. «Mais vous ne croyez pas que c'est moi qui ai essayé de tuer Sonia, n'est-ce pas?»

Rebecca respira profondément. Elle devait faire attention à ce qu'elle disait à ce jeune homme. Il était trop intelligent pour tomber dans un subterfuge. Elle pouvait le lire dans ses yeux. «Non. Je ne crois pas que ce soit vous qui l'ayez blessée. Mais je n'ai aucun moyen d'en convaincre la police. Je n'ai pas vu le visage de la personne qui l'a agressée. Et malgré la lutte, je n'ai pas d'idée précise sur la corpulence de son corps. Tout ce que je sais c'est que cette personne était forte.

— Et leste. La porte arrière de la salle des Pionniers est à environ un mètre au-dessus de l'escalier de secours. Cette personne a dû pratiquement voler hors de la pièce, sauter et descendre en courant cet escalier. En plus, les trois dernières marches sont cassées. Il a donc fallu qu'il ressaute.

— Vous semblez bien connaître les lieux, dit doucement Rebecca en sentant la peur remonter en elle.

— Toutes les fois où j'ai retrouvé Sonia, je suis passé par l'escalier de secours pour que ce trou du cul pédant derrière son comptoir ne prévienne pas sa mère. Alors oui, je connais bien les lieux.

— D'accord. Ça se tient. Mais qu'allez-vous faire maintenant ? Vous ne pouvez pas rentrer chez vous. La police vous y attend sûrement.

— Je ne pourrais pas rentrer, de toute façon. Mon vieux et moi avons finalement eu l'explication coup-de-poing qui se profilait depuis des années. Mais je m'en sortirai. C'est juste que je n'ai aucun moyen de parler à Sonia, à part Cory. C'est, comme qui dirait, un ami. Mais c'est aussi un gros nigaud qui parle beaucoup trop. » Rebecca sourit, en pensant à Cory et sa voix défaillante en train de raconter *La Planète des singes*. « Direz-vous à Sonia que je vais bien et que je l'aime ? »

Rebecca fit signe que oui de la tête, imaginant ce qu'elle aurait ressenti à l'âge de Sonia si quelqu'un d'aussi mignon et en même temps si dangereux avait été amoureux d'elle. Elle était en train de s'identifier à quelque chose qui n'avait rien à voir avec elle et qui faisait rejaillir son imagination d'adolescente. Peut-être s'identifiait-elle tout simplement parce que son instinct voyait juste. « Je le lui dirai, Randy. C'est promis.

— Bien. Merci, mademoiselle Ryan. Vous êtes quelqu'un de bien. »

Randy jeta sa cigarette et l'écrasa avec sa chaussure. Alors qu'il se retournait pour partir, la lueur d'un réverbère éclaira son oreille droite. Le lobe était déchiré et gonflé, comme si on lui avait récemment arraché une boucle d'oreille.

15

I

Sur le chemin de la maison, Rebecca se mit soudain à trembler. Elle venait de réaliser qu'elle avait pris un risque en acceptant de discuter avec Randy Messer. Elle n'avait aucune preuve tangible qu'il n'avait pas essayé d'attaquer Sonia. Et même si Sean était là pour la protéger, il n'avait jamais fait cela auparavant. Elle n'avait jamais voulu d'un chien de garde – juste un chien qui puisse faire semblant. En plus des poursuites judiciaires que pouvait entraîner l'attaque d'un chien – peu importe sur qui – elle n'avait jamais voulu mettre en danger la vie d'un chien. Elle savait par son comportement vis-à-vis de Doug chez Esther que Sean aurait essayé de la protéger, mais un vrai assaillant aurait vite eu le dessus sur lui. Non, vraiment, elle avait été stupide, même si elle ressentait dans son for intérieur que Randy était innocent.

Mais la police avait trouvé une boucle d'oreille là où Sonia avait été attaquée, et l'oreille de Randy portait cette coupure manifeste provoquée par une boucle d'oreille qu'on avait arrachée. Cela faisait beaucoup de coïncidences !

Alors qu'elle entrait dans Lamplight Lane elle aperçut une voiture qui la suivait. Son cœur se mit à battre la chamade. Était-ce Randy ? Non. Il avait eu toutes les occasions possibles de l'attaquer devant chez Molly Pourquoi la suivrait-il jusque devant chez elle pour l'agresser ? Elle se dirigea dans l'allée et resta assise dans la voiture, les portes verrouillées. Un instant plus tard, un policier en uniforme frappa à sa vitre. Rebecca le regarda attentivement puis reconnut le jeune agent qu'elle avait brièvement aperçu au commissariat. Elle baissa la vitre.

« J'ai grillé un stop ?

— Vous avez parlé à un fugitif et l'avez laissé partir. »

Rebecca se défendit. « Je ne vois pas de quoi vous voulez parler.

— Randy Messer. Vous lui avez parlé devant chez Molly Ryan.

— Comment le savez-vous ?

— Votre oncle m'a demandé de garder un œil sur vous à cause de ce qui s'est passé à la bibliothèque. Croyez-vous que Sonia Ellis soit la seule à être protégée ? » Son ton était insolent et Rebecca ne l'aimait pas. « Vous savez que la police recherche Messer. Et vous n'avez rien fait quand il vous a abordée.

— Et qu'aurais-je dû faire, monsieur le policier ? Le mettre à terre et lui passer les menottes ? Je croyais que vous deviez me protéger. Si vous m'avez vue lui parler, pourquoi n'êtes-vous pas intervenu pour l'arrêter ? »

Malgré l'obscurité, Rebecca pouvait voir son visage se raidir. « Je ne l'ai vu que cinq secondes avant qu'il ne disparaisse dans les arbres.

— Oh. Vous faisiez la sieste.

— L'éclairage était mauvais.

— Le chef Garrett va adorer cette excuse. » Elle coupa le moteur, déverrouilla la portière, prit la laisse de Sean dans sa main et commença à sortir de la voiture. « Randy Messer ne m'a pas menacée, mais s'il l'avait fait, vous n'auriez pas été de la moindre utilité alors gardez pour vous cet air arrogant et ne me traitez pas comme si j'étais une criminelle. Je n'ai rien fait. » Elle s'interrompit. « Et vous non plus, malgré vos ordres. Et pourquoi n'avez-vous pas poursuivi ce dangereux criminel plutôt que moi ? Oh, oui, Bill sera vraiment très impressionné. Maintenant allez-vous-en. Je ne peux pas vous garantir que ce chien ne va pas vous sauter dessus. »

L'agent recula, son regard brûlant de colère. Puis il leva les yeux alors qu'un véhicule entrait dans Lamplight Lane, gyrophare et sirène allumés, pour aller se garer devant la maison. Plusieurs urgentistes sortirent de l'ambulance.

« Que se passe-t-il ? cria Rebecca.

— Il faut que vous bougiez d'ici, madame, ordonna un infirmier en transportant un brancard. Il faut dégager la zone. »

Les deux portes d'entrée s'ouvrirent et Betty se tenait debout et agitait les mains comme si elle avait été sur le pont d'un porte-avions. « C'est ici ! cria-t-elle. Il est là ! Dépêchez-vous !

— Betty ! cria Rebecca. Que se passe-t-il ?

— C'est ton beau-père, pleurait Betty. Il a une attaque ! »

II

Ils n'étaient pas autorisés à voir Franck. Du moins, Rebecca n'était pas autorisée à voir Franck ; sa mère était restée dans sa chambre. Alors que Rebecca était assise, seule, dans la salle d'attente des urgences, elle fut prise d'une terrible colère contre Suzanne. Au moment où Clay était sorti pour lui parler, elle était en train de penser qu'elle préférait aller dormir dans un motel plutôt que d'avoir à affronter cette femme, si faible qu'elle ne pouvait rien affronter elle-même.

Clay avait l'air fatigué. Il emmena Rebecca dans une petite pièce, privée. « Franck vient d'avoir un accident cardiaque.

— C'est quoi ça ? demanda Rebecca. Je ne sais pas ce que cela veut dire. Pourquoi les médecins ne disent-ils jamais ce qu'ils pensent ?

— Rebecca, détends-toi. Il a ressenti une douleur au bras gauche. Son pouls et sa tension étaient très élevés – cela aurait pu être provoqué par la peur de ce qu'il croyait être une crise cardiaque, mais il transpirait et avait la nausée. Son électrocardiogramme était aussi un peu irrégulier.

— A-t-il fait un arrêt cardiaque ? demanda Rebecca effrayée au souvenir des quatre minutes d'arrêt cardiaque qu'elle avait elle-même fait, ces minutes durant lesquelles l'infirmière avait prétendu qu'elle était morte.

— Non. Et il est resté extérieurement très calme, vu les circonstances. Il n'a pas eu d'autres incidents. Je suis plutôt optimiste. Nous n'avons pas encore tous les résultats du labo, mais il reste là cette nuit.

— Je t'aurais envoyé mon poing dans la figure si tu ne l'avais pas gardé, soupira Rebecca. Franck est tellement stoïque que tout le monde pense qu'il peut tout endurer sans se soucier de ce qu'il ressent.

— On ne pouvait pas empêcher le stress lié à la disparition de Todd, Rebecca.

— Mais je n'ai fait qu'en rajouter avec mon accident, la scène au Dormaine et ma cascade à la bibliothèque hier soir.

— Ta cascade à la bibliothèque, comme tu l'appelles, a sauvé la vie d'une jeune fille. Et tu n'as pas fait exprès d'avoir cet accident, tu n'étais pas grièvement blessée, et la scène du Dormaine n'a été embarrassante que pour toi. J'ai du mal à croire que cela est la cause de l'état de Franck. Arrête de te blâmer ! »

Mais je ne suis pas la seule cause à tout cela, pensa-t-elle. Maman et son alcool en faisaient aussi partie. Mais elle n'avait aucune raison d'en parler à Clay. Il était déjà au courant. Tout Sinclair était au courant.

« Tu es sûr que je ne peux pas le voir ce soir ?

— Il est beaucoup plus calme que quand il est arrivé. En plus, il somnole. Dès qu'on l'aura conduit dans sa chambre, je suis sûr qu'il va s'endormir.

— Et je ne ferai que le déranger. »

Clay prit sa main et la serra. « Écoute, mon cœur, Franck est en très bonne santé si on exclut cet épisode, qui n'a pas l'air d'être une crise cardiaque. Je crois qu'il n'y a pas de vraie raison de s'inquiéter. S'il n'y a pas de complication, il sera à la maison demain.

— Dieu merci », souffla Rebecca.

Ce n'est que dix minutes plus tard qu'elle réalisa que Clay l'avait appelée «Mon cœur». Cette marque d'affection lui réchauffa le cœur.

III

Après le départ de Bill Garrett, Matilda lava les tasses et les soucoupes, elle remit de l'ordre dans sa cuisine, puis se précipita dans la salle de bain pour vomir. Son manque de courage et la façon plutôt répugnante dont il se manifestait l'agaçaient. Elle était dépitée de la manière dont elle avait, après les funérailles, bredouillé toutes ces choses à Rebecca Ryan. Elle était tellement angoissée qu'elle n'avait pas pu retourner à la boutique. Aucune ordonnance ne serait remplie, alors elle appela Lynn pour lui dire de fermer à 17 heures, au lieu de 22. Matilda irait deux heures plus tôt le lendemain pour rattraper le retard. Peut-être même trois. Une bonne nuit de sommeil la remettrait sur pied, se rassura-t-elle. Cela la calmerait et lui permettrait de sortir tout ce mélodrame de sa pauvre tête.

Matilda avait toujours méprisé celles qu'elle appelait «les femmes idiotes». Sa mère était une gentille nigaude, qui avait peur de rester seule la nuit, qui avait peur des films d'horreur, peur de la foule, peur des animaux, peur de l'activité à la boutique, peur de toute vie en dehors de sa maison. L'idée de devenir comme sa mère effrayait Matilda par-dessus tout, c'est la raison pour laquelle, à l'âge de douze ans, elle avait décidé d'être indépendante et déterminée même si sa mère voulait faire d'elle sa copie conforme. Matilda avait suivi les traces de son père et était devenue sa fierté. Elle n'était pas obligée de finir sa vie seule mais, au cours des années, elle avait considéré cet état comme étant le prix à payer pour son indépendance durement gagnée et pour le respect des exigences de son père.

Tout cela semblait maintenant lui échapper. Elle était aussi froussarde et nerveuse que sa mère et cela la déprimait, quelles que soient les raisons qui la poussaient à ressentir cette peur.

Alors, une fois que sa nausée fut passée, elle décida de se comporter comme si tout allait bien dans le meilleur des mondes. Elle continuerait à vivre comme elle l'avait toujours fait ces soixante-deux dernières années – maîtresse d'elle-même, efficace et un peu despotique afin de dissimuler les quelques incertitudes qui la tenaillaient toujours.

Elle décida de mettre à profit le reste de la journée. Elle fit deux lessives. Elle passa l'aspirateur dans toute la maison, même là où elle l'avait déjà passé trois jours auparavant. Elle rangea les tiroirs déjà rangés de sa commode. Elle recopia proprement quatre recettes de cuisine qu'on lui avait données à la chorale.

À 22 heures, elle regarda une série policière à la télé, même si elle avait du mal à se concentrer. Ensuite, elle lava son visage blême et appliqua sa crème, enfila sa chemise de nuit en coton, lut un chapitre de son livre, prit son comprimé de Mélatonine avant de s'endormir. Elle était en train de rêver d'une boutique pleine de monde dans laquelle les gens étaient furieux parce qu'elle ne préparait pas bien les ordonnances quand le téléphone posé à côté de son lit se mit à sonner. Encore dans son rêve, elle crut tout d'abord qu'il s'agissait d'une sirène de police. Ils venaient pour la jeter en prison pour incompétence. Ce n'est qu'à la troisième sonnerie qu'elle réalisa que c'était le téléphone. Elle prit le combiné. « Matilda Vinson à l'appareil.

— Mademoiselle Vinson ? demanda la voix faible d'une femme tremblant de peur à l'autre bout du fil. Vous êtes bien Matilda Vinson ?

— Je viens de vous le dire. De quoi s'agit-il ?

— Oh. C'est votre père. Il... Il ne va pas très bien.

— Quoi, mon père ? Qu'est-ce qui ne va pas ?

— Il ne va pas très bien.

— Vous me l'avez déjà dit. Pourriez-vous être plus précise ? C'est Alzheimer ? C'est son cœur ?

— Oui.

— Oui quoi ?

— Les deux. » La femme s'interrompit. « Son cœur s'emballe et cela lui fait peur. » Elle s'interrompit à nouveau. « Il pense que nous sommes en pleine Seconde Guerre mondiale et qu'il va tuer des Japonais avec son avion.

— Il n'a jamais combattu dans le Pacifique.

— Vous ne comprenez pas. Il ne parle pas d'un film. Il parle de la guerre. »

Oh mon Dieu, quelle ignorance, pensa Matilda. On n'enseignait donc pas la Seconde Guerre mondiale au lycée de Sinclair ?

« Il est complètement hors de lui et il vous réclame. L'infirmière en chef pense que vous devriez venir.

— Où est son médecin ?

— Nous n'arrivons pas à le joindre. Mais on fait toutes de notre mieux pour votre Papa. Peut-être seriez-vous plus efficace. » Elle s'arrêta à nouveau. « S'il vous plaît, mademoiselle Vinton, c'est vraiment très important.

— Vinson, répliqua instinctivement Matilda. Je viens immédiatement. Et surtout, ne l'attachez pas. Cela le rend dingue. »

Mais il est déjà dingue, pensa-t-elle, coupable et désespérée. Il avait été l'homme le plus beau, le plus intelligent et le plus gentil qu'elle ait jamais connu. Et maintenant, à plus de quatre-vingts ans, il était prêt à refaire la Seconde Guerre mondiale et cette fois en tant que pilote alors qu'il n'était jamais monté dans un avion de sa vie. Matilda espérait que, dans vingt ans, elle ferait tout simplement une fulgurante rupture d'anévrisme. Ce serait douloureux et terrorisant pendant un instant, mais bien plus digne que cette lente désintégration de l'esprit.

Matilda enfila son pantalon, une large veste et coiffa ses épais cheveux poivre et sel. Elle ne portait jamais de bijoux ou de parfum, pour ne pas être embêtée en cas d'urgence. Elle alluma une lampe donnant sur la fenêtre de devant pour que n'importe qui passant par là croie qu'elle était à la maison.

Ensuite elle attrapa son sac, qui était toujours posé sur la desserte métallique près de la porte qui allait de la maison au garage. En un instant la porte du garage s'ouvrit et Matilda sortit dans l'allée puis courut derrière la maison. Son père n'avait jamais aimé les portes de garage qui donnaient sur la façade des maisons. Le policier qui était garé en face de chez elle ne la vit pas sortir.

La maison de retraite Grace Haven n'était qu'à environ trois kilomètres de chez Matilda. Le jour où elle avait signé, en pleurant, les papiers d'admission pour son père, elle avait eu l'impression qu'au moins cent cinquante kilomètres allaient les séparer. Elle avait vécu toute sa vie avec lui, et même s'il avait le téléphone dans sa chambre, qu'ils se parlaient au moins une fois par jour et qu'elle lui rendait visite tous les dimanches, le besoin de proximité était instinctif et inévitable. Après deux ans, malgré tout, Matilda s'était habituée à son absence. Il était toujours vivant. Il était toujours lucide, au moins la moitié du temps. Mais si ce que lui avait dit l'infirmière ce soir était vrai, cela pouvait fort bien signifier le début de la fin de cette lucidité. Matilda pourrait bien perdre complètement son père. Il ne lui resterait plus que son corps.

Avant de couper le moteur de sa voiture, Matilda regarda la pendule de son tableau de bord. Minuit quarante-cinq. D'habitude son père s'endormait à 22 heures. Qu'est-ce qui avait bien pu l'agiter à ce point après minuit ? Ce ne pouvait pas être quelque chose qu'il avait regardé à la télévision. Un rêve peut-être.

Le parking de Grave Haven, pratiquement désert à cette heure, se trouvait derrière le bâtiment. Seuls les véhicules des employés étaient garés près de l'édifice. Personne ne venait en visite à presque 1 heure du matin. Matilda savait qu'elle pouvait se garer sur une place réservée aux employés sans risque, mais elle n'aimait pas enfreindre les règles. Alors elle se gara comme à son habitude, sur le côté droit du parking à côté des conifères que le personnel décorait généreusement pour chaque Noël.

Matilda sortit de la voiture, elle appuya sur le bouton de fermeture et claqua la portière. Elle jeta son grand sac sur son épaule, réajusta sa veste et passa la main dans ses cheveux.

« Madame Vinson ?

— Oui ? dit-elle distraitement en finissant de se passer les mains dans les cheveux. Je vais à l'intérieur.

— Je crains que non. »

Un bras enroula son cou par le côté droit, si rapidement qu'elle n'eut même pas le temps d'émettre le moindre son. Le bras resserra sa prise, le coude au niveau de sa trachée et le biceps appuyant fortement sur ses cordes vocales.

« Qu'est... » parvint-elle à dire avant qu'on ne lui tire la tête en arrière. Elle voyait le sommet des sapins et la silhouette sombre d'un oiseau posé sur une branche. L'oiseau semblait regarder la scène, attentif.

« Vous parlez beaucoup trop, n'est-ce pas ? Simplet épiait, vous vous parliez. Quel couple ! Vous auriez dû l'épouser, madame Vinson. Vous n'auriez pas pu trouver mieux que lui. »

Alors c'était la personne qui avait tué Simplet, pensa Matilda étrangement engourdie. La personne dont le bras était autour de sa gorge avait planté ce pic à glace dans l'œil de Simplet pour quelque chose que Simplet n'avait même pas clairement vu. Elle le savait. Et elle n'avait aucun intérêt à le nier. Même si elle avait le cran de le faire le son de sa voix la trahirait. Matilda n'avait jamais su mentir.

« Alors, finissons-en, ricana l'agresseur. Je sais comme vous détestez perdre votre temps. Occupée, toujours occupée. C'est comme cela qu'est notre Matilda. »

Un bras passa devant son visage, la main s'écarta et atterrit fermement au-dessus de son oreille. Elle n'essaya même pas de résister. Elle se sentait comme un lapin attrapé par un loup, sans défense, stupéfaite. Mais à l'inverse du lapin, elle ne crierait pas. Non, Matilda Vinson partirait dignement.

Mais au moment où un bras tira à droite et l'autre à gauche, brisant les os de sa nuque frêle dans un craquement abominable, elle murmura un dernier mot d'une voix rauque : « Papa. »

16

I

JEUDI, 1 h 20

Suzanne entra dans la chambre de Rebecca dès qu'elle fut rentrée. « Comment va Franck ? demanda-t-elle humblement.

— Tu le saurais si tu étais venue à l'hôpital avec moi. » Rebecca ne regarda même pas sa mère. Elle retira ses boucles d'oreilles, puis ses lentilles. « Il ne semble pas que ce soit une crise cardiaque. Son électro est irrégulier. Tous les résultats ne sont pas revenus du labo, mais il se repose, comme ils disent. Je n'ai pas pu le voir. Ils voulaient qu'il reste au calme et qu'il dorme.

— Tu penses que ça va aller ?

— Je ne suis pas médecin, Maman, dit Rebecca irritée. Pourquoi est-ce que demain tu ne t'habillerais pas pour aller à l'hôpital en rencontrer un ? C'est ton mari tout de même. »

Suzanne s'assit sur le lit. « Tu sais pourquoi je n'y suis pas allée ce soir. On voit que j'ai bu. Qu'auraient dit les gens ?

— J'ai une nouvelle, Maman : les gens savent déjà que tu es ivre la moitié du temps. »

Suzanne se raidit. « J'ai eu si peur ce soir, Rebecca. Je pensais que Franck avait juste attrapé la grippe. Ou qu'il refusait simplement de dormir dans le même lit que moi. Il a une liaison, tu sais.

— Oh, Maman ! » Rebecca s'écarta brusquement du miroir de sa coiffeuse. « Pour l'amour de Dieu, es-tu obligée de raconter ces inepties maintenant ?

— Ce ne sont pas des inepties, dit calmement Suzanne. C'est la vérité. Et c'est très bien. Enfin, ce n'est pas bien mais je peux très bien le comprendre. Je n'ai pas vraiment été une vraie femme pour lui depuis longtemps. Il a du charme. Il est très attirant. C'est normal qu'il ait besoin de compagnie féminine. »

Suzanne était trop calme pour inventer ce qu'elle était en train de dire. Elle était tout simplement en train de raconter un fait qu'elle avait déjà accepté. « Qui est cette femme ? demanda Rebecca.

— Je ne sais pas. Il est très discret, heureusement. Peut-être quelqu'un du travail. »

La mère de Sonia. C'était soudain clair pour Rebecca. La maîtresse de Franck était Mme Ellis. Il était évident qu'elle s'était beaucoup confiée à lui concernant Sonia et Randy. Il avait lui-même dit qu'elle était plus apprêtée et beaucoup plus gaie depuis quelque temps. Il parlait d'elle de façon passionnée. Il n'avait pas paru déconcerté par le fait qu'elle n'ait pas été à la chorale pendant que Sonia se faisait agresser et que Cory ne sache pas où elle était. Il n'avait pas paru surpris par son mensonge à propos de l'endroit où elle se trouvait parce qu'il savait où elle était en réalité. Et puis, lui aussi s'était absenté dans la soirée. Ils étaient probablement ensemble et ils étaient restés là où ils avaient l'habitude de se retrouver jusqu'à l'heure où la répétition de la chorale était supposée se terminer. Il était rentré plus tôt à la maison et avait réceptionné l'appel de l'hôpital.

Rebecca aurait dû se sentir scandalisée pour sa mère, mais elle ne le pouvait pas. Elle n'arrivait même pas à être déçue par l'attitude de Franck. Elle n'avait jamais vraiment cru qu'il était profondément amoureux de sa mère. Il ne l'avait épousée que par tendresse à son égard et obligation vis-à-vis de son meilleur ami. Et elle lui avait rendu la vie impossible. Et malgré tout, il avait continué à être patient et digne, mais c'était un homme et il avait besoin d'attention et d'affection.

« Liaison ou pas liaison, je pense que tu devrais aller à l'hôpital demain, dit gentiment Rebecca. Tu es sa femme. Il a toujours été bon pour toi et pour notre famille...

— Oh, je le sais ! » rétorqua Suzanne. Même si elle avait été ivre en début de soirée, elle était complètement sobre maintenant. « Je vais changer, Rebecca. Je sais que tu as déjà entendu cela. J'ai même essayé plusieurs fois auparavant mais je ne me sentais pas aussi déterminée qu'aujourd'hui. Je le dois à tout le monde, et tout spécialement à Franck. » Elle sourit timidement. « Et à toi. Peu importe ce que tu penses, peu importe ce que j'ai bien pu faire, je t'ai toujours aimée, Rebecca. Et je vais te le prouver. Ce ne sont pas des promesses en l'air. Je te jure de faire de mon mieux. »

Rebecca savait que la plupart des alcooliques pensaient pouvoir résoudre leurs problèmes seuls. Elle savait qu'ils juraient tous de faire mieux puis échouaient. Cependant, Rebecca ne se souvenait pas d'avoir jamais vu autant de sincérité déterminée dans le regard de Suzanne. Mis à part les problèmes de cœur de Franck, et le kidnapping de Todd, Rebecca se mit au lit plus en paix avec sa mère qu'elle ne l'avait jamais été depuis la mort de son père. Elle savait qu'elle regrettait l'amour de sa mère. Elle ne savait juste pas à quel point.

Elle s'endormit vers minuit. Elle ne se souvenait pas d'avoir rêvé bien qu'elle l'ait fait, et à 4 heures du matin elle s'assit brusquement dans son lit, les yeux ouverts, la sueur trempant sa chemise de nuit ; l'image familière de sa chambre disparut et elle réalisa soudain que son esprit l'emmenait ailleurs, dans un endroit froid et effrayant, un endroit qui n'existait que dans ses rêves.

Ses mains et ses pieds étaient menottés, les bras derrière le dos. Il était allongé sur le ventre sur un tas de coussins poussiéreux – il sentait les trous qu'il y avait entre chacun d'eux. Trois. Un canapé. Un vieux canapé humide et moisi. L'odeur lui donnait presque la nausée. Malgré cela, son estomac gargouillait toujours de faim et sa bouche sèche réclamait à boire, peu importe quoi. Sa gorge lui faisait mal. Ses poumons étaient pris. Il savait qu'il était dans une cabane et qu'on était fin octobre. La cabane n'était pas chauffée et, la nuit, la température descendait entre 4 °C et – 1 °C. Il n'avait qu'une fine couverture de laine pour se réchauffer.

Au début, dès qu'il était seul, il essayait de se libérer. Il se tortillait au sol, se cognait la tête contre les murs, jusqu'à ce qu'il ne soit plus qu'une masse endolorie, saignant des blessures qu'il s'était infligées. Mais même dans ces moments-là, alors que son corps ne voulait plus coopérer, sa volonté ne le lâchait pas. Il frissonnait irrésistiblement toute la nuit et, au matin, il était trop fatigué, trop épuisé pour pouvoir entreprendre autre chose. Puis son kidnappeur avait décidé de le nourrir convenablement et il mangeait tout ce que son estomac rétréci pouvait contenir. Et plus tard dans la soirée, alors qu'il était seul, il avait vomi. Malgré son bâillon, il avait vomi.

« Tu n'as pas l'air bien. Ça va ? »

Il secoua la tête. « De l'eau », croassa-t-il.

Plus rien. Il pensait que sa demande allait être rejetée. Puis, des bras avaient soulevé la partie supérieure de son corps, l'avaient fait tourner au niveau de la taille et avaient laissé retomber son dos sur le dossier du canapé. Le bandeau sur ses yeux était serré et il avait l'impression qu'il ne serait plus capable de voir correctement un jour, comme si ses yeux avaient été enfoncés trop loin, trop longtemps. Quelqu'un lui retira son bâillon et versa de l'eau dans sa bouche.

« Bois. »

L'eau était chaude, rance. Sans doute moisie, s'il avait pu la voir. Des images d'un chien lui emplirent l'esprit et il sentit les larmes mouiller le bandeau sur ses yeux. Si seulement Rusty pouvait le retrouver !

Il s'étrangla. L'eau coula le long de son menton jusqu'à sa poitrine. « Bon sang, tu la gâches et il n'y en a pas tant que ça. »

Mais il ne pouvait pas s'arrêter de tousser. Et à chaque fois, il sentait les muqueuses remonter dans sa gorge. De gros crachats sortirent de sa bouche et atterrirent sur sa poitrine. « Bon sang ! s'exclama son ravisseur. C'est dégueulasse ! Puis au bout d'un moment, la personne demanda : « Tu es malade ou quoi ? »

Ce matin, il avait senti sa poitrine se serrer et il avait eu du mal à respirer après le moindre effort. Et puis, il y avait cette toux horrible qui semblait vouloir lui remonter les poumons. Était-il possible de cracher ses poumons ? En morceaux ? Et si c'était le cas, les morceaux repoussaient-ils ? Oh, mon Dieu, il était si pitoyable.

Les mains fortes remirent le bâillon, un peu plus lâche cette fois, « pour que tu puisses tousser plus facilement », et le repoussèrent contre le canapé. « Je vais aller te chercher du sirop. Ça va aller. Tout va très bien aller. Il le faut. »

Mais alors que la porte se refermait derrière son ravisseur, Jonnie savait que rien n'irait. Au cours de la profonde et froide nuit dernière, la dernière once d'espoir l'avait abandonné et il avait alors su qu'il ne reverrait jamais sa maison. Peut-être allait-on l'enterrer dans les bois et personne ne le retrouverait jamais. Ou peut-être allait-il finir dans le grand mausolée noir des Ryan qui lui avait toujours fait peur.

Rebecca revint à elle, elle avait du mal à respirer. Elle toussa, fortement, tout comme Jonnie l'avait fait dans sa vision, mais rien ne sortit de ses poumons. Évidemment. L'autopsie avait révélé qu'au cours de son enlèvement, il avait vomi et que, personne ne lui ayant retiré son bâillon, certains résidus avaient pénétré dans ses poumons, provoquant une pneumonie. Même s'il avait été retrouvé un jour avant qu'on abandonne son cadavre, on n'aurait sans doute pas pu le sauver.

Et maintenant, à cause de cette vision, elle venait de réaliser qu'il avait compris que sa mort était inévitable. Toutes ces années durant lesquelles elle avait prié pour qu'il ait gardé espoir jusqu'à la dernière minute... Mais cela n'avait pas été le cas. C'était un garçon intelligent. Il avait deviné l'inévitable.

Après ses visions, Rebecca se sentait toujours bouleversée, son équilibre était rompu et elle ne parvenait plus à se concentrer. Mais là, c'était différent. Tous ses sens étaient en alerte. Son corps demandait à bouger. Il n'était que 5 heures, il faisait toujours nuit mais il lui était impossible de rester au lit à attendre qu'il fasse jour. Elle rejeta les couvertures, se passa de l'eau sur le visage dans la salle de bain et descendit.

La cuisine semblait vide et sans âme sans la présence de Betty et l'odeur de cuisine ou au moins du café. Voilà ce dont elle avait besoin. Un bon café bien fort. Étant donné son état d'énervement, un déca aurait sans doute été mieux, mais elle avait envie de caféine, peu importent les conséquences. Elle remplit la cafetière, l'alluma puis traversa la maison vers la porte d'entrée pour aller ramasser le journal du matin. Elle alluma la lumière du perron, déverrouilla la double porte, l'ouvrit et retint son souffle.

Dans l'allée gisaient les restes fanés des roses qu'elle avait déposées au mausolée la veille, l'inscription dorée « Prompt Rétablissement » étincelant dans la lumière.

II

En quinze minutes, Rebecca avait enfilé un jean et un tee-shirt et elle avait sorti la Ford de l'allée. Elle portait une Thermos de café et Sean était assis sur le siège baquet à ses côtés.

« Deux fois, j'ai vu Jonnie au mausolée, racontait-elle nerveusement au chien. Hier j'y suis allée. J'y ai déposé ces fleurs, Sean. Pas des fleurs qui leur ressemblaient. Non, celles-ci, avec ce message ridicule. » Ses yeux s'emplirent de larmes. « Mais qu'essaie-t-il de me dire ? »

Après avoir trouvé les fleurs, Rebecca était retournée à la cuisine vers le panneau à clés. Même là, on retrouvait le sens de l'ordre de Betty. Le panneau mesurait environ un mètre par soixante centimètres et était accroché au niveau des yeux. Rebecca parcourut les douzaines de jeux de clés qui pendaient, tous impeccablement étiquetés. Les clés et les doubles pour chacune des voitures. Les clés et les doubles pour chacune des portes de la propriété. Les clés de chez Esther. Les clés des bureaux importants de Grace Healthcare. Finalement, alors qu'elle allait se mettre à hurler, elle les trouva. Les clés du mausolée.

Après avoir sauté dans ses vêtements, Rebecca regarda Sean. Elle n'avait pas peur d'aller seule au cimetière dans la journée, mais dans cette semi-obscurité elle n'irait pas sans protecteur. Il lui fit part de son excitation de manière habituelle dès qu'il vit la laisse.

Des traînées bleues parcouraient le ciel gris ardoise alors que Rebecca arrivait au cimetière Shady Mount. Les phares de la voiture se reflétaient dans la pelouse impeccablement tondue couverte de rosée. La plupart des pierres tombales en granit étaient couvertes de l'humidité de la nuit et les couleurs mouillées des compositions florales tranchaient. Elle ralentit en approchant du mausolée des Ryan. Ses lignes de granit noir étaient impressionnantes dans cette lueur encore faible. Il avait l'air menaçant, l'endroit rêvé pour des fantômes insatisfaits. Rebecca frissonna et décida alors qu'à sa mort, elle voulait être enterrée à cet endroit qui surplombait le cours d'eau que M. Hale avait décrit à Clay. Peut-être serait-elle même enterrée avec Clay s'il n'y voyait pas d'inconvénient puisque lui non plus ne voulait pas être enterré avec sa famille...

« Nom de nom ! » s'exclama-t-elle exaspérée. Elle essayait de gagner du temps parce qu'elle avait peur. Elle était arrivée ici en trombe comme un super-héros à la rescousse et maintenant elle restait assise dans sa voiture à tergiverser sur l'endroit où elle voulait être enterrée. Elle n'avait pas de temps à perdre.

Elle jeta un œil aux alentours et ne vit personne. Elle vérifia sa montre. 6 h 15. Il était bien trop tôt pour que les jardiniers aient commencé à travailler dans le cimetière. Elle pouvait toujours aller jusqu'à chez M. Hale à environ quatre cents mètres d'ici pour lui demander de l'accompagner dans le mausolée – mais s'il n'y avait rien qui clochait, elle aurait l'air d'une idiote, sans parler du dérangement qu'elle aurait provoqué.

Rebecca respira profondément et sortit de la voiture, Sean juste derrière elle. Il leva immédiatement la patte, et tout d'un coup Rebecca se sentit soulagée de ne pas être allée chercher

M. Hale. C'était un brave homme, mais il devenait plutôt tyrannique quand il s'agissait de l'entretien du cimetière. Il n'apprécierait sans doute pas une tache de pelouse morte.

« Sean, es-tu vraiment obligé de faire ça partout ? » siffla-t-elle.

Sean la regarda d'un air de dire : « Oui. C'est comme ça. » Elle soupira, heureuse que les humains n'aient pas cette obligation de marquer leur territoire de cette manière.

Elle monta lentement les trois marches du porche à colonnes qui menait au mausolée. Bien sûr, ses fleurs n'étaient plus là, puisqu'elles gisaient devant chez elle. Les grilles en acier, toujours fermées, protégeaient les portes en bois sculptées du mausolée. Elles s'ouvrirent sans grincer.

La première chose qui la frappa, ce fut la musique : faible, envoûtante : *A Whiter Shade of Pale.* Les poils de ses bras se hérissèrent et sa nuque se glaça. Elle dut prendre sur elle pour ne pas s'enfuir en courant.

À l'intérieur, de douces lumières brûlaient dans des bougeoirs en verre couleur lavande. À part ces lueurs, l'obscurité emplissait toute la pièce sans fenêtre. Rebecca sentait le froid du sol à travers les fines semelles de ses chaussures. Elle avait le sentiment que quelqu'un allait soudain jaillir de l'ombre, tendre une main squelettique en disant : « Nous t'attendions. » Elle frissonna et chassa cette image. Les lumières et la musique n'étaient pas un signe de bienvenue de la part de squelettes. Et elle n'allait sûrement pas se mettre à trembler comme une froussarde.

En se reprenant, Rebecca se dirigea vers la première rangée de plaques. En premier, elle vit Rusty. Le chien était mort en cherchant son maître, et Suzanne avait insisté pour qu'il soit enterré dans cette crypte, bien que cela ait offusqué certains membres de la famille. « Si ce chien n'a pas d'âme, alors personne n'en a », avait-elle dit loyalement, et Rebecca avait été très fière d'elle. À côté de Rusty, il y avait la plaque de Jonnie, sur laquelle ne figurait aucune date de naissance ni de mort, suivant les instructions de Suzanne. Comme si le manque de date avait pu conjurer la réalité.

Jonathan Patrick Ryan
Et la mort n'aura aucune emprise.

Les yeux de Rebecca s'emplirent de larmes. Puis elle regarda la partie de granit polie sous la plaque de cuivre. À la craie, quelqu'un avait dessiné un symbole :

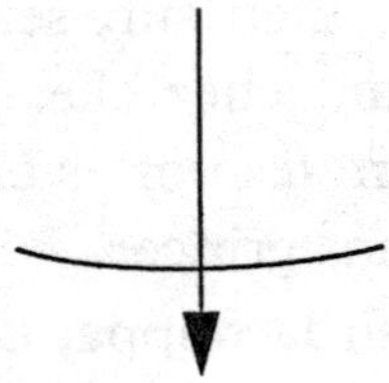

« Oh mon Dieu, une croix inversée, souffla-t-elle avec un mouvement de recul. Il s'agit de l'emblème de Satan. »

Mais Sean ne prêtait aucune attention à sa maîtresse horrifiée. Il y avait au fond du mausolée un petit autel recouvert de dentelle blanche. Un crucifix pendait au-dessus, et des bougies brûlaient devant une statue de la Vierge Marie. Sean n'était pas non plus intéressé par l'autel. Il se dirigeait vers quelque chose qui gisait au sol, dans l'ombre, à quelques pas de l'autel. Il donna des coups de pattes en gémissant bruyamment.

Le cœur de Rebecca bondit dans sa poitrine et elle se détourna de la croix inversée pour regarder Sean, qui gémit à nouveau, plus fort. Elle resta immobile un moment. Puis elle marcha vers le chien et s'accroupit à ses côtés.

La chose faisait environ un mètre cinquante de long, elle était mince et emballée dans une fine couverture blanche. Rebecca tendit une main tremblante, pressentant que le monde allait s'écrouler si elle déroulait la couverture. Mais elle ne pouvait pas s'en empêcher.

Elle tira sur le bord de la couverture et le tissu s'ouvrit en se deroulant jusque devant l'autel. Sean se rapprocha d'elle, il tremblait de tout son corps. Rebecca resta de marbre, toujours en équilibre sur le bout de ses pieds, jusqu'à ce qu'elle aperçût une main sortir de la couverture et atterrir contre l'autel.

Elle respira profondément. Finalement elle se releva et avança vers le bord de la couverture, une bougie à la main. Puis elle s'accroupit, approchant doucement la lumière dans la pénombre.

Rebecca ouvrit la bouche de stupeur mais aucun son n'en sortit alors qu'elle venait de reconnaître le visage, blême et déformé, de Matilda Vinson.

17

I

Rebecca se sentait étrangement calme en regardant le visage paisible de Mlle Vinson. Elle toucha même sa joue. Froide. La femme était morte depuis des heures.

Puis elle se releva, les jambes raides. Le mouvement la fit même gémir. Elle se dirigea vers l'entrée du mausolée, elle descendit les marches et marcha jusqu'à la maison des Hale sans même penser à la voiture. Elle n'avait pas repris la laisse de Sean, mais celui-ci marchait dans ses pas, par peur ou par instinct de protection, nul ne le savait.

Sur la route qui menait à la maison elle ne pensa à rien. Elle marchait tout naturellement d'un bon pas dans cette aube bleu et rose, respirant profondément en balançant ses bras le long de son corps pour brûler des calories.

Cependant, dès que Chloé Hale eut ouvert la porte enveloppée dans une robe de chambre jaune, Rebecca sentit ses yeux se remplir de larmes. Chloé parut surprise puis inquiète avant de dire : « Mon enfant, que faites-vous ici de si bonne heure ? Qu'est-ce qui ne va pas ?

— Le mauso... le mausolée », parvint à dire Rebecca.

Les larmes perlaient le long de son visage. Chloé prit son bras et l'entraîna à l'intérieur. Sean entra sans y avoir été invité et il resta à ses côtés. « Que se passe-t-il avec le mausolée ? Non, ne répondez pas tout de suite. Venez dans la cuisine prendre une tasse de café frais. Seigneur, on dirait que vous allez vous trouver mal. »

Rebecca la suivit docilement dans la cuisine. Mme Hale la poussa presque sur une chaise, lui servit une tasse de café et la posa devant elle avec un pot de lait et un sucrier. Puis elle s'assit de l'autre côté de la table, ses yeux ambre pleins de curiosité et d'inquiétude. « Maintenant, allez-y, parlez-moi du mausolée. »

Rebecca but une gorgée de café. « J'ai rêvé... que quelque chose se passait au mausolée. » Aucun intérêt de bouleverser tout le monde avec le mot « vision ». « Ce n'était pas la première fois, alors je suis venue vérifier. »

Mme Hale la regardait. « Chérie, si vous pensiez que quelque chose n'allait pas, vous auriez dû appeler Avram. C'est pour cela que lui et son équipe sont là. Mon Dieu, une pauvre petite chose comme vous, déambulant toute seule dans la nuit et déjà si affaiblie par tout ce qu'elle a vécu cette semaine.

— Je n'y ai pas pensé. Et je ne voulais pas avoir l'air bête.

— Mon enfant, ma grand-mère m'a toujours dit de respecter les dons de double vue. Je crois à vos visions depuis que vous êtes toute petite. Si vous aviez appelé à 3 heures du matin en disant que quelque chose n'allait pas, Avram et moi aurions couru au mausolée. Mais vous ne l'avez pas fait. Vous avez vous-même découvert quelque chose. » Chloé Hale couvrit la main glacée de Rebecca avec la sienne. « Chérie, qu'avez-vous découvert ?

— Les portes du mausolée étaient ouvertes. Je suis entrée. Il y avait une croix inversée sous la plaque de Jonnie. »

À ce moment, M. Hale apparut à la porte, emmitouflé dans un peignoir et les cheveux encore mouillés. « Quoi ? explosa-t-il. Des vandales ont pénétré dans le mausolée...

— Ils ne sont pas entrés par effraction, monsieur Hale. La porte était ouverte. »

Avram Hale disparut un moment, puis il réapparut avec un énorme trousseau de clés. « Je garde les clés avec moi toute la journée. La nuit, elles sont enfermées dans un tiroir, tout comme elles l'étaient ce matin. Les doubles sont dans un coffre. Il doit y avoir une autre clé de ce mausolée quelque part, parce qu'aucun membre de la famille Ryan n'aurait commis un tel sacrilège. Cela me fait enrager...

— Monsieur Hale, dit Rebecca, essayant de paraître calme, ce n'est pas le plus grave. » Ses sourcils blancs se dressèrent. « Le cadavre de Matilda Vinson gît devant l'autel. »

II

JEUDI, 17 HEURES

Le début de matinée n'avait été que voitures de police, photographes, ambulances, les employés du cimetière Shady Mount se tenant là à regarder ce qui n'était que le travail de routine pour la police en cas d'homicide. Après avoir longuement été interrogée par Bill, Rebecca avait été autorisée à rentrer chez elle au moment même où l'ambulance emmenait le corps de Matilda Vinson à la morgue. Ce soir au moins, elle ne se ferait pas de soucis pour son père, pensa Rebecca.

Elle s'était sentie étrangement somnolente tout le reste de la journée. Depuis hier soir, sa mère planifiait une petite fête de bienvenue pour le retour de Franck. Betty se tourmentait sur l'à-propos de cette fête au regard de l'assassinat de Matilda, mais Rebecca était déterminée à ne pas gâcher la première initiative positive qu'avait eue sa mère depuis des mois. Ils ne parleraient pas de Matilda. Elle avait dit que la porte du mausolée avait été fracturée et n'avait pas parlé à la famille de la croix inversée qu'elle avait vue. Suzanne ne pourrait pas oublier une telle horreur pour la soirée.

Pour le moment, Rebecca était en train de parler à Bill au téléphone, dans le bureau de Franck. Clay finissait son service à 18 heures et il avait promis de déposer Franck et de rester pour dîner. Rebecca était soulagée de savoir qu'un médecin serait là pour s'assurer que Franck aille bien pour sa première nuit à la maison. Molly et Esther allaient venir. Molly n'avait presque pas quitté sa maison depuis cinq jours. Esther avait pensé que quelques heures en compagnie de gens qui l'aimaient l'aideraient sans doute. Rebecca et Bill étaient d'accord.

« À propos de Matilda, dit Rebecca. Y avait-il des indices sur son meurtrier ?

— La seule blessure était sa nuque brisée. On trouvera peut-être des cheveux ou des fibres, une preuve ADN, mais je ne saurai rien avant deux jours.

— A-t-elle été tuée au mausolée ?

— Je ne crois pas. Sa voiture est sur le parking de Grace Haven. Personne ne l'a vue là-bas. Elle a dû recevoir un appel lui demandant de s'y rendre pour son père, et on l'attendait sur le parking.

— La personne qu'elle a vue au cimetière...

— Ça semble logique. Je pense que le tueur ou la tueuse a utilisé sa propre voiture pour transporter le corps parce qu'il aurait eu plus de risque de laisser des indices s'il avait pris celle de Matilda – ses cheveux, des fibres, ce genre de choses.

— Et les empreintes sur la chaîne ou sur le CD ?

— Rien que les tiennes. Mais je ne m'attendais pas à trouver quoi que ce soit. Notre tueur est bien trop organisé. »

Rebecca soupira. « Si seulement Matilda m'en avait dit plus au cimetière.

— Elle n'en a pas eu l'occasion. Quelqu'un la surveillait. Mais l'assassin ne sait pas ce qu'elle t'a dit exactement. Ce qui est clair pour lui, c'est qu'elle n'a pas dévoilé son identité, sinon il serait déjà derrière les barreaux, mais il doit avoir peur qu'elle t'ait donné suffisamment d'indices. Alors maintenant, il essaie de te faire fuir avant que tu ne fasses le lien. C'est pour ça qu'il l'a déposée dans le mausolée et qu'il a laissé le bouquet devant ta porte. Tout était fait pour que tu t'effraies et que tu quittes la ville. Après tout, tu es une sacrée menace avec tes perceptions extra-sensorielles. »

Rebecca leva les yeux au ciel. « Je n'ai pas vraiment été une menace fulgurante jusqu'à présent.

— Tu as eu des visions qui nous ont aidés. Et peut-être que la prochaine nous dira exactement où se trouve Todd et qui l'a enlevé.

— Oh mon Dieu, si seulement cela pouvait être vrai ! » Rebecca secoua la tête. « Bill, regarde ce carnage. Simplet et Matilda sont morts. Sonia a été agressée, on voulait la tuer. Tout cela à cause de Todd. Il n'y a pas eu tant de grabuge quand Jonnie a été kidnappé.

— Peut-être était-ce un autre kidnappeur. Ou...

— Ou quoi ?

— Je déteste aborder les sujets douloureux, mais tu n'étais pas une telle menace quand Jonnie s'est fait enlever. Tu ne voyais rien alors qu'aujourd'hui si et c'est ce qui fait que tu cours vraiment un très grand danger, Rebecca. »

III

Suzanne portait une robe bleu clair, des perles et des talons hauts. Le maquillage que Rebecca lui avait fait était impeccable. Elle avait pris un verre de vin « pour se calmer » mais elle avait définitivement les idées claires. Avec ses cheveux détachés légèrement bouclés sous les épaules et ses petits diamants aux oreilles, elle était splendide au moment où Franck passa la porte.

« Chéri ! cria-t-elle. Je suis si contente de te voir ! »

Elle l'embrassa sur la joue, sourit, puis essuya une trace de rouge à lèvres cerise. Franck parut hésitant mais extrêmement ravi par la beauté et l'explosion d'affection de sa femme.

« Comment te sens-tu ?

— Parfaitement bien.

— Tu as l'air un peu fatigué. Clay, ne croyez-vous pas qu'il est fatigué ?

— Rebecca peut témoigner que l'hôpital est le dernier endroit où l'on puisse passer une bonne nuit de sommeil, dit

Clay d'un ton léger. En plus, il a eu un compagnon de chambre qui n'a pas arrêté de marmonner et de gémir toute la nuit.

— Un compagnon de chambre! s'exclama Suzanne. Pourquoi n'a-t-il pas eu une chambre pour lui tout seul?»

Clay esquissa un sourire. «Je me suis rappelé la fois où à dix-sept ans il m'a passé un savon parce que j'avais emprunté sa Porsche pour une virée. C'était une vengeance.

— Cela n'avait rien à voir, rit Franck. Suzanne, je suis capable de répondre moi-même. Tout d'abord, si j'avais acheté une voiture telle qu'une Porsche, Doug et Clay se seraient bien moqués de moi. Et en ce qui concerne la chambre, c'est moi qui ai voulu en partager une. Je voulais sentir qu'une autre personne était là, avec moi tout au long de la nuit. Je sais que c'est bête, mais la peur fait parfois faire des choses étranges.

— Tu as eu peur?» demanda Suzanne innocemment. C'était une question d'enfant et Rebecca se sentit soudain gênée.

«Eh bien, j'ai pensé que je faisais une crise cardiaque, dit Franck calmement. Mais je ne veux plus entendre parler de la nuit dernière. Je suis juste content d'être rentré. Regarde qui a accepté de venir avec moi. Suzanne, tu n'as même pas salué le Dr Bellamy.»

Elle rougit. «Je suis désolée. Nous sommes ravis que vous ayez pu venir dîner.

— Je suis ravi d'avoir été invité.

— Et vous avez tellement grandi!» Rebecca ferma les yeux brièvement, redoutant la suite... qui ne se fit pas attendre. «La dernière fois que je vous ai vu, vous aviez les cheveux dressés sur la tête comme ces chanteurs qu'on voit dans les clips musicaux.

— C'était pour embêter mon père.»

Suzanne parut perplexe. «Pourquoi les enfants veulent-ils toujours embêter leurs parents?

— Parce que leurs parents les ennuient, rétorqua Clay en souriant.

— En tout cas, vous avez l'air plutôt soigné et beau garçon aujourd'hui.

— Merci. Et vous êtes très belle ce soir, madame Hardison.

— Oh, vous êtes toujours aussi charmeur ! » s'esclaffa Suzanne. Elle était tellement heureuse ce soir, de son aspect et de sa bonne résolution de rendre la vie agréable à Franck qu'elle avait oublié toutes les mauvaises rancœurs. Alors Rebecca sut parfaitement qu'elle n'avait pas de mauvaises intentions quand elle lâcha de sa bouche cerise parfaitement colorée : « Rebecca, ne t'ai-je pas toujours dit que Clay Bellamy était un ange ? » Suzanne regarda Clay d'un air malicieux. « Mais je n'avais pas à la convaincre. Notre pauvre petite Rebecca a tellement souffert d'avoir été amoureuse de vous, n'est-ce pas, chérie ? Le pire cas de maladie d'amour qu'on ait jamais vu. »

Clay leva les yeux vers Rebecca, les lèvres tordues. Rebecca se dit que si une seule goutte de sang supplémentaire lui montait au visage, elle deviendrait bleue et s'effondrerait. Même Franck parut troublé. C'est Sean qui sauva la mise, en bondissant dans la pièce et en sautant autour de Clay comme il le faisait toujours avec Rebecca, les pattes autour de sa taille.

« Mais qu'est-ce que ça veut dire ! explosa presque Franck, pour changer de sujet. Notre Sean est copain avec un homme ?

— Je crois qu'il sent mon chien, monsieur, dit Clay. Elle s'appelle Gypsy et elle est plutôt du genre femme fatale. »

Franck se mit à rire. « Je m'appelle Franck, pas monsieur, et je suis persuadé que votre Gypsy est très belle. » Il se retourna vers Suzanne. « Ça sent drôlement bon.

— Betty est en train de te préparer un dîner spécial. De la cuisine italienne – ta préférée. Mais sans trop de cholestérol.

— En fait, le taux de cholestérol de M. Hardison – de Franck – est parfait, intervint Clay. Pas d'inquiétude à avoir à ce sujet.

— Oh, c'est merveilleux. Une raison de plus de faire une petite fête. J'espère que cela ne te dérange pas, Franck, mais j'ai invité quelques convives. En fait, il s'agit d'Esther et de Molly.

— Cela fera du bien à Molly de sortir un peu », dit Franck

Le sourire de Suzanne s'affaiblit un peu. « Il n'y a qu'une ombre au tableau. J'ai invité Douglas, ce qui est parfait, mais je suis sûre qu'il va venir avec Lynn. »

Le regard de Rebecca croisa celui de Clay. Il semblait penser la même chose qu'elle – Oh non ! Doug resterait poli mais personne ne pouvait prédire les réactions de Lynn. Elle détestait Rebecca.

Franck souriait toujours. « Nous ferons de notre mieux avec Lynn. Peut-être est-elle devenue agréable depuis qu'elle croit que je suis mourant.

— Oh Franck, ne plaisante pas avec ces choses-là ! Sérieusement ! » le gronda Suzanne avec un sourire. Elle fait tout ce qu'elle peut, pensa Rebecca. Franck ne pouvait être qu'impressionné.

Mais elle devait dire un mot à sa mère avant que Molly n'arrive. « Maman, murmura-t-elle alors que les hommes se dirigeaient vers le salon.

— Oui, ma chérie, sourit Suzanne. N'est-ce pas divertissant ? Clay est tellement mignon. Et médecin en plus. C'est trop excitant.

— Maman, il n'est là que pour le dîner. Il n'a fait que raccompagner Franck. Il n'y a rien de sérieux... » Elle s'interrompit, essayant de revenir à ce qu'elle voulait dire. « Maman, je sais que tu es heureuse de voir Franck et soulagée qu'il aille bien. Et tu es superbe – en ébullition – mais tu dois te rappeler que Todd a disparu. On doit faire attention à Molly. Enfin, quand elle arrivera, peut-être devrais-tu être un peu moins, enfin...

— Joyeuse, dit Suzanne platement. Mais où avais-je la tête ? En fait je n'ai pas réfléchi, comme d'habitude. Tu as raison. Nous essaierons de rester optimistes mais pas trop gais. C'est ce dont Molly a besoin. Et nous tous aussi d'ailleurs. Merci de ton conseil, ma chérie. »

Rebecca ouvrit la bouche de surprise alors que sa mère se dirigeait vers le salon pour rejoindre ses invités. Elle s'attendait à ce que Suzanne soit sur la défensive, mais une fois de plus elle l'avait étonnée. « Dieu merci, soupira Rebecca. Faites que cette soirée se passe bien. »

Elle eut des doutes sur l'efficacité de sa prière, dix minutes plus tard, lorsque Doug et Lynn arrivèrent. Rebecca les fit entrer. L'accueil que Doug lui réserva était un peu trop chaleureux. Lynn lança un « Bonjour » en essayant de fusiller Rebecca du regard. Cette dernière réussit à sourire hypocritement et complimenta Lynn sur ses boucles d'oreilles. Elle s'aperçut avec joie que ce compliment l'avait fait enrager. Contente d'elle, Rebecca les suivit au salon.

Doug étreignit son père sans tendresse. Il y avait eu tellement de problèmes entre eux, jadis. Rebecca se souvenait encore des cris venant du bureau de Franck, les nuits où il devait sortir pour payer la caution de Doug, qui avait atterri en prison pour une quelconque infraction, son retour tumultueux à la maison et les lamentations incessantes de Suzanne. « Douglas, pourquoi ne peux-tu pas être comme Jonnie ? » Ce furent des moments horribles, mais en dépit de la rébellion de Doug et des soucis que cela engendrait, Rebecca était désolée pour lui. Il était malheureux dans cette maison. Sa place n'était pas ici. Ce qu'elle n'avait pas encore réalisé à cette triste époque c'est qu'elle non plus, elle n'était pas à sa place.

Tout le monde prétendait maintenant que le passé était enterré. Mais Rebecca ne pensait pas qu'on pouvait si facilement enterrer le passé. Elle pensait que les gens étaient le produit de leur environnement, leur présent et leur futur étant régis par ce qu'ils avaient déjà vécu. Le pire de tout était qu'elle ressentait que les passés torturés avaient la capacité de se terrer pendant des années avant de ressortir comme des geysers, refusant de disparaître. Tout cela n'était pas gai.

Rebecca avait pensé que le dîner serait sans alcool, mais cela aurait embarrassé Suzanne. Les invités se seraient rendu compte de ses efforts pour rester sobre. Franck était en train de servir les boissons dans le salon quand Esther et Molly arrivèrent. Esther souriait à pleines dents, mais le sourire de Molly était forcé, une petite fente tendue au milieu d'un visage blême et hermétique.

Ses yeux étaient rougis, elle avait les paupières lourdes. Sans doute n'avait-elle pas dormi. Elle portait un pantalon et une chemise mal boutonnée.

« Je suis si contente de vous voir toutes les deux, dit chaudement Rebecca. Franck est rentré depuis environ une demi-heure. Clay Bellamy est avec lui. Ainsi que Doug et Lynn. »

Esther garda le sourire malgré l'allusion à la présence de Lynn, mais celui de Molly disparut. « Oh, elle va mettre le bazar. Elle ne nous aime pas, Becky.

— On fera comme si elle n'était pas là, répondit gaiement Rebecca. À deux contre une.

— Mais je n'ai pas très envie de me battre contre elle ce soir.

— Ce ne sera pas un combat, la rassura Rebecca. Tante Esther ne le permettrait pas, n'est-ce pas ? C'est une ancienne institutrice. Elle sait comment résoudre les querelles enfantines.

— Ça, c'est bien vrai », dit Esther, en entrant et en enlevant le foulard de ses cheveux. Elle portait une robe bleue toute simple et son habituelle croix en pendentif. Rebecca repensa à la croix inversée sous la plaque de Jonnie et se mit à frissonner. « Je peux remettre la petite mademoiselle Lynn à sa place si c'est nécessaire, alors ne t'inquiète pas, Molly.

— Je n'ai pas l'intention d'être remise à ma place. »

Tout le monde se retourna pour voir Lynn qui déambulait dans le couloir, un verre de vin à la main. « Vous complotez déjà contre moi avant même que j'aie ouvert la bouche ?

— On prépare notre défense sur la base des événements du passé, dit simplement Rebecca. Je pense que nous devrions toutes prendre un verre de vin.

— Doug ne veut pas que je boive. Normalement je ne bois plus, mais les réunions de famille autorisent tout de même un verre de vin.

— Sur ce point, je suis d'accord avec toi, dit Rebecca en faisant passer Esther et Molly devant le regard froid de Lynn. Molly, prends un verre et essaie de te détendre pendant quelques heures. »

Molly se retourna vers Rebecca, le visage pincé et anxieux. « Rebecca, tu n'as pas...

— Non, je n'ai pas eu d'autre vision, répondit-elle gentiment. Peut-être que cela aidera si je me relaxe et que je vide mon esprit. Cette soirée pourrait m'aider à me concentrer... » Elle s'arrêta. Elle n'avait pas l'impression d'être honnête. La concentration n'aidait pas à faire venir les visions qui avaient leurs propres règles. Mais Molly était profondément bouleversée et elle devait la sortir de là. Cela aidait Molly de savoir qu'elle aidait Todd.

Sean était en boule dans un coin, voulant soit paraître un gentleman, soit devenir invisible pour ne pas manquer les festivités. Franck était expansif et aimable et Suzanne s'agitait, en parfaite maîtresse de maison, lançant à Franck des sourires provocants et des regards amoureux. Il était complètement dérouté par son comportement. Clay et Doug discutaient doucement. En fait, c'était plutôt Doug qui parlait. Clay acquiesçait de la tête, apparemment persuadé qu'il valait mieux laisser à Doug le choix des sujets de conversation. Lynn flottait dans la pièce à la fois énervée et préoccupée. Rebecca se demandait ce qu'elle pensait de la mort de Matilda Vinson. Elle savait que la jeune fille n'avait pas tué cette femme, mais elle devait sans doute ressentir quelque chose. Comptait-elle assister aux funérailles ?

Esther restait près de Molly. Personne ne parla de Todd. Suzanne dit à Molly qu'elle la préférait avec les cheveux longs et Molly lui sourit légèrement. Esther buvait de l'eau minérale, alors que Molly avait suivi la suggestion de Rebecca et buvait du vin. Mais Rebecca remarqua qu'elle portait trop souvent son verre à sa bouche, sans doute par nervosité, et il faudrait trouver un moyen habile de la ralentir. Faire arrêter les gens de boire était devenu une tâche récurrente dans cette maison, pensa-t-elle. Franck et Betty devaient être passés maîtres en la matière.

Molly était sur le point de demander son troisième verre de vin quand Betty annonça que le dîner était prêt, au grand soulagement de Rebecca. Ils se dirigèrent tous vers la salle à manger, où la plus belle porcelaine, le plus beau cristal et la plus belle argenterie scintillaient à la lueur des bougies. Rebecca remarqua Sean qui se faufilait discrètement dans la cuisine pour aller rejoindre sa place habituelle, sous la table, aux pieds de Walt.

Quinze minutes plus tard, ils dînaient d'un ragoût de veau léger à la tomate. Franck semblait apprécier son repas mais il était plutôt calme. Lynn mangeait de façon mécanique et maussade. Molly ne faisait que mettre la nourriture dans sa bouche, l'air distrait. Clay, Doug, Suzanne et Esther menaient la conversation, et Rebecca leur en était reconnaissante, parce qu'elle commençait à ressentir une douleur lancinante près de son œil droit. Elle ressentit également une sorte de désagrément qui n'avait rien à voir avec ce qui se passait à table, et cela l'ennuya encore davantage. Cette sensation précédait habituellement ses visions. C'était sans doute bien, si cela lui permettait d'en savoir plus sur Todd.

« Rebecca, tes bracelets recouvrent presque totalement tes bandages, persifla Lynn avant de glisser une pomme de terre trop grillée dans sa bouche. Ce type t'a-t-il vraiment entaillé les poignets ? » Doug la toisa du regard mais elle ne le regardait pas.

« Il les a un peu coupés, répondit naturellement Rebecca. Rien de grave.

— Je me demande pourquoi il a fait ça.

— Je crois que personne ici n'a envie de comprendre ce qui se passe dans l'esprit d'une personne comme celle-ci et je n'ai pas envie d'en parler. Et je suis persuadée que c'est l'avis de tout le monde, la réprimanda Esther. Lynn, quels sont tes projets pour ta nouvelle boutique ? As-tu suffisamment de stock pour remplir les étagères ? »

Lynn boudait parce que personne n'avait fait attention à elle. Le stratagème d'Esther était parfait. Lynn s'anima, parlant de ses dernières créations en céramiques et de la façon dont elle envisageait d'aménager l'intérieur de la boutique. Le visage de Doug se radoucit. Molly but une autre gorgée de vin, soulagée.

Clay lança un clin d'œil à Rebecca. Suzanne tendit la main pour effleurer doucement celle de Franck.

Au moment précis où Betty servait le dessert – des meringues aux amandes – la migraine de Rebecca s'intensifia. Franck avait déjà quitté deux fois la table pour aller aux toilettes, en rassurant tout le monde sur son état mais en précisant qu'il avait un petit problème avec les fluides étant donné toutes les satanées perfusions qu'il avait eues à l'hôpital. Alors quand Rebecca demanda à être excusée, personne ne parut se douter de rien.

Elle traversa le hall du rez-de-chaussée et se précipita dans sa chambre. Dans sa propre salle de bain, elle mouilla un gant de toilette avec de l'eau fraîche, l'essora et se coucha sur son lit avant de le mettre sur son front. Puis elle se redressa, alluma la radio et se rallongea. Pas de musique. Juste les prévisions météo. Ensoleillé et chaud demain avec une forte...

La vision la heurta de plein fouet. La douleur la fit grimacer, elle se recroquevilla. Sa jolie chambre disparut, avec la voix du météorologue de la radio. Même les yeux ouverts, il faisait nuit. Rebecca était perdue au fond de sa vision.

Quelque chose pleurait, pas très loin de là, ce son était devenu tristement familier. Son esprit était tout embrumé. Il avait mal à la tête. Il avait mal à la gorge. Il avait de la fièvre, mais il ne pouvait pas s'empêcher de trembler. Et depuis quelques heures, il avait mal sur le côté droit, juste sous la taille. La douleur n'était pas insupportable mais elle était constante, comme pour dire : « Je suis là. Je suis là. » Il était trop fatigué pour essayer de se redresser ou pour s'acharner sur les liens qui lui serraient les mains et les pieds et qui couvraient ses yeux et sa bouche. Il se sentait même trop mal pour pouvoir avoir peur. Enfin presque.

Il avait faim et désespérément soif. Le Guerrier des Ténèbres n'était pas venu depuis des lustres. Allait-on simplement le laisser ici ? Allait-il mourir ici, dans le noir ? Un jour, quelqu'un retrouverait ses os en disant : « Je me demande qui cela peut bien être. Ce ne sont que des os. Ce n'est pas grave. » Et personne ne saurait jamais que ces os avaient appartenu à Todd Jonathan Ryan, qui était un super-nageur, qui avait des poissons rouges et qui était le centre du monde pour sa mère.

Il se demandait si sa Maman pensait toujours à lui. Il ne savait pas trop depuis combien de temps il était parti. Parfois, cela lui semblait faire quelques jours et parfois il lui semblait que cela faisait une éternité. Mais il était presque sûr que Maman ne l'oublierait pas. Il savait qu'elle l'aimait à la folie. Il l'aimait à la folie, lui aussi, même s'il ne le disait pas à ses copains. Ils l'auraient pris pour un bébé.

Pendant un temps, il avait pensé que sa cousine Rebecca le retrouverait. Maman disait qu'elle avait des pouvoirs spéciaux. Et puis, une fois, il avait ressenti quelque chose, comme si Rebecca était dans son esprit. Ça avait l'air plutôt effrayant mais ça ressemblait aussi au genre de chose qu'un Chevalier Jedi pouvait faire – pénétrer l'esprit d'un autre, se faire un chemin, envoyer des messages rassurants. Il se demandait si Rebecca était un Jedi. Mais si c'était le cas, ne l'aurait-elle pas déjà retrouvé ? Avait-elle abandonné ?

Il se mit à pleurer. Il se sentait au plus mal. Il était seul. Il était en train de tomber malade. Et que pouvait bien être la petite chose qui n'arrêtait pas de gémir dans la nuit, cette chose dont les cris ressemblaient à ceux d'un bébé qu'on assassine ? Cela lui faisait peur. Il aurait voulu lui venir en aide. Mais il ne pouvait rien faire. Rien pour lui et rien pour cette chose qui avait mal.

Il pleura plus fort en se tenant le côté droit. Pour la première fois, il était sûr qu'il allait mourir.

« Je me sens répugnant. Je me sens répugnant. Je me sens répugnant, je me...

— Rebecca ! Rebecca ! Reviens. Tu trembles. Reviens. Reviens maintenant ! »

Tout doucement, Rebecca retrouva son environnement. Elle était à moitié allongée sur le lit, les bras de Clay l'entouraient. « Je ne... où...

— Tu es dans ta chambre. Tout va bien. » Il l'étreignit. « Calme-toi, Rebecca. Concentre-toi sur ta respiration. Tu fais de l'hyperventilation. Et tu es en sueur.

— Mais il faut que j'aide...

— Pas maintenant. Maintenant tu te calmes. » Il lui mit le couvre-lit sur les épaules. « Repose-toi dans mes bras. Calme-toi et respire doucement. »

Rebecca fit ce qu'il dit, elle s'appuya contre lui, heureuse de sentir ses bras forts autour d'elle. Pourquoi pouvait-il si bien la rassurer ? Seulement parce qu'elle redoutait d'être seule ? Ou cela venait-il principalement de Clay, de sa stabilité et de son assurance malgré son côté insouciant et blagueur ? Il caressait son bras droit et elle crut sentir un léger baiser sur le dessus de sa tête et entendre ses murmures. Maintenant, la radio passait de la musique, *I Love You* de Sarah McLachlan. Rebecca murmura : « C'est ma chanson préférée. » Elle se balançait au rythme de la musique dans la chaleur de Clay. Tout était si agréable. Elle aurait pu rester comme cela pour toujours, oublier les problèmes, oublier le petit Todd...

Elle se recula d'un coup.

« Je vais mieux maintenant, dit-elle se rasseyant si vite que Clay en parut effrayé. J'ai eu une autre vision, pas besoin de le dire. Au sujet de Todd. Il est vivant, mais il ne va pas bien, Clay. Il a mal à la tête et à la gorge. Il se sent fiévreux et il a froid. Et il a cette douleur constante. Là. » Elle lui montra son côté.

Clay fronça les sourcils. « Todd a-t-il déjà été opéré de l'appendice ?

— Non. Molly me l'aurait dit. » Clay parut encore plus troublé. « Oh mon Dieu, tu crois qu'il fait une crise d'appendicite ?

— Eh bien, je ne peux pas l'examiner et je n'ai pas de résultats sanguins, mais je n'aime pas cela. Fièvre, douleur à droite.

— Si c'est une appendicite, combien de temps avant que l'appendice ne rompe ?

— Cela dépend.

— Vingt-quatre heures ? Quarante-huit ?

— Quarante-huit seraient de trop.

— Et s'il rompt ?

— S'il est tout de suite pris en charge, il aura une chance. Sinon, il fera une péritonite et...

— Et ce sera fini.

— Très certainement. »

Rebecca se leva. « Oh, mon Dieu ! Il faut que je fasse quelque chose. Et vite.

— As-tu vu où il était ?

— Non ! Juste un endroit sombre et froid. Et il y avait quelque chose qui pleurait, dehors. Un bruit horrible, comme si on était en train de tuer un enfant ou un animal – doucement, cruellement. Ça peut aider ?

— Non. Pas dans l'immédiat en tout cas. Mais peut-être qu'en y réfléchissant. Pas d'autres indices ?

— Le Guerrier des Ténèbres – c'est comme ça que Todd appelle son ravisseur – n'est pas venu le nourrir. Il meurt de faim et de soif. Et il se sent si mal. C'est sans doute l'appendicite. Comment puis-je annoncer ça à Molly ?

— Tu ne le feras pas, dit fermement Clay. Bill s'occupe de son téléphone ce soir, pendant qu'elle est ici. On va d'abord le lui dire à lui. Appelle maintenant, avant que tout le monde ne vienne nous chercher, ce que j'étais moi-même supposé faire. »

Rebecca appela et Bill répondit presque immédiatement. Sans préambule, elle lui raconta sa vision. « Et tu n'as toujours aucune idée de l'endroit où il peut être ? demanda Bill déçu.

— Il a les yeux bandés, il ne peut rien voir. Il a froid.

— Et qu'entend-il ?

— Des pleurs très aigus. Perçants. Comme si on torturait un bébé.

— Ne fais-tu qu'imaginer ce qu'il entend ou l'as-tu toi-même entendu ?

— Je l'ai entendu.

— Alors imite ce son. »

Rebecca était trop agitée pour se sentir ridicule. Elle essaya plusieurs fois sans succès. Elle se racla la gorge une troisième fois avant d'y parvenir. « Ça te dit quelque chose ? »

Bill resta silencieux un moment. « Es-tu sûre de ne pas l'imiter de façon trop "humaine" ?

— Je ne pense pas. Ça a vraiment l'air humain.

— Alors j'ai peut-être une idée. Il y a longtemps, j'étais dans les bois et j'ai entendu ce genre de cris. J'en avais la chair de poule. J'ai couru à travers les bois, genre Garrett à la rescousse, et tu sais ce que j'ai trouvé ? Un faon.

— Tu veux dire comme un daim ?

— Ouais. Un tout jeune faon. Sa mère l'avait laissé seul, sans doute pour aller chercher de la nourriture, et il avait peur. Elle est revenue à la charge, prête à se battre contre moi. Je me suis reculé et elle s'est précipitée vers son bébé et ce son horrible s'est arrêté. Mais crois-moi, c'était affreux. Et je l'ai entendu à nouveau l'année d'après. Cette fois, le faon était en danger face à un renard. J'ai chassé le renard et la maman est revenue peu de temps après.

— Es-tu sûr que ce bruit soit si terrifiant ?

— Les deux fois où je l'ai entendu, il m'a glacé le sang.

— Est-ce que Bill pense que Todd entend un faon apeuré ? demanda Clay.

— Oui. »

Clay claqua des doigts et acquiesça vigoureusement. « Alors Todd est dans ou près d'un bois !

— Je suis prêt à le parier, dit Bill qui avait entendu la suggestion de Clay.

— Nous avons enfin quelque chose ! » Rebecca se sentait transportée, mais soudain elle se renferma. « Le seul problème, c'est que Sinclair est entouré de bois. »

IV

Rebecca et Clay décidèrent de ne rien dire à la famille au sujet de la vision et de la possibilité que Todd soit dans un bois. Ils diraient simplement que Rebecca avait la migraine à cause de ses blessures, qu'elle avait pris une aspirine et que, maintenant, elle allait mieux. Sûrs d'être parfaitement calmes, ils descendirent les escaliers et pénétrèrent dans le salon où la famille s'était rassemblée.

« Pourquoi toi et Clay avez-vous été si longs, Rebecca ? miaula Lynn. Et vous avez l'air si frais, pleins de couleurs.

— Tais-toi, Lynn », riposta Rebecca.

Lynn rougit et se retourna vers son mari. « Doug ! As-tu entendu ce qu'elle vient de dire ?

— Je suis ravi que tu te sentes mieux, Becky, dit simplement Doug. Clay, que penses-tu des performances de l'équipe de foot de l'Université de Virginie-Occidentale, cette année ? »

Lynn se servit un autre verre de vin et alla couver sa rage vers le piano. Suzanne leva les yeux vers Rebecca en murmurant : « J'espère que tu te sens mieux, chérie. »

Walt apparut alors sur le pas de la porte et fit signe à Rebecca. Elle alla jusqu'à lui rapidement. « Est-ce que Sean a un problème ?

— Non, madame. Je l'ai emmené faire une balade après dîner. Il se porte comme un charme. Mais il y a un appel pour M. Hardison. Betty est en train de se laver et elle m'a envoyé le prévenir, mais je ne suis pas assez présentable pour entrer dans le salon. »

Rebecca se retourna : « Franck, il y a un appel pour toi. »

Franck sourit : « Prends le message et dis que je rappellerai plus tard. »

Rebecca sourit à Walt : « Vous pouvez faire cela ?

— Je ne peux pas, murmura Walt.

— Franck, Walt dit qu'il ne peut pas...

— Walt, cessez de vous cacher sur le pas de cette porte. Entrez et dites-moi quel est le problème. »

Walt avança d'un pas hésitant sur la moquette vert foncé. « Désolé, monsieur Hardison. Cette personne n'acceptera pas un non comme réponse. Elle insiste pour vous parler. Je suis vraiment désolé de vous déranger monsieur, mais ça a l'air vraiment important. Et cette personne a l'air hystérique. Je suis désolé, monsieur...

— Bon sang, dit Franck en se levant. Ne vous excusez pas, Walt. Je reçois des centaines d'appels vitaux qui ne riment en fait à rien. Je vais le prendre et me débarrasser de cette personne. »

En retournant dans la pièce, Rebecca regarda Molly, qui était en train d'observer ses propres chaussures. Molly avait rassemblé toutes ses forces pour venir à ce dîner, mais elle n'en pouvait plus. Si seulement elle savait ce que Rebecca savait, que Todd avait froid et peur et qu'il était malade...

Molly leva les yeux vers Rebecca comme si elle sentait quelque chose. Rebecca lui sourit, encourageante. Clay avait raison. Elle ne pouvait pas raconter ce qu'elle savait à Molly. Elle s'effondrerait complètement, particulièrement si elle était au courant de ce qu'ils redoutaient – l'appendicite de Todd. Le sourire de Rebecca devint faux et tendu, déloyal même, mais elle ne savait pas quoi faire d'autre.

Franck revint, rouge et ennuyé, son exaspération se lisait sur son visage. « Les gens s'attendent toujours à être servis immédiatement ! explosa-t-il. Ce n'était rien – absolument rien. Ça aurait pu attendre jusqu'à demain. Ça aurait pu attendre jusqu'à la semaine prochaine ! »

Franck était habituellement plus optimiste lorsqu'il s'agissait de business et Doug regardait son père, consterné. Rebecca ne pouvait dire s'il était inquiet à cause de sa santé ou si la peur adolescente des colères de son père, généralement tournées contre lui, avait soudain ressurgi dans cet homme qui avait pourtant plus de trente ans. Franck retrouva son calme. Il regarda tout le monde avec le sourire. « Ne faites pas attention à moi. Un court séjour à l'hôpital et voilà que je deviens un rustre à la maison. De quoi parlions-nous ?

— En fait, Franck, je crois que Molly et moi devrions rentrer », dit Esther. Molly sortit instinctivement de sa rêverie, soulagée. « Je sais que Molly n'aime pas rester éloignée du téléphone trop longtemps et je ne suis pas habituée à ces nuits de folie.

— Ouais. On s'est vraiment éclatés, n'est-ce pas ? » lança Lynn.

Esther et Molly se levèrent, suivies par Suzanne. « C'est dommage que vous deviez partir, mais nous comprenons tous. Je suis tellement contente que vous soyez venues. » Suzanne étreignit Molly. « Ma chère enfant. Garde le moral. Tu sais qu'on t'aime tous ici. »

Tout le monde suivit Molly et Esther jusqu'à la porte d'entrée. Molly fut la première à voir l'enveloppe qui se trouvait à quelques centimètres du pied de la porte sur le paillasson foncé. « Des messages secrets glissés sous la porte ? » demanda-t-elle avec légèreté.

Elle se pencha pour la ramasser, mais Clay l'arrêta. « Stop ! » Il sortit un mouchoir de sa poche et releva l'enveloppe par un coin. Elle n'était pas cachetée. Le revers pendait, ouvert et, toujours à l'aide de son mouchoir, Clay en sortit un mot qu'il se mit à lire à voix haute alors que Rebecca regardait par-dessus son épaule.

Rançon pour Todd Ryan : 500 000 $.
Déposez les billets non marqués, emballés dans un sac en papier, dans la poubelle des toilettes hommes entre 21 heures et 22 heures vendredi soir pendant le concert au Parc Leland. Vous serez surveillé. Tout le parc sera sous surveillance. Au moindre signe de présence de la police ou du FBI, Todd mourra. Il n'y aura pas de deuxième chance. Souvenez-vous de l'autre Ryan.

18

I

Tout le monde était figé. Enfin c'était arrivé. La preuve tangible que Todd avait été enlevé pour de l'argent. Mais on était jeudi soir. Il avait été kidnappé le vendredi d'avant. Pourquoi avoir attendu si longtemps ?

« Je me fiche de savoir pourquoi ils ont attendu si longtemps ! explosa Molly presque hystérique alors que Rebecca émettait des doutes à voix haute. De l'argent ! C'est tout ce qu'ils veulent. De l'argent et Todd sera de retour. Mais je n'ai pas cinq cent mille dollars.

— Moi si, dit Franck, décidé. Ce qui m'appartient est à toi, Molly. »

Les yeux de Molly se remplirent de larmes. « Oh, Franck, je ne peux pas te demander...

— Molly chérie, ne sois pas stupide. Qu'est-ce que de l'argent comparé à la vie d'un enfant ? » Il s'arrêta. « Mais cette fois, nous devons être prudents. Pas comme pour Jonathan. Le mot dit : pas de FBI. Nous avions fait l'erreur de montrer la demande de rançon au shérif Lutz et il les a appelés. Ils ont tout fait foirer. Ou peut-être était-ce Lutz à tant vouloir attirer la gloire. De toute façon, le shérif Lutz ne doit pas être au courant.

— Je suis d'accord, dit fermement Molly. S'il vous plaît, n'en parlez pas à Lutz.

— Peut-être devrions-nous aussi le cacher à Bill, ajouta Franck. Il se sentirait peut-être obligé d'en référer au FBI.

— Je ne pense pas qu'il le ferait, dit Suzanne. Il ne les aime pas. Il pense qu'ils sont toujours là à attendre que la police locale fasse son travail et qu'ils n'arrivent que pour récolter les lauriers. Mais il y a ce truc, "pas de police". Bill est mon frère. Je le connais. Il ne restera pas en dehors de ça.

— S'il sait qu'il est très important qu'il reste en dehors, il le fera peut-être, suggéra Molly.

— Non, Molly. Si Bill apprend que le kidnappeur est dans le parc, il fera venir la police, insista Suzanne. Peut-être ne se montrera-t-il pas en personne, mais il enverra quelqu'un en qui il a confiance.

— Comme l'agent Curry, ajouta Rebecca. Bill respecte beaucoup son efficacité. Maman a raison. Bill lui dirait d'y aller. Déguisé, mais tout de même...

— Alors on ne peut pas prendre ce risque, dit Molly sauvagement. On ne peut pas. »

Doug regarda son père tout en parlant. « Je suis d'accord. Nous ferons exactement ce que dit la lettre. Exactement. Et aucun d'entre nous – il regarda tout le monde et particulièrement Lynn, Clay et Esther –, aucun d'entre nous ne dira un mot de tout cela. À personne. D'accord ?

— C'est super, mon chéri, dit Lynn, mais ne crois-tu pas que quelqu'un se doutera de quelque chose quand Franck ira retirer cinq cent mille dollars demain à la banque ? Ce sont les informations les plus confidentielles qui circulent le plus vite à Sinclair.

— Tout l'argent de Franck est à Sinclair, mais j'ai un compte à Charleston, dit Suzanne. J'ai des certificats de dépôts pour plus de cinq cent mille dollars. Rebecca pourra me conduire, étant donné que je ne conduis plus si bien qu'avant. J'aurai cet argent pour toi demain après-midi, Molly.

— Oh, Suzanne, je ne sais pas comment te remercier », suffoqua Molly.

Suzanne la rassura : « Ne t'inquiète pas. Nous allons ramener Todd. Et Douglas a raison. Il faut que tout cela reste secret. » Suzanne se retourna et lança de ses magnifiques yeux bleus un surprenant regard inflexible à Lynn. « Tu comprends ça, Lynn ? C'est un secret absolu.

— C'est bon, je comprends », répondit Lynn, ennuyée. Elle fit le geste de fermer sa bouche à clé avec ses doigts. Doug semblait consterné par son insouciance. Rebecca avait envie de la gifler parce qu'elle se comportait en madame je-sais-tout. Molly semblait vexée. Ils pensent tous que je suis une abrutie sans cœur, pensa Lynn. Si seulement ils savaient ! Sous sa robe, son cœur battait à sortir de sa poitrine. La sueur suintait sur ses lèvres. Elle était plus effrayée qu'elle ne l'avait jamais été.

Matilda Vinson, la sorcière, était morte. Sa nuque avait été rompue comme le cou d'un poulet, rompue comme Larry le lui avait appris il y a plusieurs années. Il lui avait montré et s'était mis à rire. « T'aurais pensé que c'était aussi facile ? » avait-il alors pavoisé. Et Matilda avait été transportée dans le mausolée des Ryan. Lynn pouvait parfaitement imaginer Larry, ivre-mort, chargeant Matilda Vinson dans sa camionnette, la transportant au mausolée. Mais comment aurait-il pu l'ouvrir ? Il y a des années, quand lui et Doug étaient encore amis, ils étaient venus dans cette maison. Personne, pas même Doug, ne savait qu'il avait alors volé une clé du mausolée et qu'il en avait fait faire un double avant de remettre l'original à sa place. Il voulait pouvoir aller là-bas parce qu'il trouvait ça glauque. En fait, il avait même organisé une soirée là-bas une nuit, sans attirer l'attention parce qu'il avait choisi un moment où Avram Hale était en vacances. Les subordonnés de Hale n'étaient pas aussi vigilants que lui.

Larry devait toujours avoir cette clé, quelque part. Il avait dû penser que c'était la chose la plus risible au monde que de laisser le corps de Matilda dans cet endroit horrible. Il avait aussi dû penser que Lynn aurait ce petit pincement en l'apprenant. Et Franck lui avait parlé de la croix inversée dessinée sous la plaque de Jonnie. Ça l'avait retournée. Quand elle avait accusé Larry, il n'avait pas nié de façon convaincante avoir fait ce dessin. Il avait juste été furieux que Lynn lui demande des explications à ce sujet.

Maintenant, elle aurait voulu hurler après tous ces gens frustrés, bien apprêtés et bien élevés qui lui demandaient, à elle, de ne pas parler de la rançon. Celui qui pouvait croire qu'elle allait courir tout raconter à la police ne pouvait qu'être dingue. Après tout, il était probable que la personne qui avait déposé cette demande de rançon soit son propre frère.

II

« Becky, j'ai un service à te demander, dit Molly alors qu'elles marchaient jusqu'à sa voiture.

— Tout ce que tu veux.

— Je voudrais que ce soit toi qui ailles au parc Leland déposer la rançon. »

Rebecca la regarda. « Pourquoi moi ? Je pensais que Doug aurait pu le faire.

— Oh, je veux qu'il y aille aussi, si Lynn est d'accord.

— Lynn ne pourra pas l'en empêcher, dit Rebecca. Mais tout de même, je ne comprends pas.

— Je ne comprends pas bien non plus. Je sais juste que je veux que tu y sois. Qu'il faut que tu y sois. » Molly haussa les épaules. « C'est stupide. Je dois devenir folle. Cela me paraît pourtant tellement important... » Ses yeux se remplirent de larmes. « Mais cela pourrait être dangereux. Je n'ai pas le droit de te demander...

— Danger est mon deuxième prénom, répondit Rebecca, l'air désinvolte. Je me fiche des risques que je cours. Que peut-il bien m'arriver dans un parc plein à craquer ? » Elle prit Molly dans ses bras. « J'irai. Compte sur moi. »

19

I

VENDREDI, 8 HEURES

La maison des Ryan vibrait sous la tension. Même Sean semblait s'en apercevoir. Il suivait Rebecca constamment, lui touchait la jambe avec sa patte, attendant qu'elle se penche pour le rassurer en lui caressant la tête.

Rebecca n'avait pas dormi de la nuit. Elle était fatiguée alors qu'elle et Suzanne se mettaient en route pour Charleston, Rebecca au volant de la Ford de sa mère. Elles écoutaient de la musique. Quand elle reconnut *Peaceful Easy Feeling* des Eagles, Suzanne soupira et ferma les yeux. « Ton père et moi adorions cette chanson. Il avait l'habitude de la fredonner. Et lui, il chantait magnifiquement bien. »

Rebecca sourit. « Je me souviens.

— Jonnie a hérité de sa voix.

— Et moi, j'ai hérité de la tienne.

— Ma pauvre enfant, la taquina Suzanne. Es-tu obligée de conduire si lentement ?

— Je roule à la vitesse autorisée. Toi et Papa vous rouliez toujours trop vite.

— Et j'ai les amendes pour le prouver. Mais c'était amusant. Quand il était jeune, il avait une Harley. On parcourait la région avec. Je ne me suis jamais sentie aussi libre.

— Tu as l'air de bonne humeur ce matin malgré ce qui s'est passé hier au soir.

— Je suis pleine d'espoir, Rebecca. Il s'est écoulé tant de temps avant que la demande de rançon n'arrive que je m'étais dit que Todd avait été enlevé par un malade et qu'on ne le reverrait jamais. » Elle resta silencieuse un moment. « Je sais ce que tu penses. On avait eu une demande de rançon pour Jonnie, mais cela ne l'a pas sauvé. Mais nous n'avions pas respecté les exigences du kidnappeur. Le shérif Lutz et le FBI étaient persuadés de savoir tout mieux que tout le monde. En fait, c'était faux. Aujourd'hui, ni Lutz ni le FBI ne sont au courant. Même Bill ne sait rien. C'est mon frère et il veut faire de son mieux, mais c'est aussi un policier, même s'il adore Todd.

— Il m'a dit qu'il fréquentait Molly.

— C'est bien plus que cela. Il est amoureux d'elle. Depuis des mois. Plus d'une année peut-être. Je n'en ai jamais rien dit, mais c'est mon frère. Je le savais. » Elle soupira. « Ne serait-ce pas génial si on pouvait retrouver Todd et que Molly et Bill se marient ?

— Se marier ? s'étonna Rebecca. Es-tu sûre que Molly est amoureuse de Bill ?

— Oh, oui. »

Rebecca regarda sa mère sévèrement. « Tu m'as raconté que quand Molly était sous anesthésie pour l'accouchement, elle t'avait dit que le père de Todd appartenait à quelqu'un d'autre. Bill était alors marié avec cette jument.

— Jusqu'à ce qu'il prouve qu'elle fréquentait un homme depuis des mois.

— Ne change pas de sujet. Et Bill ? Était-il déjà amoureux de Molly à l'époque ? Pourrait-il être le père de Todd ? »

Suzanne la regarda sincèrement. « J'y ai déjà pensé, Rebecca, mais honnêtement, je ne sais pas. »

Le reste de la journée se déroula calmement. Suzanne avait retiré l'argent et avait ensuite insisté pour qu'elles s'arrêtent dans un joli restaurant pour déjeuner.

« Maman, tu es sûre de vouloir aller au restaurant ? Tu sais combien d'argent liquide tu as sur toi ? demanda Rebecca.

— Largement assez pour payer le déjeuner, répondit Suzanne avec légèreté. Et j'ai envie d'une salade de homard et d'un verre de vin blanc. Un verre. Promis.» Elle regarda Rebecca en souriant. «S'il te plaît, chérie, un déjeuner mère-fille pendant que les choses vont si bien. Cela me ferait tellement plaisir.»

Elles déjeunèrent donc. Puis Rebecca avait accepté la suggestion de Suzanne et elle avait dépassé de dix kilomètres-heure la vitesse autorisée durant tout le parcours jusqu'à Sinclair. Elles avaient chanté sur le CD de Carly Simon et étaient arrivées à la maison à 15 heures précises. Franck regardait une série télévisée à l'eau-de-rose et il éteignit aussitôt la télé à leur arrivée. Sean était assis dans la cuisine, il attendait Rebecca. Et Walt.

À 17 h 30, le téléphone sonna. Rebecca répondit. C'était Doug. «Je suis tombé dans les escaliers du sous-sol et je me suis foulé la cheville. Je ne pourrai pas venir avec toi ce soir.»

Rebecca resta assise silencieuse un instant. «Tu as fait quoi?

— Je me suis foulé la cheville. C'est tellement bête. Le ballon d'eau chaude avait un problème, alors je suis descendu et j'ai loupé les cinq dernières marches. Je suis vraiment désolé.»

Il ne paraissait pas si désolé. Il paraissait avoir honte. «Es-tu allé à l'hôpital pour passer une radio? demanda-t-elle.

— Non.

— Alors comment sais-tu que ta cheville n'est pas cassée?

— Oh, j'en suis sûr. Elle me fait juste horriblement mal. J'ai pris une tonne d'aspirine.

— Si tu ne peux pas venir, tu ne peux pas venir, dit Rebecca froidement. J'espère que ça va aller.

— Rebecca, je suis vraiment désolé...»

Elle avait raccroché.

Rebecca s'adossa à sa chaise et mit ses mains devant ses yeux. Que se passait-il encore? Doug n'était pas mou au point de renoncer juste parce que Lynn ne voulait pas qu'il y aille. Il se faisait du souci pour Todd. Elle le savait. Mais elle n'avait pas cru à son histoire. Il ne voulait pas y aller.

Elle irait donc seule. Quel autre choix avait-elle ? Franck n'était pas suffisamment en forme. Bill ne pouvait pas y aller. Il ne devait même pas savoir ce qui se tramait. Et l'argent devait être déposé dans les toilettes des hommes. Elle pourrait sans doute mettre une casquette et se faufiler sans être remarquée. Oui, ça, c'était facile. Mais la surveillance ? La famille ne voulait pas que la police patrouille dans le parc mais ils espéraient pouvoir entrapercevoir la personne qui entrerait dans les toilettes. Le kidnappeur serait sans doute là à guetter. Elle ne pouvait entrer, déposer l'argent et rester surveiller l'entrée des toilettes. Non, il fallait que quelqu'un d'autre surveille les toilettes.

Après dix minutes, Rebecca appela l'hôpital et demanda à parler à Clay. Il devait la rappeler, et quand il le fit, il semblait déjà savoir que quelque chose n'allait pas.

« Qu'y a-t-il ? demanda-t-il, impatient.

— Doug a appelé. Il m'a dit s'être foulé la cheville. Il ne vient pas ce soir.

— Il ne vient pas ? Quelle poisse ! Rebecca, la journée a été plutôt calme. Il n'est pas venu passer de radio, ni se faire bander ou se faire soulager...

— Je sais. Il m'a dit qu'il était sûr qu'il n'avait pas besoin d'aller à l'hôpital. Il ne peut pas venir avec moi ce soir, c'est tout.

— Avec toi. Mais tu ne m'as pas dit que tu y allais.

— Molly me l'a demandé. Elle m'a suppliée d'y aller. Mais je ne peux pas y aller seule...

— Ça, c'est sûr. Normalement je suis de service mais je peux me faire remplacer. J'y vais. Mais toi, tu n'y vas pas.

— Si, j'y vais.

— Non. »

Rebecca pesta : « Clay, il faut qu'on soit deux là-bas. Ce parc fait plus de trois hectares.

— Deux personnes ne peuvent de toute façon pas surveiller trois hectares.

— Deux personnes peuvent surveiller les alentours des toilettes des hommes. De toute façon, c'est décidé. J'y vais. Tu viens ?

— Mon Dieu que tu es têtue ! À quelle heure je passe te prendre ? »

Rebecca ne put s'empêcher de sourire. « Ce n'est pas un rendez-vous galant. C'est une mission secrète, tu te souviens ? Pourquoi ne pas se retrouver à... »

Après un instant, Clay demanda : « Je suis censé deviner ?

— Je réfléchis. On ne devrait pas entrer dans le parc ensemble. Si on nous reconnaît, cela aura l'air trop suspect. Je te retrouve à deux pâtés de maisons du parc, sur le parking de chez Dormaine à 20 h 50. Je te donnerai l'argent là-bas. Tu marcheras jusqu'au parc et tu déposeras l'argent dans la poubelle des toilettes hommes. Je te suivrai environ un quart d'heure après. On restera proche mais pas ensemble. Qu'en penses-tu ?

— On dirait que tu bosses pour la CIA. C'est bon, à part pour la marche de nuit à deux blocs du parc. Je ne peux pas te laisser faire ça. »

Rebecca ferma les yeux, exaspérée. « Alors, est-ce que je dois me garer juste devant le parc avec la Thunderbird rouge vif de ma mère ou vaut-il mieux que je prenne la Mercedes S600 métallisée de Franck ?

— Et la voiture de Betty ? Elle n'est pas reconnaissable. » Rebecca se tut. « J'insiste.

— Pourquoi faut-il que les médecins soient toujours aussi autoritaires ? D'accord. Je trouverai une excuse pour lui emprunter sa voiture.

— Bien. On se voit ce soir à neuf heures moins dix.

— D'accord. Et... Clay ?

— Ouais ?

— Merci.

— Je ferai n'importe quoi pour toi, l'Astronome. Fin de transmission. » Il raccrocha et, malgré tous ses soucis, Rebecca rit doucement.

II

VENDREDI, 20 h 50

« C'est toi ? » demanda Clay.

Rebecca retira sa casquette de base-ball. « Ça cache mes cheveux et les bandes sur mon front. Un vrai déguisement.

— Parfait avec tes lunettes. J'adore ton jean déchiré. Mais ne fait-il pas un peu trop chaud pour ce tee-shirt à manches longues ?

— Le jean n'était pas déchiré il y a une heure, avant que je prenne les ciseaux de Betty pour le faire. Et les manches, c'est pour cacher les bandages de mes poignets.

— J'espère que tu t'es protégé le visage. Les moustiques sont mauvais.

— Sean est tombé amoureux de cette odeur. Je crois que je vais remplacer Chanel n° 5 par ça. »

Ils se tenaient sur le parking de chez Dormaine, Clay à côté de sa petite voiture et Rebecca à l'intérieur de la monstrueuse Dodge de Betty. Elle n'avait pas pu trouver d'excuse pour Betty, alors elle avait simplement pris le double de clé qui était sur le panneau dans la cuisine et était partie.

Elle sortit un sac en papier de son grand sac. « Voilà l'argent. »

Clay le prit délicatement. « Mon Dieu. Je n'ose même pas penser à la somme que ce sac contient. Je vais ajouter un peu de serviettes en papier par-dessus. Et je vais avoir l'air tout à fait naturel. Pas de gestes brusques. Pas de regards furtifs. Je serai cool. De quoi j'ai l'air ?

— Beau mec. On dirait des jumeaux, avec nos casquettes. »

Clay sourit. « Même avec ces casquettes, on ne dirait pas des jumeaux. Tu restes très féminine.

— Tu n'arrêtes donc jamais ? Même en ce genre d'occasion ?

— Hé. J'essaie de garder mon calme. Crois-moi si tu veux, mais c'est ma première remise de rançon. En tout cas, je pensais ce que je disais quand je disais que tu étais féminine.

— Malgré toutes mes entailles ? »

Clay la prit soudain dans ses bras. Son baiser fut rapide, intensif, chaud. Il lui fit un instant oublier les meurtres, la rançon et tout le reste, excepté l'odeur ensoleillée de sa peau et la caresse tendre de sa langue sur ses lèvres. « À plus tard, ma beauté », dit-il avant de la relâcher aussi soudainement et partir. Elle faillit tomber.

« Waouh ! » murmura-t-elle comme une gamine de quatorze ans en le regardant sautiller à travers le parking de chez Dormaine en direction de la rue. « Clay Bellamy, qu'ai-je attendu, toutes ces années ? » Elle regarda sa montre. « Et qu'est-ce que je vais manquer si je n'arrête pas de me comporter comme une adolescente éperdue plutôt que de me remettre au boulot ? »

En dix minutes, Rebecca trouva une place de parking près du parc. La nuit était radieuse et beaucoup de monde était venu au concert. Elle ne savait pas si c'était bon ou mauvais signe aux yeux du kidnappeur. Elle avait toujours beaucoup de mal avec les créneaux, mais la Dodge de Betty les rendait impossibles. Elle zigzagua en avant, en arrière en blasphémant, avant d'abandonner, frustrée. Quand elle sortit de la voiture, elle s'aperçut qu'elle était à trente centimètres du trottoir. Elle aurait sans doute une amende en revenant, mais la rue était large. Elle ne gênerait personne et elle ne pouvait pas passer la nuit à essayer de se garer correctement. Il était 21 h 15.

Les lumières du parc étaient allumées et attiraient les insectes. L'éclairage rayonnait dans le kiosque. Au-dessus de la foule, les artistes en uniformes interprétaient une version de *The Band Played On* dans la nuit. Chaque été, ils sortaient une nouvelle chanson. Une seule. Rebecca se demandait ce que serait la sélection de cette année. Mais les habitants de Sinclair s'en moquaient. Les concerts étaient un lieu de rendez-vous où ils pouvaient amener leurs enfants, écouter de bonnes interprétations de vieux classiques et savourer des boissons légères et de la limonade au cours des soirées d'été. Rebecca avait toujours apprécié.

Jusqu'à ce soir. Il y avait beaucoup trop de monde. La musique était trop forte. L'éclairage trop aveuglant se reflétait sur son visage qu'elle voulait dissimuler. Son cœur battait comme un marteau-piqueur. Son spray antimoustiques n'avait aucun effet. Elle commençait à s'énerver. Génial. Une crise de nerfs en plus du reste.

Rebecca déambula jusqu'au stand de rafraîchissements et acheta une limonade. Puis elle se rapprocha du kiosque. Des enfants lui passaient devant en courant. Elle aperçut Helen et Edgar Moreland et baissa aussitôt la tête. Elle n'avait pas besoin qu'Edgar Moreland crie son nom dans la foule. Elle but sa limonade en moins d'une minute, sa gorge sèche à cause de l'anxiété. Elle en voulait encore, mais un retour si rapide au stand de rafraîchissements pourrait paraître suspect. C'est dur d'être « en planque », pensa-t-elle. On est obligé de faire attention à tout.

Le groupe finit son morceau sous les applaudissements joyeux et il entama *A Bicycle Built for Two*. Rebecca pensa au tee-shirt de Cory Ellis à l'effigie de Megadeth et elle sourit. Il serait aussi content de passer une soirée ici qu'à la bibliothèque.

Lentement, elle s'éloigna du kiosque pour se diriger vers le bâtiment en béton peint en blanc qui renfermait les toilettes. Elle était du côté des hommes et vit soudain Clay en sortir. Rebecca tourna la tête de l'autre côté, puis s'en voulut. Pas même un mouvement nonchalant. Mais pourquoi avait-il mis tant de temps à déposer l'argent ? Il avait dû attendre que les toilettes soient vides, bien sûr. Il était prudent. Il était calme. Il fallait qu'elle le soit aussi.

Rebecca marcha le long du passage en brique qui traversait l'une des roseraies, mais toutes ces jolies fleurs ne l'intéressaient pas. Elle retourna au stand de rafraîchissements pour y prendre une autre limonade et essaya de se retenir mais il lui semblait qu'elle allait mourir de soif. Cette attente et cette surveillance allaient la rendre cinglée. Le groupe se mit à jouer *Ciribiribin*. La foule n'était plus qu'une masse tachetée de visages pour Rebecca. Elle se rapprocha à nouveau des toilettes. Cette fois, elle vit Clay, adossé à un arbre, en train de discuter avec une jolie jeune femme. Elle se mit à rire intérieurement. Il ne pouvait pas s'empêcher de draguer ! Puis elle remarqua que ses yeux n'arrêtaient pas de faire des allers et retours vers la porte des toilettes des hommes. Il ne pouvait évidemment pas rester là devant à la regarder. Cette femme n'était qu'une excuse. Rebecca s'en voulut d'avoir tout de suite pensé qu'il était en train de draguer. Elle se sentit aussi mieux que ce ne soit pas le cas.

Vers 22 h 30 le groupe avait joué *Home on The Range*, *Au clair de la lune*, *Oh Suzanna* et *Funiculi, Funicula*. Épuisée par la tension morale, Rebecca s'était assise sur un banc se trouvant à environ dix mètres des toilettes des hommes. Elle regardait discrètement dans cette direction. Elle en était à sa quatrième limonade. Elle aurait préféré une Margarita avec double dose de tequila.

Elle ne savait pas à quoi s'attendre cette nuit, mais certainement pas à ce néant. Elle était trop influencée par les livres et la télévision. Elle voulait de l'action, mais tout ce qu'elle pouvait faire, c'était attendre en buvant sa limonade.

III

« Cette ville est en train de devenir la centrale du crime », dit Burt, le serveur de la Clé en Or à Larry Cochran après avoir regardé le dernier bulletin d'informations sur le meurtre de Matilda Vinson, sur le petit téléviseur accroché au-dessus du bar. « D'abord Simplet, et maintenant Mlle Vinson. Et puis, il y a aussi cette agression sur Sonia Ellis. La pauvre enfant. Ce n'est qu'une adolescente.

— Deux minutes de plus et cette fille aurait été transformée en purée sanguinolente, d'après ce que j'ai entendu », lança à la cantonade un homme costaud assis juste à côté de Larry. Il avait des bras gigantesques recouverts de tatouages criards, le crâne rasé, une incisive en or et les yeux minuscules et méchants d'un porc. « Une jolie petite adolescente. Du premier choix, se moqua-t-il. Mais la rousse qui l'a sauvée n'est pas mal non plus.

— Tu les connais toutes les deux très bien, n'est-ce pas, Densh ? demanda le barman avec un sourire prudent.

— Je connais tous les jolis lots de cette ville, Burt, mugit Densh. Je me les suis même faites pour la plupart, si tu vois ce que je veux dire.

— Quelle subtilité ! » marmonna un homme maigre et brun placé juste derrière Densh.

Densh se précipita vers lui. « Qu'est-ce que t'as, mauviette ? Tu crois que je suis un menteur ? Parce que je ne supporte pas les gens qui me traitent de menteur.

— Je parlais tout seul, répondit le jeune homme.

— Alors, t'es juste idiot, c'est ça ? Tu parles tout seul comme un satané cinglé ? Tu essaies de prendre la relève de Simplet Dobbs ?

— Mais je n'ai rien insinué du tout.

— Bien sûr que si. Mais c'est parce que tu es jaloux. On dirait que tu n'as jamais eu de femmes dans ta vie, en tout cas moins que moi. J'ai commencé quand j'avais neuf ans. » Le barman leva les yeux et quelques habitués sourirent d'un air moqueur, mais Densh était concentré sur sa victime brune. « C'est quoi ton nom, mauviette ? » Le jeune avait le regard rivé sur sa bière. « J'ai dit, c'est quoi ton nom ?

— Alvin.

— Alvin ! » Densh éclata de rire. « En voilà un nom d'enfer. Et sacrément masculin. Alvin comment ?

— Tanner. »

Larry Cochran releva la tête. « Alvin Tanner, répéta Densh. J'ai déjà entendu ce nom quelque part. J'te connais ?

— Je ne crois pas. Non, certainement pas.

— Ça veut dire quoi, certainement pas ? Tu veux dire que tu n'as rien à faire avec des gens comme moi ?

— Hé, Densh, laisse-le tranquille », intervint Larry.

Densh regarda le comptoir en direction de Larry : « Tu le connais ?

— Non. Mais j'essaie juste de réfléchir et tu m'en empêches.

— Oh, tu penses. » Densh regarda à la ronde et dit : « Eh tout le monde, l'ex-taulard tente de réfléchir. Et on peut savoir à quoi, Cochran ? Informatique ? Chirurgie cérébrale ? Le sens de la vie ? »

Larry parut soudain en colère « Arrête, Densh. Laisse-moi tranquille et laisse Tanner tranquille.

— C'est qui Tanner ?

— Le gars à qui tu as demandé son nom il y a deux minutes, p'tit futé. Il ne s'occupe pas de tes affaires. Alors pourquoi t'arrêtes pas ? »

Densh se leva d'un bond du tabouret de bar. « Pourquoi ? Espèce de fils de pute ! Je vais te casser en deux. Je vais t'arracher ta patte folle. Tu vas hurler comme le porc que tu es... Sale porc stupide ! »

Burt fit signe à un homme plus grand et encore plus musclé que Densh, d'environ dix ans son aîné et incroyablement beau mis à part ses yeux verts cruels. Il s'approcha de Densh doucement, le sourire aux lèvres. « Je crois que tu viens d'atteindre ta limite, Densh, dit-il en plaisantant. Pourquoi tu ne rentres pas chez toi auprès de ta petite femme ?

— Et pourquoi tu la fermes pas ? » hurla Densh.

Larry savait que le videur s'appelait Strand, il avait déjà eu affaire à ce gars, qui était un spécimen hargneux, gonflé aux stéroïdes physiquement et mentalement. Strand empoigna le bras droit de Densh, le retourna jusqu'à ce que celui-ci se mette à crier, puis il le traîna jusqu'à la porte.

« Je t'ai dit de rentrer chez toi. » Strand couvrait les braillements de Densh. « Va donner le frisson de sa vie à ta femme dans ton lit.

— Dans ses rêves », murmura Larry.

Densh essaya de se retourner vers Larry, mais Strand le bloquait par le bras. Et tout à coup, Strand ouvrit la porte d'entrée et Densh se retrouva à tituber sur le trottoir. Strand claqua la porte.

« Jolie sortie, Cochran, grogna Strand en passant devant Larry. Tu n'as jamais su quand la fermer, n'est-ce pas ?

— Va au diable », se fâcha Larry avant de se retourner rapidement vers son scotch alors que Strand allait le frapper. Après que Strand fut reparti, Larry descendit de son tabouret. La douleur de sa jambe allait de mal en pis depuis quelques jours. Il boitait davantage et des rides de souffrance creusaient son front. Il se dirigea vers Alvin. « Il n'apporte que des problèmes ce Densh », dit-il.

Alvin le regarda derrière ses lunettes. « Vous n'étiez pas obligé de prendre ma défense. Je peux m'occuper de moi tout seul.

— Ah vraiment ? » Larry s'attendait à des remerciements. « Et comment auriez-vous fait ?

— Je l'aurais raisonné. »

Larry bascula sa tête en arrière et se mit à rire. « Bien sûr. C'est très facile de raisonner des types comme Densh.

— Vous m'avez fait passer pour un idiot », l'accusa Alvin.

Larry était en train de devenir furieux face à cet imbécile maigrichon qui n'acceptait pas d'avoir été aidé. « Je n'ai pas eu à te faire passer pour un idiot car tu es de toute façon idiot si tu pensais pouvoir te débrouiller seul avec Densh. » Il le regarda de côté. « T'es le fils de Slim Tanner. »

Les yeux d'Alvin se mirent en alerte. « Et alors ? Vous la connaissez ?

— Je sais qu'elle a poignardé ton vieux à mort juste devant ce bar. Elle t'a sauvé la vie. Mais elle a souffert tout comme moi à cause de cette pute de Rebecca Ryan.

— Je ne connais pas Rebecca Ryan, dit Alvin froidement.

— Tu sais qui elle est. C'est elle qui a envoyé ta mère et moi en prison. Elle a essayé de ruiner ma vie, mais elle va bientôt avoir une surprise. » Larry commençait à bredouiller. « Elle va bientôt elle-même avoir une grosse surprise.

— Laissez-moi, s'il vous plaît.

— Laissez-moi, s'il vous plaît, l'imita Larry d'une voix efféminée. Mais qu'est-ce qui te prend ?

— Je vous remercie de m'avoir aidé avec M. Densh, mais je voudrais rester seul maintenant. S'il vous plaît, partez.

— C'était un plaisir, trou du cul, dit Larry dédaigneusement. J'aurais dû laisser Densh te tuer, tu n'as pas les couilles de ta mère. » Son regard se rétrécit alors qu'il se levait. « Et qu'est-ce que tu fais là, d'abord ? Tu déterres tes souvenirs ? »

Le visage d'Alvin s'enflamma. Mon Dieu, que faisait-il dans ce trou infernal ? Il se souvenait, voilà ce qu'il faisait. Il se souvenait du temps où, enfant, sa mère l'avait envoyé ici pour chercher son père. Il se souvenait de son père rendu sentimental et gai par l'alcool, qui le portait pour qu'il puisse jouer au flipper et qui disait qu'il était vif comme un fouet. Il se souvenait de la jeune serveuse qui collait son père et qui l'appelait lui gentiment « Petit Homme ». Il se souvenait d'un homme grand comme Densh qui traitait Slim de pute, et que son père avait frappé et qui, plus tard, avait été accusé du meurtre d'Earl Tanner. Il se souvenait d'être revenu ici deux jours après la mort de son père et d'avoir vu la tache de sang sur le sol dans l'allée.

Aujourd'hui avait été l'une des pires journées de la vie d'Alvin. Mais il devait tenir bon. Tout serait bientôt fini.

IV

Il était 23 h 20. Le groupe s'était arrêté à 23 heures pétantes. Le parc était en train de se vider. Et Rebecca et Clay avaient cessé de s'éviter intentionnellement. Clay l'avait rejointe sur le banc dix minutes plus tôt. Ils étaient assis à une trentaine de centimètres l'un de l'autre et faisaient comme s'ils n'étaient pas ensemble. Ils voyaient la porte des toilettes pour hommes, mais aucun d'eux ne la regardait directement. Rebecca regardait ses mains. Clay regardait le ciel.

« Quand tu avais quinze ans environ, tu m'as raconté une histoire au sujet d'une constellation, l'Astronome, dit soudain Clay. Un truc à propos d'un ours. Je n'arrive pas à m'en souvenir. Raconte-la-moi encore. »

Il perdait espoir et essayait de passer le temps mais Rebecca lui était reconnaissante de ses efforts. « Lycaon, le roi d'Arcadie, a fait manger à Zeus de la viande humaine, alors, pour se venger, Zeus l'a transformé en loup. Mais ce n'est pas tout. Lycaon avait une fille, Callisto. Zeus est tombé amoureux d'elle...

— Zeus tombait amoureux de toutes les femmes.

— C'est vrai. Mais peu importe, Héra en a été malade et elle a transformé Callisto en ourse. Elle avait l'intention de la faire tuer par son propre fils Arcas. Mais Zeus a eu vent des plans d'Héra et il a placé Callisto dans le ciel pour la sauver. Elle est connue sous le nom de Grande Ourse. Plus tard, Arcas fut lui aussi transformé en constellation, Petite Ourse. Mais Héra n'en avait pas fini. Furieuse, elle demanda au dieu de la Mer de ne jamais laisser les Ourses pénétrer dans l'océan comme les autres étoiles. C'est pourquoi les constellations des Ourses ne descendent jamais en dessous de l'horizon. » Elle s'arrêta. « Pourquoi as-tu pensé à cette histoire ?

— Molly et Todd. Maman ourse et bébé ours. Ne serait-ce pas merveilleux s'ils pouvaient être tous les deux en sécurité dans le ciel ? »

Rebecca était émue par le fait qu'il se soit souvenu de cette histoire et par le sentiment qu'elle avait stimulé en lui. « Zeus était un protecteur très puissant.

— Todd et Molly t'ont, toi.

— Ce n'est pas tout à fait la même chose, dit Rebecca sèchement.

— Je parierais plus sur toi que sur Zeus. » Clay continuait à regarder le ciel. « Et toi bien sûr, tu sais où se trouvent Maman ourse et bébé ourson.

— Oui. Juste au-dessus. »

Clay fixa intensément le ciel puis dit : « Je n'ai jamais su repérer les constellations.

— Tu es peut-être trop pressé. » Rebecca resta silencieuse puis elle demanda finalement : « Tu crois que ce type va venir chercher l'argent ?

— Il est sans doute déjà venu.

— Ne devrais-tu pas retourner dans les toilettes pour vérifier ?

— Non. S'il est là-bas, je risquerais de le faire fuir. » Et en continuant de ne pas la regarder, Clay ajouta : « En fait, je crois que nous devrions partir. Il a dû nous observer tout le temps.

— Mais s'il entre...

— Et qu'il ressort en agitant l'argent triomphalement, on se jette dessus ? Rebecca, il cachera l'argent. Et on ne saura pas s'il l'a ou pas.

— Alors pourquoi sommes-nous restés ici ?

— Pour voir si quelqu'un de familier sortait des toilettes à ce moment, quelqu'un qui aurait pu également kidnapper Jonnie. Mais après tout, aucun ravisseur ne laisserait cinq cent mille dollars dans des toilettes publiques toute une nuit. »

Elle soupira. « Le parc est presque vide. On commence à avoir l'air suspect.

— Alors il faut que nous rentrions », dit Clay. Elle le regarda enfin. « Admets-le, Rebecca. Ce n'est pas ce soir que nous saurons si on a une chance de récupérer Todd. »

V

« Un autre scotch, dit Larry au barman.

— Désolé. Je t'ai dit qu'on fermait.

— Ouais, alors je veux le dernier. Le tout dernier.

— Celui d'avant était le dernier. En plus, je crois que tu as assez bu.

— J'ai déjà une mère, ou plutôt une Méduse qui se fait passer pour une mère.

— C'est quoi une Méduse ?

— Une femme de la mythologie grecque qui pouvait transformer les hommes en pierre d'un seul regard. C'est un ex-copain de ma sœur qui m'en a parlé, il y a très longtemps. »

Le barman sourit. « Cochran, t'as toujours des conneries bizarres à raconter. T'es vachement cultivé. Tu devrais participer à ces jeux télévisés. Tu gagnerais des fortunes.

— Il y a d'autres moyens pour faire fortune. Et ne dis pas que je suis cultivé. J'ai beaucoup lu en prison. Il n'y avait rien d'autre à faire à part lire, là-bas. Lire et repousser quelques codétenus un peu trop romantiques. » Les lèvres de Larry étaient engourdies. La douleur de sa jambe avait également diminué de moitié. « Allez. Un dernier.

— Je ne peux pas. Je ne veux pas me faire retirer ma licence pour une exception. Ce serait bien ma veine. Ne m'emmerde pas, Cochran, on a toujours été amis, tous les deux.

— Je n'ai pas d'amis.

— Comme tu voudras. Mais pars maintenant. File. Prends la porte. » Il se rapprocha de lui. « Si tu ne pars pas de ton plein gré, tu vas finir sur le trottoir comme Densh.

— OK, merde, murmura Larry soudain désintéressé par le scotch et la Clé en Or. Ça te dérange si j'utilise les toilettes d'abord ?

— Assure-toi juste de les atteindre. Si tu loupes la cuvette, je te fais nettoyer. »

Larry faillit presque tomber de rire du tabouret. Le barman n'avait pas idée à quel point il était drôle, mais au moins le type ne lui causerait pas d'ennuis. Il s'affairait à remplir la machine à laver avec les derniers verres alors que Larry se traînait dans le couloir jusqu'aux toilettes, en percutant parfois les murs.

L'odeur de pomme de pin provoqua un mouvement de recul chez Larry, à la minute où il ouvrit la porte. Habitué du bar, il l'était aussi à cette odeur, mais elle lui semblait bien plus forte ce soir. Bien sûr, il avait la tête comme une pastèque. Il avait déjà entendu des gens parler de migraines mais il n'en avait jamais eu lui-même. Et il se demandait s'il n'était pas en train de vivre sa première. La lumière lui faisait mal aux yeux et les sons ricochaient douloureusement dans son cerveau. C'était comme si un pic à glace était planté à la base de son crâne.

Un pic à glace. Simplet Dobbs. Simplet n'était pas une grande perte. Ce gars lui avait toujours foutu la trouille. Il filait la trouille à Wendy Wright aussi. Comme elle lui manquait ! Mais elle était retournée à l'école, pour rattraper les cours qu'elle avait loupés au printemps. Mais cela ne changeait rien. Si elle avait été à la maison, elle aurait dû rester avec sa sœur infirmière, Jean, qui la gardait à l'œil et avait décrété que Larry était hors limite. En fait, elle détestait Larry parce qu'il souillait sa jolie petite sœur avec son corps d'ancien taulard. Mais Wendy, elle, ne semblait pas détester ça et elle revenait en douce en ville chaque fois qu'elle le pouvait. À ce stade de sa vie, Wendy était le seul point positif, la seule personne qui lui apportait du bonheur. Il avait l'intention de l'épouser, malgré les hurlements de Jean et ses menaces. Elle l'avait menacé de faire annuler sa conditionnelle. Elle avait raconté toutes sortes de conneries inquiétantes. Espèce de timbrée ravagée. Wendy la détestait, elle était impatiente de s'en débarrasser.

Larry se soulagea et sortit par la porte de derrière. C'était ce que Burt aurait voulu. Quelques pas séparaient la Clé en Or de ce qui était autrefois la Boutique de tissus de Fanny, celle qui appartiendrait bientôt à Lynn. Il espérait que ce serait une réussite. Comme ça, elle serait tellement occupée qu'elle lui lâcherait les basques.

Un container à ordures surchargé se trouvait sous un réverbère. Par cette nuit chaude, l'odeur qui s'en dégageait était insupportable. Burt devrait vider ce truc plus souvent, pensa-t-il immédiatement. Il devrait faire en sorte que cet endroit soit nickel.

Il prendrait le chemin qui menait à la Seconde Avenue, et traverserait le parc pour rentrer chez lui. Il était minuit. Le parc devait être vide maintenant. Timing impeccable. Il ne lui resterait que trois pâtés à traverser pour arriver à son appartement.

Beaucoup de gens se faisaient des idées stupides sur ce chemin et l'évitaient parce que c'était là que Slim Tanner avait poignardé son mari. Les gens pensaient que l'endroit était hanté ou quelque chose comme ça. Larry ricana. Ce ne sont que des bêtises. Hanté. Le pauvre vieux Earl Tanner n'avait pas les tripes nécessaires pour pouvoir hanter quoi que ce soit. Il se serait fait peur à lui-même. Larry se souvenait de lui à l'époque où, adolescent, il entrait à la Clé en Or sous la coupe d'amis plus vieux et plus coriaces que lui. Earl avait l'alcool joyeux et payait sans cesse des tournées générales. Parfois, Alvin, son abruti de fils, venait le chercher. Il était maigre avec de grosses lunettes et un épi sur la tête, mais Earl était fier de lui, à tout point de vue. Cela avait toujours semblé étrange à Larry. On disait que Earl battait son fils presque à mort, mais il était toujours très affectueux avec lui au bar, il le portait pour qu'il puisse jouer au flipper, il laissait sa petite amie s'occuper de lui comme s'il était spécial. Les gens étaient parfois durs à cerner. Peut-être que Earl souffrait d'une sorte de dédoublement de personnalité.

Tout en titubant le long du chemin, Larry se demandait si Slim Tanner regrettait son geste. Elle devait sûrement regretter d'avoir été prise. Tous les détenus le regrettaient toujours. Mais quand Alvin venait la voir, regardait-elle son visage abattu en se demandant si tout cela en valait la peine ? Larry pensait qu'un lien se serait tissé entre lui et Alvin. Ils avaient tous deux souffert à cause de cette garce de Rebecca Ryan. Mais Alvin ne semblait ressentir aucune affinité. Il paraissait juste snob et hypocrite. Du genre de Monsieur-Douglas-Je-fais-mieux-que-tout-le-monde. Larry regrettait d'avoir défendu Alvin contre Densh. Il regrettait d'avoir énervé Strand. Ils étaient tous les deux des ennemis au sang chaud.

Larry crut entendre quelque chose derrière lui. Des pas. Il se retourna. L'allée n'était pas éclairée et elle était très longue. Une lueur parvenait de la rue, mais il ne vit rien. C'était sans doute l'écho de ses propres pas, pensa-t-il, en poursuivant son dur chemin.

Un instant après, il entendit autre chose. Il se retourna à nouveau. Rien. Mais sa nuque s'était raidie. « OK, Cochran, cette semaine a été plutôt rude, même pour toi. À quoi tu t'attends ? À voir le fantôme d'Earl Tanner ? » Il voulut ricaner à nouveau mais son rire n'était pas convaincant. Il regarda la rue et reprit sa marche.

La Deuxième Avenue n'est qu'à soixante ou soixante-dix pas. C'est tout. Continue à marcher, Cochran, se dit-il à lui-même. Continue à marcher et arrête de cogiter.

Était-ce une respiration qu'il venait d'entendre ? Un souffle rauque pas très loin derrière lui ? Il se retourna pour la troisième fois. Était-ce une ombre ? Quelque chose qui longeait le mur de la Clé en Or ? « Hé, Strand, c'est toi ? appela-t-il. Je ne voulais pas te mettre en rogne tout à l'heure. J'avais trop bu. » Pas de réponse. Ce n'était sûrement pas Densh. Il devait être rentré chez lui ou peut-être pas, mais où qu'il fût, il était ivre-mort. Un chien ou un chat errant. Ce devait être ça. Le scotch jouait parfois des tours à la vue, il rendait les choses plus grosses qu'elles ne l'étaient vraiment. Larry Cochran effrayé par un chat. Mieux valait ne pas raconter ça.

Il fit deux ou trois pas supplémentaires en se demandant ce que Wendy pouvait bien être en train de faire. C'est lui qui allait à l'Université ce week-end. Ils passeraient le samedi et le dimanche au lit, comme d'habitude. Il ne boirait pas trop demain, pour pouvoir foncer jusqu'à l'appartement de leurs ébats. « Je suis une machine à aimer », chanta-t-il avant d'éclater de rire. Cette chanson datait d'avant Wendy, mais elle était véridique. Personne n'avait jamais eu à se plaindre de Larry Cochran au lit.

Il s'arrêta. Il pouvait sentir que quelqu'un l'observait. Pas quelque chose. Pas un chien ou un chat. C'était quelqu'un. « Ça commence à bien faire, cette merde, cria-t-il. Un vrai mec se montrerait. C'est toi, Tanner la mauviette ? » Silence. Larry ne se retournerait pas une fois de plus. Question d'honneur. Il se l'était juré. Il ne jetterait plus un œil derrière son épaule comme s'il avait peur. Mais en fait, il avait peur, quelqu'un se tenait derrière lui, le souffle court et impatient, quelqu'un qui se rapprochait vite, qui se rapprochait pour lui.

Il marcha dans une flaque d'eau restée depuis la pluie de la semaine dernière et le bruit de l'éclaboussure le fit pousser un cri perçant. Comme un porc. Densh l'avait traité de porc. Il craignait un peu Densh. Mais pas à ce point-là. Son échine était glacée, son esprit troublé et il se mit à crier : « Cours ! Cours aussi vite que tu peux ! »

Et il essaya. Mais c'était déjà trop tard. On lui tombait dessus. Le poids le frappa avec une force immense, le projetant au sol. Il se cogna la tête et sa patte folle se retourna sous lui. Il voulut hurler mais le son était faible, pleurnichard, pitoyable. Si seulement il n'était pas saoul. S'il était capable de coordonner ses mouvements et de se battre comme il l'avait appris en prison, il dérouillerait celui qui était sur lui. Mais il n'avait plus d'équilibre. Le choc l'avait étourdi encore plus qu'il ne l'était déjà. Ses bras étaient coincés sous lui.

Il sentit soudain quelque chose de métallique sous son oreille. Quelque chose qui ressemblait à la tête d'un rasoir. Il entendit le bruit d'étincelles électriques et vit des flashs bleus dans la nuit. Puis plus rien.

Alors que Larry gisait sur le sol froid de la sombre allée, rendu inoffensif par un pistolet paralysant, quelqu'un le retourna sur le dos et enfonça froidement et avec précision un pic à glace dans son œil droit fermé. Le sang jaillit. La main munie d'un gant en latex enfonça alors plus profondément le pic, presque jusqu'au manche. L'agresseur tourna la tête de Larry pour mieux le voir, puis regarda le sang couler le long de son visage et s'accumuler à l'endroit même où la femme d'Earl Tanner avait autrefois froidement regardé le sang de son mari couler, un couteau à la main.

20

I

SAMEDI, 7 h 15

La douleur. Au côté droit. Comme un poignard. Apeuré. Si chaud. Si soif. Si effrayé. Maman, Maman. Ne me laisse pas mourir ici.

Rebecca se réveilla en criant. Sean s'éloigna d'elle, les oreilles en avant, puis se précipita vers elle, pour se blottir. « Mon Dieu, murmura-t-elle, en le serrant très fort. Il est en train de mourir. Todd est en train de mourir. »

La porte de sa chambre s'ouvrit précipitamment, Franck était là en peignoir. « Rebecca, que se passe-t-il ?

— Un rêve. Une vision. Je ne sais pas cette fois. Todd est malade. Il est vivant mais plus pour longtemps, Franck. Il souffre le martyre. Il faut que je fasse quelque chose... »

Elle essaya de se lever mais Franck se précipita et mit ses mains sur ses épaules. « Je veux d'abord que tu te calmes. » Sean montra les crocs et Franck retira ses mains très vite. « Je ne veux pas faire de mal à ta maîtresse, alors calme-toi, mon garçon. Je veux juste qu'elle se détende et qu'elle reprenne son souffle.

— Franck, on doit vérifier si quelqu'un a pris cet argent, insista Rebecca. Si c'est le cas, alors ils prendront sans doute contact avec nous pour nous dire où récupérer Todd. Chaque minute compte. »

Franck baissa les yeux. « Clay a appelé il y a environ un quart d'heure. Il est déjà allé vérifier dans les toilettes des hommes, Rebecca. »

Elle le regarda. « L'argent y est toujours ?

— Oui. Personne n'est jamais venu le prendre,

Elle s'adossa contre les oreillers. « Alors c'était quoi tout ce cirque ? Pourquoi tout ce cinéma avec la rançon ? Je ne comprends rien !

— Il y a autre chose, dit Franck gentiment. Clay m'a dit que le corps de Larry Cochran a été retrouvé dans l'allée à côté de la Clé en Or, il y a moins d'une heure. Il avait un pic à glace dans l'œil, comme Simplet.

— Larry... un pic à glace... l'allée ? » Franck acquiesça de la tête. « Je n'y crois pas ! Je veux dire, c'est si près du parc ! » Franck la fixait toujours. « Ont-ils une idée de qui a fait cela ?

— Non. Clay ne l'a su que parce qu'il est à l'hôpital. On doit être en train de prévenir Lynn à cet instant.

— Oh Seigneur, elle est insupportable mais je suis désolée pour elle. Elle adorait Larry.

— Oui. Mais je ne regrette pas Larry, cependant. C'était une cause perdue. Mais tu ne sembles pas penser à ce que tout cela peut signifier. C'est peut-être Larry qui avait kidnappé Todd, Larry qui était supposé venir chercher la rançon, mais il n'a pas pu parce qu'il était déjà mort. Le propriétaire de la Clé en Or dit qu'il s'est un peu pris le bec avec d'autres clients hier. Rien de nouveau pour Larry, mais je suppose que les types qu'il a insultés étaient des gars violents. On est en train de les interroger tous les deux.

— Mais le pic à glace. Ce ne sont sans doute pas eux qui ont tué Simplet.

— Peut-être que l'un d'entre eux l'a fait. Ou peut-être que quelqu'un a copié la méthode pour l'utiliser sur Larry. Enfin, voilà ce qu'on a. Larry est mort. L'argent de la rançon est intact. Tires-en tes propres conclusions. »

Rebecca ferma les yeux. « Oh, Franck, si c'est Larry qui a enlevé Todd, s'il voulait nous dire où il est après avoir récupéré l'argent, on n'a plus aucune chance maintenant.

— Je sais.

— Et Todd est malade. J'avais déjà eu cette vision avant. Clay pense qu'il peut avoir l'appendicite. Et si l'appendice éclate... » Elle s'arrêta, les yeux pleins de larmes. « Molly est-elle au courant pour l'argent ?

— Non. Je partais justement chez elle. Clay a trouvé quelqu'un pour le remplacer à l'hôpital et je lui ai demandé de me rejoindre chez Molly. Elle aura sans doute besoin d'une autre injection. »

Franck se leva du lit et se dirigea lentement vers la porte, les épaules avachies. « Franck ? » Il se retourna et la regarda. « C'est fini, n'est-ce pas ? »

Rebecca ne l'avait jamais vu si triste, si abattu. « J'ai bien peur que oui, chérie. » Il secoua la tête. « Pauvre petit Todd. »

II

Rebecca tenta de rester au lit un moment pour rassembler toutes ces informations, pour réfléchir à un moyen de retrouver Todd sans que le kidnappeur ait récupéré sa rançon, mais elle n'en trouva pas. Le seul espoir reposait sur elle. Elle avait besoin d'une vision qui lui dirait exactement où trouver Todd. Mais elle ne sentait aucune migraine venir et le temps était compté.

La nuit dernière, quand elle était rentrée du parc, elle avait fait une cafetière de déca et s'était assise dans la cuisine, démoralisée. Franck était entré un moment après, pour savoir comment s'était passée la remise de rançon. Il avait une mine horrible, le teint gris et fatigué. Elle lui avait raconté qu'ils n'avaient remarqué personne prendre la rançon.

« Cela ne me surprend pas, avait-il dit. Il va attendre que le parc soit vide.

— Mais cela le ferait plus remarquer, avait déclaré Rebecca. Ils ne ferment pas les toilettes, la nuit ?

— Je suis sûr que ce type sait crocheter une serrure. En plus, les toilettes étaient sans doute bondées ce soir. Il se serait fait repérer s'il avait fouillé dans les poubelles. Courage, chérie. Je te parie que l'argent aura disparu demain matin. »

Mais ce n'était pas le cas. Et il fallait annoncer cette horrible nouvelle à Molly. Et il ne pouvait même pas s'en remettre à Bill car ils lui avaient tout caché. Il allait être furieux. Mon Dieu, quel bazar !

Rebecca décida de parler à sa mère. Franck l'avait sans doute déjà mise au courant. Elle était sans doute aussi perturbée que Rebecca. Elle passa un peignoir et alla jusqu'à la chambre de Suzanne.

Elle entra sans frapper et trouva sa mère couchée à moitié hors du lit, la bouche ouverte, une bouteille de vin renversée à côté d'elle sur le sol. Rebecca ne pouvait pas le croire. Sa mère avait été si bien hier et le soir d'avant. Et maintenant elle était là, allongée, complètement ivre, inconsciente. Qu'était-il arrivé à ses bonnes intentions ? Qu'était-il arrivé à ses convictions que tout le monde avait besoin d'elle, surtout Molly ?

Rebecca, hors d'elle, se dirigea vers le lit et secoua très fort sa mère. « Réveille-toi, dit-elle sèchement. Réveille-toi, voyons. J'ai de mauvaises nouvelles. »

Suzanne bougea la bouche et marmonna mais elle n'ouvrit pas les yeux. Rebecca ramassa la bouteille de vin, la posa sur la table de nuit, puis redressa sa mère dans le lit. « Maman, ouvre les yeux ! ordonna Rebecca. Comment as-tu pu faire ça ? C'était si important hier soir. Trop important pour que tu restes sobre ? C'est ça ? Je t'ai dit d'ouvrir les yeux !

— Beck, où est Zonie ? bafouilla Suzanne. T'as trouvé Zonie ?

— Jonnie est mort, répondit brutalement Rebecca. Et Todd va sans doute aussi mourir. Personne n'est venu ramasser la rançon. Tu m'entends ?

— J'essaie. Je n'arrive pas à réfléchir.

— Ouvre les yeux.

— J'peux pas. Je ne sais pas ce qui m'arrive.

— Tu es bourrée, voilà ce qu'il y a. Maman, je suis si furieuse contre toi que je pourrais... » Rebecca s'assit sur le lit. « Je ne t'ai jamais vue aussi saoule. Qu'est-ce qui t'a pris ? »

Suzanne bougea la tête. « J'sais pas. Pas dîner. Attendu. Musique. Après j'me souviens p'us. Désolée. Vraiment désolée. Mais j'me souviens p'us.

— Merveilleux. Tu es d'un grand secours, comme d'habitude. » Rebecca regarda sa mère, dégoûtée et confuse. « Peu importe. Reste allongée et dessaoule. Repose-toi sur Franck comme d'habitude. C'est lui qui est allé dire à Molly que personne n'est venu chercher la rançon et que nous ne savons toujours pas où se trouve Todd.

— Oh mon Dieu, murmura Suzanne. Oh mon Dieu. Je veux vous aider.

— Eh bien, il est évident que tu ne le peux pas. Passe une bonne journée, Maman », gronda Rebecca avant de sortir de la chambre en trombe.

Mais malgré toute sa rage, elle était profondément meurtrie. Elle avait été si encouragée et si fière de sa mère hier. Cette femme avait subi deux chocs terribles – la mort de son mari et celle de son fils. Puis elle s'était abandonnée à une faiblesse que Rebecca ne connaissait pas. Après tout, l'alcoolisme était une maladie. Ça, elle le savait. Mais Suzanne avait l'air tellement sincère quand elle essayait de sortir du trou. Et la nuit dernière, une nuit si importante, elle avait replongé. Comment avait-elle pu ?

Rebecca descendit pour prendre un café. « M. Hardison m'a dit qu'il partait voir Mlle Molly. Il ne m'a pas dit pourquoi, mais j'ai vu qu'il s'agissait d'une mauvaise nouvelle. Sais-tu quelque chose à propos de Todd ? » lui demanda Betty.

Elle ne pouvait pas parler à Betty de la rançon avant d'en avoir parlé à Bill. Et sans pouvoir parler de leur échec, elle ne pouvait pas expliquer que les choses étaient maintenant pratiquement sans espoir pour Todd. « Je sais qu'il est en vie. Je sais aussi qu'il est malade », dit-elle sans mentir.

Betty mit ses mains à sa bouche. « Oh Seigneur. Pauvre petit bout.

— Betty, tu n'es pas venue la nuit dernière, n'est-ce pas ?

— Non. Ta mère m'a renvoyée dans mes appartements de bonne heure. Elle m'a dit que j'avais l'air fatigué. Pourquoi ? J'aurais dû faire quelque chose ?

— Non. C'est juste Maman. Elle est tellement saoule ! »

Betty fronça les sourcils. « Quoi ? Après son si beau rétablissement ?

— Je sais. Je suis complètement déconcertée parce qu'elle est nettement plus saoule que d'habitude. Elle a dû s'en donner à cœur joie hier.

— Eh bien, elle était très éprouvée par Todd. Mais quand même...

— Je me demande ce qui a bien pu provoquer cela.

— Pas la moindre idée, chérie. On dirait que les choses ne font qu'empirer de plus en plus, ici. »

C'est une évidence, pensa Rebecca en se douchant et s'habillant. Il y a une semaine, elle était en route pour Sinclair. Aujourd'hui, c'était comme si elle avait toujours vécu ici et que les ennuis n'avaient jamais cessé. Sa présence avait peut-être envenimé les choses. En tout cas, elle n'avait rien arrangé.

C'était pour cela qu'elle n'avait pas voulu aller chez Molly. Molly lui en voulait déjà de ne pas être plus utile au sujet de Todd. Franck devait lui annoncer une nouvelle dévastatrice. Qu'aurait changé la présence de Rebecca, sinon aggraver son échec aux yeux de Molly comme aux siens ? Non, pour leur salut à toutes les deux, elle resterait à la maison. Elle espérait que Clay avait donné un sédatif à Molly et qu'elle était en train de dormir sous les soins affectueux d'Esther. Dieu merci, Jean Wright n'était plus dans le coin à l'importuner.

Clay appela environ quinze minutes plus tard. « Je suis de retour à l'hôpital. Je récupère.

— Alors les choses se sont mal passées avec Molly ?

— Mon Dieu, Rebecca, je n'avais jamais vu tant de souffrance morale. J'aurais préféré qu'elle se mette à hurler. Mais elle était là à nous regarder. Elle était partie, quelque part au plus profond d'elle-même, et elle ne disait rien. Je lui ai donné un sédatif.

— Crois-tu qu'elle sortira de cet état ou va-t-elle plonger dans le coma ?

— Les gens tombent rarement dans le coma à cause d'un choc émotionnel. Elle s'en sortira. Mais je ne sais pas ce qui se passera ensuite. Elle aura sans doute besoin de l'aide d'un psychiatre.

— Oh, Clay, écoute-nous. On parle comme si Todd était déjà mort.

— Rebecca, dit-il hésitant, s'il a vraiment l'appendicite et qu'on ne le trouve pas aujourd'hui...

— Je sais. Si seulement les choses avaient été différentes. Si seulement Larry avait pu prendre l'argent.

— Larry ?

— Oui. Franck pense qu'il était le ravisseur et qu'il n'a pas pu récupérer l'argent parce qu'il était déjà mort.

— Hum. Eh bien je pense que c'est une théorie comme une autre. C'est juste que tout ça ne ressemble pas à Larry.

— Pourquoi ? Parce qu'il était si futé ?

— Non. Parce qu'il était très impatient. Le kidnappeur a attendu des jours avant de demander la rançon. On ne sait pas pourquoi, mais peu importe, j'ai du mal à imaginer Larry s'occuper d'un enfant pendant presque une semaine avant de demander l'argent. Larry voulait tout, tout de suite. Du moins avant. Et il aurait pris un grand risque en voulant cacher l'enfant si longtemps. Ça n'a pas de sens, soupira-t-il. Mais qu'est-ce que j'en sais après tout ?

— Tu connaissais Larry beaucoup mieux que Franck et moi. » Rebecca fit une pause. « Si c'est Larry qui a enlevé Todd, crois-tu que Lynn le savait ?

— Si elle savait où Todd est retenu prisonnier, elle l'aurait rendu à sa famille. Elle n'est pas très sympathique, mais ce n'est pas Larry. Et elle n'aurait pas voulu que cela rejaillisse sur Larry. Elle n'aurait pas laissé tomber son frère, mais elle aurait arrêté ses plans si elle avait pu. Alors je dirais que si c'est Larry qui a enlevé Todd, soit elle n'était pas au courant, soit elle ne savait pas où il était.

— Attends un peu qu'elle apprenne que Larry a été tué. Tu devrais peut-être bien t'arrêter chez Doug et lui donner un sédatif à elle aussi.

— Comme je suis un ange, j'y ai déjà pensé. J'ai appelé mais personne n'a décroché. Ils devaient être avec la police. Ou alors, si elle est hystérique, Doug l'aura sans doute emmenée aux urgences.

— J'ai du mal à imaginer Lynn hystérique. Je suppose que Franck est sur le chemin du retour.

— Il devrait. Il n'a pas l'air très bien. Oh, pas mal, dit Clay rapidement. Seulement fatigué. Mais il ne restera pas longtemps à la maison. Esther ne veut pas laisser Molly toute seule et elle a demandé à Franck d'aller à la pépinière pour lui rapporter des choses, étant donné qu'elle va rester quelques jours de plus. Elle lui a fait une liste. Franck m'a dit qu'il était ravi de le faire. Il m'a dit aussi qu'il y avait du travail à faire à la pépinière – quelque chose au sujet d'un étang qui devait être dragué et du toit de la maison qui devait être changé – mais Esther ne voulait pas le laisser dépenser un centime pour cet endroit. Il m'a dit qu'il allait en profiter pour jeter un coup d'œil, et faire venir une équipe lundi matin pour établir un devis, et avec un peu de chance, faire réaliser les travaux durant l'absence d'Esther.

— C'est vrai que cet endroit a besoin de travaux, dit Rebecca. Lundi dernier, j'ai remarqué que l'étang était en triste état. Avant, il était magnifique. Tout cet endroit était magnifique. Franck a grandi là-bas, tu sais. Ou presque, en fait le frère de son père et Esther l'ont accueilli enfant après la mort de ses parents. Jonnie, Doug et moi avons toujours adoré la pépinière. Et je suis sûre que Franck aussi.

— Eh bien je suis sûr qu'il veut qu'elle reste en bon état. Et Esther est une boule de feu. Je suis sûr que tu seras comme elle quand tu auras soixante-dix ans.

— J'espère », répondit vaguement Rebecca, en pensant à sa mère. Mon Dieu, et si elle devenait comme Suzanne ?

« Quels sont tes projets pour la journée ?

— Traîner ici et voir si je peux me rendre utile. Et toi ?

— Je suis de retour à l'hôpital. Ils vont me virer si je continue à prendre des heures.

— En dépit de tout ce charme dont tu n'arrêtes pas de me parler ?

— Tu ne l'as toujours pas remarqué ? Il faudra que j'essaie encore plus. »

Non, ce ne sera pas utile, pensa Rebecca. Son charme était déjà assez important pour qu'elle ne puisse pas y résister. Mais le romantisme n'avait jamais eu de prise sur elle. En fin de compte, son don était trop difficile à gérer pour les hommes, surtout quand ils commençaient à croire qu'elle pouvait lire dans leurs pensées, ce qu'elle n'avait jamais été capable de faire. En plus, Clay avait sa vie à Sinclair et elle ne pourrait jamais revivre à Sinclair, surtout s'ils perdaient Todd.

« As-tu repensé à la fête d'anniversaire de mon père, demain ?

— Je crois vraiment que c'est une histoire de famille », dit Rebecca. Ses pensées la faisaient paraître plus tendue qu'elle ne voulait le montrer. « Et je n'ai pas été invitée par ta mère.

— Je lui demanderai de t'appeler.

— Non. S'il te plaît. Je ne veux pas être malpolie, mais je ne peux pas aller à cette fête, demain.

— Je comprends. » Clay parut un tant soit peu échaudé. « J'aurais dû penser à ce que tu ressentais. Je t'appelle plus tard, d'accord ?

— Oui. Parfait. Au revoir, Clay. »

En raccrochant, elle se sentit misérable. « La Princesse au cœur de glace », dit-elle tout haut, déconcertée. Clay comptait pour elle. Clay comptait même beaucoup pour elle. Et elle venait de le rembarrer comme si c'était un démarcheur empoisonnant. Après tout ce qu'il avait fait pour elle. En dépit de ce qu'elle ressentait pour lui. Elle devait lui présenter des excuses. Mais qu'allait-elle dire ? « Désolée. Je suis folle de toi mais tu me fais une peur bleue. Alors va-t'en et laisse-moi seule. »

« Au diable », dit-elle à voix haute. Elle n'avait pas remarqué Sean qui était à ses pieds. Il leva les yeux vers elle et redressa la tête. « Tu m'as entendue. Au diable. L'amour n'est que souffrance. »

Rebecca agitée déambula dans la maison pendant environ vingt minutes. Puis elle repensa à Clay qui lui avait dit que Franck n'avait pas l'air très bien. Et il était en train de déambuler dans la chaleur sur les quatre hectares de chez Esther. Elle ne savait pas si les employés travaillaient là-bas aujourd'hui, et si Franck faisait une autre attaque, il serait seul.

Elle attacha Sean. « Prêt pour retourner à la pépinière ? » Elle retrouva Betty à la cuisine. « Franck est parti chez Esther. Je crois que je vais sortir aussi pour m'assurer qu'il va bien. Veux-tu bien aller voir Maman de temps en temps ? Elle est vraiment très mal. J'aimerais ne rien en avoir à faire, mais je m'inquiète. »

Betty lui sourit : « C'est normal que tu t'en fasses pour elle. C'est ta mère et tu l'aimes. Mais ne t'en fais pas, je veillerai sur elle, dit-elle. Et toi, tu t'occupes de M. Hardison. Nous ne voulons plus de bouleversements dans cette famille. »

Rebecca coupa la climatisation et ouvrit la vitre de la voiture. Sean passa la tête au-dehors, ses poils volaient et ses oreilles claquaient alors qu'il arborait un sourire heureux un peu bête. Rebecca aurait voulu pouvoir sourire, mais elle ne pouvait penser qu'à Todd. Était-il en train de mourir, seul et apeuré ? Ou était-il déjà mort ? Elle frissonna en se rappelant ses yeux cannelle, ses fous rires qui semblaient venir du plus profond de son être, sa curiosité incessante, sa joie de vivre. Peu importe ce qui arrivait, la foi intense d'Esther lui faisait croire que chaque chose avait une explication. Rebecca aurait voulu pouvoir y croire aussi. Mais c'était impossible. Quelle raison pouvait-il y avoir à déposséder un enfant pur et heureux comme Todd de toutes ces années de vie qu'il avait encore devant lui ?

Elle était tellement perdue dans ses pensées qu'elle faillit louper le virage qui menait à la pépinière des Saules Frémissants. La Thunderbird souleva de la poussière malgré la pluie récente qui n'avait pas eu beaucoup d'effet après la longue sécheresse. Au loin, se dessinaient l'énorme maison blanche et devant, la Mercedes de Franck.

Rebecca se gara devant la maison. En passant devant la voiture de Franck, elle remarqua que les veilleuses étaient allumées. Il doit avoir appuyé sur le bouton par mégarde, pensa-t-elle. Elle ouvrit la portière et se pencha pour regarder le tableau de bord. Elle avait l'impression d'être dans le cockpit d'un jet. Combien d'options avait cette voiture ? Alors qu'elle jetait un œil à tous les boutons de commande, Sean sauta à côté d'elle et s'installa sur le siège passager. « Nous n'irons nulle part avec sa voiture, lui dit-elle distraitement. Et ne mets pas de trace de museau sur les vitres. Franck me tuerait. »

Elle continua à observer le tableau de bord. Sean resta assis, impatient un moment, puis il sauta sur la banquette arrière. Quand elle eut enfin trouvé le bon bouton pour éteindre les veilleuses, il était en train de renifler une couverture blanche. « Arrête ! » ordonna Rebecca. Mais Sean continuait à renifler, et à essayer de tirer la couverture vers le siège avant. « Mais que t'arrive-t-il ? Ta couverture en acrylique préférée ne te suffit plus ? Il te faut de la laine vierge ? Tu n'es qu'un chien gâté. »

Elle l'obligea à lâcher la couverture, même s'il la fixait de ses yeux marron et bleu, et elle le sortit de la voiture. « Nous nous arrêterons chez McDonald's et je t'achèterai un hamburger pour te consoler, ça te va ? » Sean continuait à la regarder fixement. « D'accord, un cheeseburger royal. Et une glace. Après tu pourras avoir une indigestion mais tu seras fier d'avoir prouvé qui était le patron. Es-tu amoureux de la Mercedes ? J'ai une mauvaise nouvelle pour toi, mon gars : on ne peut pas se le permettre. Allez, viens maintenant. »

Sean tirait alors qu'ils montaient les marches du perron. La porte d'entrée était ouverte et Rebecca pénétra dans le hall frais. « Franck ? » appela-t-elle. Pas de réponse. Mais elle vit un sac à provisions posé près de la porte. Elle y jeta un œil et vit des sous-vêtements, un jean, une brosse à dents neuve et un exemplaire de *Autant en emporte le vent.* Quand le téléphone de l'entrée se mit à sonner, Rebecca sursauta. Elle décrocha le combiné.

« Rebecca, c'est toi ? demanda Esther.

— Oui. Clay m'a dit que Franck n'avait pas l'air très bien après avoir quitté Molly, alors j'ai décidé de le rejoindre ici, pour m'assurer qu'il allait bien.

— Et alors ?

— Je ne l'ai pas encore trouvé. » Elle s'assit sur le fauteuil du bureau. « Il a rassemblé quelques affaires à toi dans un sac près de la porte, mais il a dû sortir pour faire le tour de la maison.

— Alors je suis heureuse de tomber sur toi. J'ai oublié de lui demander de ramener une bouteille neuve de Prinivil. Elle est dans l'armoire à pharmacie.

— C'est quoi du Prinivil ?

— Un traitement pour la tension. Mais ne commence pas à te faire du souci.

— D'accord, même si tu ne m'as jamais parlé de ta tension. Je vais mettre le médicament dans le sac pour toi. Comment va Molly ?

— Elle dort. Clay a dit qu'il reviendrait ce soir pour lui donner un autre sédatif.

— Elle en aura besoin. Esther, je ne crois pas qu'il y ait beaucoup d'espoir. »

Esther resta silencieuse un moment. Puis elle dit : « Rebecca, il y a toujours de l'espoir. Jusqu'à ce que nous trouvions le corps de Todd, il y aura de l'espoir.

— J'espère », dit Rebecca un peu perdue, sans vraiment croire aux paroles d'Esther. La foi d'Esther était si forte que sa croyance ne s'ébranlerait pas. Elle ne l'avait pas été, huit ans plus tôt, quand Jonnie avait disparu ; pas tant qu'elle n'avait pas été confrontée à son corps sans vie. Et même alors, elle n'avait pas perdu espoir. Elle disait que Jonnie continuerait à vivre, que son âme avait rejoint la protection bienveillante de Dieu.

Si seulement j'avais cru à cela, pensa Rebecca alors que ses yeux s'attardaient sur un ouvrage au point de croix qui était accroché au-dessus du bureau de l'entrée. C'était de l'excellent travail. Les lettres étaient rose foncé, le dessin du dessus en bleu foncé, le tout sur un fond bleu pâle...

Rebecca se leva de son siège pour mieux observer l'ouvrage :

Rebecca se sentait comme si toutes les commandes de son corps avaient cessé de fonctionner pendant un moment. Elle ne pouvait pas quitter le point de croix des yeux. Les vieux souvenirs remontaient à la surface. Les souvenirs plus récents revenaient comme des flashs. Elle finit par entendre Esther qui lui demandait « Rebecca, tu es toujours là ? Tout va bien ?

— Esther, je suis en train de regarder le point de croix qui est au-dessus du bureau dans l'entrée, dit-elle lentement. Depuis combien de temps est-il ici ?

— Le point de croix ? » Esther parut étonnée. « C'est ma mère qui l'avait fait, ma chérie. La vitre a protégé les couleurs, mais il est accroché ici depuis que je suis enfant. Soixante ans peut-être. Pourquoi ?

— Je l'aimais bien quand j'étais petite, n'est-ce pas ?

— Oui. Étrange que tu t'en souviennes.

— Et les autres l'aimaient aussi, n'est-ce pas ? Doug aussi ?

— Oui, Rebecca. Il était fasciné par les bateaux. Alors il était naturellement attiré par une image avec une ancre. Je vous avais raconté à tous les deux que, sur les vieux dessins chrétiens, l'ancre symbolisait le Salut et l'Espérance. Il passait souvent du temps à la regarder. » Elle s'arrêta. « Je n'ai jamais raconté cela à personne, mais un jour j'ai trouvé une photo déchirée de la mère de Doug. Il avait dessiné le symbole de l'ancre au dos. »

L'esprit de Rebecca se mit en mouvement. Le mausolée. Doug avait vécu chez les Ryan, il savait où se trouvaient les clés et il était encore souvent là-bas. Et le symbole sous la plaque de Jonnie, le symbole qu'elle avait regardé avec horreur, en pensant qu'il s'agissait d'une croix inversée. Ce n'en était pas une. En y repensant calmement, elle se rappelait que la croix était incurvée. C'était en fait une réplique grossière de l'ancre brodée que Doug avait pour habitude de regarder quand il était enfant. Pour lui, elle signifiait Salut et Espérance.

« Rebecca, est-ce que tu vas bien ? s'empressa de demander Esther. Tu parais bizarre. Je sais que tu es bouleversée à cause de Todd et que tu veux trouver Franck, mais peut-être devrais-tu rentrer. Je peux demander à quelqu'un de venir te chercher. Oui, ce serait mieux. Tu ne devrais pas conduire...

— Je dois y aller, Esther », dit soudain Rebecca avant de raccrocher.

III

Franck. Elle devait trouver Franck et lui parler de Doug. Son propre fils. Pourquoi Doug avait-il dessiné cet emblème sous la plaque de Jonnie – sinon parce qu'il se sentait responsable de l'avoir kidnappé et tué, lui qui le détestait ? Et s'il l'avait fait une fois...

Rebecca attrapa la laisse de Sean et ils traversèrent la maison jusqu'à la porte de derrière. Elle resta debout sans bouger un moment, laissant ses yeux s'habituer à la lumière. Elle voyait parfaitement les serres, les portes étaient fermées et il semblait ne pas y avoir d'activité à l'intérieur. On était samedi mais, apparemment, Esther avait donné leur journée à ses deux employés.

« Franck ! appela Rebecca. Franck, où es-tu ? »

Rien d'autre que le son des oiseaux qui gazouillaient. Qu'avait dit Clay ? Franck voulait inspecter la propriété et l'étang. Il devait être là-bas.

Elle sortit à vive allure et passa devant les serres. Sean devait penser qu'ils partaient en expédition et il se mit à galoper à ses côtés. Elle s'arrêta et détacha sa laisse, sachant qu'il ne s'aventurerait pas bien loin en terrain inconnu.

Sans Esther et ses employés, les Saules Frémissants paraissaient bien isolés malgré les rayons du soleil. Elle ne se souvenait pas d'avoir jamais vu l'endroit si désert étant enfant. Mais à l'époque, elle était souvent avec Jonnie et Molly. Et parfois Doug. La seule pensée de son nom la glaça. Était-il possible qu'il ait enlevé Todd ? Il avait l'air si concerné, presque frénétique cette dernière semaine. Mais qu'en était-il d'hier et de sa fausse excuse pour ne pas venir avec elle déposer la rançon ? Avait-il été pris de remords ? Ou avait-il été pris de panique que Rebecca ne le démasque ? Après tout, il ne semblait pas croire en ses visions.

Alors que Rebecca se rapprochait de l'étang, elle ne vit aucun signe de Franck. Zut, pensa-t-elle. Où pouvait-il bien être ? Allait-elle être obligée de parcourir les quatre hectares pour le trouver ? Ou s'étaient-ils manqués ? Peut-être était-il déjà retourné à la maison ? Si tel était le cas, il avait dû voir la Ford et devait être en train de l'attendre.

Rebecca s'était arrêtée et se demandait si elle devait poursuivre son chemin ou retourner vers la maison quand elle entendit Sean aboyer. Elle regarda à sa droite et vit le chien à la porte de la vieille cabane des Leland. Il était solidement assis, aboyant d'un ton régulier, et regardait sans cesse à droite et à gauche comme s'il s'attendait à la voir arriver.

« Je suis là, Sean ! appela-t-elle. Viens, mon garçon. » Mais le chien ne bougea pas. « Sean, on rentre maintenant. Viens ! »

Sean se retourna vers la porte et aboya trois fois, très fort.

Rebecca fit quelques pas vers lui. « Sean. Personne n'habite là-dedans. Il n'y a rien à l'exception peut-être de quelques souris, et tu n'es pas un chat. Allez, viens maintenant. »

Sean ne la regardait pas. Il sauta sur ses pattes arrière pour gratter la porte d'entrée en gémissant. Il se laissa descendre, la regarda puis recommença.

« Mais qu'est-ce qui t'arrive ? » demanda-t-elle et au même moment elle s'imagina que Franck avait pu entrer dans la cabane et avoir un malaise. Son cœur...

Elle courut vers la cabane. Sean tournait en rond et il se remit à sauter sur la porte.

Rebecca tourna la poignée de la porte qui était toujours verrouillée. Elle s'ouvrit violemment vers l'intérieur. Comme les portes du mausolée. Cette comparaison lui fit peur. Jusqu'à présent les portes qu'elle avait trouvées ouvertes ne lui avaient rien apporté de bon.

Rebecca pénétra à l'intérieur. « Franck ? » Sa voix paraissait creuse dans cette vieille cabane moisie. Elle regarda par terre. Pas d'empreintes dans la poussière. Pas de poussière. Esther nettoyait-elle régulièrement cet endroit ? Il avait une valeur historique et Rebecca savait que Esther tentait de le préserver mais de là à y faire le ménage comme dans sa propre maison... Peut-être avait-elle donné des instructions à son équipe.

Sean sautait comme un fou tout autour des petites pièces. D'habitude, dans un endroit inconnu, il restait plutôt sur ses gardes. Mais pas aujourd'hui. Quelque chose n'allait pas, ce qui la persuadait que Franck était là. Peut-être n'avait-il pas répondu parce qu'il était inconscient.

La cabane avait une pièce que Rebecca appelait la cuisine, même si à l'époque la cuisine était faite dans la grande cheminée de la pièce principale. Dans la cuisine, il y avait des étagères dissimulées derrière des portes de placard, un petit renfoncement avec un baquet qui servait à laver le linge et à prendre le bain hebdomadaire et des casiers pour entreposer les légumes. En plus de la cuisine, il y avait trois chambres, un chiffre impressionnant étant donné l'époque où la cabane avait été construite. L'une des chambres était plus grande que les deux autres et pouvait recevoir les vieux Leland et le berceau ou le lit d'enfant suivant l'âge du petit dernier. Toutes les chambres étaient vides aujourd'hui, les vieux meubles avaient été vendus il y a longtemps. La cabane avait une porte de derrière. Rebecca la déverrouilla et sortit sous le porche étroit. La végétation, arbres et arbustes, avait poussé sur le chemin. Franck restait invisible.

Rebecca rentra dans la cabane. Sean était à nouveau dans la pièce principale, il grattait les étagères dans un coin. Rebecca ouvrit les portes du placard et n'y vit que de la poussière et quelques mouches mortes. Sean continuait de gratter. « Il n'y a rien ici, mon garçon. Il est temps de partir. »

Elle referma les portes du placard et se dirigea vers la porte principale de la cabane. Sean s'élança soudain devant elle, pour bloquer la porte. Il se mit à grogner. « Mais qu'est-ce qui se passe ? s'écria Rebecca. Tu n'as pas grogné après moi depuis la première semaine où je t'ai trouvé. » Il se rapprocha en grognant. Elle recula d'un pas et il la suivit en grognant. Ils continuèrent ainsi jusqu'à ce qu'elle se retrouve à nouveau devant les étagères du coin, et Sean se remit à gratter après les portes. Il aboya et aboya et aboya encore.

Et Rebecca finit par entendre. Un son si faible qu'elle croyait l'avoir imaginé. Un semblant de son. Sean aboya encore, agité. « Chut ! » siffla Rebecca. Elle ouvrit les portes du placard et passa sa tête entre deux étagères.

« Cl... Clochard ? »

Elle sursauta. Clochard ? Était-ce bien ce qu'elle venait d'entendre ? Une toute petite voix faible qui avait dit Clochard ? « Todd ! cria-t-elle. Todd Ryan ! »

Un sanglot. Brouillon et faible.

Rebecca était déchaînée. Elle arrachait les étagères en s'écorchant les mains. Sean les grattait et les tirait aussi comme s'il pouvait passer à travers le bois. Rebecca tira sur les étagères pour voir si elle pouvait les décrocher du mur. Elle agrippa finalement le coin de la quatrième et sentit un léger mouvement. Elle tira plus fort. Un autre mouvement accompagné d'un craquement. Elle tira une troisième fois et, enfin, l'ensemble des étagères vola du mur et elle découvrit des marches de bois bruts qui conduisaient dans l'obscurité. Une lampe-torche était posée sur la dernière marche. Elle l'attrapa et éclaira le bas des marches, vers le sol poussiéreux et vers un petit tas caché sous une couverture blanche.

21

I

Rebecca éclaira les planches étroites et descendit en faisant attention. Il ne manquerait plus qu'elle tombe et qu'elle se rompe le cou. Quand elle eut atteint le bas, elle écarta la couverture. Des cheveux roux, un visage pâle et tendu, les lèvres craquelées, humide de sueur. Les yeux étaient fermés.

« Todd, dit-elle doucement. Todd. »

Rien. Pas même un battement de cils. Elle dégagea les cheveux de son front brûlant. « Todd, s'il te plaît, essaie d'ouvrir les yeux. Parle-moi. »

Sa bouche s'ouvrit doucement. « Clochard, dit-il d'une voix faible. Tu es venu comme pour le bébé. Sauve le bébé. Le rat... »

Il était en train de s'éteindre sans pouvoir ouvrir les yeux. Mon Dieu, il est si malade, pensa Rebecca, affolée. Il avait réussi à déchirer son bâillon avec ses dents. Il tremblait violemment sous cette fine couverture, dans ce trou horrible et sombre. Un seul regard à ce visage lui avait confirmé qu'il était en train de mourir. Où avait-il trouvé la force d'appeler quand il avait entendu Sean aboyer ?

Rebecca posa la lampe-torche par terre. Elle s'accroupit, mit doucement ses bras sous lui et le souleva. Il gémit péniblement. « Je suis désolée, mon bébé. Je ne voulais pas te faire mal, mais il faut que je te sorte d'ici. »

Elle commença à remonter, doucement, avec précaution. Il était si facile de tomber de ces marches minuscules qui menaient à un endroit où les Leland devaient se réfugier quand les Indiens venaient marauder dans le coin. Elle n'avait jamais entendu parler de cette cachette. Esther l'avait intentionnellement gardée secrète, de peur que les enfants s'y blessent en voulant l'explorer. Doug devait l'avoir découverte.

À mi-chemin Rebecca fit une pause. Elle était en nage et ses bras tremblaient sous le poids de Todd et sous l'effort qu'elle faisait pour placer ses pieds correctement sur les planches étroites. Sean était devant elle, il regardait en bas. « On est presque arrivé, mon chien. S'il te plaît, reste en haut et ne viens pas dans mes jambes. »

Après trois profondes inspirations, elle se remit à grimper. Elle jeta un œil à Todd. Il respirait, même s'il n'avait toujours pas ouvert les yeux. Il murmurait de temps en temps. « Maman » puis « Clochard » et même « Becky », à sa grande surprise.

Quand elle eut atteint le haut de l'escalier, Sean avait disparu. Bien, se dit-elle, le passage est dégagé. La distance qui séparait la marche du haut du sol de la cabane était plus importante que l'espace entre les marches. Elle inspira à nouveau à fond, leva la jambe droite, posa solidement son pied sur le sol et se hissa dans la cabane.

« Dieu merci », murmura Rebecca. Puis elle se retourna et vit Doug qui se tenait debout juste devant la porte de la cabane. Elle vit aussi le revolver dans sa main droite qui pendait le long de son corps. Il la regardait bêtement, sans aucune expression sur le visage, puis il dit platement : « Alors tu l'as trouvé. »

II

La panique s'empara de Rebecca à la vitesse de l'éclair. Puis à son grand étonnement, elle redevint d'un calme absolu. Elle savait que c'était une réponse atavique à un danger extrême, un moyen de survie génétiquement enfoui.

« Oui, Doug, n'est-ce pas merveilleux ? » Elle lui adressa un sourire rayonnant. « En fait, ce n'est pas vraiment moi qui l'ai trouvé, c'est Sean. » Sean était assis, il regardait Doug. Il connaissait Doug. Celui-ci ne faisait aucun geste menaçant, alors Sean n'était pas sur la défensive. « Je n'y crois pas. Et il est vivant !

— Il est vivant ? »

Pas de débordement. Rien.

« Oui. Mais il est très malade. Il faut l'emmener tout de suite à l'hôpital. » Rebecca commença à se diriger lentement vers la porte. « Je ne comprends pas que cet endroit n'ait pas été fouillé après sa disparition.

— Ils ont fouillé la cabane, mais pas la cachette.

— Pourquoi ?

— Personne ne la connaissait.

— Pas même Esther ?

— Je suppose que non. Les Saules Frémissants appartenaient à son mari. C'était un homme étrange. Il lui cachait beaucoup de choses. Mon père me l'a dit.

— Mais toi tu la connaissais.

— Non. J'ai juste suivi les bruits.

— Je vois. » C'était sans doute un mensonge, mais elle devait faire comme si elle le croyait. « Eh bien, Doug, il faut vraiment que nous emmenions Todd à l'hôpital. Il est vraiment très malade. Je crois qu'il est en train de mourir. »

Doug restait debout, inébranlable. Il se tourna légèrement sur la droite pour lui faire face. La porte de la cabane se trouvait aux trois quarts de l'espace libre qui était derrière lui, mais il ne fit aucun mouvement vers elle ou même vers Rebecca. Il restait là à la regarder, et à regarder la masse qu'elle portait, les yeux morts, le visage hagard, ravagé. « Larry est mort, tu sais.

— Oui, je sais. Je pense que c'était lui, le kidnappeur. Il a été tué avant d'avoir pu récupérer la rançon.

— Non. Il a été tué parce qu'il essayait de faire chanter le kidnappeur. Il n'y avait pas d'autre moyen pour le faire taire. Mais Lynn ne s'en remettra jamais. Jamais. »

Le stratagème de Rebecca ne fonctionnait pas, Doug n'allait pas nier qu'il était le ravisseur, il n'allait pas l'aider à emmener Todd à l'hôpital et n'allait même pas la laisser sortir de la cabane. Il allait l'abattre ici même. Elle et Todd mourraient. Franck était son seul espoir.

« J'ai des crampes dans les bras, dit-elle sincèrement. Il faut que je pose Todd quelques minutes. » Doug ne dit rien alors qu'elle déposait le corps inerte de Todd sur le sol. Cette fois ses paupières remuèrent, mais il n'ouvrit toujours pas les yeux. Il était toutefois toujours en vie.

Rebecca se releva doucement et se frotta les bras. « Te rends-tu compte à quel point Molly va être heureuse ? Je crois qu'elle avait perdu espoir après l'échec de la rançon. » Doug percevait-il la joie qui sonnait faux dans sa voix, le soulagement feint ? « C'est un miracle, Doug.

— Mais Simplet est mort. Et Mlle Vinson. Et Larry. Todd mourra sans doute aussi. Il est tellement malade. »

Il regarda l'enfant couché sur le ventre et ses yeux s'emplirent de larmes. Comment pouvait-il pleurer ? se demanda Rebecca. Comment ce fils de pute pouvait-il rester là à pleurer après tout ce qu'il avait fait ? Mais ce n'était pas le moment d'essayer de l'analyser. Son regard parcourait son corps, un corps un tout petit peu plus grand que le sien, un corps obèse et flasque. Mou. La main qui portait le revolver se mit à trembler. Ses épaules étaient rentrées.

Rebecca s'arma de courage et bondit. Ils n'étaient séparés que de quelques mètres. Au moment où Doug releva les yeux, elle était à moins d'un mètre de lui. Elle se tourna légèrement, se remplit de toutes ses forces et percuta son épaule droite avec la sienne. Il poussa un cri, en s'étalant sur la tranche de la porte ouverte qui céda sous le poids de son corps avant de s'abattre contre le mur. Rebecca passa devant lui, sans regarder en arrière pour voir s'il était tombé, bien qu'elle eût entendu le revolver cogner sur le sol en bois. Elle était à l'extérieur et courait aussi vite qu'elle pouvait en hurlant « Franck ! » le plus fort possible.

Elle prit la direction de la maison. Elle gardait les yeux au sol, consciente que le terrain était plein de terriers. Elle ne voulait pas tomber. Au milieu d'une enjambée, elle vit un énorme trigonocéphale sous son pied. Elle parvint à l'éviter mais trébucha. Reprenant son équilibre, elle se remit à courir sans réfléchir. Elle se dirigeait vers l'étang. « Franck ! » hurla-t-elle, hystérique. « Franck ! »

L'étang était juste devant elle. L'étang. Mais quelle idiote ! Maintenant il fallait qu'elle le contourne plutôt que de continuer en ligne droite. Rebecca fit une embardée dans l'herbe haute, elle voulait couper par la gauche, pour reprendre son chemin vers la maison, mais un poids lourd la jeta au sol dans un bruit sourd.

Doug. Il lui avait coupé le souffle et elle était allongée face contre terre, presque paralysée. « Arrête de courir, lui souffla-t-il à l'oreille. Tu n'as aucune raison de courir. »

Elle reprit son souffle, endolorie. Elle rampa en enfonçant ses mains dans la poussière, Doug était toujours sur elle. Elle lui donnait des coups de pieds mais ne parvenait pas à le déloger. Ses doigts agrippèrent les muscles à la base son cou, provoquant une douleur qui l'immobilisa.

« Rebecca, arrête ! »

Mais où était Sean ? Il aurait pu détourner l'attention de Doug ou même le blesser. À moins que Doug ne l'ait tué. C'était sûrement ça. Et puis, il avait laissé Todd, couché dans la cabane en train de mourir. Une autre victime. Une autre victime kidnappée. « C'était toi pour Jonnie », souffla-t-elle.

Doug gémit de façon horrible. « Oui. C'était si facile. Le séjour en camping. Il est allé pisser dans les bois. C'était si facile avec le pistolet paralysant. »

Rebecca sentit la rage l'envahir. La douleur sombre de regrets profonds. « Pourquoi ? Mon Dieu, Doug, pourquoi ?

— La drogue, lâcha-t-il. Lynn et moi. Nous étions si accros. Larry était en prison. Nous n'avions pas d'argent. Je croyais qu'elle allait mourir.

— Lynn t'a aidé ?

— Non. Elle ne l'a pas su. Elle ne le sait toujours pas. » Rebecca se débattit, agrippa la terre à nouveau et se rapprocha de quelques centimètres de l'étang. « On avait besoin d'argent. C'était si simple. Il nous fallait une rançon. » Il haletait. « Je l'ai mis dans une grotte jusqu'au matin. Mais j'ai failli ne pas le sortir suffisamment tôt. Les enquêteurs sont arrivés trop vite. C'est le chien qui nous a trouvés en premier. J'ai dû le tuer. »

Pauvre Rusty, pensa Rebecca. Il s'était enfui lors de la première battue et il était allé hurler dans les bois, à la recherche de son maître adoré. Son corps avait été retrouvé près d'une grotte dans laquelle la police pensait que Jonnie avait été gardé quelques heures.

« J'avais l'intention de déposer Jonnie après avoir récupéré la rançon. Il ne savait pas qui l'avait enlevé. Personne n'est trop prudent. Et puis le FBI est arrivé. Je les ai vus lors de la remise de la rançon. Je n'ai pas pu récupérer l'argent. » Il sanglota. « Tout est allé de travers. »

L'étang. Si proche. Rebecca espérait que les gens qui ne savaient pas nager en temps normal pouvaient y arriver dans l'urgence. Dans l'eau, elle aurait l'avantage. Elle pourrait se dégager de Doug. Et d'ici là peut-être que Franck la trouverait...

« Franck ! » cria-t-elle à nouveau.

Doug la frappa sur le côté du visage. Elle était étourdie. « La ferme ! Il ne faut pas qu'il te trouve. Ou Todd... »

Rebecca s'était hissée jusqu'à ce que l'étang ne soit plus qu'à une longueur de bras. Encore légèrement étourdie, elle rampa jusqu'à glisser dans l'eau sale. Elle avait plongé dans l'une des parties les plus profondes de l'étang et avait coulé dans la vase, Doug toujours accroché à elle. Les longues feuilles sinueuses des plantes aquatiques s'enroulaient autour de ses jambes et de ses bras et la retenaient au fond.

Elle donnait des coups de pied en vain. Les mains de Doug semblaient la recouvrir tout entière. Il la tirait et la traînait. Sa capacité à retenir son souffle, tout comme son énergie, diminuait. Il devait en être de même pour lui. Elle arrêta de lutter, voulant lui faire croire qu'elle avait perdu connaissance. Elle se laissait aller dans l'eau, ses mains sous ses épaules la retenaient. Deux secondes, quatre secondes, huit...

Soudain elle sentit l'étreinte des mains de Doug se relâcher. Elle était miraculeusement libre. Elle se précipita à la surface, haletante, puis elle ouvrit les yeux et fit face à Doug. Elle prit appui sur lui pour se pousser vers la rive de l'étang. « Non ! » hurla-t-il, le regard figé sur quelque chose qui était au-dessus d'elle. Puis elle entendit un hurlement. La tête de Doug se renversa en arrière. Le sang jaillit d'un trou dans sa gorge. Lentement ses yeux se glacèrent et la vie s'en échappa. Puis il coula dans les profondeurs obscures de l'étang.

Rebecca se mit à hurler, inconsciemment, de plus en plus fort. Elle luttait pour rester à la surface au milieu du sang rouge sombre qui se répandait doucement tout autour d'elle mais elle était épuisée, horrifiée, incapable de réfléchir. L'eau était calme. L'eau était reposante. L'eau était... Quelque chose l'agrippa et elle frappa de toutes ses forces.

« Rebecca, arrête de lutter, Rebecca ! C'est Franck. Tu es en train de te noyer. Détends-toi. »

Elle le fit. Ses muscles se relâchèrent et l'eau calme flottait autour d'elle, l'entraînant dans le sommeil et les rêves. Puis des bras la tirèrent hors de l'eau, violemment, et la déposèrent dans l'herbe. Quelqu'un lui appuya sur la poitrine jusqu'à ce qu'elle tousse et que l'eau jaillisse, coulant le long de son visage.

« Rebecca, Dieu soit loué, tu vas bien ? »

Elle ne voulait pas ouvrir les yeux. Elle ne voulait plus jamais les rouvrir. Mais elle le fit tout de même. Franck était là, le visage blême et le regard inquiet. « Franck, murmura-t-elle. Franck, c'était Doug. Il a été abattu.

— C'est moi qui lui ai tiré dessus, dit Franck tristement. Il était en train de te noyer. Je ne voulais pas le tuer. Je ne suis pas un meurtrier. Je voulais juste... » Sa voix se brisa. « Il était en train de t'assassiner. Et tu n'es pas la première. Oh, Seigneur, pardonnez-moi.

— Franck, j'ai retrouvé Todd, murmura Rebecca. Il est dans la cabane...

— Todd ? Tu as retrouvé Todd ?

— Oui. » Le brouillard commençait à s'estomper dans l'esprit de Rebecca. Les mots, les mots terribles résonnaient : « Tu as dit que je n'étais pas la première que Doug avait essayé de tuer. » Ses yeux se rétrécirent. « Tu savais que c'était lui qui avait enlevé Todd, n'est-ce pas ? Et tu savais qu'il avait tué Jonnie. Franck, comment as-tu pu ne rien faire et...

— Le laisser s'en tirer comme ça ? » Franck la regardait, le regard torturé. « Je ne savais pas qui avait enlevé Jonnie avant qu'il ne soit trop tard. À l'époque, j'essayais de sortir Doug de la drogue. Je lui avais coupé les vivres et je l'avais envoyé en désintoxication. Je ne pensais pas qu'il était désespéré et fou au point de kidnapper Jonnie. Mais après la disparition de Jonnie, Doug a commencé à se comporter bizarrement. J'ai eu des doutes. On avait une vieille cabane de chasse dans les bois à environ cinq kilomètres d'ici. J'y suis allé. Jonnie était mort. Doug était complètement hystérique. Il m'a dit qu'après l'échec de la rançon, il avait décidé d'abandonner Jonnie ici et de rentrer à la maison. Mais Jonnie était malade. Doug m'a dit qu'il l'avait trouvé à huit cents mètres de la cabane. Il était tombé et avait glissé au bas d'une colline rocailleuse. C'est pour cela qu'il était si meurtri. Il était mort. Quand je suis arrivé, Doug s'était déjà débarrassé du corps dans le centre-ville et il était retourné à la cabane. Il ne savait pas où aller ni quoi faire. Il était replié sur lui-même, il tremblait et il vomissait. Je croyais qu'il allait mourir, lui aussi.

— Mais il est quand même venu aux obsèques. Il allait bien.

— Je lui avais trouvé de l'héroïne. Suffisamment pour qu'il tienne le coup à l'enterrement. Ensuite, il était censé être à la fac pour tout le monde, mais en fait il était en cure. Lynn aussi. À sa sortie, il était complètement différent. Enfin, c'est ce que j'ai cru.

— Et tu n'en as parlé à personne, Franck. Tu ne l'as pas fait arrêter pour le meurtre de Jonnie !

— Il n'a pas tué Jonnie. C'était un accident ! Il n'a fait qu'une chose stupide sous l'emprise de l'héroïne. Il ne savait pas vraiment ce qu'il faisait. Il était trop tard pour changer quoi que ce soit. » Son regard était tragique. « C'était mon fils, Rebecca. Mon fils unique. Ne peux-tu pas comprendre ? »

Non, elle ne comprenait pas. Pas vraiment. Mais ce n'était pas le moment de parler de cela. Ce n'était pas le moment de demander réparation.

« Franck, Todd est dans la cabane, dit-elle froidement. Il est malade. Terriblement malade. Il est mourant. Nous devons le conduire à l'hôpital. » Elle lui prit le bras et sentit la chaleur de sa peau sous sa main froide. « On n'a pas le temps d'appeler les urgences. Il faut l'emmener avec ta voiture et... et... »

Une douleur lui traversa la tempe. Cette douleur familière qui précédait les visions. Elle tenta de résister mais le visage de Franck était en train de disparaître. Elle se retrouva soudain dans l'esprit d'un autre, pris de douleur, à peine capable de respirer, incapable de voir, mais cependant capable d'entendre. De façon incroyable, la voix de Franck hurlait furieusement : « Mais qu'as-tu fait ?

— Je ne voulais que l'argent. Je ne voulais pas lui faire de mal. » C'était la voix de Doug, tremblante et faible. « Mais je n'ai pas eu l'argent. Il faut le ramener à la maison. Il est malade.

— Le ramener à la maison ? As-tu perdu la raison ? Il est mourant, imbécile. »

Rebecca réalisa qu'elle était dans l'esprit de Jonnie. Elle entendait ce que Jonnie avait entendu dans la petite cabane où Doug l'avait emmené.

« Ils pourront le sauver, à l'hôpital, dit Doug impuissant.

— Et il pourra raconter à tout le monde que son demi-frère Doug l'a kidnappé.

— Il ne sait pas. Il ne m'a jamais vu.

— Il t'a entendu. Il connaît ta voix.

— Non. Je la déguisais...

— Tu étais trop drogué pour savoir ce que tu faisais. Ne me dis pas qu'il n'est pas au courant. Je parierais ma vie sur le contraire. »

Doug se mit à pleurer. « Je suis désolé. Il fallait que je trouve de l'argent. Je vais mal.

— Espèce d'imbécile ! Sais-tu ce que cela m'a coûté pour nous amener là où nous sommes aujourd'hui ? Sais-tu que j'ai été obligé de tuer un homme pour y parvenir ? Sais-tu que j'ai été obligé d'épouser cette folle et de vivre auprès d'elle toutes ces années pour que nous restions où nous sommes ? Et toi, tu ne trouves rien de mieux à faire que ça ?

— Je ne savais pas... Tu as tué un homme ? Qui as-tu tué ?

— Patrick Ryan. Tu croyais vraiment que j'étais à Pittsburgh ? Je savais qu'il descendrait cette satanée colline pour aller voir une maison. Je suis revenu en secret, j'ai attendu et j'ai tiré dans le pneu. Je ne savais pas que Rebecca serait avec lui. Je ne voulais pas la tuer. Elle est l'enfant que j'aurais dû avoir. Pas une espèce de phénomène comme toi, aussi stupide et ravagé que ta mère. Et ça a marché. J'ai fait en sorte que ça marche. Et ce n'est pas toi qui vas tout anéantir !

— Et qu'est-ce qu'on fait ? se lamenta Doug.

— On fait ça. » Un son métallique retentit. C'était quoi ? Le tisonnier de la cheminée ? Puis Doug se mit à crier : « Non ! Non ! » Puis quelque chose s'abattit sur la tête de Jonnie. Une fois, et la douleur fut intense. Deux fois, et l'obscurité salvatrice s'empara de lui.

Rebecca se sentait flotter dans le vide. Il n'y avait rien d'autre que le silence et l'obscurité. Puis la lumière réapparut doucement. Le soleil l'inonda et réchauffa son corps aussi froid que celui d'une morte. Le visage de Franck était au-dessus d'elle. Franck qui continuait à la regarder d'un air si tragiquement inquiet. Franck, qui était le meurtrier de Jonnie, de Simplet, de Matilda et de son propre fils. Elle était en danger de mort. Et Todd également. Sa tête était lourde et elle frissonnait mais elle s'efforça de paraître normale. Cela ne marcha pas. Le choc de sa vision était trop fort. Franck regarda profondément ses yeux. Puis il fronça les sourcils tristement. « Oh, Rebecca, je suis tellement désolé. » Il sortit un couteau de sa poche, sortit la longue lame et la plaça contre la peau fine de son cou au niveau de la carotide en souriant : « Je n'ai jamais voulu que tu apprennes ce qui s'était réellement passé. »

III

« Pourquoi, Franck ? demanda-t-elle, à peine un murmure.

— Sais-tu qui est le père de Todd ? »

Rebecca avala sa salive. « Pas toi. Dis-moi que ce n'est pas toi. »

Il secoua la tête. « Non, mon cœur. Je me suis éloigné de ta mère – mais quel homme à part Patrick Ryan ne l'aurait pas fait ? – mais j'ai choisi mieux que Molly. Non, le père de Todd, c'est Doug. »

Rebecca le fixa intensément. « Je ne te crois pas.

— Crois-tu que je te mentirais en un moment pareil ? Molly était amoureuse de Doug depuis des années. Et lors d'une soirée à l'Université, Doug est sorti des rails après sa cure et Molly avait trop bu, ils ont couché ensemble. Ensuite, elle s'est sentie mal à cause de Lynn. Elle savait aussi qu'il ne l'aimait pas. » Il fit une pause. « Doug ne s'est pas souvenu d'avoir couché avec elle et elle ne le lui a jamais rappelé. Moi-même je l'ignorais quand je l'ai envoyée chez toi à La Nouvelle-Orléans. Mais ensuite, Suzanne et moi sommes venus pour la naissance et quand Molly était sous anesthésie avant la césarienne, elle m'a murmuré la vérité. » Il secoua la tête, amusé. « Ensuite, elle ne se souvenait même pas de me l'avoir dit. Mais j'en ai parlé à Doug. Il a paniqué. Il était tellement amoureux de Lynn, tu sais. Je lui ai promis de garder le secret.

— Ne me dis pas que c'était par pure considération pour lui.

— C'était de l'autodéfense. J'avais toujours eu peur que Doug ne révèle à Lynn la vérité à propos de Jonnie. Mais après la naissance de Todd, j'avais un moyen de pression supplémentaire sur lui. Lynn l'aurait quitté si elle avait su.

— Ainsi, tes secrets étaient bien gardés. Alors pourquoi avoir kidnappé Todd ? Certainement pas pour l'argent.

— Parce que plus les années passaient, plus Doug était rongé par les remords. Je crois qu'il était sur le point de craquer. Il m'avait dit qu'il allait se rendre à la police. Il allait leur raconter qu'il avait enlevé Jonnie, qu'il l'avait relâché et qu'il était mort en faisant une chute. “Je ne t'impliquerai pas, Papa, m'avait-il promis. Je ne leur dirai pas que tu étais dans la cabane et que c'est toi qui as tué Jonnie.” Ah ! Le pauvre idiot. Ils l'auraient brisé en moins d'une heure. Alors je l'ai menacé de faire du mal à Todd. Il ne m'a pas cru. Il ne pensait pas que je serais capable de faire du mal à mon propre petit-fils. » Il soupira. « Je te raconte tout cela pour que tu comprennes avant que je te tue. Je suis désolé, mais il le faut.

— Et comment comptes-tu expliquer ma mort et celle de Doug ?

— L'histoire sera que tu as retrouvé Todd, que Doug t'a retrouvée et qu'il essayait de t'égorger et que j'ai dû l'abattre pour essayer, en vain, de te sauver. J'ai pris le couteau de Doug. Il l'avait emporté pour l'utiliser contre moi. »

Rebecca ferma les yeux face au soleil. « Comme ça, tu as enlevé Todd, pour montrer à Doug ce dont tu étais capable. Mais il aurait pu aller à la police et leur dire que tu avais déjà menacé Todd et ils l'auraient protégé.

— Même Doug s'est aperçu que s'il était allé à la police avec cette histoire rocambolesque, personne ne l'aurait cru, pas avec son passé. Personne n'aurait cru que j'avais tué Jonnie, non plus. Je lui avais aussi fait comprendre que, s'il se confessait, il serait arrêté pour kidnapping et homicide volontaire, et qu'alors je pourrais retrouver Todd et le tuer. »

Rebecca repensa à l'air frénétique que Doug avait eu toute la semaine. Peut-être aimait-il cet enfant qui était le sien. Il savait que son père l'avait enlevé, mais il ne savait pas où il était. Pas étonnant qu'il ait été si froid avec Franck le soir de son retour de l'hôpital. Il devait paraître normal devant l'homme qui avait kidnappé son fils – cet homme qui était aussi capable de meurtre.

« Ta crise cardiaque, dit soudain Rebecca. Si tu étais mort, personne n'aurait jamais su où se trouvait Todd. »

Franck se mit à rire : « Je n'ai pas fait de crise cardiaque. As-tu déjà entendu parler des poppers ?

— C'est du nitrite d'amyle ?

— Oui. Un médicament utilisé pour les problèmes de cœur. Et à des fins sexuelles, à ce que j'ai cru comprendre. Il simule la crise cardiaque. J'ai dormi dans la chambre d'ami cette nuit-là et j'ai pris un popper. J'avais besoin de passer une nuit en dehors de la maison et il me fallait un alibi.

— Pour pouvoir tuer Matilda Vinson, qui t'avait vu dans l'allée à côté de la bibliothèque après que tu as essayé de tuer Sonia.

— Tout à fait. J'ai demandé à partager la chambre avec un autre malade. Cet homme était un vrai zombie mais il avait un cœur solide. Exactement ce qu'il me fallait. J'ai juste branché mon monitoring sur lui. Les infirmières ne se sont aperçues de rien.

— Sonia. Tu as essayé de tuer Sonia parce qu'elle savait que Jean Wright était chez elle à l'heure où Todd a été kidnappé. Ma mère m'a dit que tu avais une liaison. J'ai d'abord cru que c'était avec Mme Ellis, mais en fait c'était avec Jean, n'est-ce pas ?

— Oui. Un corps superbe mais un manque total d'imagination. Du moins, c'est ce que je pensais. Quand elle est sortie pour s'occuper de cette vieille dame la nuit où Todd a été enlevé, je suis resté chez elle. C'était l'occasion rêvée étant donné que Molly travaillait tard. Mais je ne pouvais aller jusqu'à la cabane avec le terrible orage qu'il y avait, alors j'ai caché Todd dans l'immeuble des Klein. Mais Jean est devenue envahissante, elle me harcelait pour que je quitte Suzanne. Puis elle s'est mise à me menacer de raconter à la police que j'étais chez elle la nuit du kidnapping. Elle s'est tout de suite rendu compte que c'était une erreur.

— Oh, mon Dieu, Franck, tu ne l'as pas tuée aussi ?

— Je n'en ai pas eu l'occasion. Avant que je puisse intervenir, elle avait quitté la ville – mais avant, elle avait tout raconté à son idiote de sœur, Wendy. La fille que fréquentait Larry Cochran. Et elle a mis Larry dans la confidence. Et il a décidé de me faire chanter. C'était une erreur.

— Et la demande de rançon, c'était un piège.

— Je ne l'ai pas utilisé plus tôt parce que je ne voulais pas que le FBI soit mêlé à ça. Mais quand tu as commencé à sous-entendre que ce kidnapping n'avait rien à voir avec l'argent, j'avoue que tu m'as un peu fait peur, ma chérie. Je devais faire en sorte qu'on croie que la rançon était importante. Alors je vous ai laissés, Clay et toi, traîner dans le parc, comme des détectives amateurs pendant que je me débarrassais de Larry, mon maître chanteur. Il était le dernier danger, parce que quand je me suis aperçu que Todd était malade, je savais qu'il fallait qu'on le retrouve. Je n'avais pas l'intention de le tuer – il n'était que mon atout vis-à-vis de Doug. Et je suis venu aujourd'hui pour le récupérer. J'avais l'intention de l'abandonner à un endroit où il serait rapidement retrouvé. Je voulais déguiser cela pour faire croire que c'était Larry qui l'avait enlevé. Mais ce foutu chien et toi avez trouvé la cachette. » Il soupira. « Tu sais, je me suis toujours intéressé à toi. Ta beauté. Ton intelligence Je ne croyais pas en tes visions. C'est la raison pour laquelle je n'ai pas eu peur de toi en enlevant Todd. Après tout, tu avais échoué pour Jonnie. »

Rebecca se raidit. « J'ai pourtant essayé avec Jonnie. Et je ne sais pas pourquoi je n'y suis pas arrivée.

— Je crois que c'est peut-être parce que tu étais trop proche de lui. J'ai souvent pensé que vous n'aviez qu'un seul esprit pour vous deux. Pour Todd, c'est différent. Tu l'aimes, mais pas comme tu aimais ton frère. Au cours de la semaine dernière, tu as commencé à me faire un peu peur, alors j'ai essayé de te chasser : le CD de *A Whiter Shade of Pale*, le bracelet de Jonnie, Matilda dans le mausolée. Mais tu es tenace, et je dois avouer que ma faiblesse pour toi s'est transformée en colère. Tu n'es qu'une source d'ennuis pour moi. Il faut que tu partes, chérie. Quel dommage ! Tu es si jeune et si belle ! »

Franck tenait le couteau sur sa gorge mais il ne bougeait pas. Elle vit que sa main tremblait légèrement. « Si tu dois le faire, fais-le vite », lui dit-elle d'une voix morne. Toute peur, toute tension avait disparu en elle alors qu'elle repensait à toutes les vies que cet homme avait prises – surtout celle de Jonnie, si malade, qu'il avait frappé à mort. « Je ne me débattrai pas, si tu me promets une chose.

— Et laquelle ?

— Ne fais pas de mal à Todd.

— Très bien, mon cœur. Ceci est ma dernière promesse. »

Rebecca tourna la tête. Franck enfonça le couteau dans sa peau et elle sentit le sang couler le long de sa clavicule...

Un coup de feu. Puis un autre. Et un autre. Le sommet du crâne de Franck disparut en une éclaboussure rouge qui contrastait avec le ciel bleu. Le sang chaud et répugnant recouvrit son visage. Il lâcha le couteau et tomba en arrière.

Rebecca perdit connaissance.

IV

« Todd ? Todd ? » murmura Rebecca.

Une femme avec un large sourire et des yeux marron était penchée au-dessus d'elle. « Vous êtes à l'hôpital. Tout va bien. Et il semblerait que Todd aussi. » Elle se redressa. « Voici le Dr Bellamy. »

Il était là, ses yeux bleu-gris avaient l'air grave, il prit sa main dans la sienne. « Il va falloir que tu prennes un abonnement à l'année. Bien sûr, on est plus cher pendant la saison touristique.

— Tu n'es qu'un rigolo, parvint-elle à dire d'une voix rauque. Que s'est-il passé ?

— Tout d'abord, l'appendice de Todd était sur le point d'éclater, mais il a été pris en main juste à temps. Quelques heures de plus et ç'aurait été fini.

— Est-ce qu'il va s'en sortir ?

— C'est pratiquement sûr.

— Dieu merci. Et Sean ? »

Clay parut surpris. « Tu te faisais du souci pour Sean ?

— À l'étang. Il n'est pas venu. Est-ce qu'il est...

— Il montait la garde devant Todd dans la cabane. Tu aurais dû voir les traces de griffes à l'intérieur de cette porte.

Enfin bref, je l'ai emmené chez moi. Il était un peu nerveux mais Gypsy fait tout ce qu'elle peut pour le réconforter.

— Merci de ne pas l'avoir emmené dans un refuge.

— Je n'ai pas l'impression qu'il soit très adepte des refuges. Et entre nous, je crois qu'il va y avoir des étincelles entre ton garçon et ma fille.

— Quel romantisme ! sourit Rebecca. Tu étais aux Saules Frémissants ? Comment as-tu su que tu devais y aller ?

— En fait, il y avait Bill et moi. Bill est passé voir ta mère. Elle était dans un triste état. Il a appelé les urgences. Ils nous l'ont amenée alors que j'étais de garde. Un seul regard à ses pupilles et j'ai vu qu'elle avait été droguée.

— Droguée ! Est-ce qu'elle va bien ?

— Oui. Bill et Betty – Betty était montée dans la voiture de patrouille et ne voulait plus en descendre – m'ont juré que ta mère avait bu mais qu'elle n'avait pas pris de cachet. Puis Suzanne a commencé à marmonner que Franck lui avait fait boire du vin la nuit dernière. Le vin de Simplet Dobbs avait été drogué et Bill a fait le rapprochement. Betty nous a dit que tu étais avec Franck à la pépinière. Elle nous a dit aussi que Doug avait appelé pour demander où était son père. Elle le lui a dit et il a alors répondu : "C'est un meurtrier et je vais l'arrêter." Betty était au bord de la crise de nerfs.

— Franck a dû droguer Maman pour pouvoir sortir une partie de la nuit et tuer Larry.

— En fait, nous n'en étions pas sûrs. Nous savions juste que Doug était parti tuer son père, et que peut-être Franck était lui aussi dangereux, et que tu étais là-bas, seule à la pépinière avec ces deux types. Et cette fois, c'est moi qui ai insisté pour que Bill m'emmène avec lui dans la voiture de patrouille. » Il ferma les yeux. « On est arrivés juste à temps. »

Rebecca caressa son visage de la main. « Un médecin présent là où on en a besoin. Ça y est, je crois aux miracles. »

Elle s'endormit.

22

La semaine d'après, Rebecca conduisait sa mère au centre de désintoxication. Suzanne essayait de paraître joyeuse, mais Rebecca pouvait lire la tristesse dans ses yeux. « Cela ne dure que trois mois, Maman, dit-elle. Je sais que cela te paraît long...

— Non, pas du tout. J'ai besoin de temps, Rebecca. Pas seulement pour me sevrer. J'ai besoin de réfléchir à ma vie. De réfléchir à toutes les erreurs que j'ai commises.

— Non, pas les erreurs. S'il te plaît, pas les erreurs. Pense à Papa, à Jonnie et à Rusty. Pense à la façon dont tu les as aimés – dont tu les aimes et à la chance que tu as eue de les avoir. »

Suzanne sourit : « Je remarque que tu n'es pas sur cette liste.

— Je ne suis pas sûre que tu aies eu de la chance de m'avoir. J'ai causé tellement de soucis.

— Tu es une fille merveilleuse, Rebecca. » Elle sourit. « Têtue comme une mule, mais merveilleuse. J'étais juste trop stupide pour le comprendre. Et j'aimerais te donner quelque chose en symbole de notre nouveau commencement. »

Elle lui tendit une petite boîte verte. Rebecca se gara sur le bas-côté et ouvrit la boîte. La bague en émeraude qu'elle avait essayée à la bijouterie rayonnait au soleil. « Oh, Maman, elle est si belle ! Mais comment as-tu su ?

— Un petit oiseau me l'a dit à l'hôpital. Ou était-ce plutôt un grand et beau docteur blond que j'aimerais bien avoir pour gendre ?

— Comme gendre ? »

Suzanne haussa les épaules. « Souviens-toi comme ton père et moi étions heureux et réfléchis. Clay me fait beaucoup penser à Patrick. »

Suzanne refusa que Rebecca la conduise à l'intérieur du centre. « C'est trop déprimant, disait-elle. Disons-nous au revoir ici.

— Maman, quand tu sortiras, je voudrais que tu envisages de déménager à La Nouvelle-Orléans, demanda sincèrement Rebecca. Tu adoreras cette ville. Il y a tant de choses à faire, et tant de choses à voir.

— J'ai vécu à Sinclair toute ma vie, Rebecca. Et ici, il y a Molly et Todd et Bill.

— Molly, Todd et Bill formeront sans doute une famille d'ici peu. On reviendra pour le mariage. Mais Sinclair... Maman, je sais que Papa et Jonnie sont ici, mais...

— Ils sont morts. Il faut que je l'admette et ma fille est vivante. » Suzanne étreignit subitement Rebecca. « Je vais y réfléchir sérieusement. J'ai toujours voulu vivre dans un quartier français.

— Le Quartier français ! Maman, c'est peut-être...

— Trop divertissant ? Je suis prête à me divertir un peu. Je ne l'ai que trop rarement fait ces dernières années. » Elle se dirigea vers les portes du centre, se retourna et lui fit signe de la main. « À bientôt, ma chérie. Et souviens-toi que je t'aime. Je t'ai toujours aimée. »

Quatre jours plus tard, Rebecca rentrait de Columbus où elle avait vu Esther après son intervention chirurgicale. Elle etait fatiguée de toutes ces épreuves et redoutait le voyage de retour vers La Nouvelle-Orléans. Une partie d'elle ne voulait pas partir, mais elle savait qu'il le fallait. Sa vie à Sinclair avait pris fin huit ans plus tôt. Alors qu'elle était en train de faire ses bagages, Clay l'appela : « Que dirais-tu d'un rendez-vous nocturne ?

— Pas chez Dormaine, j'espère, rit-elle.

— Non. Je pensais à ce joli kiosque dans ton jardin. J'ai entendu dire que toutes les étoiles seraient de sortie, ce soir.

— Toutes. Ça me paraît pas mal.

— Je suis là dans une heure avec le vin et la musique. Oh, je peux amener Gypsy ?

— Sean sera ravi. Veut-elle un petit bouquet ?

— Rien de sophistiqué. Dis-lui de ne pas dépenser sa paye. À tout à l'heure. »

Se sentant déprimée après avoir déposé sa mère au centre, Rebecca était allée faire du shopping. Après l'appel de Clay, elle se précipita à l'étage pour prendre une douche, se parfumer au Chanel nº 5 et enfiler sa nouvelle robe légère vert menthe, à bretelles. Elle avait passé des sandales à brides assorties, et la perle de sa mère sur une chaîne en or. Elle avait emmené une douzaine de grosses bougies jusqu'au kiosque et les avait allumées.

« On a tous les deux un rendez-vous, ce soir, dit-elle à Sean en le peignant doucement, pour lisser ses longs poils sur le derrière de ses pattes et aplatir ses épis. Je sais que cette fille est spéciale pour toi, alors je veux que tu te conduises en gentleman. Si tu lui pisses dessus, je serai morte de honte. »

Sean lui lécha le nez, ce qu'elle comprit comme un accord. Elle espérait que Betty et Walt ne viendraient pas fouiner et voir ce qui se passait là.

Exactement une heure après, Clay se présenta à la porte avec du vin et une minichaîne hi-fi. « J'ai pensé qu'on pourrait écouter de la musique, dit-il simplement. J'ai apporté des CD.

— Pas *A Whiter Shade of Pale*, j'espère.

— Non. *Baa Baa Black Sheep* et *Here We Go Round the Mulberry Bush*. J'ai pensé qu'on pourrait danser. » Sean et Gypsy se touchaient déjà le museau. « Quelles retrouvailles !

— Sean est un débauché.

— Et Gypsy n'est pas du genre vierge effarouchée.

— Je crois que ça a été le coup de foudre. Mais entrez tous les deux. Je prends les verres à vin et le tire-bouchon et on va au kiosque. »

Quand ils gravirent les marches qui menaient au kiosque éclairé par la lueur des bougies, Clay murmura : « C'est magique !

— Mes parents avaient l'habitude d'allumer des bougies ici certains soirs, je trouvais cela magnifique.

— Ça l'est. Tout comme toi. Je me sens un peu négligé avec mon pantalon large.

— Oh cette robe est parfaite pour une chaude soirée d'été, dit Rebecca d'un ton léger. Je l'ai trouvée dans le fond d'une armoire.

— Eh bien elle sera parfaite avec ce que j'ai ramassé pour toi. » Clay posa le vin et la chaîne et il ouvrit un mouchoir en papier. Il en sortit un gardénia blanc crème. « Pour tes cheveux.

— Clay, il est superbe ! souffla Rebecca.

— Les femmes en portent toujours dans les vieux films. J'adore.

— Tu me le mets dans les cheveux ? » Il le plaça derrière son oreille droite et le fit tenir avec précaution. « J'ai l'air de quoi ?

— Superbe. Tu devrais toujours porter un gardénia dans tes cheveux.

— Je le ferai à partir d'aujourd'hui. Ce sera ma marque distinctive.

— Tu en porteras un pour la séance d'autographes de ton prochain livre ?

— Si j'écris un nouveau livre un jour. Je suis tellement en retard pour le synopsis du prochain que mon éditeur a dû oublier jusqu'à mon existence.

— Cela m'étonnerait. Et j'attends le second avec impatience.

— Tu n'as même pas lu le premier.

— Hé si ! Il était génial. Et je suis heureux que tu n'aies pas relaté des faits réels comme l'enlèvement de Jonnie ou le meurtre d'Earl Tanner.

— En parlant d'Earl Tanner, dit Rebecca à Clay qui débouchait le vin et remplissait deux verres, j'ai reçu une lettre d'Alvin aujourd'hui.

— Une lettre ?

— Selon Bill, Alvin serait trop timide pour m'appeler et me parler personnellement. »

Clay lui tendit un verre. « J'espère qu'il n'y dit pas des choses horribles.

— Sa mère est morte d'un cancer en prison il y a cinq jours. Quand j'ai lu cela, j'ai été submergée par un sentiment de culpabilité. Mais il poursuivait avec des détails incroyables. Il disait que ça n'avait jamais été son père qui le battait, mais sa mère. Pendant longtemps, Earl a cru ses histoires au sujet des chutes d'Alvin, et puis finalement, il a compris. Il voulait divorcer, l'accuser de maltraitance et partir avec Alvin. Alors elle l'a tué et a essayé de récupérer l'assurance-vie, ce qui aurait sans doute marché si je n'avais pas été là. Alvin dit aussi qu'il sait qu'elle aurait pu le tuer et qu'il pense qu'il me doit la vie.

— Eh bien, si je m'attendais à ça, dit Clay. Et pendant tout ce temps, tu as cru qu'il te détestait.

— Il semblerait que toutes mes terreurs s'effondrent, lentement. Chaque fois que sa mère était présentée devant la commission des libérations conditionnelles, elle disait à Alvin que lorsqu'elle sortirait, elle le traquerait. Il était terrifié, son expérience d'enfant lui faisait croire qu'elle pouvait l'atteindre. Maintenant qu'elle n'est plus là, il se sent libéré. Et écoute ça – il veut écrire un livre au sujet de toute cette histoire. Lui et sa femme attendent un bébé et ils sont plutôt fauchés. L'avance d'un livre pourrait faire des miracles. Il m'a demandé de lui rendre service en parlant de sa proposition à mon agent. Je l'ai fait. Elle a adoré l'idée. Un vrai meurtre, des perceptions extrasensorielles, un livre écrit par un enfant qui a été directement impliqué dans l'histoire – c'est super. Elle veut voir un synopsis. Je lui ai renvoyé un mot pour lui annoncer la bonne nouvelle. Je n'ai pas voulu l'appeler pour ne pas l'effrayer. »

Clay se mit à rire. « S'il parvient à vendre ce livre, il faudra qu'il surpasse sa timidité.

— Il va l'écrire. Il m'a envoyé plusieurs extraits de son travail. Il est bon. Il est très bon.

— C'est génial. Beaucoup de gens à l'hôpital pensent qu'il est étrange, mais moi je l'aime bien. »

Rebecca but une gorgée de vin. « J'ai trois autres nouvelles », dit-elle rapidement. Elle était inexplicablement très nerveuse et elle ne pouvait pas s'arrêter de parler. « La première concerne Tante Esther. Avant que je ne la quitte ce matin, elle m'a dit qu'elle préférait rester dans le centre de convalescence près de l'hôpital jusqu'à ce que la radiothérapie soit terminée. J'avais peur qu'elle veuille à tout prix retourner à la pépinière. »

Clay sourit. « Esther est quelqu'un de sensé, Rebecca. Elle est aussi très combative. Je crois qu'elle sera encore parmi nous pendant encore au moins vingt ans.

— J'espère aussi. La deuxième nouvelle concerne Randy Messer. Tu te souviens que je t'ai dit qu'ils avaient retrouvé une boucle d'oreille dans la salle des Pionniers après l'agression de Sonia, et qu'ensuite j'avais vu que son lobe avait été arraché ? » Clay acquiesça. « Le père de Randy a avoué qu'ils s'étaient battus et qu'il lui avait arraché sa boucle d'oreille. C'était un anneau. Celle de la bibliothèque était un clou. Je me disais bien que cela devait être difficile d'arracher un clou.

— Je suppose. Je n'y ai jamais vraiment réfléchi.

— Ce clou dans la bibliothèque aurait pu appartenir à n'importe qui, même à Randy, mais il n'a pas été abandonné le soir de l'agression. » Rebecca prit une autre gorgée. « La troisième nouvelle. Todd n'arrêtait pas de se faire du souci pour ce bébé qu'il avait entendu pleurer quand il était dans la cabane. Alors Bill l'a emmené dans les bois et ils ont trouvé un faon. En parfaite santé. Todd voulait qu'un policier reste posté là pour s'assurer que le faon ne risquait rien, mais Bill l'a persuadé que la Maman biche n'apprécierait sûrement pas le dérangement. »

Clay ricana. « Quel gosse ! Après tout ce qu'il a vécu il se souciait encore de ces pleurs dans les bois !

— Il est vraiment spécial.

— Et tu en veux un tout comme lui, un jour. »

Le visage de Rebecca s'enflamma. Elle se sentit absurde de réagir comme cela. Elle but encore plus de vin puis demanda : « Et la musique ?

— D'accord. »

Clay glissa un CD dans le lecteur. *I Love You* de Sarah McLachlan. « Ma chanson préférée ? demanda Rebecca. Tu t'en souvenais.

— Bien sûr. » Il se rapprocha d'elle, lui prit son verre des mains et le posa, puis il ouvrit les bras en soutenant son regard. « Tu danses ? »

Rebecca se blottit contre Clay. Les chiens étaient entremêlés et ils les regardaient. La lueur des bougies scintillait alors que la voix tendre et profonde de Sarah entonnait des paroles d'amour dans cette nuit chaude dont l'air était parfumé des roses toutes proches. « On danse bien tous les deux.

— On ne fait rien d'extraordinaire.

— Pourrais-tu, s'il te plaît, te mettre dans l'ambiance ? » demanda Clay joyeusement.

C'était justement le problème, pensa Rebecca. Cette ambiance merveilleuse. Je pourrais rester dans ses bras toute la nuit. J'ai l'impression que, s'il me lâche, je vais mourir.

« Elle parle d'un homme qu'elle aime mais à qui elle ne peut pas le dire, dit Clay au creux de son oreille.

— Je sais.

— Vas-tu repartir à La Nouvelle-Orléans sans m'avoir dit que tu m'aimes ? »

Le cœur de Rebecca frappait dans sa poitrine. « Dans la chanson, c'est l'homme qui part, pas la femme.

— Je sais. Tu n'as pas répondu à ma question. »

Ils dansaient toujours, langoureusement dans cette nuit magique, éclairée et parfumée. « Clay, je ne peux pas vivre ici.

— Personne n'a dit que tu le devais. Il y a des hôpitaux à La Nouvelle-Orléans, n'est-ce pas ?

— Sans doute.

— Cela te dérangerait si je travaillais dans l'un d'eux ? » Il se recula pour la regarder. « C'est toi qui as des visions mais moi, je sais que tu m'aimes. Et je t'aime. Je crois que je t'ai aimée depuis ce jour où, adolescente, tu m'as parlé des constellations de Callisto et d'Arcas. Pour une fois tu ne bégayais pas et tu ne rougissais pas. Et tout ce à quoi je pensais, c'était à tes merveilleux yeux verts et à tes lèvres fines et à la musique de ta voix alors que tu me racontais cette histoire. Tu étais totalement prise par sa passion et sa tragédie, et je savais quelle femme tu deviendrais. »

Rebecca fixa son regard, ses yeux pénétrants et tristes qu'elle adorait, et sa gorge se serra. « Clay, j'ai des problèmes à cause de mes visions.

— Il n'y a pas de problème sans solution.

— Ce n'est pas vrai.

— D'accord, mais certains problèmes peuvent être résolus si les gens se donnent la peine d'essayer. Et je me sens suffisamment concerné pour essayer. Et je crois que toi aussi, d'ailleurs. En plus... » Il la fit tourner jusqu'à ce qu'elle soit en face de Sean et de Gypsy, allongés côte à côte. « Veux-tu être responsable de leur séparation ? »

Rebecca sourit, ses yeux se remplirent de larmes. Puis elle posa la tête sur l'épaule de Clay. « Et comment voyez-vous votre vie à La Nouvelle-Orléans, docteur Bellamy ? »

Cet ouvrage a été imprimé par la
SOCIÉTÉ NOUVELLE FIRMIN-DIDOT
Mesnil-sur-l'Estrée
pour le compte des Éditions de La Table Ronde
en septembre 2003

Imprimé en France.
Dépôt légal : juin 2003.
N° d'édition : 3636 – N° d'impression : 65116.